शाम भर बातें

शाम भर बातें

दिव्या माथुर

वाणी प्रकाशन

प्रकाशन के उत्कृष्टतम 62 वर्ष

सजिल्द पहला संस्करण : 2015
सजिल्द दूसरा संस्करण : 2018
सज़िल्द तीसरा संस्करण : 2025

vaniprakashan.com

वाणी प्रकाशन

4695, 21-ए, दरियागंज, नयी दिल्ली-110 002

फ़ोन : + 91 11 23273167, 23275710

शाखाएँ

अशोक राजपथ, पटना-800 004, बिहार

कॉफ़ी हाउस कैम्पस, महात्मा गांधी मार्ग, प्रयागराज-211 001, उत्तर प्रदेश

महात्मा गांधी अन्तरराष्ट्रीय हिन्दी विश्वविद्यालय, वर्धा-442 001, महाराष्ट्र

sales@vaniprakashan.in
vaniprakashan@gmail.com

Shaam Bhar Baaten
by Divya Mathur

ISBN : 978-93-5072-858-1
Novel

मूल्य : ₹ 595

जी.एस. ऑफ़सेट, दिल्ली-110 095 में मुद्रित

वाणी प्रकाशन का लोगो मक़बूल फ़िदा हुसैन की कूची से

'हेलो, हेलो जी, आप यहाँ तनहा कैसे बैठी हैं? आपके शरीक़े-हयात कहाँ हैं?' अपने दोनों हाथ फैलाये राजेश मलिक, जिसे उसके तथाकथित रिश्तेदार और मित्र पीठ-पीछे 'गिरगिट' के नाम से पुकारते थे, इला खजांची की ओर आँधी-पानी की तरह बढ़ा। किसी भी महिला को आलिंगन में लेने का मौक़ा भला वह कैसे चूक सकता था? कन्नी काटने के लिए इला पहले से ही चौकन्नी थी, हालाँकि किसी अनजान व्यक्ति से मगज़ चटवाने से अच्छी थी गिरगिट की किटकिट; तिस पर इला वे सब रंग जानती थी जो वह पलट सकता था।

'नमस्ते राजेश जी, राजीव यहीं कहीं होंगे।' अपना सिर थोड़ा-सा झुकाकर इला ने दूर से ही हाथ जोड़ दिये, ताकि गिरगिट को अन्दाज़ा हो जाये कि आलिंगन और चुम्बन की प्रथा में उसे विश्वास नहीं है, किन्तु गिरगिट अपनी हरकतों से कब बाज़ आने वाला था? उसे आशा ही नहीं, अपितु पूर्ण विश्वास था कि इस वक्त न सही; सफलता उसके कदम एक न एक दिन अवश्य चूमेगी। फिर, आज तो वह पूरी तैयारी के साथ आया था। आसमानी रंग की नयी कमीज़ के साथ नेवी-ब्लू थ्री-पीस सूट पहने और सुर्ख़ गुलाबी टाई लगाये, वह अपनी गतिविधियों को सीमित रखने के प्रयत्न में था, ताकि उसका नया सूट कहीं मुस-मुसा न जाये। इसके अतिरिक्त, वह दर्पण के सामने संवादों और शेरो-शायरी की अदायगी का बाक़ायदा पूर्वाभ्यास करके आया था।

'ख़ाली है अभी जाम, मैं कुछ सोच रहा हूँ?' गिरगिट ने बड़े अन्दाज़ से गुलाम अली की ग़ज़ल का मुखड़ा एक सवाल के लहज़े में पेश किया। इला के जुड़े हुए हाथ अपने हाथों में दबोचने के चक्कर में गिरगिट उसके बेहद क़रीब चला आया था।

'धन्यवाद राजेश जी, मैंने अभी-अभी औरेंज जूस पिया है।'

'अरे इला जी, जूस-वूस पिएँ आपके दुश्मन! ख़ादिम को खिदमत का एक मौक़ा तो दीजिए। बताइए, क्या नोश फ़रमाएँगी आप?' गिरगिट हाथ बाँधे इला के सम्मुख सिर झुकाकर खड़ा हो गया।

'शुक्रिया, राजेश जी, मैं हार्ड-ड्रिंक्स नहीं लेती।' कहते हुए इला बिजली की गति से पलटी तो पीछे रखी एक कुर्सी से टकराकर उसका सन्तुलन बिगड़ गया।

बिल्ली के भाग से छींका टूटा; गिरगिट ने झट आगे बढ़कर इला के हाथ थाम लिए। अपने हाथ छुड़ाकर इला झटपट कुर्सी पर बैठ गयी। प्रसन्न-वदन गिरगिट ने खीसें निपोरते हुए इधर-उधर नज़र दौड़ाई कि काश कुछ एक मेहमान यह मंज़र देखते और उससे रश्क करते!

'इला जी, इस पार्टी का माहौल तो आशिकाना होना चाहिए, पर यहाँ तो सब कुछ बड़ा फीका-फीका-सा लग रहा है।' इला के नज़दीक रखी एक दूसरी कुर्सी पर पसरते हुए गिरगिट बोला।

'हम ही लोग समय से काफ़ी पहले पहुँच गये हैं, राजेश जी। मेहमानों को दो बजे का बुलावा है, इसलिए ज़्यादातर मेहमान ढाई बजे या उसके बाद ही पहुँचेंगे।' अपनी कलाई घड़ी की ओर इंगित करते हुए इला ने गिरगिट को जताना चाहा कि वह घंटा भर पहले आ धमका था।

'आपने बजा फ़र्माया, इला जी, पर हम तो घर वाले ठहरे; देर से आते तो बड़े भाई और भाभी शिकायत करते। और फिर, इला जी, मेहमानों के आ जाने के बाद हमें अकेले में बात करने का ऐसा मौक़ा फिर कहाँ मिलता?' शम्मी कपूर की तरह आँखें नचाते हुए गिरगिट ने पैंतरा बदला।

गिरगिट का यह जुमला सुनकर इला के तन-बदन में आग लग गयी, हालाँकि गिरगिट से कहीं अधिक गुस्सा इला को आ रहा था अपने पति राजीव खजांची पर जो मेज़बान मैक (मकरंद) और मीता मलिक का हाथ बँटाने के बहाने काफ़ी जल्दी पहुँच गया था। वास्तव में तो वह मंजूषा को अपनी नयी कार में लिफ़्ट देने के लिए बेताब था। यह अलग बात थी कि मंजूषा का पति कुलभूषण शर्मा एकाएक उनके साथ चलने को तैयार हो गया था। इस वक़्त वह पत्नी को राजीव के भरोसे छोड़कर अन्दर वाली बैठक के एक कोने में बीन-बैग पर बैठा जंबो टेलीविज़न सेट पर फ़ुटबाल का मैच देखने में तल्लीन था।

इला की बेरुख़ी के बावजूद, गिरगिट उसी के आसपास मँडरा रहा था कि अचानक उसे सायरा ख़ान दिखी, जो रेस्टरूम ढूँढ़ती हुई उधर आ निकली थी। इला ने चैन की एक लम्बी साँस ली; सायरा को देखकर अच्छेअच्छों की नीयत बिगड़ जाती थी।

गिरगिट के चेहरे पर गुलाल बरसने लगा। सायरा के साथ बात करने का मज़ा ही कुछ और था; विधवा थी, सुन्दर थी और शायद उपलब्ध भी। काश कि सायरा उसे भी अपने आलिंगन में लेकर उसका गाल चूमती जैसा कि वह रंजीत और राजीव से मिलने पर करती थी तो मेहमानों में उसका सम्मान बढ़ जाता। किन्तु सायरा और इला जैसी नकचढ़ी औरतों से उसे ऐसी आशा कम ही थी। आलिंगन के नाम पर कहीं सायरा भी न बिदक जाये, इसलिए उसने तय किया कि वह उसका केवल हाथ चूमने का ही प्रयत्न करेगा; यह सोचकर ही उसकी लार टपकने लगी।

'मोहतरमा सायरा ख़ान को इस नाचीज़ का सलाम क़ुबूल हो।' गिरगिट बड़ी हसरत से सायरा के सम्मुख एयर-इंडिया के प्रतीक, महाराजा की मुद्रा में सिर झुकाये और हाथ बाँधे खड़ा हो गया।

'वालेकुम सलाम।' सायरा ने त्यौरियाँ चढ़ाये हुए गिरगिट का नाटकीय अभिवादन स्वीकार किया इला की ओर घूमकर धीरे से 'हेलो' कहा और फिर बिना गिरगिट की ओर देखे अन्दर वाली बैठक की ओर चल दी।

'मोहतरमा, आज तो आपका गुलाम आपकी ग़ज़ल सुने बग़ैर यहाँ से हिलने वाला नहीं है। ग़ज़ब का मिश्रण है आपकी आवाज़ में—मीठा, खट्टा, तल्ख...' गिरगिट 'कब लोगे खबर मोरे राम वाली मुद्रा में हाथ फैलाये सायरा के पीछे चल दिया। अभी नहीं; तो कभी नहीं। कुछ ही देर में मेहमानों की भीड़ लग जायेगी, फिर भला उसे कौन पूछेगा?

'माफ़ कीजियेगा, गि...जनाब।' सायरा ने अपनी जीभ काट ली। इला को भी हमेशा यही डर लगा रहता था कि उसके मुँह से राजेश की जगह कहीं 'गिरगिट' ही न निकल जाये।

'तहज़ीबे-इश्क है ये, वो हम पर करें सितम और उनसे हम कहें ये करम है, सितम नहीं। मोहतरमा, आप जिस भी नाम से पुकारें, हमें मंज़ूर है। वैसे इस नाचीज़ को राजेश...राजेश मलिक कहते हैं।' एक हाथ अपने सीने पर रख और सिर को थोड़ा-सा झुकाते हुए गिरगिट ने बड़े अदब से अपना परिचय दिया। उसकी ओर एक सायास मुस्कुराहट फेंकती हुई सायरा अन्दर की ओर लपक ली और वह मुँह बिसूरता बगलें झाँकने लगा। हालाँकि वह महा-बेशर्म था, फ़िर भी वापस इला के पास बैठने में उसे कोई फ़ायदा नज़र नहीं आया। मन में 'चरैवेति चरैवेति' दोहराते हुए उसने अपनी नेक-टाई ठीक की, बाल सँवारे और मुख्य द्वार के पास जाकर मेहमानों का इन्तज़ार करने लगा।

हाँ, यह स्थान उसकी मंशा के बिल्कुल अनुकूल था। जैसे ही मेहमान घर में कदम रखेंगे, मेज़बान का फर्स्ट कज़िन होने के नाते वह मर्दों से हाथ मिलायेगा और नवयुवतियों को आलिंगन में लेकर अपना गाल उनके होंठों से सटा देगा। वह जानता था कि औपचारिकतावश मीता बिना 'मैक डार्लिंग' के मेहमानों का स्वागत करेगी नहीं और मोटापे एवं झेंप की वजह से मकरंद को लुढ़कते हुए द्वार तक पहुँचने में समय लगेगा। इस बीच, पतियों अथवा संरक्षकों की उपस्थिति में वह महिलाओं से अपने को चटवा चुका होगा।

इला ने कहीं पढ़ा था कि आम धारणा के विपरीत गिरगिट के रंग बदलने की प्रतिक्रिया का वातावरण से कोई सम्बन्ध नहीं होता; उसके स्नायुतन्त्र उत्तेजना, भय इत्यादि के कारण रंग बदलते हैं। इतने भयभीत व्यक्ति से कैसा डर किन्तु गिरगिट की नाटकीय चापलूसी कोई भला कब तक बर्दाश्त कर सकता था? तभी सीढ़ियों

के ऊपर अपने शयन कक्ष से बाहर निकलकर गलियारे में मेज़बान अवतरित हुए। वे अपनी पूरी साज-सज्जा में थे। सुनहरी अचकन और चूड़ीदार पाजामे में मकरंद बेहद व्यथित दिखाई दे रहे थे, तिस पर उनके गले में मोतियों का एक लम्बा हार था; जिसे पीछे पीठ पर फेंकते हुए वह बार-बार अपना गला खुजा रहे थे। मीता आँखें तरेरते हुए उन्हें संयम बरतने का आदेश दे रही थी। मीता ने गोटे-किनारी से लदी-फदी सुनहरी नेट की एक भारी-भरकम साड़ी पहन रखी थी, गले में था हीरों का एक भारी जड़ाऊ सेट और दायें कान के ऊपर बालों में फँसा था मोगरे के कृत्रिम फूलों का एक गुच्छा। विक्टोरिया और डेविड बैखम द्वारा प्रचारित परफ्यूम्स में वे दोनों सिर से पाँव तक नहाये हुए थे। एक-दूसरे का हाथ कस कर थामे, वे एक नवविवाहित जोड़े की तरह सीढ़ियाँ उतरते हुए नीचे बैठक में पहुँचे। उन पर नज़र पड़ते ही, खीसें निपोरता हुआ, गिरगिट उनकी ओर लपका।

गिरगिट को नज़रअन्दाज़ करते हुए, मीता और मकरंद सीधे भीतरी बैठक में जा पहुँचे, जहाँ शेराँ वाली माँ की एक बड़ी-सी मूर्ति सुसज्जित थी जिसके चारों ओर क्रिसमस लाइट जगमगा रही थीं। अधखुले नेत्रों से मीता ने गिरगिट को ढूँढ़ा और उसे अपना कैमरा थमा दिया। मरता क्या न करता, आकुल-व्याकुल गिरगिट फ़ोटो लेने लगा। मैक और मीता ने मेज़ पर रखे कृत्रिम फूलों का हार बड़े भक्ति भाव से मूर्ति पर चढ़ाया और आँखें बन्द कर कुछ देर तक प्रार्थना की।

'बोल शेराँ वाली माता तेरी सदा ई जै, जग्दियाँ जोताँ वाली माता तेरी सदा ही जय।' मीता ने हुंकार लगायी तो मकरंद, गिरगिट और राजीव ने ज़ोर से 'जय' दोहराया। इसके बाद मकरंद ने अन्य भगवानों के नाम ले-लेकर 'जय' के नारे लगवाये, जिसकी वजह से उनकी मोटी गर्दन को कई एक झटके झेलने पड़े। गिरगिट ने भाई-भाभी की एक-दूसरे को बर्फ़ी खाते-खिलाते हुए भी फ़ोटोज़ लीं। अन्त में, मीता ने बड़े स्नेहपूर्वक बर्फ़ी और फलों का प्रसाद अपने गिने-चुने मेहमानों में बाँटा।

'बड़े भाई, शादी की बीसवीं सालगिरह आप दोनों को बहुत-बहुत मुबारक हो, मैनी हैप्पी रिटरन्स ऑफ़ दी डे।' गिरगिट ने मकरंद का हाथ झिंझोड़ते हुए कहा जो इस आकस्मिक हमले से हड़बड़ा उठे। उन्हें समझ नहीं आ रहा था कि समय से पहले पहुँचे हुए इस 'कज़िन' से कैसे निबटा जाये जिसे मीता बिल्कुल पसन्द नहीं करती थी। ऐसी अवस्था में मकरंद की झेंप अपनी चरम सीमा पर थी; उनकी गर्दन स्वभावतः झेंप का साथ देती थी। मीता ताड़ चुकी थी कि गिरगिट, हमेशा की तरह, आज भी ख़ाली हाथ आया था।

'थैंक यू, राजेश। सुनो, मैक डार्लिंग, दो बज गये क्या?' मीता ने झुँझलाते हुए मकरंद से पूछा।

'भाभी जी, फ़िकर नॉट, दो बजने में अभी आधा घंटा बाक़ी है। मैं आप दोनों

को सबसे पहले मुबारकबाद देना चाहता था, पर देख रहा हूँ कि इला जी और राजीव भाई ने मुझे यहाँ भी मात दे दी। एनीवे, शादी की बीसवीं सालगिरह आपको बहुत-बहुत मुबारक हो।' दोहराते हुए उसने मीता को आलिंगन में लेकर उसे अच्छी तरह से चूमा। राजीव को, जिससे गिरगिट ने फ़ोटो खींचने की गुज़ारिश की थी, क्लिक का बटन ही नहीं मिला। कंजूसी के लिए मशहूर, मेज़बानों से भाड़े के एक फ़ोटोग्राफ़र की आशा रखना भी मूर्खता थी। मीता को आगोश में लिए-लिए गिरगिट ने इशारे से बटन की ओर इंगित किया और एक बार फिर अपना गाल मीता के होंठों से लगा दिया। मीता को अपने मेक-अप की फ़िक्र हुई जो उसने सुबह पचास पाउंड्स देकर एंजलीना-जोली-पार्लर से करवाया था।

'इनफ़ इज़ इनफ़, राजेश।' मेज़ पर रखे रंग-बिरंगे टिशु-बॉक्स में से एक टिशु निकालकर मीता ने झल्लाते हुए अपना गाल पोंछा तो उसे टिशु के खुरदरेपन का एहसास हुआ। उसका दिल बैठ गया; उसके ख़ास मेहमान क्या सोचेंगे? इस विशेष अवसर के लिए उसे अच्छे टिशुज़ खरीदने चाहिए थे। लेकिन अब क्या किया जा सकता था?

'मैक डार्लिंग, दीज़ टिशुज़ आर ए जोक। सुनो, ज़रा बेडरूम से वो डीसेंट वाला टिशु बॉक्स नीचे लाना और सुनो, कहीं उसे मेज़ पर नहीं रख देना। वो हम सिर्फ़ स्पेशल मेहमानों को ही ऑफ़र करेंगे।' मीता की आज्ञानुसार मकरंद झेंपते हुए ऊपर से एक लाल-सुनहरी मखमली टिशु-बॉक्स लेकर हाँफते हुए नीचे लौटे तो मीता ने अपनी आँखें मूँद कर शेराँ वाली माता को लाख-लाख धन्यवाद दिया; जिन्होंने अपनी भक्तन की लाज आज बस लुटते-लुटते बचा ली थी।

'मैक डार्लिंग, वायु और सुमित जागे कि अभी भी सो रहे हैं?' मीता ने दूसरा प्रश्न दागा।

'मीता डार्लिंग, उन्हें अ...अ...अभी स...स...सोने दो।' मकरंद ने कुछ घबराते हुए कहा कि कहीं मीता उन्हें फिर से ऊपर न दौड़ा दे। मकरंद की छोटी बहन वायु और बहनोई सुमित वर्मा ओस्लो से कल रात ही लन्दन लौटे थे। वे मकरंद और मीता के लिए नॉरवीजियन क्रिस्टल का एक बड़ा-सा कटोरा उपहार में लाये थे। मीता के हिसाब से उनकी शादी की बीसवीं सालगिरह के लिए यह एक हलका उपहार था; विशेषतः सगे बहन-बहनोई की ओर से। यह उन्हें ओस्लो के फुगलेन-बार से अवश्य सस्ते में मिल गया होगा।

इस ख़ूबसूरत क्रिस्टल बाउल को मेज़ पर रखा देख इला ने ही मीता को सुझाया था कि वह उसे पानी से आधा भर कर उसमें गुलाब की पंखुड़ियाँ और टी-लाइट्स छोड़ दे। अब वही कटोरा मेज़ की ही नहीं, पूरे डाइनिंग हॉल की रौनक़ बढ़ा रहा था।

'मैक डार्लिंग, मुझे आज सब कुछ परफ़ेक्ट चाहिए।' मैक को सचेत करते समय भी मीता की नज़र गिरगिट पर ही टिकी थी जो काजू-पिस्ता-बादाम-अखरोट

और किशमिश से सजाई गयी ट्रे के बिल्कुल क़रीब खड़ा था। उसने एक क्षण के लिए आँखें बन्द कीं और मन ही मन एक बार फिर शेराँ वाली माँ को याद दिया कि वह उसकी काजू-पिस्ता-बादाम-अखरोट और किशमिश से सजाई गयी ट्रे की रक्षा करे।

'राजेश, यह कैमरा बहुत एक्स्पेंसिव है। अपनी नेक में लटका लो, कहीं हाथ से गिरकर टूट न जाये।' कहते हुए मीता ने कैमरे की डोरी स्वयं ही सकपकाये हुए गिरगिट के गले में पहना दी और मकरंद की ख़बर लेने चल दी।

मैक डार्लिंग, ऐसे अनकल्चर्ड लोगों को पार्टी में इनवाइट करने की क्या ज़रूरत थी? मीता ने फुसफुसाकर पति से पूछा तो जवाब में उन्होंने झेंपते हुए अपने कन्धे उचका दिये; मेहमानों की फेहरिस्त बनाते समय मीता ने उसकी राय तक नहीं ली थी। वैसे भी, अपने समस्त ससुराल वालों से मीता को शिकायत थी।

'सुनो राजीव, यह कॉर्नर कुछ एम्पटी-एम्पटी सा लग रहा है, प्लीज़ यहाँ गुब्बारे या टिंसल्स लटका दीजिए न।' कुछ ठुनकते हुए मीता ने राजीव से कहा और जल्दी से पैकेट में से कुछ गुब्बारे निकालकर उसने गिरगिट के हाथ में थमा दिये; जिसे किसी न किसी काम में व्यस्त रखना बहुत आवश्यक था ताकि वह उसकी काजू-पिस्ता-बादाम-अखरोट और किशमिश से सजी हुई ट्रे का सत्यानाश न कर दे।

'भाभी जी, आपके घर में एक्स्ट्रा क्रिसमस-लाइट्स तो होंगी ही...' एकाएक राजीव ने पूछा तो पीछे खड़ी सायरा और इला मुस्कुराने लगीं।

'ब्रावो राजीव, वाट ऐ ब्रिलिएंट आइडिया! मैक डार्लिंग, ज़रा राजेश को ऐटिक में चढ़ाकर क्रिसमिस-लाइट्स वाला बॉक्स उतरवा लाओ।' मकरंद ने घूरकर राजीव को इस बेवकूफ़ी भरे सुझाव के लिए लताड़ा। एक गुब्बारा मुँह में दबाये गिरगिट भी आनन-फ़ानन बाथरूम में जा घुसा; धूल-धूसरित कोलकी में चढ़ कर कौन अपना पार्टी सूट बर्बाद करे?

'एक मिडल-एजेड जोड़े की बीसवीं वेडिंग-एनिवर्सरी पर गुब्बारे और क्रिसमिस लाइट्स लगाने की भला क्या तुक है?' इला के मन की बात सायरा ने कह दी।

'बिल्कुल सही फ़रमाया आपने, ऐसे मौक़ों पर तो ताज़ा फूलों की सजावट होनी चाहिए थी।' इला की नज़र वापस चौकन्ने-से गिरगिट पर आ टिकी जो गुब्बारे फुलाने के बजाय उस वक्त गरमा-गरम चिकन टिक्के गटकने में व्यस्त था दैव योग से इस वक्त मीता रसोई में काम-वालियों से झिक-झिक कर रही थी।

'तुम्हारे एप्रन्स कहाँ हैं, गर्ल्स?' पूछते हुए मीता ने प्रिया और लूसी के कपड़ों और जूतों का निरीक्षण किया। दोनों ने झटपट अपने सफ़ेद टॉप्स और काली स्कर्ट्स के ऊपर मीता द्वारा खरीदे गये सफ़ेद एप्रन्स बाँध लिए जिनके ऊपर लाल स्याही से 'गेस्ट इज़ गॉड!' छपा था।

'चिन अप गर्ल्स एंड स्टैंड स्ट्रेट, आज बहुत इम्पॉर्टेंट गेस्ट्स आने वाले हैं, बी

वेरी पोलाइट टु देम। ओके प्रिया, यू अंडरस्टैंड?' मीता ने यह बात प्रिया को लक्ष्य करते हुए कुछ ऐसे कही थी कि जैसे वह मंदबुद्धि हो।

'यैस मैम।' लूसी ने कहा तो प्रिया ने भी अपनी गर्दन भरतनाट्यम-नृत्य की मुद्रा में हिला कर हामी भर दी। मीता ने एक बार फिर सिर से लेकर पाँव तक उन दोनों का निरीक्षण किया और फिर सन्तुष्ट होकर गैरेज में चली आयी, जहाँ प्लास्टिक के बड़े-बड़े भगौनों में भोजन रखा था। स्टील की एक थाली में भोजन परोस कर वह एक बार फिर मन्दिर में पहुँची और आँखें मूँद कर बरक्कत की माँग की, 'माँ शेराँ वाली, आज की पार्टी सक्सेस्फुल रही तो मैं फाइव पाउंड्स का, नहीं-नहीं अम्बे-माँ, एलैवैन पाउंड्स का प्रसाद चढ़ाऊँगी,' इस समारोह, जिसके लिए मीता ने ज़मीन- आसमान एक कर दिया था, की सफलता पर टिकी थी उसकी सामाजिक प्रतिष्ठा।

मीता की ग़ैरहाज़िरी गिरगिट के लिए वरदान साबित हुई, हालाँकि दूर कोने में खड़ी सायरा और इला की नजरें उसी पर टिकी थीं।

बोझिल और लटके हुए पपोटों के नीचे दबी हुई गिरगिट की आँखें यूँ तो एक ही समय में दो ओर देखतीं किन्तु जब वे भोजन पर टिकतीं तो उसकी दोनों पुतलियाँ न जाने कैसे एक ही स्थल पर केन्द्रित हो जातीं। एक बड़े-से टिक्के को उसने अपनी मोटी और ठिगनी उँगलियों के बीच दबोचा ही था कि सायरा ने इला के कान में बड़ी कातर आवाज़ में 'हेल्प, हेल्प' कहा। इला को भी लगा कि तंदूरी मुर्गा उन्हें अपनी सहायता के लिए पुकार रहा है। जीभ को टिक्का सँभलवाकर, गिरगिट की उँगलियाँ झट प्लेट पर वापस लौट आयीं और एक-दूसरे टिक्के को सहलाने लगीं। टिक्का जीभ समेत उसके चौड़े मुँह में यूँ ग़ायब हो गया जैसे छिपकली के मुँह में मच्छर। क़ोफ़्त के मारे इला और सायरा ने अपने चेहरे फेर लिए।

'इन्हें गिरगिट जैसा तख़ल्लुस देने वाले अज़ीज़ से मैं जरूर तवारुफ़ करना चाहूँगी।'

'ज़रूर कोई भुक्त-भोगी होगा।' इला जान-बूझ कर राजीव का नाम छिपा गयी कि बात निकलेगी तो दूर तलक जायेगी।

इस पार्टी में शामिल न होने के लिए इला ने न जाने कितने बहाने बनाये थे किन्तु राजीव के सामने उसकी एक नहीं चली थी। मंजूषा के साथ अकेले आता तो लोग सौ बातें बनाते। हालाँकि इला ने उसे पूरी छूट दे रखी थी। जहाँ जी में जाये और अपने साथ जिसे चाहे ले जाये क्योंकि वह आश्वस्त थी कि राजीव को नवयुवतियों से बतियाने भर का शौक है। विवाह के पिछले सात वर्षों के दौरान, उसने किसी भी युवती को गम्भीरता से नहीं लिया था। वह बस इसी में खुश था कि मर्दों के बीच उसकी साख़ बनी रहे कि शादी-शुदा होने के बावजूद वह युवतियाँ पटाने में सक्षम था। फिर क्या यह ज़रूरी था कि वह इला की तरह असमय प्रौढ़ हो जाता?

मकरंद से आँखें चार होते ही गिरगिट ने प्लेट को बड़ी मुस्तैदी से मेज़ पर वापस रख दिया और टिक्कों के मसाले से रँगे हाथों को उसने अपनी पीठ के पीछे ले जाकर ऐसे बाँध लिया कि जैसे वह वहाँ बस टहलते हुए ही पहुँच गया था। गिरगिट को चिकन-टिक्कों के क़रीब खड़ा देख, मीता अपने इक्का-दुक्का मेहमानों को चीरती हुई उसकी ओर लपकी। वह जानती थी कि गिरगिट को क़ाबू में रखना मकरंद के बस की बात नहीं थी।

'मैक डार्लिंग, ज़रा गेस्टों को लुक आफ़्टर करो न! और देखो कहीं चिकन-टिक्का कम न पड़ जाये।' मीता ने झल्लाते हुए कहा किन्तु मैक डार्लिंग से झेंपने के अलावा कुछ न हो पाया। वैसे भी मेहमान अभी पहुँचे ही कहाँ थे? उन दोनों को अपने समक्ष देख, गिरगिट एक गुब्बारा ज़ोर-शोर से ऐसे फुलाने लगा कि जैसे वह मीता द्वारा सौंपे गये काम में अत्यधिक व्यस्त हो।

'राजेश, गुब्बारे अब बहुत हो गये। ज़रा जल्दी से टेस्कोज़ सुपरस्टोर से आइस-क्यूब्स के कुछ बैग्स ले आओ प्लीज़?' मीता के तथाकथित स्टैंडर्ड को कायम रखने के लिए गिरगिट का कहीं व्यस्त रहना बहुत ज़रूरी था, विशेषतः जब तक सारे मेहमान नहीं पहुँच जाते।

'श्योर श्योर, भाभी जी। मैं तो ट्रेन से आया हूँ पर, वरी नॉट, अपना राजीव है न, जिन्दाबाद। इसी बहाने बड़े भाई की नयी कार में बैठने का मुझे भी मौक़ा मिल जायेगा।'

'राजीव को अभी बहुत सारे काम निपटाने हैं, राजेश। पाँच ही मिनट का तो रास्ता है, जस्ट रन एलांग प्लीज़।' अपनी आवाज़ में शहद घोलते हुए मीता ने गिरगिट को बाहर की ओर धकेलते कहा। खुद को मीता का देवर बताता फिरता है, ज़रा अपना फर्ज भी तो निभा कर दिखाये!

सितम्बर का महीना था और ऐसी कोई ख़ास ठंड भी नहीं थी कि गिरगिट को जैकेट पहननी पड़ती लेकिन उसने खूँटी से अपनी जैकेट उतारने और पहनने में दस मिनट लगा दिये। बड़े बेमन से वह अभी दरवाज़े तक पहुँचा ही था कि मेज़बान के परम मित्र मोहन और उनकी पत्नी मोहिनी टयाल आ पहुँचे। गिरगिट के तो भाग ही खुल गये। असली मज़ा तो मोहिनी की गुदगुदी छातियों को सीने से लगाये रखने में था। उसने अपने को शाबाशी दी क्योंकि ऐसा केवल उसकी टालमटोल से ही सम्भव हुआ था। वह सुपर मार्केट के लिए निकल गया होता तो इस अभूतपूर्व आनन्द से वंचित रह जाता।

मोहिनी भी किसी को एक बार अपने से चिपका लेती तो उसे अच्छी तरह झिंझोड़े बगैर नहीं छोड़ती थी। उसने शामों-साटन की एक सतरंगी साड़ी पहन रखी थी और उसका ब्लाउज़, जो एक ज़माने में मैचिंग रहा होगा, अपने प्राचीनत्व को रो

रहा था। गले में सोने की भारी चेन में लटके बड़े-से लॉकेट में लक्ष्मी जी मोहिनी की भारी-भरकम छातियों के बीच फँसी थीं।

'जय सिया राम, जय भरत-शत्रुघन...' कहते हुए गिरगिट ने मोहिनी का स्वागत किया।

'जय लक्ष्मण, जय जय हनुमान।' मोहिनी ने दूसरी पंक्ति गायी। फिर दोनों ने मिलकर सम्पुट को दो बार बड़े ज़ोर-शोर से दोहराया।

'मोहिनी भाभी, दरवाज़े पर ही खड़ी रहोगी कि अन्दर भी आओगी?' मीता ने अपनी बायीं आँख दबाते हुए मोहिनी को जता दिया कि गिरगिट को लिपटाये वह कब से दरवाज़े में ही अटकी थी। मोहिनी को छोड़ा तो गिरगिट ने मोहन का हाथ थामते हुए सम्पुट की वही पंक्ति दोहराई। उनका हाथ छोड़ता तो उसे आइस-क्यूब्स लेने जाना पड़ता। भारी-भरकम मोहन ने भी, जो साँस लेने के लिए द्वार पर ठहर गये-से लगते थे, सम्पुट की पंक्ति पूरी की और फिर मोहन, मोहिनी और गिरगिट तीनों ने मिलकर सम्पुट को दोहराया।

'मैक डार्लिंग, ज़रा राजेश से कहो न कि जल्दी से आइस-क्यूब्स ले आये, मेरी तो वह एक नहीं सुनता।' मोहिनी और मोहन के साथ गिरगिट को व्यस्त हुआ देख मीता चिढ़ उठी।

'मीता डा...डा...डार्लिंग, ग...ग...गैरेज वाले फ...फ..फ़्रीज़र में ब...ब...बहुत सारी आ...आ...आइस रखी...' झेंपते हुए मकरंद ने कहा।

'शुश डार्लिंग, उसे मैंने इंटेंशनली बाहर जाने को कहा है। जब तक हमारे स्पेशल गेस्ट्स पहुँचेंगे, वह सारे टिक्के उड़ा चुका होगा।' मीता ने अपनी बायीं आँख दबाते हुए कहा।

'ड...ड...डार्लिंग, यू आर स...स...सो र...र...राइट।' पत्नी के समर्थन में मकरंद को जैसे एक बार फिर झेंपने का मौक़ा मिला। गर्दन भी मटकने से नहीं चूकी।

'अरी मीता, हम अन्दर नहीं आयेंगे तो क्या मरे बाहर ही खड़े रहेंगे? मरी तुम्हारी पार्टी में ही तो आये हैं। शादी की मरी सालगिरह तुमें बहुत-बहुत मुबारक हो।' मोहिनी ने मीता और मकरंद दोनों को एक साथ अपने से चिपटाते हुए कहा।

'थैंक यू, मोहिनी भाभी। आरती और दीपक को कहाँ छोड़ आयीं?' मीता ने छिटकते हुए खुद को गलियारे में लगे आदमकद शीशे में निहारा। पार्लर से बँधवाई गयी साड़ी कहीं बिगड़ तो नहीं गयी!

'बच्चों को तो हम मरा जान बूझ कर नहीं लाये, मीता, हम लोगों के बीच वे मरा बोर ही होते। वैसे भी उनके इम्तहान सिर पर हैं। हैरी और कैमिला के भी तो मरे इम्तहान चल रहे होंगे?'

'हाउ थॉटफुल ऑफ़ यू, मोहिनी।' मीता ने सोचा कि ज़रूर दाल में कुछ

काला है, नहीं तो मोहिनी और मोहन बच्चों को घर पर छोड़ कर आने वालों में से नहीं थे।

'हम जल्दी आ गये क्या?' हाँफते हुए मोहन ने कमरे के अन्दर झाँकते हुए पूछा। उन्होंने मीता और मकरंद को बधाई तक नहीं दी क्योंकि वे औपचारिकता में विश्वास नहीं रखते थे। वैसे भी, मकरंद के स्व-नियुक्त बड़े भाई जो ठहरे। मोहिनी से कहीं अधिक मोटे, मोहन थोड़ा सा लँगड़ा कर भी चलते थे। उनके थुलथुल बदन को उनकी पैंट और कमीज सँभाल नहीं पा रही थीं। कमीज़ में से उनकी फ़ुटबाल जैसी तोंद के नयनाभिराम दर्शन किये जा सकते थे और उनकी पैंट कमर पर भगवान ही जाने कैसे टिकी थी।

'अरे नहीं मिक भाई साहब, कम इन, कम इन। इला-राजीव, राजेश, कुलभूषण-मंजूषा, दे ऑल आर इनसाइड।' मीता ने उन्हें गलियारे से अन्दर धकेलते हुए बताया। वह चाहती थी कि मोहिनी और मोहन सीधे अन्दर वाली बैठक में चले जाये। उसके विशेष अतिथियों से कहीं दूर। हाँफते हुए मोहन के हाथ से गत्ते के दो डिब्बे झपट कर मोहिनी ने मकरंद और मीता को थमाते हुए जैसे अपना कर्तव्य निभा दिया। मीता ने झट अनुमान लगा लिया कि उन डिब्बों में क्या होगा। एक में सस्ती-सी साड़ी और दूसरे में पौलिएस्टर की एक कमीज़, जो साउथॉल में दस पाउंड की तीन मिलती हैं। इन्हें मीता को भी आगे किसी को भिड़ाना होगा। इंडिया जाओ तो दर्जनों रिश्तेदारों को कुछ न कुछ देना ही पड़ता है, इसमें देवर-देवरानी निपट जायेंगे, जय माता दी।

'सायरा को भी बुलाया है मरा तुमने?' तिरछी नज़र से मोहिनी ने सायरा को देख लिया था। एकाएक मीता घबरा उठी कि गिरगिट, घड़ियाल और सायरा जैसे मेहमान उसकी पार्टी का कहीं कूड़ा ही न कर दें। उन्हें न्योता देकर वह अब पछता रही थी किन्तु गिरगिट और घड़ियाल मैक के 'फर्स्ट-कजिन्स' थे। न चाहते हुए भी उसे उन्हें न्योता देना पड़ा था। हालाँकि उसके स्टैंडर्ड के तो नहीं हैं, किन्तु पड़ोसियों में से भी किसे बुलाती, किसे छोड़ देती?

'मैक डार्लिंग, अच्छा होगा कि हम इन्हें भी इसी पार्टी में निपटा दें, नहीं तो हमें अलग से एक पार्टी देनी पड़ेगी।' कहते हुए मीता ने लगभग सौ लोगों को विशेष निमंत्रण-पत्र भिजवाये थे जिनमें से लगभग तीस भारत, यूरोप, अमेरिका और ऑस्ट्रेलिया के निवासी थे और उसे पूरी उम्मीद थी कि वे नहीं आ पायेंगे। ये निमंत्रण-पत्र, जिन पर गुलाबी और नीले रंग के गुब्बारे उड़ रहे थे, उसकी बेटी कैमिला ने अपने लैपटॉप पर बनाये थे। बेटे हैरी के अनुसार ये 'ग्रॉटेस्क' यानी भयावने थे। जिन खुशनसीबों को ये निमंत्रण-पत्र मिले, वे सिवा मुस्कुराने के और क्या कर सकते थे? हालाँकि मीता की एक पड़ोसन को तो यह निमंत्रण-पत्र इतना पसन्द आया कि उसने उसे फ्रेम में जड़वाकर अपनी बैठक में सजा लिया था।

'डार्लिंग, यह सायरा क्या कर रही है यहाँ? डिड यू इन्वाइट हर?' मीता ने पति से सफ़ाई माँगी, कम से कम सायरा को उसने तो क़तई नहीं बुलाया था।

'मी...मी...मीता डार्लिंग, मैं क...क...क्यों इ...इ...इन्वाइट करने लगा? ग.. .ग...गेस्टों की लिस्ट तो तुम्हीं ने ब...ब...बनाई थी।' मकरंद के इस झेंप-मिश्रित स्पष्टीकरण ने मीता को और भी शक में डाल दिया। 'तो डार्लिंग, हाउ कम शी इज़ हियर?' मीता ने पति का ऊपर से नीचे तक का निरीक्षण कर डाला कि कहीं वह उससे कुछ छिपा तो नहीं रहा है।

'यू नो डार्लिंग, वेरी वेल, रंजीत ज...ज...जहाँ भी जाता है, सा-सा-सायरा वहाँ प...पहुँच ही ज...ज...जाती है।' मैक की क्रोधभरी झेंप ने उसकी गर्दन को कई बार झटकने को मजबूर कर दिया।

'बट मैक डार्लिंग, आई कांट सी रंजीत नो-वेयर।' मीता की चील जैसी आँखें एक बार फिर गिरगिट पर जा टिकीं जो वापस अन्दर आकर अपना कोट खूँटी पर टाँग रहा था।

'मोहिनी भाभी, अपने रंजीत भाई बादशाह आदमी हैं बादशाह, वो तो अपने हिसाब से ही आयेंगे।' गिरगिट बोला, जो ख़ाली हाथ लौट आया था। मीता उसे आँखें फाड़े यूँ देख रही थी जैसे उसे कच्चा ही चबा जायेगी।

'राजेश, आइस का क्या हुआ?' उसी वक्त ट्रे में गरम-गरम चिकन टिक्के लिए एक पतली-दुबली पोलिश लड़की, लूसी, विदेशियों के बीच घबराई हुई-सी आ खड़ी हुई।

'वरी नॉट भाभी जी, आपकी आइस भी बस आती ही होगी। बुलबुल पूछ रही थी कि मामा-मामी को कुछ चाहिए तो नहीं, मैंने उससे कह दिया कि आइस-क्यूब्स और दो-चार टिशु-बॉक्सेज़ लेती आये, वह टैस्कोज-स्टोर के करीब ही से गुज़र रही थी। ठीक कहा न?' कहते हुए गिरगिट एक बार फिर टिक्कों की ओर लपका। मीता जब तक गिरगिट से प्लेट को दूर हटाती, टिक्कों की ही तलाश में मोहन भी हाँफते हुए उधर आ निकले।

'लूसी, दीज़ टिक्काज़ आर कोल्ड, प्रिया से कहो कि इन्हें थोड़ी देर के लिए अवन में रख दे।' मीता ने चकित-विस्मित लूसी को टिक्कों की प्लेट सहित रसोई की ओर धकेल दिया। गिरगिट और मोहन टापते ही रह गये। मीता सोच-सोच कर झल्ला रही थी कि लोगों को खाने की ऐसी भी क्या जल्दी पड़ी है? मेज पर रखे हुए स्टार्टर्स को कुछ देर तो सजा रहने देते।

'मिक भाई साहब, आप तो प्लीज़ गरम-गरम समोसा खाइए, हरी चटनी के साथ, टोमेटो केच-अप तो जी, इज़ ओनली फ़ॉर गोराज।' यह सोच कर कि उसके टिक्के हटा लेने पर कहीं मोहन बुरा न मान गये हों, मीता ने बड़े सम्मान से समोसों की ट्रे उनके आगे कर दी।

'थैंक यू भाभी जी, समोसों में कैलोरीज़ बहुत ज़्यादा होती हैं न, इसलिए...।' कहते हुए मोहन टयाल ने अपना हाथ खींच लिया।

'मिक भैया, ये कोई आर्डिनरी समोसाज़ नहीं हैं।' अव्नेबल समोसाज़ हैं अव्नेबल, नो फ्राइंग इन्वॉल्वड।' मीता ने एक समोसा मोहन की प्लेट में ज़बरदस्ती रख दिया।

'तुम क्या मरा समोसा खाने में लगे हो, मिक? टिक्का लो मरा टिक्का, क्या खूब बना है। मरा मज़ा आ गया।' मोहिनी घबराई हुई लूसी को रास्ते से ही लौटा लायी थी।

मीता की नाराज़गी को भाँपते हुए लूसी ने रसोई की ओर कदम बढ़ाया ही था कि गिरगिट उसका रास्ता रोक कर खड़ा हो गया।

'मोहिनी जी इतनी तारीफ़ कर रही हैं तो, भाभी, हम भी अब टिक्का ही चखेंगे।' मोहन और मोहिनी की आड़ में गिरगिट चार-पाँच टिक्के और चटनी अपनी प्लेट में रखने में फिर कामयाब हो गया। मीता का मन हुआ कि अपने बाल नोच ले। 'मैक डार्लिंग, ज़रा टिक्के गरम करवाओ न।' मीता की नुकीली कोहनी मैक डार्लिंग की पसलियों को घायल कर गयी किन्तु झेंप के अत्यधिक बढ़ जाने के कारण मकरंद की टाँगें जवाब दे गयीं।

'अरे छोड़िए न भाभी जी, पार्टी में गरम-ठंडा सब चलता है। गिव मी दी प्लेट, लूसी, यू गो बैक टु दी किचेन। मैं सर्व करता हूँ मेहमानों को।' बौखलाई हुई लूसी मुँह खोले सकपकाई हुई मीता के चेहरे को ताकती रह गयी। टिक्के और गिरगिट दोनों ग़ायब हो चुके थे। झेंपते हुए मकरंद पीछे रखे टू-सीटर सोफे में जा धँसे जहाँ इला इत्मीनान से बैठी हुई इस बेहतरीन नाटक का आनन्द ले रही थी। टिक्कों की ग़ैरहाज़िरी में मोहन भी हाँफते हुए उसकी बगल में आ धरे। इला का साँस लेना अब मोहन और मकरंद के रहमो-करम पर था।

'लूसी, लूसी, वेयर इज़ लूसी?' मीता के चिंघाड़ते ही बौखलाई हुई लूसी आधे रास्ते से ही लौट आयी।

'लूसी, यू स्टे विद मी, ओके? प्रिया विल मैनेज द किचन।' मेहमानों को भी तो पता लगे कि मीता के घर में एक गोरी मेड के अलावा एक इंडियन नौकरानी भी थी।

'यस मैडम।' लूसी को यह समझ नहीं आ रहा था कि मीता केवल उसे ही क्यों दौड़ा रही है? प्रिया भी तो थी, जो रसोई में एक स्टूल पर बैठी अपने बेटे मुरली को लाड़ किये जा रही थी, 'पसी इक्क दा?' 'दाग मा इर्कूक दा?' (तुम्हें भूख तो नहीं लग रही? प्यास तो नहीं लग रही?)

कोई मीता से पूछे, गोरी चमड़ी से चाकरी करवाने में जो इज़्ज़त है, उसका मज़ा ही कुछ और है।

प्रिया की सिफ़ारिश इला ने ही की थी कि मीता उससे घर या स्कूल के छोटे-मोटे काम करवा लिया करे क्योंकि प्रिया को पैसों की सख्त ज़रूरत थी। मीता भी झटपट मान गयी थी क्योंकि गोरों के मुकाबले एशियन नौकरों से आधे पैसों में दुगुना काम करवाया जा सकता है, हालाँकि इंडियन्स का काम, जैसा कि प्रिंस फिलिप के मुँह से एक बार निकल गया था, 'प्रोफेशनल' नहीं होता, किन्तु मीता को कौन-सी छत डलवानी थी?

स्टार्टर्स पर नज़र रखते हुए मीता सोच रही थी कि प्रिया और लूसी के होते हुए, उसे राजीव और इला की कोई ज़रूरत नहीं थी। चार मेहमान फ़ालतू के हो गये थे किन्तु उसे क्या मालूम था कि वे अपने साथ कुलभूषण और मंजूषा को भी ले आयेंगे। यह अच्छा था कि उन चारों को खाने-पीने में कोई रुचि नहीं थी। इला अजीबो-ग़रीब थी, कहीं वह अपने पति पर ही तो शोध नहीं कर रही? वरना कौन अपने पति को दूसरी औरत के साथ खुल्लमखुल्ला बतियाने देता है? मीता की अक्ल के घोड़े चारों दिशाओं में सरपट दौड़ रहे थे। विशेष अतिथि बस पहुँचने ही वाले होंगे। कहीं चिकन टिक्के कम न पड़ जायें। लोगों को तो बातें बनाने का बस एक मौक़ा चाहिए। मंजूषा और राजीव को बातों से फुरसत मिले तो वे मेहमानों की फ़िक्र करें। उसे ही कोई तिकड़म भिड़ानी होगी, अपने पल्लू को कमर में खोंसती हुई मीता एक बार फिर कमर कस कर तैयार हो गयी, 'जय माता दी'।

'इला डार्लिंग, टेक वन समोसा, अब घरवालों से भी रिक्वेस्ट करनी पड़ेगी क्या?' मीता ने इला को एक बार फिर अपने समोसे भिड़ाने की कोशिश की। उसे विश्वास था कि यदि किसी एक मेहमान ने समोसे की तारीफ़ कर दी तो अवनेबल समोसों के लिए लोगों की लाइन लग जायेगी, जो मीता ने होल-सेल में ख़रीद रखे थे।

अपनी जगह से हिल भी पाती तो इला शिष्टाचारवश एक मरगिल्ला-सा समोसा जरूर उठा लेती। झुँझलाई और हाँफती हुई मीता को जगह देने के बहाने इला किसी तरह से उठकर अन्दर वाली बैठक की ओर चल दी। बैठ सकती तो मीता भी बैठ जाती किन्तु उस टू-सीटर पर ढाई लोग पहले से ही बैठे थे।

'मैक डार्लिंग, आप तो मेहमानों की तरह बैठ गये हो, गेस्टों में सर्कुलेट करो न।' मीता ने पति की चिरौरी की।

'मीता जी, कोई काम-वाम हो तो आप मुझे या मोहिनी को बता दीजिएगा।' मोहन ने हाँफते हुए कहा किन्तु वह अपनी जगह से टस से मस तक नहीं हुए।

'मी...मी...मीता डार्लिंग, यू आ...आ...आल्सो सिट, ये हमारी म...मम... मैरिज-एनिवरसरी है आ...आ...आफ्टर आ...आ...ऑल।' झेंपते हुए मकरंद ने भी उठने से साफ इनकार कर दिया।

'मैक डार्लिंग, कैसी बातें कर रहे हो? हम ही मेहमान बनकर बैठ जायेंगे तो

गेस्टों का वेल्कम कौन करेगा? ज़रा अपने राजेश को देखो, वह सेंटर टेबल पर ड्राई फ्रूट से सजा हुआ थाल बिगाड़ने पर तुला है। उसे एक प्लेट में थोड़े-से काजू अलग से दे दो न, मैक डार्लिंग, प्लीज़ डार्लिंग। आपा-हसन, रंजीत, नैन्सी-नरेश, शमीम-आयशा, सुरभि-सुरेन्द्र अभी कोई भी तो नहीं पहुँचा है और...' तनाव की वजह से मीता के सिर में हलका-सा दर्द शुरू हो चुका था। उसका बस चलता तो वह गिरगिट को घर से बाहर धकेल देती और सायरा से पूछती कि इस जश्न में घुसपैठ करने की उसकी हिम्मत कैसे हुई? ऐसे ही ख़ैरातियों की वजह से उसकी मुफ्त में बदनामी होगी।

'वरी नॉट, भाभी जी, मैं हूँ न यहाँ। लूसी, ब्रिंग सम फ्रेश औरेंज जूस विद ए लॉट ऑफ़ आइस, प्लीज़।' गिरगिट ने लूसी को आज्ञा दी और वह खुद भी उसके पीछे-पीछे रसोई की ओर चल दिया। अपने सामने उसने लूसी से ताजा संतरों का रस निकलवाया। चखने के बहाने वह आधे से अधिक रस पी चुका था और फिर ढेर सारी बर्फ़ डाल कर उसने दूसरा गिलास मीता को भिजवा दिया।

मीता ने रस पीकर कुछ लम्बी-लम्बी साँसें लीं, तब कहीं जाकर उसका दिमाग़ कुछ ठंडा हुआ। उसे तो नकचढ़ी सायरा का शुक्रगुज़ार होना चाहिए कि वह बिन बुलाए ही उसके घर आ पहुँची थी। पार्टी में खूबसूरत युवतियों से रौनक बनी रहती है और सायरा तो गाती भी अच्छा है। एक-दो ग़ज़लें गा देगी तो मेहमानों का अच्छा-ख़ासा मनोरंजन हो जायेगा, वो भी मुफ्त में। डीजे-वीजे तो इतने महँगे हैं आजकल कि पूछो नहीं। तिस पर लोग घर जाने का नाम ही नहीं लेते। औरतें देर तक नाचती रहेंगी और मर्द पीते रहेंगे। न भई न, मीता में इतना सब्र कहाँ?

'मैंने तो मीता जी, आपसे पहले ही कहा था कि ड्रिंक्स सर्व करने के बाद ही स्टार्टर्स निकालिएगा। अब देखिए न, मेहमान अभी पहुँचे भी नहीं हैं और आपकी मेज़ें ऑलरेडी मैस्सी हो चुकी हैं। स्टार्टर्स तो अब शायद आधे भी नहीं बचे होंगे।' मंजूषा ने, जो रेस्टरूम की ओर जा रही थी, रुककर मीता को चेतावनी दी।

'आइ हैव ओनली टु हैंड्स, यू नो, और राजीव कहाँ है?' मीता गुस्सा पीकर बोली। कल की छोकरी चली है उन्हें सिखाने कि पार्टी कैसे दी जाती है। वह एक बार फिर भन्ना उठी क्योंकि वह जानती थी कि मंजूषा कुछ गलत नहीं कह रही थी, पर राजीव को भी तो उसी ने व्यस्त कर रखा था।

'मीता जी, आप क्यों परेशान हो रही हैं? ड्रिंक्स तो आप हम दोनों पर छोड़ दीजिए। डिनर की भी फिक्र करने की आपको ज़रूरत नहीं क्योंकि आजकल लोग स्टार्टर्स से ही अपने पेट भर लेते हैं।' राजीव ने, जो मंजूषा की दुम से चिपका हुआ वहाँ चला आया था, मीता से निश्चिन्त रहने का आग्रह किया।

'फिर भी, आप स्टार्टर्स तो थोड़ी देर के लिए रुकवा ही दीजिए।' मीता के कान में फुसफुसाते हुए मंजूषा रेस्टरूम में घुस गयी।

‘राजीव, तुम्हारे कहने पर मैंने इसे इनवाइट कर लिया था पर यह तो ऐसे बिहेव कर रही है जैसे रेप्यूटेड वेडिंग-प्लैनर हो और इसके हज़बैंड को देखो, जब से आया है, क्रिकेट मैच देख रहा है, तभी तो इसकी वाइफ़ इधर-उधर मुँह मारती फिरती है।’ मीता ने अपना सारा गुस्सा राजीव पर उतार दिया।

‘सॉरी भाभी जी, मैंने तो इसे वाइन-बार पर हेल्प के लिए बुलाया था, मुझे अन्दाज़ा नहीं था कि कुलभूषण भी चल पड़ेगा, आइ एम रियली वेरी सॉरी।’ राजीव ने मन ही मन तय किया कि वह अब दोबारा मीता के घर नहीं आयेगा।

‘सॉरी राजीव, मैंने अपनी फ्रसट्रेशन तुम पर उतार दी। प्लीज़ उसे नहीं बताना वाट आइ जस्ट सैड। ऐनी-वे, मंजूषा इज़ राइट, यू नो।’

‘इट्स ऑल राइट, भाभी जी, आप टेंशन न लें, सब ठीक हो जायेगा।’

राजीव ने अपने साथ मंजूषा की ड्यूटी यही कहकर लगवाई थी कि वह ‘बार’ यानी ‘मधुशाला’ की शोभा बढ़ायेगी, जिसका इन्तजाम बड़ी बैठक के एक कोने में किया गया था। बार में कई तरह के फलों के रस, बियर्स और साइडर्स के अलावा ब्लैक लेबल व्हिस्की, रम, जिन, बकार्डी, मैलिबू और पोर्ट की बोतलें भी सजी हुई थीं। बर्फ पीसने की मशीन और तरह-तरह के सुन्दर बिल्लौरी पैमाने देखकर सभी मेहमानों का मन कुछ न कुछ पीने को ललचा रहा था। मर्दों पर दो-दो नशे एक साथ तारी थे—शराब और मंजूषा, जो एक पारदर्शी साड़ी और सुनहरी तनियों पर टिके आधे बालिश्त भर ब्लाउज़ में लज़ीज़ लग रही थी।

मंजूषा को लगा कि कुलभूषण उसे तनिक रोष से देख रहा था जैसे कह रहा हो कि उसे लोगों की कुछ तो परवाह करनी चाहिए। अपनी बड़ी-बड़ी आँखें घुमा कर मंजूषा ने बड़ी मासूमियत से राजीव की ओर इशारा कर दिया कि वह तो केवल राजीव की सहायता कर रही थी।

काश कि कुलभूषण और इला भी एक-दूसरे में रुचि ले पाते तो शायद बात बन जाती परन्तु कहाँ इला अपंग बच्चों की विशेषज्ञ एवं शोधकर्ता और कहाँ कुलभूषण, मैट्रिक पास एक नुक्कड़-दुकानदार। देखा जाये तो वे दोनों ही इस भरे कमरे में तनहा थे। ज़ाहिर था कि कुलभूषण का मंजूषा पर कोई ज़ोर न था और न ही इला का कोई इरादा था राजीव से झिकझिक करने का। ऐसा नहीं था कि इला कुलभूषण से बात नहीं करना चाहती थी किन्तु आटे-दाल के भाव और ‘नैशनल मिनिमम वेजेस’ के अलावा उसे किसी और चीज में दिलचस्पी नहीं थी।

‘एक तो जी ये गोरे बैसे ही इतने स्लो हैं, ऊपर से इनसे हमें दबके अलग रैना पड़ता है। जाने कब अपने गुंडे दोस्तों से चाकू-छुरा चलबा दें। लुधियाने से बर्कर्स को बुला सकता न जी तो काम कितना ईजी हो जाता। बो काम दुगना करते और बेजेस दस गुना कम लेते। सरकार ने इतनी सख्ती कर रखी है कि बर्कर्स को मिनिमम बेजेस तो देने ही पड़ते हैं न जी।’ कुलभूषण शुरू हो गया।

'भूषण भाई, बेचारे वर्कस भी क्या करें? महँगाई ही इतनी बढ़ गयी है, मॉर्गेज, काउंसिल टैक्स, बिजली-पानी-गैस के बिल्स और बस-ट्रेन के किराये बढ़ कर दुगने-तिगुने हो गये हैं। लोग दो-दो नौकरियाँ कर रहे हैं, फिर भी उनका पूरा नहीं पड़ रहा।' इला क्रोधित हो उठी; मालिक अपने कर्मचारियों को पूरा वेतन देने में क्यों हिचकिचाते हैं? वे उनके साथ अपना मुनाफ़ा क्यों नहीं बाँटते?

'तो जी हम कौर्नर शौप्स बाले क्या करें? जे सुपर स्टोर्स बाले हमें बन्द करने पर तुले हैं। और तो और, सरकार बी इनका साथ दे रई है। पटरोल के दाम बढ़ जाने से सबी चीजों के दाम दुगने हो गये हैं। महँगाई तो जी हमारे लिए भी बढ़ी है न, हम तो दोनों तरफ से ई पिस रहे हैं न जी?' मंजूषा के चक्कर में कुलभूषण पार्टी में तो आ गया था किन्तु उसका दिलो-दिमाग़ अब भी दुकान में ही अटका था।

'तुम्हें मीता की पार्टी में नहीं चलना तो डोंट वरी, मैं राजीव के साथ चली जाऊँगी।' मंजूषा ने कल रात जब पति से मैक और मीता की पार्टी में जाने का ज़िक्र किया था तो कुलभूषण के कान खड़े हो गये थे। उसके दिमाग़ में एकाएक माँ की बात कौंध गयी थी, 'आजकल की बउओं को घुमाया-फिराया न जाये तो बे घर छोड़ कर जाने में एक मिनट नहीं लगातीं। मैंने तेरा ब्याह सुन्दर और पढ़ी-लिखी लड़की से करबा दिया है, इसे सँभालना अब तेरा काम है।' कहकर उसकी बेबे लुधियाना लौट गयी थी। अतिसक्रिय मंजूषा और सीधे-सादे कुलभूषण में ज़मीन-आसमान का फ़र्क था। कुलभूषण कभी लन्दन के बाहर नहीं निकला था। मंजूषा अमेरिका, कैनेडा और ऑस्ट्रेलिया घूमने के लिए बेक़रार थी।

'दख़लअंदाज़ी के लिए हमें माफ़ कीजिएगा, इला जी। हमारे ख़याल से तो ये जनाब बजा ही फरमा रहे हैं। टेस्को, ऐसडा, लिडल और सेन्सबरीज़ जैसे सुपर स्टोर्स शहर के छोटे-मोटे दुकानदारों का गला घोंटे दे रहे हैं।' पास में बैठते हुए सायरा बोली।

'मैं बी तो बई कै रा हूँ, सैरा जी, स्पेशली जे टेस्को और सेन्सबरी बाले तो छै बाई छै फुट के कमरे में बी 'टेस्को एक्सप्रेस' खोल देते हैं, जिसकी बजह से आसपास की कई दुकानें बन्द हो जाती हैं।'

'जनाब सही फरमा रहे हैं, मल्टी-नेशनल कम्पनीज़ को छोटे-बड़े स्टोर्स खोलने की इजाज़त न जाने कैसे मिल जाती है? इनके खिलाफ़ कोई आवाज़ भी तो नहीं उठाता।' सायरा ने हमदर्दी जताई।

'चोर-चोर मौसेरे भाई, पॉलिटिशियंस और बिलियनेयर्स का चोली-दामन का साथ है, इन बेदिल लोगों से अपना सिर फोड़ने में कोई फ़ायदा नहीं है।' इला ने कहा।

'पैले तो जी इन्डियन सामान के लिए लोग हमारी शॉप्स में ही आते थे पर

अब जे सुपरस्टोर बाले इन्डियन सामान बी सस्ते से सस्ते में बेच रहे हैं, इतने में तो हमारी खरीद बी नईं होती जी।'

'आप कोई और बिज़नेस क्यों नहीं खोल लेते? मंजूषा का एम.बी.ए. भी काम आ जायेगा, बेचारी घर में बैठी बोर होती होगी।' इसके पहले कि कुलभूषण चीनी-दाल-चावल के दाम बताने लगता, इला ने उसे सलाह दी।

'जी आजकल यहाँ बिजनैस खोलना कौन सा आसान है? मैं तो जी एक होटल खोलना चाहता हूँ पर उसके लिए मुझे कई कोर्सेस करने पड़ेंगे, जी अब मैं दुकान चलाऊँ के पढ़ाई करूँ? बैसे, मैं तो जी मंजूषा से कैता रैता हूँ कि बापिस इंडिया चलते हैं पर बो तो छुट्टियों में बी इंडिया जाने को राजी नई है।' मंजूषा को रोष से देखता हुआ कुलभूषण बुदबुदाया, जो सबसे बेखबर मज़े में बार में खड़ी मेहमानों से गप्पें मार रही थी।

'माफ़ कीजिएगा, इला, पर क्या यह मुनासिब है कि किसी को अपने मियाँ की सचमुच परवाह न हो?' राजीव और मंजूषा की ओर देखते हुए सायरा ने इला के पास बैठते हुए पूछा।

'सायरा, मैं पति की नाक में नकेल डाल कर रखने में विश्वास नहीं रखती और न ही राजीव मुझे किसी से बात करने के लिए टोकते हैं।'

'पर, इला, मियाँ-बीवी के भी तो कुछ फ़र्ज़ होते हैं।'

'सायरा, दो इंटेलीजेंट गर्ल्स के पास शाम गुज़ारने के लिए क्या एक इंटेलीजेंट टॉपिक भी नहीं बचा?' इला ने हँसते हुए बात को विराम देना चाहा।

'बजा फ़रमाया, इला, तो चलिए ब्रिटिश-वेदर पर तप्सिरा हो जाये,' हँसते हुए सायरा सोच रही थी कि ऐसा कैसे हो सकता है कि इला राजीव और मंजूषा के घनिष्ठ होते हुए सम्बन्धों की परवाह नहीं करती? जरूर दाल में कुछ काला है पर वह कौन होती है किसी पर उँगली उठाने वाली। फिर उसका अपना घर भी तो शीशे का बना है।

बाल की खाल निकालने वाले मेहमानों से बेखबर, राजीव और मंजूषा एक-दूसरे से चिपके हुए खड़े थे—अपने जीवन-साथियों से बेखबर।

'हैप्पी एनीवर्सरी।' 'मेनी हैप्पी रिटरन्स ऑफ़ द डे।' 'शादी की सालगिरह आप दोनों को बहुत-बहुत मुबारक हो', 'ओए, मुबारकाँ, मुबारकाँ' जैसी शुभकामनाएँ अर्पित करते हुए मेहमानों की रफ़्तार ढाई बजे के आसपास एकाएक बढ़ गयी। मकरंद और मीता के हाथों में शराब की बोतलें और फूलों के गुलदस्ते देते-लेते जब-तब 'हाय हाय' और 'पुच-पुच' का शोर मचता और शुरू हो जाता उपहारों, मेहमानों और मेजबानों का तिया-पाँचा।

'थैंक यू सो मंच,' 'हमारे गरीबखाने पर तशरीफ़ लाने के लिए शुक्रिया', 'अरे भई, इस फॉर्मैलिटी की क्या ज़रूरत थी?' 'हाउ ब्यूटीफुल, थैंक यू', 'अब घर वाले ही

इतनी देर में आयेंगे तो...,' इत्यादि कहते हुए मीता उपहार, शराब अथवा फूल-गुच्छ के स्तर का झट अन्दाजा लगा लेती और फिर मन ही मन कलपने लगती, 'यह फूल तो कुछ घंटों ही में मुरझा जायेंगे, 'सेंस्बरीज वालों ने तो शराब पर 'बाई-वन-गेट-वन फ्री' की सेल लगा लगा रखी है, जिसे देखो वहीं से चला आ रहा है।

'मेरा रिकार्ड है कि मैं लोगों के लिए हमेशा मार्क्स ऐण्ड स्पेंसर के ही बूकेज़ लेकर जाती हूँ', 'ऐसी दो टके की गिफ्ट्स से संडे मार्केट भरा रहता है', 'हमारी शादी की बीसवीं ऐनिवर्सरी है, कोई छोटी-मोटी पार्टी तो है नहीं कि मेहमान सस्ती शराब और मुरझाये हुए फूल लिए चले आ रहे हैं?' इत्यादि-इत्यादि।

'मीता डार्लिंग, हमारे प...प...पास क...क...क्या क...क...कमी है...?'

'मैक डार्लिंग, बात कमी की नहीं है, स्टैंडर्ड की है।' उपहारों के मामूली स्टैंडर्ड को देखकर मीता वास्तव में विचलित हो उठी थी। एक ओर वह बड़ी-बड़ी उम्मीदें लगाए बैठी थी तो दूसरी ओर मेहमान उसी के स्टैंडर्ड का मज़ाक़ उड़ा रहे थे।

'ये पहन क्या रखा है दोनों ने? दूल्हा-दुल्हन बने खड़े हैं, बस एक वरमाला की कमी है।'

'अपनी उम्र और कमर का तो लिहाज किया होता, नमूने लग रहे हैं।'

'लगता है कि हम रामलीला देखने आये हैं।'

'बस झंडियों की कमी है या फिर हनुमान जी की।'

'गिरगिट जो है, इधर से उधर हनुमान की तरह कूदता फिर रहा है।'

'और मिश्रा जी को गुरु वशिष्ठ का रोल दिया गया है, उन्हीं के प्रवचनों द्वारा आज हमारा मनोरंजन होगा।'

'हे भगवान, हमने ऐसे क्या बुरे कर्म किये थे?'

'तुम्हें पता है कि वेडिंग एनिवर्सरी पर मैक ने मीता डार्लिंग को डायमंड रिंग दिलवाई है?'

'अरे, सारी दुनिया जानती है, मीता ने महीना भर पहले ही फेस-बुक पर रिंग की पिक्चर जो लगा दी थी।'

'फ़ोटो में अँगूठी इतनी बड़ी दिखाई दे रही थी कि मैंने सोचा कि हीरा कम से कम चार कैरेट का तो होगा ही पर यह तो इत्ता छोटा है...।'

'छोटी है पर चमचमा रही है!'

'आर्टिफिशियल चीज़ें ही ज्यादा चमकती हैं।'

'एनीवे, वेडिंग एनिवर्सरी पर मीता ने मैक डार्लिंग को क्या दिया?'

'शायद ये सुनहरी अचकन या फिर मैक के गले में पड़ी वो आर्टिफिशियल मोतियों की माला!' भानुमती का कुनबा मेज़बानों का मज़ाक़ उड़ा-उड़ा कर अपना मनोरंजन कर ही रहा था कि आपा और हसन पधारे। एक जमाना हुआ जब मीता और मकरंद इन्हीं के पड़ोस में रहा करते थे।

'मोस्ट वेलकम, आदाब अर्ज है, आपा, अब घर वाले ही इतनी देर से आयेंगे तो भला मेहमानों को कोई क्या दोष दे?'

लोमड़ी की पूँछ जैसी गुच्छेदार पोनी टेल उचक-उचक कर आपा के क़दमों का ऐलान कर रही थी और सोने के भारी झुमके, जो उनके कन्धों तक लटक आये थे, हर जगह उनसे आगे पहुँचकर बाज़ी मार लेते थे। आपा के कानों के छेदों की लौ एक ऐसी हद पर थी कि दर्शकों को दहशत होने लगती थी कि आपा के कान अब कटे कि तब। उनकी थूथन की झुर्रियों के दरीचों में पीक की पैनी लकीरें ऐसी दिखती थीं जैसे किसी कारीगर ने अपने पैने औज़ार से बनायी हों, जो बहुत-सा पाउडर पुता होने के बावजूद साफ़ दिखाई देती थीं।

आपा के हाथ में एक बड़ा-सा रंग-बिरंगा पार्सल देखकर मीता के कलेजे में कुछ ठंडक पड़ी। उसे लगा कि इस पार्सल के अन्दर अवश्य कोई अच्छा और महँगा उपहार होगा।

'भई, हमारी तरफ से मियाँ-बीवी को शादी की बीसवीं सालगिरह बहुत-बहुत मुबारक हो। दावत उड़ाने का ऐसा मौक़ा, इंशा अल्लाह, हमें बार-बार नसीब हो।' कहते हुए आपा ने पार्सल मीता को थमा दिया, किन्तु यह क्या? उसमें तो कुछ वज़न ही नहीं था। मीता को हौल पड़ने लगे। वह जान गयी कि उस गुदगुदे पुलिंदे में क्या होगा। दस-दस पाउंड वाले वही कम्बल, जिनसे ईलिंग रोड भरा पड़ा था। सभ्याचार के विरुद्ध मीता ने पार्सल मकरंद की तरफ़ उछाल दिया।

'लाहौलविलाकुव्वत, अरे मियाँ, आप कहाँ रह गये? मैक और उनकी दुल्हन को मुबारकबाद तो दीजिए।' खिसियाई हुई आपा ने अपने छोटे भाई हसन को मीता की ओर खदेड़ते हुए कहा। हसन के एक हाथ में मिठाई का डिब्बा था और दूसरे में चाँदी का चमचमाता हुआ पानदान जिसे देखकर मीता का दिल बल्लियों उछलने लगा। क्या हसन उनके लिए उपहारस्वरूप पानदान लाया था? कम्बल के लिए आपा को झट माफ़ी दे दी गयी किन्तु जब हसन ने उन्हें सिर्फ़ जलेबी का डिब्बा थमाते हुए मुबारकबाद दी तो मीता की ख़्वाहिशों पर मानो किसी ने घड़ों पानी उँड़ेल दिया।

'अल्हम्दुलिल्लाह, साउथॉल से जलेबियाँ हम अपने सामने छनवा कर लाये हैं दुल्हन, मेहमानों को गर्मा-गर्म खिला दीजिए।' आपा ने ज़ोर से कहा ताकि उनकी बात दूर-दराज़ खड़े मेहमानों तक पहुँच जाये। कहीं मीता को दिल का दौरा न पड़ जाये! कुछ लाना ही था तो पेड़े लाते, बर्फ़ी या गुलाब जामुन लाते, पर नहीं, लन्दन में जलेबी से सस्ती मिठाई आपा को और क्या मिलती?

'डेज़र्ट के साथ सर्व कर देंगे, आपा, अभी तो ड्रिंक्स चल रही हैं।' मीता के स्वर में निराशा छलक आयी। काश कि उसकी बैठक में चाँदी का न सही, ताँबे का ही एक पानदान रखा होता। इन दिनों अमीर लोग अपने घरों में पुराकालीन चीज़ें सजाते हैं। घर में ले-देकर एक हुक्का था जिसे हैरी माइक्रोफ़ोन की तरह इस्तेमाल करता है।

'ए मैं तो से कऊँ, बऊ, ला हमें दे जलेबियन का डब्बा। हम तो तुमारे टिक्के-शिक्के खाएँगे नई, नेक एक जलेबी खाएँ तो कछु मूँ खुले।' दूर बैठी मकरंद की माँ, जिया ने हाँक लगायी तो मीता के हाथ से जलेबियों का डिब्बा झपट कर आपा उन्हीं की ओर लपक लीं। कोई मज़ाक़ था क्या? दो-दो सौग़ातें लेकर आयी थीं आपा और मीता के सूजे हुए मुँह से एक शुक्रिया तक न फूटा!

'अरे मियाँ, आते ही कहाँ ग़ायब हो गये? ज़रा हमारा पानदान तो दीजिए।' जिया के नजदीक बैठते हुए आपा ने हाँक लगायी तो हसन ने उनका पानदान लाकर एक तिपाई पर रख दिया। आपा ने बड़े जतन से पान की एक गिलौरी बनाकर जिया की ओर बढ़ायी।

'ए मैं तोसे कऊँ, आपा, तुमने तो म्हारे लिए घनी पिराबलम खड़ी कर दी, इब हम जलेबी खावें के पान?'

'जिया, हमारी दिलजोई तो अब आप रहने ही दीजिए। पहले जलेबी नोश फरमाइए। इंशा अल्लाह, ये गिलौरी कहाँ भागी जा रही है। बाद में ले लीजिएगा।' कहते हुए आपा ने एक गिलौरी अपने मुँह में ठूँस ली।

'ए मैं तोसे कऊँ, आपा, जाने कित्ते साल बाद आज हम पान खावेंगे।' जिया ने गिलौरी लेकर अपने बायें हाथ के अँगूठे और तर्जनी के बीच दबा ली और फिर दायें हाथ से जलेबी खाने लगीं। उनके चेहरे की दमक बता रही थी कि इस वक्त उनके दोनों हाथों में लड्डू हैं।

'ये इस्पेशल पान, जिया, हमने लखनऊ से ताज़ा-ताज़ा मँगवाये हैं। हसन कहते हैं के हम बहुत फ़िजूलख़र्च हैं, पान के पत्तों पर इत्ते पैसे ख़राब करते हैं। अल्हम्दुल्लिल्लाह, एक ही शौक़ तो पाला है हमने...'

'ए मैं तोसे कऊँ, आपा, तुम आये गयीं तो हमें बी पान खावै को मिल गयो, नईं तो तुम जानो इस कंट्री में...अरे, दरवज्जे पे का घनसाम खड़ो है, म्हारी ननदिया का बेटा?' काले चश्मे के बावजूद जिया ने घनश्याम उर्फ घड़ियाल को झट पहचान लिया था, जो दरवाज़े पर खड़ा अन्दर झाँक रहा था जैसे उसे ऐसी किसी पार्टी का अन्दाज़ा न था।

मीता और मैक की ओर एक मुबारकबाद फेंकता हुआ घनश्याम सीधा जिया की ओर लपक लिया, जहाँ जलेबियाँ बँट रही थीं। इसके पहले कि घनश्याम को न्यौतने के लिए मीता उसे दोष देती, मकरंद ने झेंपते हुए उसी से प्रश्न किया।

'ये लो, ए-ए-एक और मु...मुसीबत, घ...घ...घनश्याम को बु...बु...बुलाने की...क...क...क्या ज़रूरत थी, मीता डार्लिंग?' मकरंद की इस झेंप में मीता के लिए स्नेह छलक रहा था इसलिए उनकी गर्दन भी बड़े दुलार से झटकी।

'डार्लिंग, घड़ियाल...घनश्याम इज़ योर फर्स्ट कज़िन, उसे नहीं बुलाती तो तुम्हारी बुआ मेरा गला न घोंट देतीं।'

'इ...इ...इसको ब...ब...बुलाने से तो वही अ...अ...अच्छा रहता।' मैक की हिमाकत भरी झेंप मीता से चाहते हुए भी नज़रअन्दाज़ नहीं की गयी।

'मैक डार्लिंग, यू नो, मैं अपने इन-लॉज से कुछ एक्सपेक्ट नहीं करती, बट घनश्याम हमें गुड विशेज तो दे ही सकता था न? पर नहीं, सीधा जिया...'

इसके पहले कि मीता की अखंड रामायण शुरू होती, 'अ...अ...आया, जिया।' कहते हुए मकरंद अपनी माँ की ओर लपक लिए। जब भी उन्हें मीता से जल्दी में छुटकारा पाना होता, वह यही तरीक़ा अपनाते थे।'

मकरंद की बहत्तर वर्षीय माँ उर्फ जिया अपनी सहेलियों के साथ अन्दर वाली बैठक के एक कोने में रखे पुराने भूरे सोफ़े पर विराजमान थीं। उन्होंने पीले रंग के ब्लाउज के साथ सीधे पल्ले की नारंगी रंग की धोती पहन रखी थी, जिसके नीचे से उनके ऊनी मोज़े साफ़ नज़र आ रहे थे, उनके पैरों में टाटा की चप्पलें सुशोभित थीं। अन्दर वाली बैठक की हर चीज़ पुरानी थी। वालपेपर से लेकर जिया तक और बाहर वाली बैठक में कारपेट से लेकर मीता तक हर चीज़ नयी और चमचमाती हुई। लगता ही नहीं था कि ये दो बैठकें एक ही छत के नीचे थीं।

जिया को जिन मेहमानों से 'जय राम जी की' करनी होती, वह अपने आसन पर बैठे-बैठे हाँक लगातीं और वे दौड़े-दौड़े चले आते, उनके पाँव छूते, गाल चूमते और आशीर्वाद लेते। वह बड़े ठाठ और अन्दाज़ से उन्हें गले लगा लेतीं जैसे कि लोगों को जता रही हों कि इस घर में उनका कितना दबदबा है। अलबत्ता, मेहमान जब घर में घुसते अथवा वापस जाने को होते, तब ही उनके पास चंद एक मिनट ठहरते और फिर ऐसे ग़ायब हो जाते जैसे गधे के सिर से सींग। इस बीच, कौन कहाँ क्या कर रहा था, जिया और उनकी सहेली, पुष्पा मौसी, की पैनी दृष्टि सबका घूम-घूम कर निरीक्षण करती। जिया अपनी जगह से तभी हिलती जब उन्हें 'पाखाने' जाने की आवश्यकता पड़ती। इस दौरान, इकहरे बदन की पुष्पा मौसी भाग-दौड़ कर खाना-पीना और ताज़ा ख़बरें उन तक पहुँचाती रहतीं।

'जय साईं राम, जिया, केम छो?' पड़ोसन सोमा अपनी माँ को जिया के पास बैठा कर ग़ायब हो गयी। जिन्हें हिन्दी बोलना नहीं आता था।

'लाहौलविलाकुव्वत, हिन्दी और उर्दू तो आजकल सभी बोलते हैं।'

'गुजराती लोग मरी गुजराती ही में बात करते हैं, आपा, वेम्ब्ली की सारी दुकानों में आप मरी किसी भी भाषा में प्रश्न पूछें, आपको जवाब मरा गुजराती में ही मिलेगा।'

'गुजराती ही एक ऐसी कौम है, जिसने अपनी भाषा, संस्कृति और रीति-रिवाज़ अब तक सँभाल कर रखे हैं।' मिश्रा जी ने बताया।

'देखा जाये तो बंगाली, पंजाबी, पाकिस्तानी और पारसी कौमें भी तो नहीं बदलीं, एक सिर्फ़ हम हिन्दी वाले हैं, जो अँगरेज़ बने बैठे हैं।'

'जैसा देस वैसा भेस।'

'कई इंडियंस तो ऐसी ज़ोर-शोर से क्रिसमस मनाते हैं कि अँग्रेज़ों का बी मूँ खुला का खुला रै जाता है।'

'म्हारे बउ-बेटा बी देखियो होली दीवाली चाहे भूल जायँ पर क्रिसमस पर हफ़्तों पैले पेड़ टँग जाये है।'

सोमा की माँ का कुछ इस तरह स्वागत हुआ किन्तु वह यह सोचकर मुस्कुराती रहीं कि उनकी कुशलक्षेम पूछी जा रही थी।

इन दिनों एक नयी मुर्गी भी आ फँसी थी जिया के दड़बे में, सीधी-सादी अम्मा, जो मोहिनी टयाल की माँ थीं और लखनऊ से आयी थीं। छह महीने पूरे होने ही वाले थे कि मोहिनी की जोड़ों की बीमारी एकाएक बिगड़ गयी। होम-ऑफिस ने दयापूर्वक अम्मा को छह महीने और रुकने की मोहलत दे दी ताकि वह बेटी की देख-भाल कर सकें जबकि अम्मा अपने दायें हाथ को, जो छिपकली की कटी पूँछ-सा हिलता रहता था, अपने बाये हाथ से बस थामे बैठी रहती थीं। खाने-पीने में भी उन्हें खासी परेशानी होती थी। हालाँकि उम्र में वह जिया और पुष्पा मौसी दोनों से छोटी थीं किन्तु सब उन्हें अम्मा कहकर पुकारने लगे। अल्पभाषिणी होने के कारण अम्मा ने उनका विरोध नहीं किया और इस तरह वह जगत-जिया और जगत-पुष्पा-मौसी की तरह 'जगत अम्मा' बन गयीं। जिया ने अम्मा को अपने संरक्षण में ले लिया था और इसलिए पुष्पा मौसी को जिया के अलावा अम्मा की भी आवभगत करनी पड़ती थी। मोहिनी और मोहन अम्मा को कल रात ही जिया के पास छोड़ गये थे क्योंकि वे अपने बच्चों को लेकर एक नयी अँग्रेज़ी फ़िल्म देखने लेस्टर-स्क्वेयर जा रहे थे।

'मैं तोसे कऊँ, अम्मा, तुमारे संग कोई हिन्दी फिलम देख लेते तो तुमारी फैमिली का कछु बिगड़ जाता?' जिया को एक नया मुद्दा मिल गया मोहिनी की बुराई करने का। अम्मा अधिकतर चुप ही रहती थीं, जो जिया को नागवार गुज़रता था। कोई बराबर से बुराई में हिस्सा न ले तो वार्तालाप का मज़ा ही क्या?

'कोई कहेगा कि मोहिनी की टाँग खराब है? इस कमरे से उस कमरे में कैसे कूदती-फाँदती फिर रही है।' मंजूषा फुसफुसायी।

'ब्लू बैज पर मज़े हो रहे हैं। जहाँ जी चाहा, गाड़ी फ़्री में पार्क कर दी और चल दिये।' राजीव ने कहा।

'फ़्री पार्किंग के अलावा, उन्हें डिसेबिलिटी एलाउंस भी तो मिलता है।'

'एक तरफ़ तो ये दोनों इतना भजन-कीर्तन करते हैं और दूसरी तरफ़ ये झूठ-फ़रेब।'

'जिस दिन किसी ने देख लिया न कि वह भली-चंगी है, उसी दिन वह जेल में

बैठी होगी। इन्हें शायद मालूम नहीं है कि काउंसिल वाले आजकल बहुत सख्त हो गये हैं। सड़कों पर सैकड़ों कैमरे लगे हैं। कभी न कभी तो वह पकड़ी ही जायेगी।

तभी एक बड़ी-सी हलचल हुई। मेहमानों और मेजबानों की यन्त्रचालित मुंडियाँ प्रवेश द्वार की ओर घूम गयीं। रंजीत के साथ आज के ख़ास मेहमान आ पहुँचे थे –भारतीय उच्चायोग के तीन अधिकारी, जिनमें से दो सपत्नीक थे। मीता और मकरंद की तो बाँछें ही खिल गयीं।

पन्द्रह वर्ष हुए, जब मकरंद के स्वर्गीय पिता, रमाकान्त मलिक, भारतीय विदेश सेवा के अधीन लन्दन में ही पोस्टेड थे। वह एक बहुत सरल और मिलनसार व्यक्ति थे, हर एक की मदद करने को सदैव तत्पर और यही कारण था कि आज भी, जब किसी अफ़सर की पोस्टिंग लन्दन में होती, वह सीधे मकरंद और मीता के यहाँ परामर्श के लिए ज़रूर आता और ये दोनों भी उसकी मदद करने में कोई कसर नहीं उठा रखते थे। इन्हीं अफ़सरान की वजह से उन्हें शराब, बियर, सिगरेट्स, परफ्यूम्स आदि टैक्स-फ्री मिल जाती थीं, उनका छोटा-बड़ा सामान भारत से लन्दन और लन्दन से भारत फ्री में आता-जाता रहता था और उन्हें वीज़ा आदि बनवाने में कभी किसी कठिनाई का सामना नहीं करना पड़ता था। इसके अलावा, रिश्तेदारों, दोस्तों और पड़ोसियों में साख तो थी ही कि उच्चायोग में मलिक्स की ऊँची पहुँच है।

मीता ने यही सोचकर अपनी मुस्कुराहट बरक़रार रखी कि ख़ास मेहमान स्वयं ही एक तोहफ़ा होते हैं, क्या हुआ जो सब के सब खाली हाथ चले आये थे।

सायरा को देखकर हालाँकि उम्मीद तो बँधी थी किन्तु मीता को विश्वास नहीं था कि करोड़पति रंजीत मठरानी भारतीय उच्चायोग के एक मन्त्री, महावीर जोशी, और दो अन्य अधिकारियों को लेकर सचमुच ही उनके घर पहुँच जायेगा। जोशी जी की पत्नी इस समय मुम्बई में थीं, नहीं तो वह अवश्य आतीं, यह सूचना अताशे बसंत कोडनानी ने आते ही मीता को दे दी थी, ख़ास तौर पर इसलिए कि मेजबान कहीं मेनका को मन्त्री जी की पत्नी न समझ बैठें।

मीता और मकरंद सातवें आसमान पर क्यों न विचरते? उनके जान-पहचान वालों में से आज तक किसी की भी पार्टी में उच्चायोग के तीन-तीन अधिकारी एक साथ सम्मिलत नहीं हुए थे। यह एक ऐतिहासिक घटना थी।

'हेलो मिस्टर रंजीत, हाउ नाइज़ ऑफ़ यू टु कम। मैक डार्लिंग, लुक हू इज़ हियर।' बालों में लगे फूल को सँभालते हुए मीता इतरायी, जो बार-बार खिसक कर उसके कान पर आ टिकता था।

रंजीत न केवल टॉप-गियर सीरीज के जेरेमी क्लार्कसन जैसी फिटी-फिटाई जीन्ज़ और मुसी हुई कमीज़ पहने था, वह उसी की तरह स्पष्टवादी और बदमिज़ाज़ भी था। अरमानी सूट में मिनिस्टर जोशी की सज-धज भी देखने काबिल थी; मंजूषा की आँखें तो ख़ास तौर पर उन्हीं पर टिकी थीं। उनके द्वितीय सचिव, वेनू सापलू

का नया और चमकता हुआ सूट गवाह था कि उसका अभी हाल ही में विवाह हुआ था और उसकी पत्नी, प्रभा ने भी कांजीवरम सिल्क की भारी साड़ी और सोने के चमचमाते हुए गहने पहन रखे थे। अताशे बसंत कोडनानी ने ज़री की कढ़ाई वाला सिल्क का कुर्ता-पाजामा और उसकी गोरी, दुबली-पतली और तीखे नैन-नक्श वाली पत्नी मेनका ने तड़क-भड़क वाला सलवार-सूट पहन रखा था, जिस पर लगे सितारे रोशनी पड़ते ही चमकने लगते थे। मन्त्री जी उस पर स्पष्टतः रीझे हुए दिखाई दे रहे थे और उन पर अपने प्रभाव से आश्वस्त मेनका भी प्रसन्न थी।

'इट्स अ...अ...वर स...स...सिंगुलर ऑनर, सर।' मीता की कोहनी से घायल, मकरंद ने झेंप छिपाते हुए विशिष्ट मेहमानों की अगवानी की तो मोहन ने भी आगे बढ़कर मेहमानों से हाथ मिलाये। मोहन के एक इशारे पर मोहिनी भी फुदकती हुई वहाँ चली आयी। मीता को यह बहुत नागवार गुज़रा। लोग उनके विशिष्ट मेहमानों पर चढ़े चले जा रहे थे, अरे, वी.आइ.पीज़ से बात करने का इतना शौक़ है तो उन्हें अपने घर बुलाएँ।

'मिक भैया, जोशी सर के साथ मेरी एक फ़ोटो तो लीजिए।' मीता ने गिरगिट से कैमरा लेकर मोहन को थमाते हुए कहा और स्वयं मिनिस्टर और रंजीत के बीच में जा खड़ी हुई।

गिरगिट मन मसोसकर रह गया। मीता के आदेश पर उसने खुद को यह सांत्वना देते हुए कैमरा अपनी गर्दन में टाँग लिया था कि जहाँ उसे एक ओर विशिष्ट मेहमानों के नज़दीक जाने का मौक़ा मिलेगा, वहीं दूसरी ओर फ़ोटोज़ खिंचवाने के लिए लोग उसकी चिरौरी करते उसके आगे-पीछे घूमेंगे। खैर, जो होता है अच्छे के लिए ही होता है, इसी बहाने उसकी भी कुछ फ़ोटोज़ खिंच जायेंगी। वह मीता के बिल्कुल पीछे अपनी बत्तीसी फाड़े खड़ा था। मोहिनी भी विशेष मेहमानों के बीच खड़े होकर फ़ोटो खिंचवाने की जद्दोजहद में थी और मकरंद इस इन्तजार में थे कि पत्नी को जगह मिले तो वह फ़ोटो खींचें।

'मोहिनी, अब एक फ़ोटो तुम लो ताकि मिक भैया भी आ जायें।' मीता ने अपने कन्धे पर चढ़ी हुई मोहिनी को मोहन की ओर धकेलते हुए कहा। यदि लुढ़कते हुए मोहन उनके बीच पहुँच भी गये तो कैमिला से कहकर मीता उन्हें 'क्रॉप' करवा देगी; फ़ोटो-शॉप का यही तो फ़ायदा था।

'राजेश, जोशी सर और मिस्टर रंजीत के साथ मेरी और मैक की टु-थ्री गुड फ़ोटोज़ ले लो।' मोहिनी से कैमरा लेकर, मीता ने अपने पीछे खड़े राजेश के गले में एक बार फिर लटका दिया। टयाल दम्पति को वहाँ से बेमन से हटना पड़ा और फिर शुरू हुआ एक फ़ोटो-सेशन जो काफ़ी देर तक चलता रहा। गिरगिट प्रसन्न था; किसी न किसी रूप में वह इस विशेष दस्ते का एक हिस्सा तो था।

रंजीत के कहने पर दो-तीन फ़ोटोज़ में अधिकारियों और उनकी पत्नियों को

भी शामिल कर लिया गया। जिसके लिए वह अनुग्रहीत थे। समय-समय पर बाकी के मेहमानों ने भी आकर अपनी उपस्थिति दर्ज करवानी चाही लेकिन फ़ोटोज़ न खिंचवा सके।

'आई प्रॉमिस यू, जब सारे गेस्ट्स पहुँच जायेंगे, तब एक ग्रुप फ़ोटो ली जाएगी।' कहते हुए मीता ने एकाएक फ़ोटो सेशन ख़ारिज कर दिया। जो मेहमान इस सेशन के चश्मदीद गवाह थे और मियर-कैट्स की तरह सिर उठाये आस लगाये वहाँ अब तक खड़े थे कि शायद एक फ़ोटो में उन्हें भी शामिल कर लिया जायेगा, 'हमें नहीं खिंचवानी फ़ोटोज़-वोटोज़।' कहते हुए इधर-उधर खिसक गये।

अभी परिचय का आदान-प्रदान हो ही रहा था कि एकाएक मीता ने देखा कि मेहमानों को चीरता हुआ रंजीत का ड्राइवर एक उपहार लिए अन्दर आया, जिसे गुलाबी और नीले रंगों के रिबंस से बड़े सलीके से बाँधा गया था। मीता का मन हुआ कि जहीन और शालीन रंजीत को अपने गले से लगा ले। वह एक करोड़पति था, भला खाली हाथ कैसे आ सकता था? एकाएक रंजीत के लिए उसके मन में बहुत-सा आदर उमड़ आया, उसकी स्नेह-शक्ति की दृष्टि रंजीत की फिटी-फटी जींस और मुसी-मुसाई कमीज़ को प्रशंसा से बुहारने लगी। किन्तु यह क्या? ड्राइवर ने उपहार सीधे ले जाकर मन्त्री जी के हाथों में थमा दिया और बाहर चला गया।

'हैप्पी वेडिंग एनिवर्सरी।' बुदबुदाते हुए जोशी सर ने उपहार औपचारिक रूप से मीता के हाथों में सौंप दिया। रंजीत के मुँह से तो बधाई का एक शब्द तक न फूटा। मीता के सीने में एक दर्द-सा उठा किन्तु वह सँभल गयी। गूगल सर्च के अनुसार हर एक व्यक्ति को दिन में छोटे-छोटे दिल के कई दौरे पड़ते हैं। इसमें घबराने की कोई ऐसी आवश्यकता नहीं थी। किन्तु एक ही घंटे में इतने झटके?

खैर, पैकेट के हलकेपन से ही मीता ताड़ गयी कि उसमें क्या था। मेज़बानों को भेंट में देने के लिए भारत सरकार अपने अधिकारियों को बहुत-से प्रतीक चिह्न और शिल्पकृतियाँ भिजवाती है, जिन्हें ग्रहण कर हो जाते होंगे गोरे प्रसन्न किन्तु 'मिनिमलिज़्म' के इस ज़माने में ऐसी-ऐसी सैकड़ों चीज़ें लोगों के एटिक्स में धूल चाट रही थीं।

'सर, म...म...माई फ...फ...फ़ादर व...व...वाज़ व...व...वन इन ए म...म... मिलियन, सर।' मकरंद अपने स्वर्गीय पिता के विषय में जोशी सर को बड़े गर्व के साथ बता रहा था किन्तु उनका चित्त तो मंजूषा पर टिका था, जो उन्हीं के आसपास मँडरा रही थी कि शायद कोई उसका विधिवत परिचय उनसे करवा दे।

'ये 'सर' तो सबकी जान पर बन आये हैं।' वायु ने कहा।

'फ्रांस का 'सायर' शब्द बारहवीं शताब्दी में अंग्रेज़ों ने 'सर' के नाम से अपनाया, उच्च वर्ग में तो यह इतना लोकप्रिय हुआ कि बच्चे अपने माँ-बाप को 'सर' और 'मैडम' कहकर पुकारने लगे।' मिश्रा जी ने विकिपीडिया को कृतार्थ किया।

'अँगरेज़ इस खिताब को मरा इंडिया में छोड़ आये।'

'और तब से अब तक सरकार में 'सर सर सर' चल रही है।' सुमित बोले।

'मैक डार्लिंग, जोशी सर के लिए एक अच्छी-सी ड्रिंक बनवाओ।' मीता ने मन्त्री जी का ध्यान बँटाने की कोशिश की।

'ऑफ़ क...क...कोर्स, क...क...क्या लेंगे स-स-सर आप, स-स-सर?' झेंपते हुए मकरंद ने उनसे पूछा।

'साली व्हिस्की और क्या? हम सब साली व्हिस्की ही लेंगे।' इसके पहले कि जोशी सर जवाब देते, अधीरता से रंजीत ने मकरंद को साधिकार आज्ञा दी जैसे वह मेज़बान नहीं कोई बैरा हो।

'श्योर, श्योर। मैक डार्लिंग, आप ज़रा राजीव से कहिए कि सर को व्हिस्की सर्व करे, प्लीज़?' रंजीत से बुरी तरह भन्नाई हुई मीता ने अपने नाराज़ और झेंपे हुए पति की पीड़ा कुछ कम करनी चाही।

'लेडीज़ को तो साला आप सँभाल ही लेंगी, क्यों मीता जी?' इस बार रंजीत के निशाने पर थी स्वयं मीता।

'ऑफ़ कोर्स, विद प्लैश्जर, सर।' मीता ने गुस्सा पीते हुए कहा, 'वीआईपीज़ को अपने साथ क्या ले आया, खुद को औरंगज़ेब समझ रहा है।'

'यहाँ के तो प्रधानमन्त्री भी किसी से ऐसी बदतमीज़ी से पेश नहीं आते।' वायु अपने भाई-भाभी का अनादर होते न देख सकी।

'यही फ़र्क़ है इंडियंस और गोरों में। चार पैसे हाथ में आ जायें तो इंडियंस का दिमाग़ सातवें आसमान पर चढ़ जाता है।' सुमित बोले।

'यहाँ के तो मरे बड़े-बड़े रईस भी अपने सब काम मरा खुद करते हैं।' मोहिनी बोली।

'अरे, बार खुला है, बार-मैन और बार-मेड भी खड़े हैं, जाकर ले क्यों नहीं लेते जो ड्रिंक इन्हें चाहिए? बेचारे मैक और मीता का जी हलकान करने में लगे हैं।' मोहन ने बड़े प्रेम से पत्नी का अनुमोदन किया।

'हमने तो अँग्रेज़ों की भी मरी अक्ल ठिकाने लगा दी पर ऐसे बददिमाग़ इंडियंस का मरा क्या किया जाये?'

'मैक डार्लिंग, डोंट माइंड, लाइफ़ में ऐसे अप्स एंड डाउंस तो आते ही रहते हैं...।' मीता के इस तर्क़ से असहमत, मकरंद क्रोध में झेंपते हुए बार स्टूल पर जा बैठे, सहानुभूति में उनकी गर्दन बाकायदा झटके खा रही थी; जिसके परिणामस्वरूप उन्हें चक्कर आ रहे थे।

इसी बीच, लूसी एक ट्रे में कोका-कोला, संतरे और सेब के जूसों से भरे गिलास लिए प्रभा और मेनका के पास पहुँची। जोशी सर एंड पार्टी को भी तो पता चले कि मीता कोई ऐरी गैरी नत्थू खैरी नहीं है। उसके घर में एक नहीं, दो-दो मेड्स हैं,

एक गोरी और एक इंडियन।

'थैंक यू, नई माँगता। वेयर योर टायलेट?' प्रभा ने लूसी से झिझकते हुए पूछा। मीता ने झट अनुमान लगा लिया कि प्रभा किसी छोटे गाँव से आयी थी। जिसे उसका इतना महँगा रंगीन साइनबोर्ड नहीं दिखाई दिया, जिस पर 'रेस्ट रूम' छपा था। मीता ने जिया को भी ख़ास हिदायत दी थी कि वह मेहमानों के सामने 'पाख़ाने' 'टट्टी' अथवा 'टायलेट' जैसे गँवारू शब्दों का प्रयोग न करें।

'कैन यू गिव मी सम मिनरल वाटर प्लीज़?' लूसी को नज़रअन्दाज़ करते हुए मेनका ने सीधे मीता से पूछा।

मीता के घर को क्या होटल समझ रखा है मेनका ने? ट्रे में जो रखा है, घर में वही सब है, पर नहीं, मिनरल वाटर का कहीं नाम सुन लिया होगा, महारानी जी को बस वही चाहिए।

'प्लीज़ गिव मी ए मिनट।' बिफ़रती हुई मीता गिरगिट को ढूँढ़ने लगी कि उसे सुपर मार्केट दौड़ाकर मिनरल वाटर मँगवा ले। वैसे, मिनरल वाटर तो उसके घर में होना ही चाहिए था, 'हाउ एम्बैरेसिंग!' इतनी बड़ी चीज़ वह कैसे भूल गयी? 'हे शेराँ वाली माता, आज मेरी लाज रखना।'

'डोंट वरी, डार्लिंग, गेट मी ए 'जी एंड टी' प्लीज़?' मेनका ने इस बार लूसी से कहा जैसे लूसी उसकी बात मीता से अधिक अच्छी तरह समझ सकती थी। मीता तिलमिलाकर रह गयी।

'ऑफ़ कोर्स, मैडम।' कहती हुई लूसी बार की ओर चल दी। राजीव ने विशिष्ट अतिथियों के लिए ब्लैक लेबल की एक नयी बोतल खोली तो।

मंजूषा ने चार चमचमाते हुए बिल्लौरी पैमाने लाल टिशुज़ में लपेट कर एक सफ़ेद ट्रे में सजा दिये। राजीव ने उनमें व्हिस्की उड़ेली और मंजूषा ने ट्रे मकरंद की ओर सरका दी, जो इतने हतोत्साहित थे कि उन्होंने वहाँ से उठने से भी इनकार कर दिया।

'वन जिन एंड टी फॉर द लेडी ओवर देयर, प्लीज़।' लूसी ने मेनका की ओर इशारा करते हुए राजीव से कहा।

'मैक डार्लिंग, ग़ुस्सा थूक दो। लेट अस नॉट कीप अवर गेस्ट्स वेटिंग, प्लीज़।' मीता ने आकर मकरंद से प्रार्थना की।

'भाभी जी, ड्रिंक्स मैं ले जाता हूँ।' मकरंद का बिगड़ा मूड देखते हुए राजीव ने प्रस्वाव रखा तो मीता झट राज़ी हो गयी। राजीव सोच रहा था कि इस बहाने मेनका से भी परिचय हो जायेगा।

मंजूषा का अनुमान था कि बार की शोभा बढ़ाते हुए उसे बड़े-बड़े अमीर और विशिष्ट लोगों से मिलने का मौक़ा मिलेगा किन्तु यहाँ तो ड्रिंक्स मेहमानों तक पहुँचाई जा रही थीं।

'डार्लिंग, सून इट विल बी क्रिसमस।' मीता ने मकरंद का माथा चूमते हुए उन्हें दिलासा दी तो वह कसमसा उठे। मकरंद का प्रस्ताव था कि शादी की बीसवीं सालगिरह उन्हें स्विट्ज़रलैंड में अकेले मनानी चाहिए पर मीता नहीं मानी। मकरंद के साथ स्विट्ज़रलैंड में वह क्या झक मारती? वैसे भी मलिक्स की एक पार्टी कई महीनों से बकाया थी; दर्जनों पार्टीज़ में शामिल हो चुकने के बाद अब किसी के यहाँ जाते हुए मीता को शर्म आने लगी थी। एक तीर से दो शिकार करने की ठानी थी मीता ने, पार्टी की पार्टी और शादी की बीसवीं सालगिरह भी निबट जायेगी, लोग बड़े-बड़े उपहार लेकर आयेंगे, सो अलग।

'हमारी बीसवीं एनिवर्सरी पर मैक डार्लिंग हैज़ बॉट मी ए प्लैटिनम रिंग।' मीता ने मकरंद को मस्का लगाने के लिए अपनी रिंग-फिंगर मेहमानों के सामने कर दी, जिस पर प्लैटिनम की अँगूठी चमक रही थी। इस अँगूठी की चर्चा मीता ने फेसबुक पर महीने भर पहले छेड़ दी थी। 'आह' और 'ऊह' के अतिरिक्त सैकड़ों 'लाइक्स' देख कर उसने सोचा था कि उसके मेहमानों के बीच यही तर्क-वितर्क चल रहा होगा कि मीता जैसी 'पाश सोशलाइट' के लिए क्या उपहार लेकर जाया जाये। उसे उम्मीद ही नहीं विश्वास था कि मेहमान उसके लिए बोन-चाइना अथवा क्रिस्टल के उपहार लेकर आयेंगे।

'पार्टी की रौनके-बहार को इस नाचीज़ का आदाब क़ुबूल हो।' रंजीत मठरानी को अन्दर वाली बैठक में प्रवेश करते देख गिरगिट ने बड़े नाटकीय ढंग से झुक कर आदाब पेश किया, नमस्ते की और फिर बड़ी गर्मजोशी से रंजीत का हाथ अपने दोनों हाथों में लेकर चारों ओर दृष्टि दौड़ाई, यह देखने के लिए कि सब मेहमान उसे रंजीत का हाथ पकड़े हुए देख रहे हैं अथवा नहीं।

'बड़े भाई, क्या आपने भाभी जी की प्लैटिनम की अँगूठी देखी?' गिरगिट ने रंजीत से पूछा। मीता गिरगिट की आभारी थी कि वह मेहमानों का ध्यान जब-तब उसकी छोटी-सी अँगूठी की ओर दिला रहा था। मीता ने इठलाते हुए अपना हाथ रंजीत के सामने कर दिया। अँगूठी की तारीफ़ करने के बजाय रंजीत ने बड़े ठाठ से कमरे में बारी-बारी सब मेहमानों पर एक उचटती-सी निगाह डाली। अन्त में उसकी नज़र सायरा पर जा कर ठहरी, जो दुर्भाग्यवश उसी पल हसन के बगलगीर हुई थी। रंजीत को देखते ही वे दोनों बड़ी फुर्ती से उठ खड़े हुए जैसे चोरी करते हुए पकड़े गये हों। उन्हें साथ बैठे देख रंजीत का एंटीना भी हिल गया था।

रंजीत का हाथ अब भी गिरगिट की गिरफ्त में ही था पर दोनों के दिमाग़ किसी तीसरी जगह पर थे। गिरगिट जानता था कि रंजीत की उपस्थिति में हसन और सायरा बात करना तो दूर, अब सारी शाम एक-दूसरे की ओर देखने की भी हिम्मत नहीं कर पायेंगे।

स्प्रिंग रोल्स की ट्रे लिए लूसी रंजीत के पास पहुँची ही थी कि मंजूषा फुर्ती से वहाँ प्रकट हुई। बड़े अन्दाज़ के साथ उसने एक स्प्रिंग रोल उठा कर अपने होठों के बीच कुछ देर घुमाया और फिर आँखें बन्द किये 'यमयम' कहते हुए उसे खाने लगी। रंजीत के अलावा दूर खड़े जोशी सर भी अपना दिल थामे उसे अपलक निहार रहे थे। मंजूषा की इस कामोत्तेजक मुद्रा के कई और मेहमान भी साक्षी थे, विशेषतः सायरा, जिसे रंजीत ने इस पार्टी में मिलने के लिए ख़ास तौर पर बुलाया था।

'मीता जी, आपके स्प्रिंग रोल्स तो भई वाह, बहुत ही टेस्टी हैं। चाइनीज़-स्टोर वाले हैं न? उनकी वेजिटेबल्स कमाल की क्रिस्पी होती हैं, आप भी लीजिए न।' पलकें झपकाते और मुस्कुराते हुए मंजूषा ने मीता के हाथ से प्लेट झपटकर जोशी सर के सामने कर दी। मीता कुढ़ते हुए वहाँ से चल दी। कभी-कभी एक गलती भी बहुत भारी पड़ जाती है। मीता उसे पार्टी में न्यौत कर पहले ही से पछता रही थी।

'तेरी राहों में खड़े हैं दिल थाम के, हाय, हम हैं दीवाने सीख़-क़बाब के।' घुटनों पर बैठकर गिरगिट अपनी बेसुरी आवाज़ में गाने लगा तो हतप्रभ मंजूषा को स्प्रिंग रोल्स की ट्रे उसके सामने करनी पड़ी। एक चिनगारी, जो बारहा भड़कने को थी, बुझ गयी। झेंपे हुए जोशी सर मुड़कर कंज़रवेटरी की ओर चल दिये और रंजीत सायरा की ओर बढ़ गया। तभी वहाँ आपा प्रकट हुईं।

'लाहौलविलाकुव्वत, ये घास-फूस तो, मंजूषा बी, आपको ही मुबारक हो। हम तो भई सीख़-क़बाब और चिकन टिक्कों के ख़्वाब देख रहे हैं,...ख़ुशबू आ रही है तो वे भी ज़हे-नसीब आते ही होंगे।'

'मुझे तो यह समझ नहीं आता कि लोग मांस-मच्छी खा कैसे लेते हैं?' गिरगिट और आपा ने आकर उसका बना-बनाया खेल बिगाड़ दिया था। खिसियायी हुई मंजूषा की सारी अदा धरी की धरी रह गयी।

'लाहौलविलाकुव्वत, हम क्या यहाँ सब्ज़ी-खोरों के क़िस्से सुनने आये हैं?'

'आपको कौन सुना रहा था? मान न मान, मैं तेरा मेहमान।'

'लाहौलविलाकुव्वत, मंजूषा बी, आप ऐसे खुलेआम नुमाइश लगायेंगी तो...खैर, हम तो सिर्फ़ चिकन टिक्के ढूँढ़ते हुए यहाँ आ पहुँचे थे, तहज़ीबी नाम की चिड़िया...'

'लोगों को लाशें हज़म कैसे हो जाती हैं?' मंजूषा एकाएक तल्ख़ हो उठी।

'मंजूषा जी, आप शायद नहीं जानतीं कि हर साँस में हम लोग लाखों-करोड़ों जीवाणु निगलते हैं और इनसे कहीं अधिक को हम अपने पाँव तले हर क्षण रौंदते हैं।' शाकाहारी मिश्रा जी से किसी को भी इस कथन की आशा नहीं थी, ख़ास तौर पर आपा को। कई अन्य मेहमान भी यह तमाशा देखने के लिए उनके आसपास आ जुटे।

'उस सब पर तो हमारा बस नहीं, मिश्रा अंकल, लेकिन भोजन के लिए पशु-पक्षियों की हत्या करना क्या ज़रूरी है?' मंजूषा एकाएक थोड़ा शान्त होते हुए बोली।

'सब साले टेस्ट की बात है।'

'बड़े भाई, मुझे तो बीफ़ और पोर्क के सिवा सब पसन्द है।' गिरगिट ने बताया।

'गोश्त तो गोश्त है, फिर चाहे वो बकरे का हो, गाय का हो या सूअर का।' घड़ियाल ने कहा।

'महँगा तो बहुत है पर हम तो भई स्प्रिंग-लैम्ब ही खाते-खिलाते हैं, सॉफ्ट, जूसी और लज़ीज़।' वायु अपना पल्ला सँभालते हुए बोली।

'जोनाथन स्विफ्ट ने 'ए मॉडेस्ट प्रप्रोजल' में लिखा था कि एक साल के स्वस्थ बच्चे का गोश्त पौष्टिक, स्वास्थ्यकर और लज़ीज़ होता है।' सुमित के इस कथन ने लगभग सभी को चौंका दिया।

'सुमित जी, आप अच्छी तरह से जानते हैं कि यह पाशविक कटु उपहास अमीरों और ग़रीबों के बीच खाई पाटने के प्रसंग में था। आयरलैंड में जब ग़रीबी अपनी चरम सीमा पर थी तब स्विफ्ट ने कहा था कि भुखमरी से निजात पाने के लिए बच्चों का गोश्त...'। इसके पहले कि इला अपनी बात पूरी करती, मुँह पर अपना हाथ रखे मंजूषा बाथरूम की ओर भागती हुई दिखाई दी। अन्य महिलाओं की नाक पर भी टिशु सुसज्जित हो गये।

'स्विफ्ट भैन्चो कैनाबिलिज़्म को डिफैंड नहीं कर रहा था, वह सोशल और साले इकोनोमिक रिफॉर्म्स की माँग कर रहा था।' रंजीत इस वक्त पूरे होशो-हवास में था।

'पर बड़े भाई, रिफॉर्म्स की माँग करने वाले को बच्चों के गोश्त की रेसीपीज़ बताने की क्या ज़रूरत थी?' गिरगिट ने पूछा।

'रेसिपीज़ से याद आया, किसी के पास नरगिसी कोफ़्ते बनाने की रेसिपी हो तो प्लीज़ मुझे ज़रूर बताइएगा।' वायु ने बात का रुख़ पलटा तो श्रोताओं ने चैन की साँस ली।

'वायु बी, हमारी अम्मी, खुदा उन्हें जन्नत बख़्शे, ऐसे लाजवाब नरगिसी कोफ़्ते बनाती थीं के कोफ्ता तोड़ो तो शोरबा बह निकले।'

'शुक्रिया आपा, सुमित मेरा मज़ाक़ उड़ा रहे थे कि ऐसी कोई डिश ही नहीं होती। इसका मतलब है कि मैं बस ख़्याली पुलाव ही नहीं पका रही थी।'

'जहाँ तक मेरा अन्दाज़ा है, नरगिसी कोफ़्तों में अंडे भरे जाते हैं।' सुमित को आपा की रेसिपी पर भरोसा नहीं था।

'लाहौलविलाकुव्वत, आज के ज़माने में इत्ती मशक्कत किससे होती है, मियाँ? शोरबे की जगह लोग अंडे भरने लगे हैं, हुँह।' आपा गुस्से में बोलीं।

'आपा, प्लीज़ मुझे रेसिपी दें तो मैं सुमित को नरगिसी कोफ़्ते बनाकर खिलाऊँ, तभी इन्हें हम पर विश्वास होगा।' वायु ने हाथ जोड़ते हुए आपा से रेसिपी देने की गुज़ारिश की।

'लाहौलविलाकुव्वत वायु बी, रसिपी-वसिपी की खुराफ़ात तो आप बस रहने ही दें।

अल्हमदुलिल्लाह, हमारा तो सब कुछ इस ज़हन में है।' अपनी एक उँगली कनपटी पर मारते हुए आपा शुरू हो गयीं, 'आपको जित्ते कोफ़्ते बनाने हों, उत्ते ही अंडे लीजिए, बड़ी एहतियात से अंडे के सिर पर चाकू से एक छोटा-सा छेद करने के बाद, बड़े जतन से उसका गूदा ख़ाली कीजिए ताकि अंडे का खोल सही-सलामत रहे।'

'लिहाज़ा पचास कोफ़्तों के लिए आपको पचास अंडों का खोल चाहिए?' सुमित ने अविश्वास के साथ पूछा तो वायु ने उन्हें ख़ामोश रहने का संकेत दिया।

'बिल्कुल जनाब, और उन्हें ठंडा करने के लिए, इंशा अल्लाह, आपको बरफ़ की दो या तीन सिल्लियों की भी ज़रूरत पड़ेगी।'

'और अंडों के योक का क्या होगा?' सुमित ने फिर टोका।

'खुदा ना ख़ास्ता, उसका आमलेट बना लीजिए।'

'पचास अंडों का आमलेट कौन खायेगा, किसे खिलायेंगे?'

'लाहौलविलाकुव्वत, सुमित मियाँ, आपको रासीपी चाहिए के नहीं?

'माफ़ कीजिएगा, आपा, प्लीज़ बताइए।' वायु ने गुस्से में सुमित को चुप रहने का इशारा किया।

'अच्छे घी में लहसुन, अदरक, हरी मिर्च और प्याज़ को सुनहरा हो जाने तक भून कर उसमें मसाले मिलाइए।'

'आपा, कौन-कौन-से मसाले?'

'अरे भई, वही सब जो कलिए में डाले जाते हैं, एक पोटली में खड़ा मसाला भी बाँध कर मसाले में डाल दीजिए। जब तक मसाला घी न छोड़ दे, उसे भूनते रहिए, फिर चूल्हे से उतारकर उसे ठंडा होने को रख दीजिए, फिर बड़े जतन से मसाले को अंडों के खोलों में भर-भर कर बरफ़ की सिल्ली पर रखते जाइए।'

'मरी सुबह से शाम तक दो जने तो बस मरे कोफ़्ते बनाने को ही चहिएँ।'

'वायु जीजी, घर तो घर, पूरा मोहल्ला मसाले की बदबू से हाहाकार कर उठेगा।' गिरगिट बोला।

'हू हैज़ सो मच फ़ालतू टाइम इन दिस डे ऐंड ऐज?' मीता घबराकर बोली कि जिया और मकरंद कहीं उससे नरगिसी कोफ़्ते बनाने को न कह दें।

'लाहौलविलाकुव्वत दुल्हन, नरगिसी कोफ़्ते पेड़ों पर तो उगने से रहे।'

'पेड़-पौधों पर तो सब्जियाँ ही उगती हैं, आपा। जितनी देर में आपके नरगिसी कोफ़्ते बनेंगे, उतनी देर में तो मैं सौ तरह की सब्जियाँ बनाकर पाँच सौ लोगों को भोजन करा सकती हूँ।' होंठों पर टिशु लगाये मंजूषा लौट आयी थी।

'लाहौलविलाकुव्वत, हमारी रासिपी में आप दखलअन्दाज़ी न करें, मंजूषा बी। यूँ भी, वेज या नोनवेज, सबका ज़ाती मामला है।'

'ज़ाती मामला, माई फुट! एनिमल राइट्स के बारे में भी सोचा है कभी आपने?' कमर पर हाथ रखे हुए मंजूषा ने उनसे पूछा।

'साले ह्यूमन राइट्स के मसले तो हमसे अब तक भैन्चो हल हुए नहीं...'

'एंड वाट अबाउट प्लांट राइट्स, मंजूषा? घास-फूस और सब्जियों में भी तो जान होती है।' मीता ने कहा।

'लाहौलविलाकुव्वत, हमें तो कोई ये बताये कि मोहतरमा यहाँ पार्टी में करने क्या आयी हैं? खेतों में गाय-भैंसों के साथ चारा क्यों नहीं चर रहीं?' आपा कुछ इस तरह से फुसफुसायीं कि सिवा मंजूषा के आसपास खड़े सारे मेहमान सुन लें।

'चारे की आजकल कमी हो गयी है, आपा। फ़सलों को अब इन्जेक्शंस देने पड़ रहे हैं।' गिरगिट फुसफुसाया।

'एनीवे, हू नोज़ के आजकल हम रियली खा क्या रहे हैं?' मीता ने कहा।

'बर्गर्स में घोड़ों का मीट पाया गया है, सॉसेजेस में तो न जाने कितने जानवरों का मीट मिला दिया जाता हो।' सुमित बोले।

'फिर वही बात, मांस खाने वाले को क्या परवाह कि मांस घोड़े का है या सूअर का।' घड़ियाल ने अपनी बात दोहराई।

'जब नेचर ने हमें हज़ारों फल और सब्ज़ियाँ दी हैं तो पशु-पक्षियों की हत्या क्यों की जाये?' मंजूषा अपनी बात पर डटी रही।

'यह तो प्रकृति का नियम है, ताक़तवर का कमज़ोर को निगल जाना।'

'वादो नावल्म्ब्यः अर्थात कभी वाद-विवाद में नहीं पड़ना चाहिए।' मिश्रा जी का पांडित्य किसी के पल्ले नहीं पड़ा।

आपा और मंजूषा जैसे दो ढीठ और निडर सेनापतियों ने युद्ध की बागडोर सँभाल रखी थी, कोई भी पीछे हटने को तैयार न था। एक ओर, जहाँ तर्कों से कहीं अधिक, मंजूषा के नयनों के बानों से घायल मांसखोर मर्द भी उसकी हाँ में हाँ मिला रहे थे वहीं दूसरी ओर उनकी पत्नियाँ, ज़ाहिर था कि, आपा की तरफ़दारी लेतीं। शाकाहारियों और मांसाहारियों के बीच ठन चुकी थी।

आपा ने मंजूषा के कन्धे पर हाथ रखकर कुछ कहना ही चाहा था कि वह भड़क उठी।

'आप यह मत समझिएगा, आपा, कि आप मुझे धक्का देकर एक तरफ बैठा सकती हैं।' गुस्से में मंजूषा ने आपा को ज़ोर से धकेलते हुए कहा।

'मंजूषा जी, आपको आपा की उम्र का तो ख़याल करना चाहिए...' रोनी-सूरत घड़ियाल जिया को सँभाल न लेता तो वह लुढ़क ही गयी होतीं।

'उम्र में बड़ा होने का फ़ायदा तो तब होता कि जब आपा बात को सँभाल लेतीं।' राजीव ने घड़ियाल का कन्धा थपथपाते हुए कहा तो मंजूषा ने एक फ़लाइंग-किस देते हुए उसका धन्यवाद दिया जो जिया को नागवार गुज़रा।

'मैं तोसे कऊँ, आपा, लोगन में बड़े-बूढ़न के ताईं कौनो रिप्सेक्ट (रिस्पेक्ट) नाय बची है।'

एक हंगामा मच गया जो फ्रेंच रेवोल्यूशन से कम नहीं था।

'मार्टिन लूथर किंग जूनियर ने कहा था कि अँधेरे को अँधेरा नहीं मिटा सकता, सिर्फ़ प्रकाश ही उसे दूर कर सकता है। नफ़रत ने मन में जगह बना ली तो एक दिन हम ख़ुद अपने से ही नफ़रत करने लगेंगे।' मिश्रा जी की बात वह स्वयं ही नहीं सुन पाये।

'मैं हाथ जोड़ के आप लोगों से बिनती करता हूँ कि प्लीज़ मैक और मीता की पार्टी बर्बाद न करें।' एकाएक मोहन का पर्वताकार शरीर मंजूषा और आपा के बीच आ खड़ा हुआ, जिसके आर-पार कुछ भी देखना असम्भव था। धीरे-धीरे जैसे कोई रेडियो का वॉल्यूम कम कर रहा हो, सर्वत्र शान्ति फैलती चली गयी; फ़साद टल गया।

मीता ने चैन की साँस ली ही थी कि देखा लूसी सीख़-क़बाब की ट्रे लिए मंजूषा के बिल्कुल सामने खड़ी थी; घबराई हुई मीता दौड़ कर लूसी और मंजूषा के बीच आ खड़ी हुई।

'लूसी, प्लीज़ रिमेम्बर, दिस लेडी इज़ ए प्योर वेजिटेरियन।' मीता ने बेचारी लूसी को बिना किसी गलती के लताड़ दिया था।

'हाउ द हेल वुड आई नो...' लूसी ने गुस्से में पूछा।

'इट्स ऑल राइट, लूसी, माई फ़ॉल्ट।' मीता ने इस वक़्त चुप रहने में ही अपनी भलाई समझी।

मंजूषा पाँव पटकती हुई 'बार' पर पहुँची तो देखा कि राजीव और मकरंद चटख़ारे लेते हुए चिकन टिक्के खा रहे थे। नागिन-सी फुँफकारती हुई वह बैठक में लौटी तो वहाँ उसे मीता दिखी, जो सीख़-क़बाब से लबालब भरी ट्रे को रंजीत की नाक के ठीक नीचे घुमाती हुई मुस्कुरा रही थी।

'लीजिए सर, ज़रा ये सीख़-क़बाब टेस्ट करके बताइए कि कैसे बने हैं? मधुर जाफ़री की रेसिपी है, यू मस्ट ट्राइ।' रंजीत की बेरुखी के बावजूद मीता ने तय किया था कि वह उसे पश्चात्ताप के लिए कम से कम एक मौक़ा अवश्य देगी। 'सर' के खिताब से रंजीत को सम्बोधित करना मीता को अच्छा नहीं लग रहा था किन्तु वह जानती थी कि 'सर' कहने से बिगड़े से बिगड़े काम बन जाते हैं।

तभी रंजीत के दायें और बायें घड़ियाल और गिरगिट आ खड़े हुए।

'बड़े भाई, चिकन टिक्कों के स्वाद की गारंटी तो मैं आपको दे सकता हूँ पर सीख़-क़बाब तो मैंने अब तक चखे ही नहीं। आप श्रीगणेश करें तो भाभी जी हमें भी प्रसाद दें।' गिरगिट कब से इसी ताक़ में था कि किसी तरह गरमा-गरम सीख़-क़बाब जल्दी से उसके हाथ लग जाये। मीता का बस चलता तो वह नदीदे गिरगिट के मुँह

में सीख़-क़बाब तब तक ठूँसती रहती जब तक कि उसके प्राण-पखेरू उड़ न जाते।

'सॉरी मीता, मैं तो साला डाइट पर हूँ। मुझे आप सिर्फ़ मेन-कोर्स पर ही याद कीजिएगा।' मीता की आशा के विपरीत, सीख़-क़बाब का निमंत्रण ठुकरा कर रंजीत अन्दर वाली बैठक की ओर चल दिया। 'समझता क्या है यह अपने आप को? औरंगज़ेब की औलाद? देखती हूँ इसे मेन-कोर्स के लिए अब कौन याद रखता है।' मन ही मन मीता उसे एक बार फिर कोसने लगी।

'वरी नॉट, भाभी जी, हम दोनों बिल्कुल डाइट पर नहीं हैं। बड़े भाई, आप भी नोश फ़रमाइए, भाभी जी ने सीख़-क़बाब अपने कर-कमलों से बनाये हैं।' गिरगिट ने बौखलाई हुई मीता के हाथों से ट्रे हथिया ली और घड़ियाल के आगे कर दी।

'तुम बहुत ज़िद करते हो, राजेश, पेट में जगह तो नहीं है पर चलो मेज़ पर बैठकर आराम से खाते हैं। ये खड़े होकर खाने की रीति जाने किस गधे ने शुरू की थी?' रोती हुई आवाज़ में घड़ियाल ने रही-सही क़सर भी पूरी कर दी; मीता की सहनशक्ति कगार पर खड़ी डगमगा रही थी।

'बड़े भाई, ज़रूर कोई अँगरेज़ होगा, लोग-बाग़ ज़्यादातर उन्हीं की नकल किया करते हैं।' दोनों ट्रे लेकर कोने में रखी हुई एक छोटी मेज़ पर बैठ गये और गपागप खाने लगे; उनसे चटनी का भी इन्तज़ार न हुआ।

'तुम ठीक कह रहे हो, राजेश। अँगरेज़ एक झक्की कौम है, ट्रेन्स और बसों में भी वे खड़े होकर ही ट्रैवल करते हैं, चाहे सीट्स खाली ही क्यों न पड़ी रहें।'

'इंडियंस इतना ज़्यादा खाते हैं कि वे खड़े नहीं रह पाते।' मंजूषा के इस सीधे प्रहार का भी गिरगिट और घड़ियाल पर कुछ असर नहीं हुआ।

'बिल्कुल सही कह रही हो मंजूषा, इंडियंस तो डिसऐब्लड-परसन को भी सीट ऑफ़र नहीं करते।'

'एज़ फ़ारफ़ूड इज़ कंसर्न्ड, अँगरेज़ लंच में ओनली सूप और सैलेड से ही काम चला लेते हैं ताकि दिन में लाइट रहें।' मंजूषा हैरान थी कि मीता ने एक बार ही सही, उससे सहमति तो प्रकट की। तभी, अपनी धोती की चुन्नटें सँभालती हुई जिया भी वहाँ आ बैठीं, रेस्टरूम के बाहर मंजूषा और सायरा पहले से ही खड़ी हुई थीं।

'ऐ मैं तोसे कऊँ, म्हारे इंडिया में तो मुर्गन ने बाँग दी नईं के चा-बिस्कुट सुरु हो जावे थे, उसके बाद नास्ते में दलिया या बथुए की पूरी; लंच में दाल-चावल, रायता, एक सब्ज़ी और फुलके; साम की चा के संग तली हुई मूँगफली, नमकीन या पकौड़े, डिनर में कलिया या मछली का सालन और प्याज हरी मिरच का लच्छा, डिनर के बाद मिठाई, पान या सौंफ-इलाइची। फेर देर रात गये, मलाई वाला दूद पीने को लड़के और मरद बज्जार जावें थे। लुगाइयों को छिन बर की बी फुर्सत नाय थी।'

मीता सोच रही थी कि जिया का बस चलता तो उसके घर में भी सुबह से शाम तक यही सब कुछ होता।

'मुझे तो सुनकर ही उबकाई आ रही है, जिया। हजम कैसे कर लेते थे लोग इतना सब कुछ?' मीता की बात का समर्थन करके मंजूषा उऋण होना चाहती थी।

'हज्जम कइसन नईं होता, मंजूसा? आजकल की तरै थोड़े ई था, मैक्रो, ओवन, कटा-कटाया साग, पका-पकाई तरकारियाँ, बर्तन माँजने को डिस-वासर और सफाई को हूबर, मैं तोसे कऊँ, सबै काम के लिए कमबखत मसीनें...'

'भाभी जी, लूसी के हाथ ज़रा हरी चटनी तो भिजवाइए।' घड़ियाल की रोती हुई आवाज़ सुनाई दी। दैवयोग से सास-बहू की झड़प बीच में ही रह गयी।

'बड़े भाई, हमारी ज़ायकेदार धनिए-पोदीने की चटनी से इस मिंट-सॉस का क्या मुकाबला?'

'मिंट-सॉस न हो गयी, मुसीबत हो गयी, यूरोप ही क्या, अमेरिका के भी किसी रेस्तराँ में चले जाओ, हर मेज़ पर आपको एक यही मीठी मिंट-सॉस रखी मिलेगी।'

'भाभी जी, आपकी लूसी कहाँ रह गयी?' इस बार गिरगिट ने अपनी आँखें ऊपर-नीचे करते हुए होंठों से 'च च च' की आवाज़ निकाली।

मीता की कनपटियाँ क्रोध के मारे फड़कने लगीं। कहीं उसे ब्रेन हेमरेज न हो जाये! जहन्नुम में जाये मेहमान, उसे कुछ हो गया तो किसी का क्या जायेगा? किन्तु अगले ही पल वह लूसी को पुकारती हुई रसोई की ओर लपकी; कहीं लूसी और प्रिया अवन ऑफ करना तो नहीं भूल गयीं? 'माई शेराँ वाली माँ! मिनी-इडलीज़ तो अभी परोसी ही नहीं गयीं, मेड्स पर कोई कैसे डिपेंड करे?'

घबराई हुई मीता सीधे रसोई में पहुँची तो देखा वहाँ कोई नहीं था, 'मेड्स की इतनी हिम्मत! मैंने कहा था न कि वन ऑफ़ देम को आलवेज़ किचन में रहना चाहिए।' पैर पटकती हुई मीता गैरेज में पहुँची। दरवाज़ा खोला तो देखा प्रिया अपने बेटे, मुरली को अपने हाथ से चीनी-इडली खिला रही थी। प्रिया ने बिना उसकी इजाज़त के इडली का बॉक्स कैसे खोल लिया, हाउ डेयर शी?

'सारी मैडम जी, मुरली को बुक लगा था जी, उसे चिकन-मटन नईं माँगता जी।' खड़े होकर प्रिया ने डरते हुए सफ़ाई पेश की।

'यू आर फ़ीडिंग मुरली विद हैंड? हैरी और कैमिला जब वन-इअर ओल्ड भी नहीं थे, मैंने उनके हाथों में प्लास्टिक के काँटे-चम्मच पकड़ा दिये थे।' गुस्सा तो बहुत आ रहा था किन्तु मीता ने उसे अधिक नहीं फटकारा कि कहीं इला से जाकर वह उसकी बुराई न करे।

'सारी मैडम जी।' प्रिया गर्दन मटकाते हुए बोली।

'इसे खिलाकर क्विकली अन्दर आओ, इडलीज़ हार्ड हो जायेगी, एंड वेयर इज़ लूसी?' प्रिया ने गर्दन मटकाकर अपनी अनभिज्ञता दर्शाई। मीता बुदबुदाती हुई वापस अन्दर आ गयी। रसोई पर नज़र रखने के लिए मीता को कोई उपयुक्त व्यक्ति नहीं मिला था या यूँ कहिए कि मीता को किसी पर विश्वास नहीं था। पिछले हफ्ते की

ही तो बात है, मकरंद की भाँजी बुलबुल का जन्मदिन था। मेहमानों को भोजन परोसे जाने से भी पहले बावर्चियों ने अपने घर से लाये टप्पावेयर के डिब्बों में सीख़ क़बाब, चिकन टिक्का मसाला और शाही पनीर भर कर गैरेज के बाहर वाली झाड़ियों में छिपा दिये थे, जो रात के वक़्त वे चुपचाप घर ले जाते। वो तो कहो कि मीता की नज़र पड़ गयी, नहीं तो उस रात खाना ज़रूर कम पड़ जाता और निन्दा होती बेचारे नरेश और नैन्सी की।

प्रिया और लूसी से उसे ऐसा कोई ख़तरा नहीं था। लूसी को भारत अथवा भारतीय खानपान के विषय में कोई जानकारी नहीं थी और प्रिया साउथ-इंडियन थी, जो इडली-साँभर से ही प्रसन्न थी। मीता ने तय कर लिया था कि बची-खुची इडली-साँभर वह प्रिया को ही दे देगी। अन्यथा साँभर की तेज़ गन्ध उसके फ्रिज में ही नहीं, पूरे घर में कई दिनों तक फैली रहेगी।

असल में तो मीता ने लूसी को मेहमानों को दिखाने भर के लिए भाड़े पर रखा था। घर का कोना-कोना साफ करवा लेने के बावजूद मीता को उसे अस्सी पाउंडस देने खटक रहे थे क्योंकि गोरों को सप्ताहान्त में डेढ़ गुना वेतन देना पड़ता था और पाँच घंटों से कम के लिए आने को कोई तैयार नहीं होता।

'जब से कमबख़्त होम-ऑफिस वालों ने मरे स्टूडेंट्स वीज़ास पर रोक लगाई है, इल्लीगल नौकर-चाकर मिलने मरे बन्द हो गये हैं।' मोहिनी बता रही थी, जो मीता के यहाँ माली या सफ़ाई करने वालों को अकसर भेज दिया करती थी, वे चार पाउंड घंटे के हिसाब से पूरे दिन के जी-तोड़ काम के सिर्फ़ तीस-पैंतीस पाउंड्स लेते थे। जितने पैसे उसे लूसी को देने पड़ रहे थे, उतने में तो मीता दो गुजराती औरतों से सौ लोगों का खाना घर में ही पकवा लेती। रात के बारह बजे तक वे मेहमानों को भोजन परोसतीं और फिर उसका चौका चमका कर ही अपने घर वापस लौटतीं।

'वो दिन मरे फाख़्ता हुए, मीता, आजकल नौकरों का रेट मरा दस से लेकर पन्द्रह पाउंड प्रति घंटा है।' मोहिनी की बात सुनकर मीता को हौल उठने लगे थे। मकरंद के बस का तो कुछ भी नहीं, वह अकेले क्या-क्या सँभालेगी?

'तुम तो मरे ढेर सारे डिप्लोमैट्स को जानती हो, मीता, किसी से कहो न तुम्हारे लिए मरा एक नौकर ला दें।'

'यू नो, मोहिनी भाभी, इन्हीं मेड्स की वजह से अमेरिका में हमारी इंडियन ऐम्बैस्सी में कैसा बवाल खड़ा हो गया...'

'उस मरी खोबरागाड़े की बात कर रही हो, मीता, उसे मरा कौन नहीं जानता? ये मरे डिप्लोमैट्स...'

'भाभी, ये इंडियन सर्वेंट्स ही कौन से चीप पड़ते हैं? यहाँ आकर वे प्राइवेट काम करना चाहते हैं, मना करने पर वे सीधे पुलिस में झूठी रिपोर्ट फ़ाइल करने की धमकी देते हैं।' इसके पहले कि मोहिनी भारतीय अफसरों की ऐसी की तैसी

करती, मीता ने उसकी बात बीच में ही काट दी।

तभी लूसी ने रंजीत आदि की ओर इशारा करते हुए मीता का ध्यान भंग किया। लूसी को निर्देश दिया गया था कि यदि उसे कोई छिप-छिपा कर सिगरेट पीता हुआ दिखाई दे तो वह सीधे आकर मीता को सावधान कर दे।

'मैडम, दोज़ गाईज़ ओवर देयर, आर स्मोकिंग।' बैठकों, कंज़रवेटरी और दोनों शौचालयों में मीता ने 'नो स्मोकिंग' के चेतावनी-सूचक नाम-पट्ट चिपका रखे थे, जो उसे एक हेल्थ-शो में मुफ्त में मिले थे।

'शैल आई आस्क देम टु स्टब देयर सिगरेट्स?' मीता को चुप देखकर लूसी ने पूछा।

'नो लूसी, लीव देम टु मी।' कड़ी जाँच-पड़ताल करने पर मीता ने जाना कि रंजीत को मुँह में सिगार दबाये देख गिरगिट, राजीव और घड़ियाल ने भी सिगरेट्स सुलगा ली थीं। इस वक्त यदि वह उनमें से एक को भी टोकती तो उसे सीधे बिगड़े हुए साँड़ यानी कि रंजीत से पंगा लेना पड़ता, जिसने मीता से अब तक सीधे मुँह बात नहीं की थी। संयम से काम लेते हुए मीता ने यह निर्णय लिया कि वह अभी चुप रहेगी और जैसे ही रंजीत वहाँ से हटेगा, वह बाकियों की अक्ल ठिकाने लगा देगी। वह बड़े तनाव में थी; सिगरेट की गन्ध उसके सोफों और पर्दों में बस गयी तो बड़ी मुश्किल से निकलेगी।

धुएँ के छल्लों में पिरी बातें पूरे घर में जंगल की आग की तरह फैलने लगीं। जितने मुँह उतनी बातें। जिनका न कोई सिर था न पैर।

'यू नो, आइ एम सो एलर्जिक टु स्मोक।' नाक पर महँगा वाला टिशु रखे झूठमूठ खों-खों करती हुई मीता दोनों बैठकों के चक्कर लगाने लगी। असल में तो वह देखना और सुनना चाहती थी कि कौन, कहाँ और क्या कर और कह रहा था। तभी उसने देखा कि घनश्याम एकाएक अपनी सिगरेट बुझाकर उसी की ओर आ रहा है। मीता ने सोचा कि अब चटायेगी बच्चू को मज़ा किन्तु वह सीधे प्रभा सापलू के पास जा बैठा, जो अकेली बैठी थी। उसकी प्लेट में एक इडली थी, जिसे उसने अभी तक छुआ तक नहीं था।

'प्रभा जी, मुझे रानी का इतना गम नहीं, जितना अपने जिगरी दोस्त नौलखा का है, हमारा बचपन का याराना था; बिल्कुल 'शोले' फिल्म के जय और वीरू जैसा, आपने 'शोले' तो देखी ही होगी?'

घड़ियाल की पत्नी रानी नौलखा के साथ फ़रार थी। उसे बेहद रंज था—रानी का नहीं, नौलखे का। अपनी गर्दन भरतनाट्यम नृत्य की मुद्रा में मटकाते हुए हतप्रभ-सी प्रभा घड़ियाल की व्यथा सुन रही थी, जिसकी पेचीदा बातें उसकी समझ के बाहर थीं। दुर्भाग्यवश अथवा सौभाग्यवश, प्रभा की हिन्दी और अंग्रेज़ी दोनों कमज़ोर थीं।

पत्नी की दुविधा से अनभिज्ञ, वेनू सापलू अपने बॉस के साथ चिपका हुआ 'येस सर', 'नो सर', 'यू आर वेरी राइट सर', किये चला जा रहा था। जोशी सर और उनके अधिकारियों का दरबार कंजरवेटरी में लग चुका था। जहाँ वह हाथ में एक बिल्लौरी पैमाना थामे अंगद की तरह अचल खड़े थे। उनके दायीं और बायीं ओर बसन्त और मेनका कोडनानी सन्तरियों-से पहरे पर थे। बड़े अदब से अपनी कमर और आँखें झुकाये, दोनों हाथों से पैंट की जिप को छिपाये, कभी इस किनारे तो कभी उस किनारे पर खड़ा वेनू बार-बार जोशी सर का ध्यान अपनी ओर आकर्षित करने का प्रयत्न कर रहा था, जिनके दिमाग़ में कमबख़्त मंजूषा ने खलबली मचा रखी थी। वह अचम्भे में थे कि मंजूषा जैसी यौवना एक मामूली दुकानदार से विवाह के लिए क्यों राजी हो गयी थी और पति की उपस्थिति में भी वह राजीव के साथ कैसे चिपकी थी? खूबसूरत सायरा का नमकीन-सा यौवन भी उन्हें कुछ कम आकर्षक नहीं लग रहा था। ऐसे विषयों पर रंजीत से बात करना ख़तरा मोल लेने वाली बात थी; वह इतना बेबाक था कि भरी महफ़िल में न जाने क्या बक दे। वैसे भी उन्हें अधिकारियों से घिरा देख लोग उनसे बात करने में कतरा रहे थे; तिस पर, मेनका की बकबक ने उनकी नाक में दम कर रखा था।

'सर, पकोरे खाओ नी।' 'थोरी चटनी लाओ नी।' 'टिक्के गरम कराओ नी।' 'सर के लिए एक फ्रेश पेग बनाओ नी।' मेनका के अनन्त निर्देशों का पालन बसन्त बड़ी मुस्तैदी के साथ कर रहा था। गरमा-गरम पकौड़ों, चिकन टिक्कों, सीख़ क़बाबों और चटनी की सप्लाई में मजाल है कि कहीं बाधा उपस्थित हुई हो। स्पष्टतः बसन्त के निर्देशों का पालन लूसी और प्रिया बड़ी मुस्तैदी से कर रही थीं। राजीव के निर्देशानुसार, भारतीय उच्चायोग के अफ़सरान को खुश रखना उनका परम धर्म था।

'झनक झनक पायल बाजे' फिल्म की हीरोइन सन्ध्या जैसी अदाओं से जोशी सर को टिक्के और पकौड़े खिलाने में व्यस्त थी मेनका। द्वितीय सचिव सापलू हैरान था कि मेनका के ज़रिए एक अदना सा अताशे जोशी सर की आँखों में चढ़ गया था। स्टार्टर्स के प्लैटर्स रसोई से सीधे पहले जोशी सर के दरबार में घुमाये जाते और जब वह उन्हें छू कर पवित्र कर देते, तब कहीं जाकर वह प्रसाद किसी अन्य मेहमान को परोसा जाता।

मेहमानों के तथाकथित स्टैंडर्ड के हिसाब से उन्हें तवज्जो दी जा रही थी। यह वर्गीकरण भी मीता का ही तय किया हुआ था, जिसका न तो कोई भारत से सम्बन्ध था और न ही ब्रिटेन से। मकरंद को ठोक-पीट कर अपने स्तर पर लाने में मीता को कई साल लगे थे। ससुराल वालों को स्पष्टतः वह मध्यम-वर्ग का मानती थी और जब कभी वह उनसे ख़फ़ा हो जाती, जो बहुत आम बात थी, तो वह उन्हें एक पायदान और गिरा देती। बहुत-से विशिष्ट मेहमानों के आ जाने के कारण मीता आज अपने पीहर वालों के साथ भी मध्यम-वर्गीय बर्ताव कर रही थी, जिन्हें

साधारणतः वह अपर क्लास में गिनती थी।

गरमा-गरम स्टार्टर्स की ट्रे उठाये मुस्कुराती हुई लूसी वीआईपीज़ के बीच घूम रही थी और उसके संग थी स्वयं मीता, प्लैटिनम की अँगूठी वाले हाथ में महँगे टिशुज़ थामे, मेहमानों से अव्नेबल समोसे, टिक्के अथवा क़बाब चखने का आग्रह करती। इस महत्वपूर्ण राउंड के बाद लूसी वही ट्रे सस्ते टिशुज़ के साथ मध्यम-वर्गीय मेहमानों के बीच घुमा देती, माइनस मीता के, जो विशिष्ट मेहमानों से बातें करने के लिए उन्हीं के बीच रुक जाती।

इस बीच, बचे-खुचे गुनगुने टिक्कों और टूटे-फूटे समोसों की हालत सुधारकर, वही ट्रे बड़ी नम्रता के साथ प्रिया निम्न दर्जे के मेहमानों में घुमा देती; नम्रता के साथ इसलिए कि उसके हिसाब से यह भोजन जूठा हो चुका था।

उच्च और मध्यम वर्ग के लिए जगह बनाने के लिए, निम्न दर्जे के सादे और विनीत मेहमान मीता के इशारे पर बिना किसी हील-हुज्जत के एक स्थान से उठ कर दूसरे स्थान पर बैठ जाते थे। मीता का आभार प्रकट करते हुए कि उसने उन्हें इस विशेष उत्सव में शामिल किया था।

निम्न से मध्यम वर्ग में पहुँचे लोग मीता के लिए सिर-दर्द बने हुए थे, जो उसका ही खाकर उसी की बुराइयों में जुटे थे।

'मरे हम सब तो कूड़ा ठहरे, असली मेहमान तो जोशी सर और उनकी मरी वानर-सेना है। हमें बुलाकर मरा बेइज्ज़त करने की क्या ज़रूरत थी?' जलती-भुनती हुई मोहिनी मेहमानों का ध्यान कई बार मीता के इस भेद-भाव की ओर दिला चुकी थी।

'हम तो अपने मेहमानों को भगवान का दर्जा देते हैं और देना भी चाहिए।' पत्नी का अनुमोदन करने में मोहन भी नहीं चूक रहे थे किन्तु पति-पत्नी द्वारा भड़काने के बावजूद, मेहमान मुँह बाये चुपचाप जुगाली किये चले जा रहे थे। रविवार का दिन बहस के लिए नहीं बनाया गया था किन्तु कुछ विवेकशील मेहमानों के लिए सब दिन समान थे।

'लाहौलविलाकुव्वत...।' जिया की उपस्थिति में आपा को इस वक्त कुछ और कहना वाजिब नहीं लगा किन्तु जिया जानती थीं कि आपा और अन्य मेहमानों के दिलों में भी वही सब था जो मोहन-मोहिनी कहते फिर रहे थे। यूँ भी, निम्न वर्ग के मेहमानों में अधिकतर जिया की सहेलियाँ और मीता के अड़ोसी-पड़ोसी ही थे, जिनमें प्रमुख थीं श्रीलेखा, सोमा, सलोनी और श्रीनिवासन, जो मीता के दायें और बायें वाली कोठियों में रहते थे। मीता की गैरहाजिरी में सोमा और सलोनी मीटर रीडिंग को आये गैस-बिजली-पानी कर्मचारियों से लेकर सफाई कर्मचारियों पर कड़ी निगरानी रखती थीं क्योंकि मीता को जिया पर रत्ती भर भी भरोसा नहीं था। जो भी घर में आता, जिया उसे जबरदस्ती चाय-नाश्ता करवातीं और किसी-किसी के

लिए तो वह खाना तक पकाने बैठ जाती थीं। खैर, मीता की गैरहाजरी में जिया अपनी पड़ोसनों से ढोकला, श्रीखंड, थेपला और खांडवी के अलावा, नियमित रूप से गाजर-अदरक-हरी मिर्च का अचार भी डलवा लेती थीं।

'ऐ मैं तोसे कऊँ, मोइनी, इस घर में म्हारी एक नाय चलै। करने दो जो मियाँ-बीवी के मन को भावै।' अप्रसन्न जिया आखिर कब तक चुप रहतीं? मन की भड़ास निकालकर उनका जी कुछ हलका हुआ।

'जिया, ऐसा होते तो हमने मरा कहीं नहीं देखा।' मोहनी के दिल को ठंडक पड़ी कि जिया उसकी बात से सहमत थीं।

'मोहिनी जी, शोर मचाने से क्या फ़ायदा? आजकल तो सभी पार्टीज़ में ऐसा ही होता है। लोगों का कद देखकर उन्हें तवज्जो दी जाती है। आपको प्रॉब्लम है तो आपसे रुकने के लिए कौन कह रहा है?' सुमित बोले।

'आप मिक और मोहिनी की बातों में न ही आयें तो अच्छा है। ये दोनों महा चुगलखोर हैं।' कन्धे पर अपने पल्ले को ठीक से रखते हुए वायु ने अपने पति को सलाह दी।

'हुँह, अपने को मैक का बड़ा भाई-भाभी बताते फिरते हैं और पीठ पीछे उन्हीं की बुराई कर रहे हैं।' सुमित ने गुस्से में आँखें तरेरते हुए कहा।

'वही तो, आपकी पीठ पीछे ये कहते फिरेंगे कि मेहमानों को भड़काने वाले आप ही थे...।' तभी एक ज़ोर के ठहाके ने उन दोनों का ध्यान अपनी ओर खींच लिया। मेहमानों के लांछनों से बेखबर, राजीव और मंजूषा कभी फुसफुसाते तो कभी ज़ोर-ज़ोर से हँसने लगते।

'आओ नी, पेर के नीचे बैठ के बरे-बरे पकोरे खावो नी।' कॉपी-कैट मंजूषा ने मेनका की नकल एक बार फिर उतारी। किसी के एक चुटकले पर कोई भला कब तक हँस सकता था? राजीव तंग आ चुका था मंजूषा के इस थकाऊ दुहराव से; असल में तो वह मिनिस्टर एंड पार्टी को नाराज नहीं करना चाहता था क्योंकि ओ.सी. आई. लेने के लिए उसे उनमें से एक की मदद चाहिए होगी। जोशी सर तक पहुँचने का कोई और ज़रिया नहीं था। वेनू सापलू के पास जाने का उसका मन नहीं था। जाने यह साउथ इंडियन उसकी सहायता करे न करे या फिर दस नियम गिनाकर उसे बाहर लम्बी क्यू में खड़े हो जाने की सलाह दे दे। इनके इल्ले-पिल्लै-मरगिल्ले क्लब्स में घुसना कोई आसान बात थोड़े ही थी। शायद बसन्त और मेनका को डिनर या लंच पर बुला लेने से काम बन जाये पर इला ऐसी चालों के सख्त ख़िलाफ़ थी।

'चाहे मुझे इंडिया हाउस के दस चक्कर लगाने पड़ें, मैं अपना ओ.सी.आई. खुद बनवा लूँगी। वैसे भी, इंडियन हाई कमीशन ने अपनी सब सर्विसेज आउटसोर्स कर दी हैं। कम्प्यूटर पर फॉर्म्स भरो और जमा कर दो, क्या ज़रूरत है किसी की लल्लो-चप्पो करने की?'

एकाएक राजीव के दिमाग़ में आया कि जोशी सर और उनके अधिकारियों को घर पर बुलाकर उनकी ख़ातिर करने से सस्ती और बेहतर थी मीता की चापलूसी। बस थोड़ी-सी तारीफ की ज़रूरत थी, मीता उसका काम मुफ्त में करवा देगी। अच्छा हुआ कि वह आज की पार्टी में मीता का हाथ बँटाने पहुँच गया था किन्तु मंजूषा के उपहास के कारण कहीं उसका खेल बिगड़ न जाये। राजीव ने तय किया कि वह अब उससे दूरी बनाये रखेगा।

जिन मेहमानों का मन्त्री और अधिकारियों से परिचय नहीं करवाया गया था, वे सब अपने को उपेक्षित महसूस कर रहे थे। वे अपनी भड़ास भारतीय उच्चायोग पर उतारने लगे और मंजूषा उनकी अगुआ बन बैठी, विशेषतः इसलिए कि राजीव उसे अकेला छोड़कर अधिकारियों की चाटुकारिता के लिए लालायित था।

'आप यहाँ नयी हैं, मंजूषा जी, हम तो यहाँ तीस बरसों से रहे हैं। इंडियन हाई कमीशन से कुछ भी एक्सपेक्ट करना बेकार है।' सुमित ने कहा।

'पर किया क्या जाये, बड़े भाई? एजेंटों को सौ-डेढ़ सौ पाउंड्स देकर भी भरोसा नहीं किया जा सकता कि पासपोर्ट समय पर मिल जायेगा।'

'आप सौ-डेढ़ सौ पाउंड्स की बात कर रहे हैं, साउथऑल और ईस्ट लन्दन वाले एजेंट्स ओ.सी. आईं लगवाने के पाँच-पाँच सौ पाउंड्स माँग रहे हैं।'

'एजेंट्स के चक्करों में पड़ने की क्या ज़रूरत है? अगर आपको कोई जल्दी नहीं है तो पोस्ट से भेज दीजिए।' इला ने सलाह दी।

'इला जी, इंडिया हाउस से आपका पासपोर्ट सही-सलामत लौट जाये तो आप मेरा नाम बदल दीजिएगा।'

'पासपोर्ट सही-सलामत लौट भी आये तो जनाब बड़े ध्यान से चेक कीजिएगा, नाम के स्पेलिंग्स ठीक होंगे तो आपकी डेट ऑफ़ बर्थ शर्तिया गलत होगी।'

'वाट टु डू जी? वो लोग कब्बी फोन नई उठाता और न ही ई-मेल्स का जवाब देता है।' श्रीनिवासन ने कहा, जो बोलते बहुत कम थे, अधिकतर वह अपना सिर ज़ोर-ज़ोर से हाँ या नहीं में हिला कर काम चला लेते थे।

'आप ठीक कह रहे हैं, श्रीनिवासन जी।-मुझे इंडिया हाउस के चार चक्कर काटने पड़े तब कहीं जाकर मेरा पासपोर्ट बना।'

'हमें तो खुदा ना ख़ास्ता पूरे चार महीने हो गये अप्लाई किये हुए, कयामत से पहले वीज़ा मिल जाये तो हम एक दफा लखनऊ और दिल्ली हो आये।' आपा बोलीं।

'आपा, एक दिन आप लोग वहाँ जाकर धरने पर बैठ जायें, देखें क्या करते हैं।' सुमित ने सुझाव दिया।

'इंडिया हाउस के बाहर लोग रोज धरना देते हैं, उनके कान पर जूँ तक नहीं रेंगती।'

'काउंटर-स्टाफ से कभी पाला पड़ा है आपका? इतने रूड हैं कि बस पूछिए नहीं। मजाल है कि कोई मुस्कुरा तो दे।'

'सुना है कि रुखाई से पेश आने के लिए उन्हें दिल्ली में स्पेशली ट्रेन किया जाता है।'

'मुझे तो लगता है कि आप में से किसी का अब तक फ्रेंच, डच या जर्मन एम्बेसीज़ से पाला नहीं पड़ा, तभी आप इंडिया हाउस की इतनी बुराई कर रहे हैं। मुझे हॉलैंड जाने के लिए क्या-क्या पापड़ नहीं बेलने पड़े, यह बस मैं ही जानता हूँ।' राजीव ने यह देखने के लिए कि उसकी बात जोशी सर एंड पार्टी में से किसी के कान में पड़ी अथवा नहीं, कंजरवेटरी की ओर नज़र दौड़ाई पर सब ताश खेलने में मग्न थे; वह इस गौरव से वंचित रह गया।

'तुम बिल्कुल ठीक कह रहे हो, राजीव, इंडियन एम्बेसी में जाकर हम लोग कम से कम हल्ला तो मचा सकते हैं। फ़ोन पर कई सिर-फिरे उन्हें माँ-बहन की गालियाँ तक सुना देते हैं। किसी और एम्बेसी में जाकर कोई अपना मुँह खोल कर तो दिखाये।' गिरगिट ने कहा।

'बड़े भाई, रशियन एम्बेसी में घुसो तो लगता है कि जैसे हम उनकी कैद में हों।' वही मेहमान जो भारतीय दूतावास को गालियाँ देने में लगे थे, अब ज़ोर-शोर से बारी-बारी सारे विदेशी दूतावासों की चिंदी करने में व्यस्त हो गये।

'ऐ मैं तोसे कऊँ, तुम सब ये का पिटारा खोल के बैठ गये? इस खुसी के मौके पर भगवान का नाम लो, नाचो-गाओ।' जिया अपने हाथ नचाते हुए मेहमानों के बीच में आ खड़ी हुईं।

'आप तो बस आज्ञा दें, जिया, बाजा-ढोलक-मंजीरे सब कार में रखे हैं।' ईलिंग कीर्तन मंडली के संस्थापक, मोहन टयाल उठ खड़े हुए। उनका चेहरा दमक रहा था। मोहिनी की उँगलियाँ भी हारमोनियम पर थिरकने के लिए मचलने उठीं, मीता के मेहमान अब देखेंगे मोहन-मोहिनी की सुर-साधना। जिया, अम्मा और सोमा की माँ विशेष तौर पर चिहुँक उठीं।

'नॉट नाऊ, मिक भैया, प्लीज़।' मीता तमककर बोली; लोग उसकी पार्टी का स्टैंडर्ड गिराने पर क्यों तुले थे? उसे जगराता ही करवाना होता तो वह वुल्वरहैम्पटन-मन्दिर वाली पार्टी को न बुला लेती; वे मुहम्मद रफ़ी, लता मंगेशकर, अनूप जलोटा आदि की आवाज़ों में लोकप्रिय फ़िल्मी गीतों पर आधारित ऐसे-ऐसे भजन गाते हैं कि मन्त्र-मुग्ध श्रोता रात-रात भर वहीं जमे रहते हैं।

'जब आपको ठीक लगे, मीता जी, आप हमें बस एक इशारा कर दीजिएगा।' मोहन ने हताश होकर बैठते हुए कहा। पापियों के उद्धार का एक मौक़ा उनके

हाथ से निकल चुका था। कितने शौक से लाये थे वे दोनों अपना साजो-सामान कि जिया उनसे भजन-कीर्तन को अवश्य कहेंगी। इससे पहले कि जिया अपना प्रस्ताव दोहरातीं, मीता उठकर वहाँ से चल दी।

'ऐ मैं तोसे कऊँ, मोइनी, आज सुबै से लक्स्मी-गनेस बी नाय मनाए गये, म्हारे जमाने में बर्र-डे के दिन सुबै-सुबै हवन औउर फेर सुन्दर-कांड का पाठ होवे था और इब...।' जिया का 'भज गोविन्दम' शुरू हो गया। मोहन-मोहिनी उनके दायें और बायें कन्धों से लगे बैठे उन्हें हौसला रखने की हिदायत दे रहे थे।

'सत्य वचन, जिया, जैसे काष्ठगत अग्नि को जलाने के लिए जलते हुए अंगारों के योग की आवश्यकता होती है, ठीक उसी प्रकार से जीवन जागृति के लिए सत्संग आवश्यक होता है।' मिश्रा जी इस उक्ति पर मोहन और मोहिनी अपनी मुंडियाँ हिलाते हुए बस झूम ही तो उठे।

'ऐ मैं तोसे कऊँ, नेम धरम अब कछु नाय बचो है, मिसरा जी, गीता और रामायन तो अब लोगन ने कोल्की माँ धर दीने हैं।'

'जिया, महाभारत और रामायण सब गढ़ी-गढ़ाई कहानियाँ हैं।' मंजूषा ने जिया को चिढ़ाने की गरज से कहा।

'लाहौलविलाकुव्वत, इन्हें तो खुदा का भी खौफ़ नहीं।' बिना मंजूषा की ओर देखे आपा ने जिया से कहा।

'आ शूँ जमानो आव्यो छे?' सोमा की माँ ने अपना एकमात्र जुमला दोहराया।

'ऐ मैं तोसे कऊँ, मंजूसा, किसन जी साक्सात भगवान विस्नू जी के औतार थे।'

'कृष्ण वाज ए पक्का साला पौलिटीशियन, नॉट इश्वर का अवतार।' रंजीत ने कहा, जो टहलता हुआ उधर आ निकला था।

'हय राम...'

'लाहौलविलाकुव्वत...'

'आ शूँ जमानो आव्यो छे?'

'यू आर सो राइट, मिस्टर रंजीत, वाइफ के होते हुए वो राधा और गोपियों के साथ खुले आम फ्लर्ट किया करते थे।' मीता के इस कथन से जिया के तन-बदन में आग लग गयी। मन में तो आया कि वह शेराँ वाली माता की भक्तन को टोक दें किन्तु वह चुप रहीं। बात बढ़ जायेगी तो इसका खमियाज़ा बेचारे मकरंद को भुगतना पड़ेगा।

'चलिए, आपके कृष्ण कन्हैया को जाने देते हैं, आप युधिष्ठिर को लें। महाभारत में उन्हें धर्मराज कहा गया है, वह कैसे मान गये द्रौपदी को भाइयों के साथ शेयर करने के लिए?' सुमित ने पूछा।

'बड़े भाई, बेचारे पांडव तो अपनी माँ की आज्ञा का पालन कर रहे थे।' अपनी दायीं आँख दबाते हुए गिरगिट ने तंज कसा।

'द्रौपदी को दाँव पर लगाने के लिए तो माँ ने उनसे नहीं कहा था?' वायु बोली।

'और मिश्रा जी, पिछले हफ्ते आपने कम्यूनिटी सेंटर में झूठ पर भाषण दिया था; वहाँ लोगों को प्रश्न नहीं पूछने दिये गये। मैं पूछना चाहता था कि कृष्ण ने युधिष्ठर को गुरु द्रोणाचार्य के सामने झूठ बोलने के लिए क्यों उकसाया था?' सुमित ने पूछा।

घोर पापियों से घिरी हुई किंकर्तव्यविमूढ़ जिया, आपा, सोमा की माँ और अम्मा अपने कान बन्द किये बैठी थीं। विशेषतः आपा, जो जानती थीं देर-सवेर से ही सही, मुसलमानों पर आँच आयी तो वह अकेली पड़ जायेंगी। हसन और सायरा तो उनका साथ देने से रहे।

'यदि आपने पूरा महाभारत पढ़ा होता तो आप इस प्रकार की शंका नहीं करते, क्यों मिश्रा जी?' मोहन ने कहा।

कृष्ण जानते थे कि आसुरी स्वभाव के लोग धर्मयुद्ध नहीं करेंगे। शत्रुओं ने जब युद्ध के नियमों का उल्लंघन किया तभी न श्रीकृष्ण ने पांडवों से कहा कि उन्हें भी रणनीति से काम लेना चाहिए। हमारे शास्त्रों में इसके प्रयोग का विधान है।' मिश्रा जी के इस कथन पर जिया, अम्मा, आपा, मोहन और मोहिनी को राहत मिली।

'मिश्रा जी, आप किस-किस बात की सफाई पेश करेंगे? रामायण और महाभ. ारत ऐसे-ऐसे न जाने कितने कंट्राडिक्शन्स से भरे पड़े हैं...' सुमित ने जिरह की।

'हरे राम हरे राम, राम राम हरे हरे...'

'वाट राम राम, जिया? सीता वाज़ ब्लडी प्रेग्नेंट जब राम ने उन्हें साला जंगल में छुड़वा दिया था।'

'राम तो अन्तर्यामी थे, जिया, फिर क्यों सीता को अग्नि-परीक्षा देनी पड़ी?' राजीव ने पूछा।

'ऐ मैं तोसे कऊँ, कोई कुरआन के खिलाफ कछु कै के दिखाए, उसकी जुबान न काट लें मुसल्ले तो म्हारा नाम बदल दीजो, एक म्हारा हिन्दू धर्म ही है के तुम सब...' जिया ने विवाद को मोड़ देना चाहा, बहुत हो गयी उनके हिन्दू धर्म की बुराई! मंजूषा को मुस्काते देख आपा को लगा कि उनके इर्द-गिर्द का घेरा कहीं और तंग न हो जाये।

'जिया, इनके धर्म-ईमान के बारे में किसी ने मुँह भी खोला होता न तो अब तक कई फतवे निकल चुके होते इन सब के नाम।' मोहन ने रंजीत, मंजूषा और राजीव को इंगित करते हुए कहा तो मोहिनी, आपा और जिया ने सिर हिलाते हुए अपनी सहमति जताई।

'धर्म समाज के उत्थान के लिए बनाये गये थे ताकि लोग बाग सुख-शान्ति और परस्पर सद्भावना से रहें...'

'मिश्रा जी, भोली-भाली और कमज़ोर जनता को काबू में रखने के लिए धर्म के

नाम पर ढकोसले ईजाद किये जाते रहे हैं और किये जाते रहेंगे।' सुमित ने कहा।

चारों तरफ हाहाकार मच गया। देवी-देवताओं और धर्म ग्रन्थों की फजीहत के बीच 'कयामत बस आने को है।' 'हय राम', 'आ शूँ जमानो आव्यो छे' और 'लाहौलविलाकुव्वत' जैसी दुहाइयाँ सुनाई दे रही थीं।

'मुझे तो आज तक यह समझ में नहीं आया कि हमारा हिन्दू धर्म है क्या बला।' घड़ियाल रो दिया।

'यह तो बड़ा कठिन सवाल है। आप ही बताइए मिश्रा जी।'

'प्रथम तो यह कि हिन्दुइज्म कठोर नियमों अथवा धारणाओं का घिसा-पिटा ढाँचा नहीं है, असल में वो धर्म है ही नहीं...'

'हाय राम।'

'लाहौलविलाकुव्वत।'

'आ शूँ जमानो आव्यो छे?'

'ऐ मैं तोसे कऊँ, मिसरा जी, हमऊ तुमसे ये उम्मीद नाय थी।'

'जिया, साफ़-सुथरे ढंग से जीने का तरीका है हिन्दुइज्म, जिसे हम सच्चिदानन्द अर्थात् सत्, चित् और आनन्द कहते हैं। जीवन से सम्बन्धित विज्ञान का लक्ष्य है अद्वैत सत्य की अनुभूति और उपलब्धि। उसके दार्शनिक पक्ष को 'सांख्य' तथा प्रयोगात्मक पक्ष को 'योग' कहते हैं। जीवन सम्बन्धित विज्ञान की उपलब्धियों का प्रयोग, जो मानव मात्र के लिए उपयोगी हैं। आप चाहें तो इसे हिन्दू धर्म या हिन्दुइज्म कह सकते हैं...।'

मिश्रा जी का भाषण आरम्भ हो गया तो लोग खिसकने लगे। बदहवास मीता को पहली बार पछतावा हुआ कि उसने मनोरंजन का प्रबन्ध क्यों नहीं किया। कहीं उसकी पार्टी फ्लॉप ही न हो जाए।

'बोलो वृन्दावन बिहारी लाल जी की जय।' एकाएक मोहन ने खड़े होकर एक ज़ोर का हुंकारा लगाया।

'जय।' मोहिनी, अम्मा और जिया एक साथ चिल्लायीं। मोहन एक आक्रामक मुद्रा में तैनात हो गये कि कोई इस विषय पर फिर मुँह खोले और वह उसकी ऐसी की तैसी कर दें। यह उनके पेशे का सवाल था।

मेहमानों की टोलियों में एक बार फिर रद्दो-बदल हुआ। एक वर्ग अब भी राम और कृष्ण की बखिया उधेड़ने में लगा था तो दूसरा, जिसमें मंजूषा, राजीव और सुमित शामिल थे, दबी जुबान में फ़तवे का जनाज़ा निकालने पर तुले थे।

गिरगिट एकाएक ज़ोर-ज़ोर से तालियाँ पीटते हुए हसन और सायरा के नजदीक जा खड़ा हुआ, जो एक-दूसरे का हालचाल पूछने के लिए बस बैठे ही थे। लगभग सभी

मेहमान उन दोनों की ओर देखने लगे; गिरगिट बस यही चाहता था कि सायरा और हसन के बीच चल रही रासलीला रंजीत अपनी आँखों से देख ले। वे दोनों सकपका कर यूँ उठ खड़े हुए जैसे चोरी करते पकड़े गये हों, विशेषतः बेचारा हसन, जिसे रंजीत बुरी तरह घूर रहा था।

'ख्वातीन, हज़रात, लेडीज़ एंड जेंटलमेन, हियर, हियर, गिव मी योर इअर, मास्टर ग़ज़लकार जनाब हसन कुरैशी और मलिकाए-तरन्नुम मोहतरमा सायरा खान साहिबा आपको अपने कुछ पसंदीदा शेर और ग़ज़लें सुनाने जा रहे हैं। ज़ोर से तालियाँ बजाकर इस्तकबाल कीजिए जनाब हसन कुरैशी साहब का।' तालियाँ बजाती हुई औरतें जल्दी ही हसन और सायरा को घेरकर बैठ गयीं और मर्द उनके पीछे आ खड़े हुए। मजमा जुटते देखकर मीता ने शेराँ वाली माँ को धन्यवाद दिया। शेरो-शायरी से उसकी पार्टी में अब जान आ जायेगी।

शायरी के दीवाने हसन से तो बस कहने भर की देर थी। फिर मौक़ा भी था और दस्तूर भी। हसन का एक हाथ बालों को सँवारने लगा; उसकी कमर स्वतः लचक उठी।

'ऐ मैं तोसे कऊँ, सेरो-सिरी से पैले कोई गनेस तो मनाय लो।' जिया कलपने लगीं तो आपा ने अपने होठों पर उँगली रखकर उन्हें खामोश रहने का इशारा किया, जो जिया को बहुत नागवार गुजरा; 'गनेस जी नाराज हो गये तो? आपा के अल्लाह मियाँ सायद खुस होंगे।' मेहमानों की दृष्टि हसन और सायरा पर टिकी थी।

'गौर फरमाइए, अर्ज़ किया है, जहाँ रहेगा वहीं रोशनी लुटाएगा, जहाँ रहेगा वहीं रोशनी लुटाएगा, जहाँ रहेगा वहीं रोशनी लुटाएगा, किसी चराग का अपना मकाँ नहीं होता!' हसन ने कविवर नीरज की अदा और आवाज़ में शेर पढ़ने शुरू किये।

'वाह, क्या बात है, मुकर्रर, मुकर्रर।' सायरा और जोशी सर ने दाद दी।

'एक ही लाइन को हसन तीन बार तो पहले ही दोहरा चुका है।' मंजूषा राजीव के कान में फुसफुसायी। जिन्हें शेरो-शायरी में कोई दिलचस्पी नहीं थी, वे सब अब भी गप्पों में लगे हुए थे, जिनमें शामिल थीं मीता की पड़ोसनें, जिया और उनकी सहेलियाँ। आपा उन्हें गुस्से में घूरते हुए ख़ामोश रहने का इशारा कर रही थीं।

'अब पेशे-खिदमत है क़तील शिफ़ाई की एक नज़्म, समाद फ़रमाइए, एक ही सर है, झुका सकता हूँ किस किस के लिए, एक ही सर है, झुका सकता हूँ किस किस के लिए, अनगिनत मेरे खुदा और मैं अकेला आदमी...'

अपने सिर को दायें-बायें ज़ोर-ज़ोर से हिलाते हुए गिरगिट तालियाँ पीटने लगा। लोग 'वाह-वाह' करते हुए शोर मचाने लगे, कुछ एक ने सीटियाँ भी बजाईं, जिनमें मंजूषा भी शामिल थी। इससे पहले कि हसन नज़्म पूरी करता, राजीव बोल उठा।

'सायरा जी, अब एक ग़ज़ल तरन्नुम में हो जाये।' राजीव ने गुज़ारिश की तो

लोग एकाएक सायरा की तरफ घूम गये और तालियाँ पीटने लगे। हसन खिसिया कर चुप हो गया।

'तहज़ीब नाम की तो कोई चीज़ ही नहीं बची, क्या नाम है भई आपका? हसन मियाँ को नज़्म तो पूरी करने दी होती..., आपा की किसी ने नहीं सुनी तो वह ख़ामोश होकर सायरा को देखते हुए कुलबुलायें, 'मुँह से फूट नहीं सकती थीं कि पहले हसन मियाँ की नज़्म पूरी होने पर ही गायींगी? देखते हैं, क्या तीर मारती हैं? सिवा हसन के इनसे कौन निकाह पढ़वायेगा?'

हथेलियों को अपनी ठुड्डी से लगाये संजीदगी का नाटक करते हुए गिरगिट सायरा के क़दमों में आ बैठा। मर्दों की लपलपाती नज़रें सायरा को बेशर्मी से चाट रही थीं और औरतें जल-भुन कर राख हो रही थीं।

'तुम्हें मालूम है न, राजीव, के सायरा जेल में थी।' मंजूषा ने राजीव का ध्यान बँटाना चाहा; बहुत-से अन्य साँपों ने भी फुँफकारने के लिए अपने फन उठा लिए। वायु और सुमित के साथ-साथ हसन ने भी मंजूषा की बात सुन ली थी।

'सुना तो था पर कोर्ट ने उसे बाइज्ज़त बरी कर दिया था।' राजीव ने मंजूषा को चुप रहने का इशारा करते हुए अपनी दृष्टि सायरा पर टिका दी।

इससे पहले कि सायरा का अगला-पिछला इतिहास दोहराया जाता, सायरा ने गाना शुरू कर दिया; पृष्ठभूमि की फुसफुसाहटें पार्श्व संगीत में तब्दील हो गयीं।

'तंग आ चुके हैं कशमकशे-ज़िन्दगी से हम, ठुकरा न दें जहाँ को कहीं बेरुखी से हम, तंग आ चुके हैं...'

सायरा की दर्द भरी आवाज़ ने अपने दुश्मनों में भी संजीदगी बाँट दी थी। हर तरफ़ एक सन्नाटा छा गया। ग़ज़ल खत्म होने से पहले ही गिरगिट वाह-वाह करता हुआ ज़ोर-ज़ोर से तालियाँ पीटने लगा जैसे उसे कोई इनाम मिलने वाला हो।

कानाफूसी एक बार फिर सरसरा उठी। मेहमानों की सवालिया निगाहें फन उठाये सायरा से मुखातिब थीं।

'ऐ मैं तोसे कऊँ, आपा, ऐसे खुसी के मौके पर ये बी कोई गाना हुआ?' जिया बुदबुदायीं।

'जिया, कम से कम शुरुआत तो मरे एक भजन से की ही जा सकती थी पर मरी हमारी कौन सुनता है यहाँ? मरे कहने को हम बड़े भाई-भाभी हैं...' मोहिनी को तो बस एक मौक़ा चाहिए था मीता की बुराई करने का।

'सायरा जी, क्या समाँ बाँधा है आपने तारीफ़ के लिए हमें कोई अल्फ़ाज़ नहीं मिल रहे। सचमुच, आपको तो प्रोफ़ेशनली गाना शुरू कर देना चाहिए।' गिरगिट बड़ी आत्मीयता से बोला, 'मेरा एक दोस्त है, रिकार्ड बनाता है, आप कहें तो उससे बात करूँ?'

'राजेश साहब, दिलजोई के लिए बहुत-बहुत शुक्रिया, हम तो सिर्फ़ शौकिया

गाते हैं।' गिरगिट की इस ख़लल से सायरा ख़ासी परेशान थी; तिस पर मंजूषा की बात उसके कान में भी पड़ चुकी थी।

'सुभान अल्लाह, बहुत खूब...' हसन भी अपना दिल थामे खड़ा था किन्तु सायरा नहीं चाहती थी कि रंजीत उन्हें फिर बात करते हुए देखे।

'भाई जान, माफ़ कीजिएगा, हमें नौकरी के सिलसिले में ज़रा रंजीत से अकेले में बात करनी है।' सायरा ने 'भाई जान' तनिक ज़ोर से कहा था ताकि रंजीत और गिरगिट सुन लें। हसन की ओर घूमकर वह फुसफुसायी, 'इंशा अल्लाह, आपसे फ़ोन पर बात होगी।'

सायरा के इस एक जुमले से हसन को मानो तसल्ली हुई कि वह उससे ख़फ़ा नहीं है।

'मुतमइन रहिए न खुलेगा कभी राज़, जो राज़ से वाकिफ़ है, वो दीवाना है। आप कभी हमारे गरीब़खाने पर तशरीफ़ लाएँ।' सायरा और हसन को गुफ्तगू में डूबा देख आपा ने खुदा का शुक्र अदा किया और अजमेर शरीफ जाकर फूलों की एक चादर चढ़ाने का अपना कौल मन ही मन में दोहराया।

'मोहतरमा, आपने तो सबको सचमुच सीरियस कर दिया, अब हो जाये कोई फड़कती हुई चीज़।' सायरा और हसन को फुसफुसाते देख गिरगिट ने अपनी टाँग अड़ाई। उसकी इस नामाकूल हरकत से कई चेहरों पर नाराजगी के भाव दिखाई दिये पर वह कुत्ते के पिल्ले-सा सायरा को बेहयाई से निहार रहा था।

'माफ़ कीजिएगा।' कहती हुई सायरा उठकर मिश्रा जी के पास जा खड़ी हुई।

'परछाइयों से पीछा छुटाना चाहती हो, तो सायरा, अपना चेहरा हमेशा सूर्य की ओर रखो।' मिश्रा जी ठीक ही कह रहे थे, इन लोगों में उठने-बैठने से वह सिर्फ़ ज़ख़्मी होती रहेगी।

'न नशेमन है न है शाखे-नशेमन, मज़ा तब है करे अब कोई बर्बाद मुझे।' सायरा ने आँखें झपकाकर मिश्रा जी की हिदायत के लिए शुक्रिया के बहाने एक शेर पढ़ा तो वह भाव-विभोर हो उठे।

'वाह, क्या बात कही है, भई वाह...'

'हमारी फज़ीहत सरे-बाज़ार हो चुकी है, मिश्रा साहब, एक अदद ज़िन्दगी बची है जिसे दाँव पर लगाने जा रही हूँ, देखिए क्या दाम मिलता है। ख़ैर, अर्ज़ किया है के उस पार उतरने की उम्मीद बहुत कम है, कश्ती भी पुरानी है तूफ़ाँ को भी आना है।' सायरा की बेबाकी के सदा से कायल थे मिश्रा जी। वह जान भी माँगती तो वह बेहिचक उस पर न्योछावर कर देते पर इस वक़्त सायरा को किसी की जान या मुहब्बत की नहीं, धनो-दौलत की दरकार थी।

सायरा रेस्टरूम के दरवाज़े तक भी नहीं पहुँची थी कि उसने वायु को कहते हुए सुना।

'हमें तो आज तक यई नई पता था के सायरा जेल में थी! पुअर थिंग, हुआ क्या? कब छूटी? कैसे छूटी?' वायु सब से ऐसे पूछती फिर रही थी कि जैसे उसे सायरा से सचमुच बहुत सहानुभूति हो।

'अरे, सारी दुनिया जानती है, जाने आपको कैसे पता नहीं चला, वायु जी, उसने अपने हज़बैंड का मर्डर कर दिया था। भगवान ही जाने कैसे छूट गयी!' मंजूषा ने गीली माचिस पर फिर से तीली रगड़नी चाही।

सायरा तिलमिला उठी। अदालत ने तो बरी कर दिया था पर दुनिया के इस कठघरे में क्या उसे ताउम्र खड़े रहना होगा?

'सायरा ने जो भी किया सेल्फ-डिफेंस में किया और यह साबित भी हो चुका है, कब तक लोग उसके ज़ख़्मों पर नमक छिड़कते रहेंगे?' सुमित ने 'सेल्फ-डिफेंस' पर ज़ोर देते हुए वायु से पूछा, जिसकी सिंथेटिक साड़ी का पल्ला कन्धे के बजाय उसकी गोद में पड़ा था।

'असल में केस मेन्टल-डिसऑर्डर का था और उसे बरी भी इसी बिना पर किया गया है।' राजीव ने सुमित को दुरुस्त किया।

'फिर तो उसका साइकिएट्रिक इलाज चल रहा होगा?' मंजूषा ने एक बार फिर चिनगारी को फूँका। तभी मोहन लँगड़ाते हुए वहाँ आ पहुँचे, जो सायरा के घोर हिमायती थे।

'बात दरअसल यह है के यहाँ की पुलिस बिल्कुल नाकारा है। अगर वो समय पर चेत जाती तो यह हादसा होता ही नहीं। वे उसे यह कहकर टालते रहे के यह उनका घरेलू मामला है और जब अनजाने में हत्या हो गयी तो आये 'जूथप जूथ।' मोहन के अनुमोदन में मोहिनी भी अपना सिर ज़ोर-ज़ोर से हिलाने लगी। 'जूथप जूथ' ने एक ऐसा शब्द-चित्र प्रस्तुत किया कि मेहमानों के दिलो-दिमाग़ में बन्दर कूदने-फाँदने लगे। बोरियत कुछ कम हुई।

'मरा दफ़ा हुआ, कूड़ा कहीं का। ऐसे आदमी का मरा क्या जीना और क्या मरना? मैं तो कैती हूँ के मरी बला टली।' इससे पहले कि मेहमानों के दिमाग़ कल्पना की ऊँची उड़ान भरने लगते, मोहिनी के 'कूड़ा' और 'मरे' शब्द ने मेहमानों को वापस वास्तविक दुनिया में ला खड़ा किया।

'असल बात तो भई हम बताते हैं आपको, मोहिनी बी। सायरा का बदज़ौक खाविंद आबिद धन्धा करवाने के लिए ही उन्हें विलायत लाया था, खुदा ना ख़ास्ता, वह राजी नहीं हुईं, होतीं भी कैसे, बड़े ज़हीन खानदान से हैं वो।' मोहन और मोहिनी के बीच खड़ी आपा फुसफुसाकर बोलीं मानो कोई बड़ा राज खोल रही हों।

'कोई मुझे बता रहा था कि एक दफ़ा आबिद ने दीवार से मार-मार कर बेचारी का सिर फोड़ डाला था।' मंजूषा ने अफ़वाहों का सहारा देकर बात-बेल को महफ़िल पर टिका दिया।

'सायरा इज़ सच एन एंजल, उस क्राफ्टी आबिद के झाँसे में जाने कैसे आ गयी।' मीता ने कहा; आपा को देखकर उसके लहज़े में सायरा के लिए हमदर्दी उतर आयी थी।

'भई, हम तो सायरा बीवी की हिम्मत की दाद देते हैं, उनकी जगह कोई और होता तो ख़ामोश पिटा करता, जैसे के हमारे इंडिया और पाकिस्तान में अक्सर होता रैता है।'

'शेख़ सादी ने कहा था कि हीरा धूल में भी गिर जाये तो हीरा ही रहता है किन्तु धूल आकाश पर चढ़ने के बाद भी धूल ही रहती है।' मिश्रा जी बोले। किसी को उनका आशय समझ में नहीं आया; सायरा धूल थी अथवा हीरा? खैर, मिश्रा जी की अहमकाना टिप्पणियों के लिए किसे फुर्सत थी?

'अब तो अपने देश की मरी लड़कियाँ बाहर जाने से पहले मरा सौ बार सोचती हैं।' मोहिनी ने मोहन की ओर देखते हुए कहा, जो उन्हें सदा की तरह आदर से निहार रहे थे।

'आने वालियाँ तो अब भी मौक़ा नहीं चूक रहीं।' बेहाल वायु के पल्ले ने कन्धे पर टिके रहने से साफ़ इनकार कर दिया। गोद में पड़ा वह अपनी किस्मत को रो रहा था और ब्लाउज़ के लो-नेक में से बासी करेले-सी उसकी छातियाँ मेहमानों में वितृष्णा पैदा कर रही थीं।

'मरी वही जिन्हें अपने देश में भी कोई मरी घास नहीं डालता?' मंजूषा को घूरते हुए मोहिनी बोली तो मोहन ने सिर हिलाकर उसका अनुमोदन किया।

'यहाँ भी कौन पूछता है उन्हें? लोग इंडिया और पाकिस्तान से बहुएँ लाकर उनकी कैसी बेकद्री करते हैं, बेचारी न इधर की रहती हैं न उधर की।'

'ऐ मैं तोसे कऊँ, मोईनी, सादी-ब्याह तो सब ऊपर से तै होकर आते हैं, बेचारी सारा के भाग में राम जी ने यई लिखा था।' जिया बोलीं, जो रेस्टरूम के ख़ाली होने के इन्तज़ार में वहाँ ठिठक गयी थीं। वह आपा को दिखाना चाह रही थीं कि उन्हें सायरा से सहानुभूति थी जबकि असलियत यह थी कि वह और पुष्पा मौसी सायरा को 'कुलच्छनी' और 'बेलच्छनी' जैसे शब्दों से अलंकृत करती रहती थीं।

'जो भी कहो, मर्द की हत्या करने के लिए लोहे का कलेजा चईए, लोहे का।' सोमा बोली।

'हमें तो कोई ये बताये कि उसे हत्या करने की ज़रूरत क्या थी? आबिद को छोड़ देती तो काउन्सिल वाले रैने को उसे घर दे देते।' एक नया गुट तैयार हो गया था जो सायरा के इतिहास के बारे में जानने का इच्छुक था। जो मेहमान सब जानते थे, वे वहाँ से यह सोचते हुए उठ गये कि ऐसे थर्ड क्लास लोगों के साथ बैठने का क्या फ़ायदा?

राजीव और मंजूषा सरकते हुए जोशी सर के नजदीक पहुँचे ही थे कि देखा मकरंद

उनका परिचय सुमित से करवा रहा था। जोशी सर सुमित से बड़े ज़ोरो-ख़रोश से मिले और काफ़ी देर तक वे आपस में राजनीति पर बातें करते रहे। तभी गिरगिट को मिलवाने के लिए मोहन वहाँ चले आये। हाथ बाँधे और सिर झुकाये गिरगिट भी एक ब्रैंड न्यू डायलॉग की डिलीवरी के लिए तैयार था किन्तु जैसे ही मोहन ने जोशी सर को गिरगिट का परिचय दिया, जोशी सर ने आँखों ही आँखों में उसे ऐसी दुलत्ती झाड़ी कि वह बुरी तरह खिसिया गया।

'भैया, हम ठहरे मामूली मुफलिस मजलूम लोग, सुमित की बात और है, वह पॉलिटिक्स में है।' घड़ियाल ने रोते हुए गिरगिट को सान्त्वना दी जबकि वह स्वयं जोशी सर से हाथ मिलाने के लिए आकुल-व्याकुल था।

राजीव और मंजूषा, जो यह तमाशा देख रहे थे, बिदक गये। मंजूषा का ध्यान बँटाने की ख़ातिर राजीव ने बात बदल दी।

'मीता इज़ वन स्मार्ट वूमन, एक ही बार में उसने इतने सारे अधिकारियों को डिनर पर बुला लिया, अब उसका हर काम आराम से घर में बैठे हो जायेगा।' राजीव ने कहा तो मंजूषा ने बसन्त और मेनका का मज़ाक़ उड़ाना तुरन्त बन्द कर दिया। यह बात उसकी मोटी बुद्धि में क्यों नहीं आयी? उसे भी तो पासपोर्ट पर अपना सरनेम बदलवाना था। चाहे जैसे भी हो, जोशी सर को डिनर के लिए बुलाना आवश्यक था। जोशी सर उसकी ओर बार-बार देखते भी रहे थे। मंजूषा ने कमान साध ली। राजीव की हिम्मत जवाब दे गयी थी किन्तु मंजूषा वहीं ठहर गयी; शिकारी का शिकार करने का मज़ा कुछ और ही था।

'सरकारी लोगों की न तो दोस्ती भली और न ही दुश्मनी; इनसे जितना दूर रहो उतना अच्छा।' मोहन और गिरगिट भारत सरकार के अधिकारियों की धज्जियाँ उड़ाने लगे और घड़ियाल एक बार फिर प्रभा की ओर चल दिया, जो वाल्ट डिज़्नी की बाम्बी-सी सकुचाई हुई एक कोने में गुमसुम बैठी थी। मुश्किल से हाथ लगा शिकार, वह भी भोला और कमसिन। घड़ियाल भला कहाँ छोड़ने वाला था? आँसू उसके अचूक अस्त्र थे।

'किसी का दुःख सुनने से आपका तो कुछ बिगड़ नहीं जायेगा, मन पर रखा मेरा बोझ ज़रूर हलका हो जायेगा पर यहाँ किसी को क्या पड़ी है, सब खुदगर्ज हैं, सारी दुनिया ही सेल्फ़िश है। जब नौलखा जैसा दोस्त ही दगा दे गया तो औरों से क्या गिला?' यदि हिम्मत करके अथवा अनजाने में कोई महिला घड़ियाल का रोना सुनने से इनकार कर दे तो वह हलके से बरस भी पड़ता था।

'अइ अइ ओ, आइ यम व्हैरी सॉरी जी।' दोहराते हुए थक चुकी थीं प्रभा, जिसके लिए यहाँ सब कुछ नया था। यह शहर, ये लोग, ये शामें, ये बातें और घड़ियाल के वे आँसू, जो उसने क्रिस्टल के कटोरे में से चुल्लू भर पानी लेकर आँखों और गालों पर चुपड़ लिए थे। टिशु के अभाव में अपने हाथ झटकाकर सुखाते हुए

कुछ छींटे प्रभा की कांजीवरम की साड़ी पर भी आ गिरे तो वह घबरा उठी। उसकी सास उसे पहले ही हिदायत दे चुकी थी कि लन्दन में ड्राइक्लीनिंग कराने का खर्च एक नयी साड़ी लेने के बराबर था, 'अइ अइ ओ।'

इला ने सोचा कि एक सामान्य व्यक्ति की तरह व्यवहार करे तो घड़ियाल के भविष्य की सम्भावनाएँ सुधर सकती थीं पर उसने तो राजीव द्वारा दिये गये अपने उपनाम का कभी विरोध नहीं किया। मोटी चमड़ी थी उसकी, असर हो भी तो कैसे? उसकी आँखें नाक से कहीं ऊँची थीं और माथा छोटा, तिस पर बालों से आधा ढका, भ्रम होता था कि उसकी आँखें कहीं सिर पर ही तो नहीं लगी हैं। गिरगिट की तरह, उसका भी आकस्मिक आक्रमण अधिकतर महिलाओं पर ही होता था जिनके इर्द-गिर्द वह मँडराता रहता था।

इला का मन हुआ कि जाकर प्रभा को घड़ियाल के चंगुल से निकाल ले पर स्वयं अपने फँस जाने के डर से वह ठिठक गयी। वह यह भी सोच रही थी कि प्रभा को यहाँ के माहौल का अनुभव जितना जल्दी हो जाये, उतना ही अच्छा है। तीन साल तो गुजारने ही थे उसे लन्दन में जब तक सापलू का तबादला किसी और देश में नहीं हो जाता। प्रभा को उसके भाग्य के सहारे छोड़, इला सुधाकर मिश्रा और हसन के पास आकर निधड़क बैठ गयी। इस कोने से सारे कमरे की गतिविधियों पर निर्विघ्न नज़र रखी जा सकती थी क्योंकि मिश्रा जी के पास फटकने की जुर्रत किसी में नहीं थी। व्हिस्की का एक गिलास थामे वह निर्विकार भाव से चुपचाप बैठे थे; मानो दुनिया से बेखबर, गूढ़ सत्य गुनते वह कहीं गहन जंगल में विचर रहे हों। सिवा एक 'हेलो, हाउ आर यू?' अथवा 'बाय' के उनसे कोई बात नहीं करता। उन्हें भी किसी व्यक्ति या किसी चीज़ में कोई रुचि नहीं थी। हाँ, कभी-कभार उनके मुखारविंद से कहावतें, लोकोक्तियाँ और महान विचारकों के उद्धरण बरबस टपकने लगते थे, जो आम जनता की समझ से परे होते थे अथवा वे समझते-बूझते उन्हें नज़रअन्दाज़ कर देते थे क्योंकि मिश्रा जी की खरी बातें उनकी बर्दाश्त से बाहर थीं।

'नो थैंक यू, बगुला भगत से मैं दूर ही रहना चाहता हूँ, मुझे अभी वैराग्य नहीं लेना।' इला के अनुरोध के बावजूद, राजीव ने एक बार यह कहकर मिश्रा जी से बात करने से साफ़ इनकार कर दिया था।

मिसेज़ मिश्रा, जिनकी मृत्यु दो वर्ष पूर्व हो चुकी थी, मीता की अच्छी सहेली थीं और इसीलिए, अब उसे न चाहते हुए भी, मिश्रा जी को दयापूर्वक हर पार्टी में शामिल करना पड़ता था। मिश्रा जी को यदि किसी से सहानुभूति थी तो वह हसन था, जिसे आपा कष्ट देने पर तुली थीं। आपा के डर के मारे वह बेचारा भी उनके पास चुपचाप आकर बैठ गया था हालाँकि आपा की नज़रों के दायरे से बाहर रहना हसन के लिए नामुमकिन था।

आपा की ज़िन्दगी का मकसद ही था यह देखना कि हसन किससे, क्या और

क्यों बात कर रहा था। इशारे से उसे बताना कि बहुत हो गया, अब बस करे, दायें अथवा बायें घूमे, किसी और से दुआ-सलाम करे, क्या कहे और क्या कहना जायज़ नहीं था। हसन का तलाक हो चुका था जो कि लाजिमी था। आपा खुद भी गैर-शादीशुदा थीं या कहिए कि कौन माई का लाल उनसे निकाह पढ़वाने का ख़तरा मोल लेता?

एकाएक इशारे से आपा ने हसन को सायरा की तरफ नज़रे-इनायत फ़रमाने का फ़रमान जारी किया। हसन से उम्र में आधी भी नहीं थी सायरा पर आपा की नज़र में इश्क के लिए उम्र कोई मायने नहीं रखती। हसन के खिचड़ी बालों को वह ख़िज़ाब़ और जेल से लैस करवा कर लायी थीं कि न जाने कौन-सी मुर्गी कहाँ फँसने को तैयार बैठी हो। हसन को कशमकश में देख आपा, जो जिया और अम्मा के पास बैठी पान पर कत्था चूना लगा रही थीं, गिलौरी मुँह में दबाये सायरा की ओर बढ़ीं। सायरा और आपा को देखते हुए राजीव ने मंजूषा के कान में फुसफुसाकर पूछा।

'तुम्हें अगर सायरा और आपा को कम्पेयर करना हो तो कैसे करोगी?'

'इम्पॉसिबल, तुम्हीं बताओ।' मंजूषा इतराई।

'एक बेहतरीन और नाजूक पशमीने का दुशाला जो एक छोटी-सी अँगूठी में से रेशम-सा फिसल निकले।'

'ये तो हुईं आपा, वाट एबाउट सायरा?' राजीव से सायरा की तारीफ़ सुनकर मंजूषा के तन-बदन में आग लग गयी थी किन्तु बड़ी अदा से उसने अपनी जलन को मज़ाक़ में ढाल दिया।

'हा हा, वेरी फ़न्नी। एनीवे, आपा एक सस्ती और कई बार धुली हुई सूती धोती जैसी लगती हैं, जिसे बिना फटकारे सुखा दिया गया हो।' राजीव ने अपनी बात पूरी की और फिर वे दोनों ज़ोर-ज़ोर से हँसने लगे।

'लाहौलविलाकुव्वत, ऐसी बेतहाशा हँसी खुदा न ख़ास्ता किस खुशी में? इंशा अल्लाह, हमें भी तो अपनी गुफ्तगू में शरीक कीजिए।' एक सवालिया नज़र मंजूषा और राजीव पर डालते हुए आपा पल भर को वहीं ठिठक गयीं। वे दोनों सकपका गये। खैर, यह तो उनकी खुशकिस्मती थी कि आपा बेजार थीं सायरा की खैर-खबर लेने के लिए; वह बात को तूल दिये बिना आगे बढ़ गयीं।

सायरा ने कनखियों से आपा को अपनी ओर आते देख लिया था; धूर्त, घाघ, कपटी, मक्कार जैसे लफ़्ज़ सायरा के दिमाग़ में रिंगा-रिंगा-रोज़ेज़ खेलने लगे।

'लाहौलविलाकुव्वत, सायरा बीवी, आप तो भई ईद का चाँद हो गयीं। ऐसी भी क्या बेरुखी? हम तो दुआ-सलाम से भी गये।' कमर पर हाथ रखे और गर्दन मटकाते हुए आपा ने सायरा से जवाब की दरयाफ्त की। अपनी मालकिन की तरफदारी लेते हुए उनके झुमके भी ज़ोर-ज़ोर से हिलने-डुलने लगे। सायरा के सामने

एकाएक एक चित्र उपस्थित हुआ—झुमकों से सुसज्जित और खून में डूबे हुए आपा के कान सफ़ेद कालीन पर लुढ़क रहे थे।

'...वालेकुम सलाम, आपा, ऐसी कोई बात नहीं है। हम तो फ़क़त एक नौकरी की तलाश में मसरूफ हैं।' झुमकों से अपनी नज़र बचाते हुए सायरा ने बेचारगी से कहा।

'नौकरी-वौकरी भी इंशा अल्लाह मिल ही जायेगी, सायरा बीवी, हसन से पूछिए शायद उनके दफ़्तर में कोई जगह ख़ाली हो...'

'कहाँ आपा, हमें तो कोई नौकरी देकर राजी नहीं। जहाँ भी जाते हैं, हमारी बदकिस्मती हमसे पहले ही वहाँ पहुँच जाती है।' सायरा सचमुच उदास हो उठी। सिर छिपाने और पेट भरने के लिए उसे एक अदद नौकरी की ज़रूरत थी किन्तु पदाधिकारी उससे कुछ और ही चाहते थे और वह मर्दों के भोग-विलास की वस्तु बन कर नहीं रह जाना चाहती थी।

'वो बात नहीं सायरा बीवी, आपके दामन पर जो दाग़ लग गया, वो तो अब तभी छुटेगा जब आप हम जैसे ख़ैरख़्वाहों के बीच बैठेंगी-उठेंगी।'

'जी आपा, आपने बजा फ़रमाया।' इससे पहले कि आपा उसे कुछ और खरी-खोटी सुनातीं, सायरा ने सोचा कि उसका ख़ामोश रहना ही बेहतर है। वह उन्हें खूब अच्छी तरह से जानती थी; उनकी अपनी गुज़र तो सोशल-सिक्योरिटी के पैसों पर होती थी। चली थीं ख़ुद को उसका ख़ैरख़्वाह मुकर्रर करने।

'नीत्जे ने कहा है कि जो दुःख-दर्द हमें मार नहीं सकते, वे हमें मजबूत अवश्य बना देते हैं।' सायरा के ज़ख़्मों पर मरहम रखते हुए मिश्रा जी वहाँ से गुजर गये।

'च...च...च...बीवी के इंतकाल ने बेचारे को दीवाना बना दिया है।' नाक-भौं सिकोड़ते हुए आपा बोलीं। एकाएक उनकी नज़र सायरा की लखनवी कुर्ती पर पड़ी।

'भई, ये कुर्ती तो माशा अल्लाह आप पर क्या खूब जँच रही है; इस्लामाबाद से मँगवाई है क्या?'

'शुक्रिया आपा, आजकल लन्दन में क्या नहीं मिलता? ईलिंग-रोड से खरीदी थी।' न चाहते हुए भी सायरा साफ झूठ बोल गयी। अगरचे कह देती कि फूफी ने कराची से भिजवाई थी तो आपा उन्हें झट फ़ोन पर परेशान करने लगतीं कि उन्हें भी हसन की होने वाली दुल्हन के लिए बिल्कुल ऐसी ही कुर्ती चाहिए थी। फूफी बेचारी भिजवा भी देतीं तो आपा को उसकी क़ीमत देना भी गवारा नहीं होता।

'ओह, हम इसी जुम्मे को ईलिंग रोड जा रहे हैं, कौन-सी दुकान से ली थी आपने?' आपा उसे ऐसी आसानी से छोड़ने वालों में से नहीं थीं।

'पोपट स्टोर के सामने जो कृष्णा साड़ी स्टोर है न, आपा, उसी के बाहर एक साहब पटरी पर बैठे लखनवी कढ़ाई का तमाम सामान बेच रहे थे, उन्हीं से खरीदी।'

'ओह! जरूर चोरी का माल होगा। देखें वह जनाब अब कब दुकान सजाते हैं।

आपको कभी दिख जायें, सायरा बीवी, तो हमारे लिए भी एक ऐसी ही कुर्ती जरूर ले लीजिएगा, जो भी रंग आपको जँचे।'

'जी आपा, और साइज़?'

'बस अपने ही साइज़ की ले लीजिएगा।' आपा के चेहरे पर एक कातिलाना मुस्कराहट आयी और गयी, उन्होंने जाल फेंक दिया था।

'जी आपा।' इसके पहले कि आपा एक मर्तबा फिर हसन से उसके निकाह का जिक्र करतीं; सायरा वहाँ से हट जाना चाहती थी।

'खैर, अभी रास्ते में हम आपके ही सिलसिले में बात करते हुए आ रहे थे। हसन कह रहे थे कि बड़े दिनों से सायरा नज़र नहीं आयीं, ठीक तो हैं? देखिए, तिरछी नज़र से वो अब भी आप ही को निहार रहे हैं। भई, ऐसी भी क्या बेरुखी? आप ही जाकर उनसे दुआ-सलाम कर लीजिए।' कहते हुए आपा ने सायरा को हसन की ओर ठेल ही दिया।

'बेक़स पे करम कीजिए सरकारे-मदीना,' मन में दोहराते हुए सायरा ने एक लम्बी उसाँस ली। एक तरफ कुआँ था तो दूसरी और खाई।

सायरा के इस्तकबाल के लिए हसन की कमर कई बार लचकी और वह अपनी जुल्फ़ें सँभालने में मुब्तिला हो गया। इसके पहले कि सायरा उस तक पहुँचती, घड़ियाल और गिरगिट ने उसे आधे रास्ते में ही रोक लिया।

'माशा अल्लाह, आज तो आप बिल्कुल सायरा बानो लग रही हैं।' घड़ियाल ने रोते हुए तारीफ़ की।

'बड़े भाई, इनकी ड्रेस भी तो ग़ज़ब की है; क्या जँच रही है इन पर, चश्मे-बद्दूर।' गिरगिट ने एक नया पैंतरा आज़माया। आपा कलपने लगीं कि ये अलफ़ाज़ हसन के मुँह से क्यों न फूटे।

'हसन तो ठीक है, सायरा जी, आप ज़रा आपा से बचकर रहिएगा।' घड़ियाल करीब आकर सायरा के कान में फुसफुसाया; गिरगिट ने भी अपना सिर हिलाकर घड़ियाल की बात का समर्थन किया।

'कैसे बेअदब लोग हैं, एक ज़हीन ख़ातून को क्या ऐसे हैरान किया जाता है?' आपा मन ही मन बिफर उठीं।

'हमें उनसे क्या लेना-देना?' सायरा ऐसे बहुत-से लोगों को जानती थी जो अपना उल्लू सीधा करने की ख़ातिर उसे दूसरों के ख़िलाफ़ भड़काते रहते थे।

'तजुर्बा नहीं है न आपको, सायरा जी, इस कमबख़्त ज़माने का...' इसके पहले कि रोनी-सूरत घड़ियाल अपनी पत्नी का राग अलापता, गिरगिट ने बात सँभाल ली।

'हसन की पहली बीवी भी आपा से परेशान होकर घर छोड़ गयी थी। हम बुराई नहीं कर रहे; आपको आगाह करना हम अपना फ़र्ज़ समझते हैं।' गिरगिट ने अपनापन जताते हुए कहा और घड़ियाल ने बड़ी संजीदगी से उसका समर्थन किया।

सायरा को हँसी आ गयी, क्या-क्या नहीं सहा था उसने इन दो बरसों में?

सायरा में साहस की कमी नहीं थी पर इस वक्त दो-दो हमलावर एक साथ उस पर हावी थे। पिछली ही क्रिसमस पार्टी में घड़ियाल ने हौली की टहनी तले उसे अपने आलिंगन में लेकर चूमने की कोशिश की थी; इस नामुराद को ज़रा भी तो शर्म नहीं।

तभी आपा ने आँखें तरेरकर फिर एक फ़रमान जारी किया कि हसन सायरा से मुख़ातिब हों; हसन की कमर और गर्दन ने लचककर हामी भरी। सायरा ने हसन को अपनी ओर आते देखा तो समझ गयी कि यह फ़रिश्ता उसे बचाने ही ज़मीन पर उतरा था।

'आदाब क़ुबूल कीजिए, मोहतरमा, कैसे मिजाज़ हैं आपके?' एक हाथ से अपने बाल सँभालते हुए हसन की कमर और गर्दन रूसी गुड़िया की तरह मटकने लगी।

'आदाब, बस गुज़र रही है। एक ज़माना हुआ आपसे मिले...' सायरा ने बेचारगी से गिरगिट और घड़ियाल की ओर देखते हुए कहा, जिन्हें लग रहा था कि हसन ने आकर उनकी और सायरा की बातों में दख़लअन्दाजी की थी। आपा को अपनी ओर आते देख, घड़ियाल वहाँ से फूट लिया।

आपा ने ठान ली कि कबाब में से इस दूसरी हड्डी को भी वह निकालकर ही दम लेंगी।

'लाहौलविलाकुव्वत, क्या नाम है आपका क़िबला? खुदा आपकी उम्र दराज़ करे, कमबख़्त हमारी याददाश्त कभी-कभी ऐन वक़्त पर दग़ा दे जाती है। इंशा अल्लाह, याद आया, गिर...'

'नाचीज़ को लोग राजेश, राजेश मलिक कहते हैं, आपा। मैं मैक भाई साहब का फर्स्ट कज़िन हूँ, उनके ताऊ जी का बेटा।' बड़े नाटकीय ढंग से गिरगिट ने सीने पर अपना एक हाथ रखकर सिर को झुकाते हुए अपना परिचय दिया, 'आपको शायद याद हो, बुलबुल की बर्थ डे पार्टी पर मुलाकात हुई थी आपसे।'

'वाह, आपके वालिदैन ने माशा अल्लाह क्या हसीन नाम दिया है आपको। इसके मायने क्या होते हैं?' बातों में उलझाकर आपा गिरगिट को एक-दूसरे कोने में ले गयीं ताकि हसन सायरा से बेतकुल्लफ होकर बात कर सके किन्तु उनकी आँखें अब भी सायरा और हसन पर ही टिकीं थी।

'अच्छी जोड़ी रहेगी।' गिरगिट ने एक बार फिर रंग पलटा। एकाएक आपा को लगा कि गिरगिट के मन में हसन के लिए बैर नहीं था।

'आपके मुँह में घी शक्कर, बरख़ुरदार। अगरचे हसन और सायरा राज़ी हो जायें तो अजमेर शरीफ़ जाकर अलहमदूलिल्लाह हम फूलों की चादर चढ़ाएँगे।' अपना राज़ उगल कर आपा इत्मीनान से जिया और अम्मा के पास जा बैठीं और सपनों के महल खड़े करने में जुट गयीं।

'आपकी नौकरी का कोई बन्दोबस्त हुआ क्या? आप चाहें तो हम अपने दफ्तर

में बात चलाएँ।' इसके पहले कि सायरा हसन के सवाल का जवाब भी दे पाती, गिरगिट उन दोनों के बीच वापस आ पहुँचा। उनका आपस में घुलमिल कर बातें करना उसकी बर्दाश्त के बाहर था। इस बार वह अपने साथ रंजीत को भी खींचता हुआ ले आया था, जो बेहयाई से सायरा को यूँ घूर रहा था कि जैसे वह उसकी खरीदी हुई जागीर हो।

सीने में सैकड़ों हसरतें दबाये हसन ख़ामोश हो गया। रंजीत मठरानी से यहाँ कोई पंगा नहीं ले सकता; फिर हसन तो उसका एक अदना-सा कर्मचारी ठहरा। आपा ने हसन को मैदान छोड़ते देख लिया तो उसकी खैर नहीं। उन्हें समझाना नामुमकिन था। हालात काफ़ी नाजुक हो उठे थे; हसन वहाँ से खिसक लेने की फ़िराक़ में था। सायरा ने हाथ से अपने माथे को छूते हुए रंजीत से आदाब किया ही था कि जोशी सर ने उसे आवाज़ दी; सायरा से बिना कुछ कहे, रंजीत कंजरवेटरी की ओर बढ़ गया और सायरा रेस्टरूम की ओर। ज़ाहिर था कि वह हसन से गुफ़्तगू जारी रखते हुए भी डर रही थी।

अपने बाल ठीक करता हुआ हसन मिश्रा जी से अपनी पराजय बाँटने बैठ गया।

'आजकल किसी को भी समझना बड़ा मुश्किल है। फिलॉसफ़ी पढ़ाते मेरी उम्र निकल गयी मैं अपने ही बेटों को नहीं समझ पाया। पत्नी की मृत्यु के बाद, मैं इतना अकेला हो गया हूँ... अपना दुःख किससे बाँटूँ? बेटों को मुझसे फ़ोन पर बात करने की भी फुर्सत नहीं है, जब पैसों की ज़रूरत होती है तो वे मुझसे ई-मेल पर सम्पर्क करते हैं और मैं पैसे ट्रांसफर कर देता हूँ, बस यही रिश्ता रह गया है उनके और मेरे बीच।' मिश्रा जी को इस पार्टी में ऐसा कोई शख़्स नहीं मिला था जिससे वह निजी अथवा बौद्धिक बातें कर सकते।

मिश्रा जी की तनहाई से कहीं बड़ी थी हसन की पसोपेश। उनसे क्या कहता कि सायरा उसके ही बॉस की रखैल बनने के लिए राजी थी? शायद सायरा जानती थी कि हसन उसे महफूज रखने में नाकामयाब साबित होगा। मन ही मन, उसने खुदा से दिल से दुआ माँगी कि रंजीत उसे खुश रखे। उसे दगा न दे।

'यूँ देखा जाये तो, जनाब, यहाँ सभी तनहा हैं, परेशान हैं।' एक लम्बी साँस लेते हुए हसन ने अपने चारों ओर नज़र दौड़ाई, 'इला, कुलभूषण, सोमा की माँ, प्रभा और वो, वो बेचारा वेनू, जिसकी जोशी सर के दरबार में एक नहीं चल रही। और तो और, साहब, हमारी हाई और माइटी मेज़बान, वो तो बेचारी खुद से ही आजिज़ आ चुकी है...'

'आप ठीक ही कह रहे हैं, पर हमारे घनश्याम की शाम लगता है कई महीनों बाद रंगीन हुई है। शाम से वह अपनी आत्मकथा प्रभा को तीन कोणों से सुना चुका है।' मिश्रा जी ने कहा तो दोनों के चेहरों पर एक मुस्कराहट आकर ठहर गयी।

'अइ अइ ओ। अमको क्या करने का माँगता जी?' पूछते हुए प्रभा सोच रही

थी कि कहाँ आकर फँसी। उसके लिए तो यहाँ सभी लोग बड़े अजीब थे।

प्रभा को सुनाने जैसा सुख घड़ियाल को भी जीवन में पहली बार मिला था क्योंकि प्रभा अपनी सारी इन्द्रियाँ उसी पर टिकाये थी। घड़ियाल को रंज था कि साँझ इतनी जल्दी क्यों बीत रही थी। बीच-बीच में उठ कर वह रसोई के चक्कर लगा आता था ताकि उसकी ऊर्जा बनी रहे। ऐसा नहीं था कि उसे अन्य मेहमानों में कोई रुचि न हो। उसकी एक आँख रह-रह कर जोशी सर और रंजीत की ओर घूम जाती थी क्योंकि रसोई से जो भी गरम और ताजा खाना निकलता, सर्वप्रथम उन्हीं के पास ले जाया जाता। ऐसी स्थिति में वह झटपट वहाँ पहुँच जाता और प्लेट भरकर वापस प्रभा के पास लौट आता। शिष्टाचारवश, वह प्रभा की तरफ प्लेट बढ़ाते हुए पूछता कि उसे कुछ चाहिए तो नहीं और उसके सिर हिलाकर 'न' कहने पर झटपट खाने में जुट जाता ताकि मेहमानों और मेज़बानों को उसकी प्लेट सदा खाली ही दिखाई दे और वे सोचें कि उसे खाने की भी फुर्सत नहीं है। वैसे भी एक नया प्लैटर आ जाने की स्थिति में उसकी प्लेट में जगह तो बनी रहनी चाहिए।

घड़ियाल के इन चक्करों के दौरान प्रभा भी कहीं और जाकर बैठ सकती थी किन्तु किसके पास? टीवी पर फुटबाल का मैच चल रहा था जो केवल पुरुषों की बपौती था। वेनू, बसन्त और मेनका को मिनिस्टर से फुर्सत नहीं थी। जिया, आपा और रंजीत से उसे डर लगता था। केवल सायरा और मंजूषा ही थीं जो आते-जाते उसकी ओर एक मुस्कराहट फेंक देती थीं। सायरा को अकेला खड़ा देख प्रभा ने उससे बात करने की हिम्मत जुटाई ही थी कि वहाँ रंजीत आ टपका और सायरा को बैठक के एक कोने में ले गया जहाँ खिड़की के पास अभी-अभी दो कुर्सियाँ ख़ाली हुई थीं। काफ़ी तादाद में मेहमान बाहर वाली बैठक में स्थानान्तरित हो गये थे और एक-दूसरे पर चढ़े बैठे सायरा के भूत, वर्तमान और भविष्य जैसे विषयों पर ज़ोर-शोर से बहस कर रहे थे।

'ख़ाक पड़े इस बदज़ात रंजीत पर, सायरा बीवी पर न जाने क्या जादू डाल रखा है?' रंजीत और सायरा को बातें करता देख आपा ने जिया से कहा।

'ए मैं तोसे कऊँ, आपा, कोई जादू-सादू नईं, यह सब पैसन का खेल है पैसन का; आज तुमारे हसन की लाटरी निकल आये तो देखना ये जा और वो जा।'

'लाहौलविलाकुव्वत। आप ठीक फरमा रही हैं, जिया, हम तो इंशा अल्लाह सब जानते हुए भी सायरा को इज्ज़त बख़्शने को तैयार हैं पर क्या करें, हसन एक मुलाज़िम ठहरे, वो भी इस मुएँ मरदूद के।' आपा ने एक सर्द आह भरी।

'मरे साउथॉल में इस कमबख्त की मरी अपनी इन्श्योरेन्स कम्पनी है, आपा, जिसमें मरे पचास-साठ लोग काम करते हैं।' मोहिनी बोली।

'भई, शहर में बड़ा दबदबा है रंजीत मठरानी का, कई ब्रिटिश मंत्रियों के बीच रोज़ का उठना-बैठना है।' मोहन ने पत्नी के समर्थन में जोड़ा।

रंजीत के ठाठ-बाट की चर्चा सुनकर सहसा बहुत-से लोग रंजीत से बात करने के लिए उत्सुक हो उठे और न चाहते हुए भी रंजीत मेहमानों से घिर गया। सायरा को एक बार फिर वहाँ से खिसकना पड़ा।

'मिस्टर रंजीत, आपकी कम्पनी को तो रिसेशन से कोई ख़तरा नहीं है न?' मोहन ने पूछा। मोहिनी की मदमाती दृष्टि मेहमानों पर से होती हुई अपने पति पर आ टिकी। क्या लोगों को एहसास था कि उसके पति ने शहर की एक जानी-मानी हस्ती से एक वाजिब सवाल पूछा था?

'साले ये टोरीज़ भी न उल्लू के पट्ठे हैं। भैंचो, चोर हैं साले चोर, रिसेशन के बहाने फिर लूटेंगे साली जनता को।' सरकार की आड़ में वह अपनी कम्पनी की बात गोल कर गया था। गिरगिट, मोहन और मकरंद रंजीत को घेरे खड़े थे। मीता, मोहिनी और वायु भी उसके निकट आ चुकी थीं। रंजीत की बेबाकी का मज़ा ही कुछ और था।

'बड़े भाई ठीक फरमा रहे हैं, अब देखो कहाँ डाका पड़ता है...'

'भैंचो, उन्हें तो कोई साला बहाना चाहिए, ओलम्पिक्स के बहाने क्या कम लूटा उन्होंने भैंचो पब्लिक को।'

'जनता के पास अब बचा ही क्या है देने को?' मोहन ने पूछा तो मोहिनी ने अपने हाथ हिलाते हुए वही प्रश्न मूकाभिनय में दोहराया।

'अब देखो भैंचो डेविड कैमरन किसके चूतड़ चाटता है।'

'आजकल तो भई वह हमारे इंडिया पर डोरे डाल रहा है।'

'ब्रिटिश सरकार की तो पौलिसीज़ ही दुनिया से निराली हैं।' घड़ियाल ने, जो पीछे सोफ़े पर फैला हुआ था, रोते हुए स्वर में कहा।

'तुम बिल्कुल सही कह रहे हो, बड़े भाई, एक तरफ़ ये गधे इंडिया की तरक्की का गुणगान कर रहे हैं और दूसरी तरफ़ उसे भारी आर्थिक सहायता भी दे रहे हैं...।

'भैंचो देखा जाये तो महारानी की साली की शपथ ले-ले कर साले फ़ौरनर्स उल्लू के पट्ठों को बेवकूफ़ बना रहे हैं।' सोफ़े पर अधलेटे रंजीत ने अपनी टाँगें दो दिशाओं में फैलाते हुए कहा।

'जो मर्द अपनी लेग्स ऐसे फैला कर बैठते हैं न, आई रियली रियली हेट देम।' मंजूषा फुसफुसायी।

'तो क्या यह औरतों का ही विशेषाधिकार है?' राजीव ने पूछा तो मंजूषा को एकाएक समझ नहीं आया कि उसका मतलब क्या था।

'नॉटी बॉय।' राजीव का कान खींचते हुए मंजूषा फुसफुसायी।

'आप सही कह रहे हैं, रंजीत साहब, ये उन्हीं लोगों को पनाह दे रहे हैं, जो टेररिज़्म की ट्रेनिंग लेकर इन्हीं के सिर पर बम फोड़ने को तैयार हैं।'

'इसमें भी इनकी कोई मरी चाल होगी। इनके जैसा मरा डिप्लोमैट तो न कोई हुआ है और न ही मरा कोई हो सकता है?'

'डिप्लोमेसी से देश का पेट थोड़े ही भरता है, इनके अपने बूढ़ों के पास बिल्स भरने और भर-पेट खाने तक के लिए पैसे नहीं हैं।' सुमित ने कहा।

'यू आर सो राइट, सुमित, बेचारे बूढ़े सुबह-सुबह सुपरस्टोर्स में जाकर बैठ जाते हैं ताकि हीटिंग के पैसे बचा सकें।'

'कम से कम बूढों का ट्रैवल तो फ़्री है।'

'पर कमज़ोर और बीमार लोग क्या करें जो घर से बाहर भी नहीं निकल सकते?'

'ऐसे ही लोग तो घर में हफ़्तों मरे पड़े सड़ते हैं, मरी बदबू की वजह से जब पड़ोसी मरी काउन्सिल को ख़बर करते हैं तब कहीं जाकर...'

'दिस इज़ अवर वेडिंग एनिवर्सरी, और आप लोग डेड बॉडीज की बात कर रहे हैं।' कमर पर हाथ रखे मीता बोली तो लोग इधर-उधर खिसकने शुरू हो गये।

'ऐ मैं तोसे कऊँ, बऊ, हम बी सुबे से यई कै रए हैं के ऐसे खुशी के मौके पे कम से कम गनेस तो मना लो। कछु भजन-कीर्तन करो, नाचो, गाओ...' जिया ने कहा तो मोहन-मोहिनी एक बार फिर उत्साहित हो उठे कि शायद अब उन्हें गाने-बजाने का मौक़ा मिले।

'मुझे तो यह समझ में नहीं आता कि चाहे कोई भी फंक्शन हो, इंडियंस के घर में हवन या पूजा-पाठ क्यों होने लगता है?' इसके पहले कि भजन-कीर्तन शुरू हो जाता, मंजूषा ने टोका।

'इंडियंस की लाइफ़ में ह्यूमर के लिए कोई जगह नहीं है।' राजीव बोला।

'वी डोंट नो हाउ टु एन्जॉय।' मीता ने जोड़ा।

'एन्जॉय करना तो कोई ब्रिटिश लोगों से सीखे। कोई मरे या जिए, इनकी बला से, शैम्पेन की बोतलें खुलती रहनी चाहिए, बस।' मीता को लगा कि शैम्पेन न खोलने के लिए उसे ताना दिया जा रहा था। पच्चीस पाउंड के एक बोतल आती है, मज़ाक़ समझ रखा है क्या इन भुक्कड़ों ने?

'हमारा अध्यात्म भी तो यही कहता है कि सुख-दुःख में सम रहना चाहिए।'

'मिश्रा जी, आपने आज तक किसी साले इंडियन को भैन्चो खुश देखा है? जिसे देखो, साला रोता ही दिखाई देता है।'

'ब्रिटिश लोग कभी नहीं रोते।'

'ये लोग तो फ्यूनर्ल्स में भी ऐसे सज-सँवर कर जाते हैं कि जैसे किसी पार्टी में जा रहे हों।'

'इनके तो भई मुर्दे भी ऐसे सजा-सँवार कर कास्केट में लिटाये जाते हैं कि लगता है कि जैसे ब्यूटी स्लीप ले रहे हों।'

'इसी को तो कहते हैं ब्रिटिश ह्यूमर।' अपने पल्ले को सँभालती हुई वायु बोली।

'भैन्चो ब्रिटिश ह्यूमर का साला कोई जवाब नहीं। साली कैसी-कैसी भैन्चो बढ़िया कॉमेडीज बनायी हैं इन्होंने...

'बड़े भाई, सोलह आने सच फ़रमाया आपने, 'कैरी-आन' की पूरी की पूरी सीरीज, 'गुड लाइफ़', 'डैड्स आर्मी'...'

'और वो 'फ़-फ़-फ़-फ़ौल्टी ट...ट...टॉवर्स! उसका तो कोई म-म-म-मुकाबला ही नहीं हो...।' मकरंद ने उत्साहित होते हुए कहा।

'मुझे तो 'इंपॉर्टेन्स ऑफ़ बीइंग अर्नेस्ट' और 'सम मदर्स डू लाइक देम' जैसी फ़िल्में पसन्द आती हैं।' मीता ने कहा तो जिया और आपा के बीच दृष्टि-विनिमय हुआ।

'और इनके भैंचो राइटर्स भी तो कमाल के थे, बर्नर्ड शा और वो साला औस्कर वाइल्ड...'

'देखा जाये तो हमारा साहित्य आध्यात्मिकता और दुःखान्तिकाओं से भरा पड़ा है, विनोदप्रियता के लिए इसमें कोई स्थान नहीं।' मिश्रा जी कुछ सोचते हुए बोले।

'ऐसी बात नहीं है, मिश्रा जी, इंडिया में भी एक से एक बेहतरीन कामेडीज़ बन चुकी हैं, 'अंगूर' और 'खूबसूरत' जैसी कितनी ही फ़िल्में...'

'सब साली अंग्रेज़ी से चुराई गयी हैं।'

'बड़े भाई, चुराने में तो हम माहिर हैं।'

'मरा हमने क्या चुराया है, राजेश? हमें तो मरी सदियों से मरा लूटा जाता रहा है।' मोहिनी को गुस्सा आ गया।

'बिल्कुल, हमारे हीरे, मोती, जवाहरात...'

'ओनली लास्ट वीक, कैमिला के टीचर्स अपने स्टूडैंट्स को टावर-ब्रिज घुमाने ले गये थे, वापस आकर शी आस्कड हर डैड के इंडियंस अपना कोहेनूर वापस क्यों नहीं माँगते?' मीता ने बताया।

'सुभान अल्लाह, मीता, तुम्हारी बेटी तो भई वाकई बहुत होशियार है।'

'ऐ मैं तोसे कऊँ, आपा, भला पोती किसकी है? ही ही ही...' मुँह में पल्लू ठूँसे जिया उचकियाँ लेते हुए हँसने लगीं।

'सुना है कि ब्रिटिश सरकार अन्य देशों की कला-संस्कृति की धरोहर लौटाने के विषय में विचार कर रही है।' मिश्रा जी बोले।

'यू मस्ट बी जोकिंग, मिश्रा जी, आरंट यू?' मीता ने कमर पर हाथ रखते हुए पूछा।

'भैन्चो कभी सुना है किसी साले चोर को लूटा हुआ माल लौटाते हुए?' रंजीत ने त्योरियाँ चढ़ाते हुए कहा।

'प्लीज़, लेट अस टाक एबाउट समथिंग एल्स?' इससे पहले कि गोरों की फिर शामत बजती, मीता जल्दी से बोली।

'लाइक साला वाट?' रंजीत ने पूछा तो एकाएक मीता को कुछ नहीं सूझा। अगर उसे मीता पसन्द नहीं तो उसकी पार्टी में वह आया ही क्यों था?

'बड़े भाई, फ़िल्मों और साहित्य की बात अभी पूरी कहाँ हुई?'

'नया कहने को है क्या? बी.बी.सी. वाले पुरानी कामेडीज़ और फ़िल्मों के बेस्ट सीन्स दिखा-दिखा कर हमें उल्लू बना रहे हैं।'

'अच्छी फ़िल्में बनाने के लिए पैसा चाहिए, जो इनके पास अब बचा नहीं।'

'है तो सब कुछ, पर इन्हें अपनी जेबें भरने से फुर्सत मिले तब न।'

'टीवी लाइसेंस के डेढ़-डेढ़ सौ पौंड्स के अलावा मुख्तलिफ़ चैनल्स के चार्जेज देकर भी देखने को कुछ नहीं मिलता, दुनिया भर का कूड़ा हमें परोसा जा रहा है।'

'बी.बी.सी. में तो भई बन्दर-बाँट है, बड़ी-बड़ी पेंशन्स और मुआवज़े लेकर अधिकारी फूट लेते हैं।'

'बी.बी.सी. में तो भैन्चो बिलियंस का घोटाला है और साला कोई कहने-सुनने वाला नहीं है।'

'बड़े भाई, पब्लिक तो चुपचाप टीवी के सामने बैठी फ़िश-एण्ड-चिप्स खाके मुटा रही है, उनकी बला से।' मेहमानों के पेटों में भी अब चूहे कूद रहे थे; दोनों वक्त मिल रहे थे और भोजन का कहीं अता-पता नहीं था।

'यह भी इनकी डिप्लोमेसी है, सर्विसेज़ महँगी कर दी गयी हैं और खाना-पीना सस्ता ताकि लोगों के मुँह बन्द रहें।' सुमित बोले।

'बिल्कुल, खा-खा कर शरीर ढीला पड़ जायेगा तो जनता विद्रोह नहीं कर सकेगी न।'

'यही तो चाहती है सरकार कि जनता ऐसी मोटी हो जाये कि हिल-डुल भी न सके।'

'तो ये कंट्री चलेगी कैसे?'

'साली सीधी-सी बात है, ये लोग भैन्चो पोलैंड और कोलम्बिया के साले सिटिजंस को यूके में इसीलिए तो घुसाये चले जा रहे हैं।'

'हमारे इंडियंस तो इनकी गन्दगी उठाने से रहे, जिसे देखो वो लक्ष्मी मित्तल और अम्बानी बना घूम रहा है।'

'क्यों न घूमें? बहुत कर ली हमने इनकी गुलामी।'

'मेरे तो साले दोनों गार्डनर्स गोरे हैं, सेक्रेटरी और हाउसकीपर भी भैन्चो दोनों गोरी हैं। मेरे पड़-दादा रहे होंगे साले इनके गुलाम; अब मैं इन्हें अपने जूते की साली नोक पर रखता हूँ।' एक टाँग उठाकर अपने जूते की ओर इशारा करते हुए रंजीत बोला।

'हमारी नेक्स्ट जेनरेशन नहीं उठाने वाली इनकी गन्दगी।'

'इंडियन बच्चों को तो जी पढ़ने से फुर्सत मिले तो बे काम की सोंचें।' कुलभूषण ने अपनी कमर सीधी करते हुए कहा; फ़ुटबाल का मैच ख़त्म हो गया था शायद।

'न जी न, इंडियन पेरेन्ट्स को तो चाहे दो-दो शिफ्टों में खुद काम करना पड़े पर वे अपने बच्चों से कभी काम ढूँढ़ने को नहीं कहेंगे।' एकाएक वार्तालाप महिलाओं ने सँभाल लिया था।

'यह कोई अच्छी बात तो है नहीं...' इला बोली।

'अच्छी ही बात होगी, इला, इंडियन बच्चे अब इस कंट्री की ऊँची-ऊँची पोस्टों पर बैठे हैं।'

'अमेरिका में तो सुना है कि प्रेज़ीडेंट ओबामा ने कई इंडियन्स को अपना एडवाइज़र बना रखा है, हर काम उन्हीं के मशवरे से होता है।' वायु ने कहा।

'अपने डेविड कामरान को भी मिश्रा साहब और इला बीवी जैसे अनुभवी लोगों से मशविरा लेना चाहिए...' आपा ने ताना मारा।

'आपा, मसला चाहे कोई भी हो, अपने रंजीत भाई से बड़ा एडवाइज़र उन्हें दीया लेकर ढूँढ़ने पर भी नहीं मिलेगा, ख़ास तौर पर हाउसिंग और एजुकेशन जैसे मामलात में,' गिरगिट ने रंजीत के कन्धों को दबाते हुए मस्का लगाया।

मीता और मकरंद एकाएक दरवाज़े की ओर लपके जहाँ अमृत और कुलदीप कपूर, एक बड़ा-सा पैकेट थामे थके-थके से खड़े थे।

'हेलो हेलो जी, किदाँ? मुबारकाँ-शुमारकाँ, तुस्सी तो पैल्ले ए फड़ो।' पैकेट मीता को थमाते हुए कुलदीप ने जैसे बोझ अपने सिर से उतार दिया हो।

'अन्दर तो आओ, कुलदीप, अमृत, तुम लोगों ने इतनी देर कहाँ लगा दी?' ज़री की भारी साड़ी में लिपटी और दहेज में आये गहनों से लदी, अमृत का मेक-अप-रहित चेहरा एक अजीब-सा सम्मिश्रण था। सीधा-सादा कुलदीप भी ढीली-ढाली पैंट, आधी बाहर निकली कमीज़ और अस्त-व्यस्त पगड़ी पहने था। पुरुष वर्ग कुलदीप बनाम कुल्ले के आगमन से प्रमुदित था; गुटों में कुछ हेर-फेर हुआ।

मीता ने जल्दी से टूटे-फूटे समोसों और इडलियों को बीन कर एक प्लेट की शक्ल सुधारी और झटपट पहुँच गयी कुलदीप और अमृत के पास, मन को समझाती हुई, 'अब कोई इतनी देर में आयेगा तो स्टार्टर्स का तो यही हाल होगा। इन लेट-लतीफ़ों की वजह से ही मैंने मेन कोर्स को अब तक रोके रखा है।'

'कुलदीप, अमृत, व्हाट हैपंड भई? समोसे और इडलियाँ मैंने स्पेशली तुम्हारे लिए ही सेव करके रखे हैं।' मीता ने प्लेट उन दोनों के चेहरों के बिल्कुल करीब घुमाते हुए कहा ताकि वे ठीक से देख न सकें कि समोसे कैसे सिकुड़े और दबे-पिटे थे।

'मीता पैंजी, हुन्न त्वानूँ की दसिए, ट्रैफिक एन्ना वड्डा सी, फर्स्ट गियर विच गड्डी चलांदे मेरा तो फुट ई आक्कड़ गया।' अपनी टाँगें दबाते हुए अमृत बोली। उसने मीता को इशारे से समोसे की प्लेट मेज़ पर रख देने की फ़रियाद की।

'ओ हो, इ...इ...स समय तो ट...ट...ट...ट्रैफिक ठीक हो जाना च...च...

च...चहिए था।' मकरंद ने कुलदीप के पास बैठते हुए सहानुभूतिपूर्वक पूछा।

'हैंगर लेन दा ओहो रफड़ा, असाँ ते कुज वेख्या नईं पर लोक्की पए कैन्दे सी के सुबेरे सुबेरे कोई एक्सीडैन्ट होया सी, ड्रिंक्स-ड्राइविंग वर्गा।' कहते हुए कुलदीप ने एक बड़ी-सी अँगड़ाई ली, उसकी कमीज़ की बगलों में पसीने के बड़े-बड़े पीले ध ब्बे देखकर कई लोगों को, विशेषतः महिलाओं को, लगा कि कहीं उन्हें उलटी ही न हो जाये।

'क्या लोगे कु...कु...कु...कुलदीप, अ...अ...अमृता जी आप क...क...क्या लेंगी?' मीता के धक्का देने पर मैक को झेंपते हुए उठना ही पड़ा जबकि मीता ने उससे वादा किया था, 'मैक डार्लिंग, मैंने ऐसा इन्तजाम किया है कि आपको हाथ भी नहीं हिलाना पड़ेगा।'

'पाई साब, तुस्सी तो सान्नू दोन्या नूँ औरेंज-जूस ही दवो, जाँदी वारी एन्ना नू ड्राइव करनी हैगी।' अमृत ने अपना फ़ैसला सुना दिया।

'अरे कुल्ले यार, साले एक बियर तो पी भैन्चो हमारे साथ।' रंजीत ने कुलदीप को अपनी जफ्फी में भरते हुए कहा। कुलदीप की बगलों के पीले धब्बे और रंजीत की व्हिस्की की बदबुएँ आपस में टकराईं और मेहमानों के मध्य बिखर गयीं; महिलाओं के नथुनों पर टिशुज़ सुसज्जित हो गये।

'छड्ड यार, अबी तो बस एक कोक ही चलेगी।' कुलदीप ने रंजीत को इशारे से चुप रहने को कहा क्योंकि अमृता रंजीत को ऐसे घूर रही थी कि जैसे उसे कच्चा चबा जायेगी।

'कोक पीन नाल पैले अपनी तोंद जरूर देख लइओ।' अमृता ने ताना कसा। लगभग सभी मेहमानों की दृष्टि कुलदीप के बाहर निकले हुए पेट पर आ टिकी।

'ऐसा पेट तो एक प्रेगनेंट औरत के नौवें महीने में भी नहीं होता।' मंजूषा राजीव के कान में फुसफुसाई।

'भैंचो, साले एक एक्सीडेंट से डर गया, कुल्ले?' अमृता और अमृता के गुस्से को पूरी तरह से नज़रअंदाज़ करते हुए रंजीत ने कुलदीप को एक बार फिर ललकारा किन्तु अमृता सचेत थी। उसने पति की एक बार फिर से पूरी तहकीकात की कि कहीं रंजीत की बातों का उस पर कोई असर तो नहीं हुआ। कुलदीप ने भी कोई कच्ची गोलियाँ नहीं खेली थीं, रंजीत की ओर पीठ किये वह मकरंद से बात करने लगा।

रंजीत सोफ़े पर भद्दे तरीके से फैला हुआ था, उसके हाथ में व्हिस्की का गिलास बिल्कुल उलटा हो चला था और मीता को फ़िक्र थी कि उसकी नयी कार्पेट कहीं ख़राब न हो जाये। आते-जाते वह उसका गिलास सीधा कर रही थी।

'लीजिए, आपकी कॉफ़ी।' सायरा ने रंजीत के हाथ में एक मग काली कॉफ़ी पकड़ा दी और उसके हाथ से गिलास लेकर प्रिया को थमा दिया। वह नहीं चाहती थी कि रंजीत की कुछ और भद्द पिटे। महिला मेहमानों के चेहरों पर संगुप्त मुस्कुराहटों

का आदान-प्रदान हुआ तो सायरा वहाँ से हट गयी।

'लगता है के रंजीत ने सायरा के लिए एंगेजमेंट-रिंग खरीद रखी है।' वायु बोली।

'उनकी देखभाल तो सायरा कुछ ऐसे ही कर रही है।'

'लाहौलविलाकुव्वत, वायु बी, खरीद-फरोख़्त के बारे में, इंशा अल्लाह, कुछ हमें भी तो बताइए।' एंगेजमेंट-रिंग की बात सुन कर आपा के कान खड़े हो गये।

'आपा, मैं तो मज़ाक़ कर रही थी। बहुत दिनों से न किसी की सगाई हुई है और न ही शादी, मैं तो बोर हो गयी।'

'वायु बी, इस देश में तो अब ब्याह-शादी के बिना साथ रहने और बच्चे पैदा करने का रिवाज़ हो गया है।' आपा ने रंजीत की ओर देखते हुए कटाक्ष किया। इन दिनों, जहाँ एक ओर रंजीत और सायरा तो दूसरी ओर जूली और सुरूर, इन दो जोड़ों के चर्चे हर जुबान पर थे।

'आपा, क्या किया जाये? घर बसाने की तो कोई तब सोचे कि जब उसे मॉर्गेज मिल जाये।'

'लाइफ़ में एक बार शादी हो तो चलो खर्चा कर भी लें, यहाँ तो पल-पल में रिश्ते बनते-टूटते रहते हैं।'

'तो हूज़ फ़ाल्ट इज़ दैट?' मीता ने पूछा।

'मर्दों का, और किसका?' बुलबुल ने कहा।

'औरत की ख़ामोशी पर टिकी रहती है घर-गृहस्थी, उसने जुबान खोली नहीं कि हुई तकरार।' वायु बोली।

'बिल्कुल, वो कब तक सहती रहती पुरुषों के जुल्म?'

यह विषय मर्दों के बीच कुछ जमा नहीं; 'मधुशाला' की आबादी में एकाएक इज़ाफ़ा हो गया। मर्द शराब के पेग पर पेग चढ़ा रहे थे किन्तु खुमार फलों का रस पी रही महिलाओं पर चढ़ रहा था।

'घड़ियाल को देखो, नशे का अभिनय करते हुए वह प्रभा को छेड़ रहा है।' सोमा ने राजीव का ध्यान प्रभा की ओर खींचा, जो सोफ़े के एक कोने में सिमटी चली जा रही थी।

'मेहराज़ की पार्टी में भी इसने शर्मीला को छेड़ने की कोशिश की थी, वो तो कहो के गिरगिट ने नशे पर लानत-मलामत कर उसे बचा लिया; नहीं तो मेहरा साहब इसकी ऐसी धुनाई करवाते कि महीनों बिस्तर से नहीं उठ पाता।'

'ये दोनों ही महा बेशर्म हैं। एक फँसता है तो दूसरा झट बीच-बचाव करने पहुँच जाता है।' कहते हुए इला प्रभा के पास जा बैठी, घड़ियाल ड्रिंक के बहाने वहाँ से झट उठ गया।

'बड़े भाई, एक जोक हो जाये।' गिरगिट कुलदीप के कन्धे दबाते हुए बोला।

'बिना जोक्स के पार्टी में मज़ा नहीं आता, कुलदीप भैया, प्लीज़, सुनाइए न

कुछ अच्छे-अच्छे जोक्स।' मंजूषा भी पास आ बैठी, जिया से चिपककर उसे कुछ गरमाई मिली; उसने जॉर्जेट की साड़ी पहन रखी थी; पुरुषों की नज़रें उसके गोरे और गुदगुदे बदन से हटने का नाम नहीं ले रही थीं।

'ओके, नया ताँ नई ए पर लो सुनो। ब्रिटिश रेल वालयाँ ने इंग्लैंड और फ्रांस दे विच इक टनल खोदने वास्ते टैन्डर मंगे...।' कुलदीप का मोबाइल फ़ोन चुटकुलों का भंडार था; वह शुरू हो गया।

'लाहौलविलाकुव्वत, हमें तो भई एक हरूफ़ भी समझ में नहीं आया। आप तो अच्छी-ख़ासी उर्दू बोल लेते हैं, कुलदीप मियाँ, कुछ उर्दू में सुनाइए।' आपा ने फ़रमान जारी किया।

'उर्दू में नहीं, आपा, हिन्दी में।' वायु बोली।

'हिन्दी में नहीं, हिन्दुस्तानी में।' सुमित ने कहा।

'ओके जी ओके, यह जोक अब आप हिन्दी, अंग्रेज़ी, उर्दू, हिन्दुस्तानी और पंजाबी पाँच भाषाओं में सुनिए।' कुलदीप ने ज़ोर से अपना गला खँखारा तो सब ख़ामोश होकर बैठ गये।

'इंग्लैंड और फ्रांस के बीच एक टन्नल खोदने के लिए सिंह ब्रदर्स का टेंडर फटाफट मंज़ूर हो गया। ओनानुं इंटरवियू के लिए बुलाया गया। अफ़सर ने पूछया के मिस्टर सिंह, इतने कम समय में तुम्हारी कम्पनी एन्नी सस्ती टन्नल कैसे खोद सकती है?'

'इसमें क्या मुश्किल है, सर जी? एक साइड से मैं ते दुज्जी साइड से मेरा भाई टन्नल खोदना शुरू करेंगे और जब हम बीच में आकर मिलेंगे तो लो जी हो गयी त्वाडी टन्नल तैयार।' अफ़सर ने विस्मय में पूछा कि अगर दोनों बीच में आकर न मिल पाये तो? 'सर जी, तब तो आपके बल्ले ही बल्ले, एक ही प्राइज में आपकी तो जी दो टन्नल्स खुद गयीं।'

ज़ोर-ज़ोर से तालियाँ पिटने लगीं तो जिया अपना सिर खुजलाते हुए चिल्लाईं, 'ए मैं तोसे कऊँ, कुलदीपक, चुटकुला खतम हो गया के?'

'लाहौलविलाकुव्वत, इन छोकरों के लतीफे तो भई हमारी समझ के बिल्कुल परे हैं।' आपा ने जिया से अपनी सहमति प्रकट की।

'कुल्ले भई वाह, साले मज़ा आ गया, एक जोक भैन्चो और सुना।'

आपा ठसक के रंजीत और कुलदीप के बीच आ खड़ी हुईं कि कहीं कुलदीप फिर न शुरू हो जाये; रंजीत ने उन्हें अदावत से घूरा।

'हसन मियाँ, ज़रा आप सुनाइए वो मच्छर वाला लतीफ़ा।' आपा ने मेहमानों पर एक उचटती हुई नज़र डालते हुए हसन से गुज़ारिश की। हसन की कमर और गर्दन लचकीं और वह शुरू हो गया।

'लीजिए, यह चुटकुला बहुत ही मज़ेदार है, गौर फरमाइए। एक मच्छरनी और

एक हाथी में इश्क हो गया।' चुटकुला शुरू करने के बाद हसन ने अपने चारों तरफ़ नज़र दौड़ाई आपा की निगहबानी में सब ख़ामोश हो गये।

'अर्ज़ किया है के इक अदद मच्छरनी और हाथी में इश्क हो गया। लोग तरह-तरह की बातें बनाने लगे तो उन्होंने तय किया कि उन्हें निकाह कर लेना चाहिए। हाथी के घर वालों ने कहा कि जात-बिरादरी की बात चलो जाने भी दें पर दुल्हन की कुछ तो शख़्सियत होनी चाहिए। मच्छरनी के घर वालों को भी एतराज़ था; उन्हें दूल्हे के दाँत ज़रूरत से कुछ ज्यादा ही बड़े लगे थे।'

'भई वाह, क्या बात है।' आपा ने ऐसे दाद दी जैसे शेरो-शायरी हो रही हो।

'बड़े भाई, क्या बढ़िया जोक सुनाया।' गिरगिट तालियाँ पीटने लगा।'

'जोक तो पूरा हो जाने दीजिए, राजेश भाई।' राजीव ने उसे खींच कर बैठा दिया कि चुटकुला अभी ख़त्म नहीं हुआ था।

'आई नो, आई नो।' कहते हुए गिरगिट झेंप कर बगलें झाँकने लगा।

'प्लीज़ कैरी ऑन, हसन।' मीता ने गिरगिट को रोष से देखते हुए हसन से निवेदन किया तो उसने एक बार फिर अपने बाल सँवारे, उसकी कमर स्वयमेव लचक गयी।

'जी मोहतरमा। एक दूसरा मच्छर, जो उस मच्छरनी से निकाह की ठाने बैठा था, बहुत रुसवा हुआ। उसने मच्छरनी से पूछा कि भला उसमें ऐसी क्या कमी थी जो मच्छरनी को इस बेमेल निकाह के लिए राज़ी होना पड़ा? मच्छरनी ने शर्मोसार होते हुए राज खोला कि मामला कुछ नाजुक था, वह हाथी के बच्चे की माँ बनने वाली थी। खैर, उसने हाथी से निकाह पढ़वा लिया। सुहागरात की अगली ही सुबह मच्छरनी अल्लाह को प्यारी हो गयी।'

'च च च, भई ऐसा क्या हुआ, हसन मियाँ?' आपा ने अपने दोनों हाथ हवा में नचाते हुए और चारों तरफ़ निगाह दौड़ाते हुए पूछा।

'हाथी रात को 'गुडनाइट' लगा कर...सोया...था। 'हसन से हँसे बगैर नहीं रहा गया और जब वह हँसा तो उसकी कमर भी नाचने लगी। आपा भी ज़ोर-ज़ोर से हँसते हुए मेहमानों पर हसन के चुटकले का असर नाप रही थीं, जो उन्हें कुछ ठंडा सा जान पड़ा।

'हसन साहब, यह जोक मैंने कई साल पहले कहीं सुना था,' रही-सही कसर घड़ियाल ने अपनी मरी हुई आवाज़ में पूरी कर दी।

'बड़े भाई, हसन साहब का अन्दाजे-बयां काबिले-तारीफ़ था।' गिरगिट ने बात सम्भाली।

'कुल्ले, तेरे जोक्स का भैंचो कोई मुक़ाबला नहीं पर साले जिया और आपा को भैंचो कुछ समझ नहीं आया। समझा जाके उन्हें, नहीं तो साले तेरा जीना हराम हो जायेगा।' हसन और आपा को नज़रअन्दाज़ करते हुए रंजीत बोला। क़ुलदीप वहाँ

से उठकर झट जिया की टोली में जा बैठा। रंजीत के मुँह से निकलते हुए व्हिस्की के भभके उसे शराब के लिए लालायित कर रहे थे।

'तो भाई आपने टरका दिया, कुल्ले को।' राजीव ने रंजीत के करीब बैठते हुए पूछा।

'अबे साले, बोर करता भैंचो अपने पुराने साले जोक सुना-सुना कर। साले तू अपनी बता, अकेले-अकेले तू भैंचो पीप-शो देखने सोहो गया था?'

'भाई, वाइफ को साथ लेकर गया था।' सीना तानकर राजीव बोला।

'साली वाइफ़ हो तो इला जैसी। नहीं तो साली बीवियाँ सोहो का नाम भी सुन लें तो चार प्लेटें भैंचो रीज़न पूछे बिना तोड़ दें। साले, बता वहाँ देखा क्या?'

'भाई, पैसे बर्बाद हुए बस और कुछ नहीं। वही सब, आजकल टीवी पर क्या नहीं दिखाया जाता? मेरे हिसाब से तो पीप-शोज़ देखने जाना पैसे बर्बाद करने वाली बात है।'

'सायरा साली इधर ही आ रही है, फिर बात करते हैं। मेरे पीने पर वह मुझसे वैसे ही भैंचो नाराज़ रहती है।'

'भाई, आर यू सीरियस एबाउट हर?'

'अरे साले, अपन तो भैंचो आज़ाद पंछी हैं, आज साले इधर तो कल भैंचो फुरर, कोई साली खुशी-खुशी आती है तो भैंचो हमारा क्या जाता है?'

'आपको उससे कोई खौफ़ नहीं...।'

'अरे यार, वो तो भैंचो एक एक्सीडेंट था, शी इज़ साली ए नाइज़ गर्ल।'

'भाई, आजकल मुस्लिम्स बहुत फ़नैटिक हो रहे है; आपके नाम कहीं फ़तवा-वतवा न निकाल दें।'

'साले, मैं कौन-सा उससे भैंचो निकाह पढ़वाने जा रहा हूँ?'

'जस्ट बी काशस। वैसे, है तो बहुत ज़हीन और खूबसूरत, सभी की आँखें उसी पर टिकी हैं।'

'अदब और रोमैंसिंग में साले इन लोगों का कोई मुकाबला नहीं, दैट्स वाए, हम साले फिसल जाते हैं भैंचो सो ईज़िली।'

'पर भाई, शादी के लिए अपना रिलीजन बदलना ग़लत है।'

'मैं तो साली शादी में बिलीव ही नहीं करता। साले हाफ़-बेक्ड लोग इन्हीं को मुबारक हों, जो भैंचो अपना धर्म बदलकर शादी कर लेते हैं और फिर साला जीवन भर पछताते हैं।'

'वैसे ऐसी बात नहीं है, भाई, कई इंटर-कास्ट मैरिजेज बड़ी सक्सेसफ़ुल...।'

'साले सिंगल रहकर मस्त रहना अच्छा है के भैंचो शादी करके ज़िन्दगी भर की मुसीबत पालना? साले, मुझे छोड़, तू अपनी बता, खुल्लमखुल्ला मंजूषा के साथ चिपका है, इला न जाने तुझे कैसे बख्श देती है।'

'उसे पता है कि मैं 'श्वन-वूमेन-गाई' हूँ।

'साले आई कांट बिलीव इट, भैंचो तुझे कहीं इला ने इसलिए तो छूट नहीं दे रखी कि साला उसका अपना लफड़ा किसी और के साथ चल रहा है?'

'क्या बात करते हैं आप भी, भाई? वो ऐसी है ही नहीं।' राजीव ने कह तो दिया लेकिन उसके दिमाग़ में भी शक कुलबुलाने लगा; रिसर्च के सिलसिले में इला को रात-बेरात तो हो ही जाती है दफ्तर में।

'इफ़ इला इज़ सो लिबरेटेड तो तू साले आनन्दलोक की भैंचो मेम्बरशिप क्यों नहीं ले लेता?'

'भाई, अगर आप मुझे आनन्दलोक की मेम्बरशिप दिलवा दें तो मैं आपका जीवन भर के लिए गुलाम बन जाऊँगा।' रंजीत के कन्धे दबाते हुए राजीव बोला।

'साले बिना रेफरेंस के वहाँ भैंचो एक परिंदा भी पर नहीं मार सकता और साली नो हैंकी-पिंकी, मंजूषा को साली बीवी बनाकर ले जाने की तो नहीं सोच रहा?'

'नो वे, क्या सचमुच वहाँ हज़बैंड-वाइफ़ स्वाप किये जाते हैं?'

'साली पर्चियाँ डाली जाती हैं, जिसके हिस्से जो आ जाये, नो चौइस, सब कुछ भैंचो सीक्रेट होता है।'

'विक्की की वाइफ़ का क़िस्सा सुना था मैंने, हैरी ने उसके हाथ-पाँव बाँध कर काफ़ी मारा-पीटा।'

'एवज में भैंचो ने काफ़ी पैसा ऐंठ लिया उसने हैरी से।'

'मस्ट बी रिस्की, भाई, किसी की वाइफ़ किसी के हज़बैंड के साथ पूरा वीकेंड...'

सायरा को नज़दीक आया देख राजीव चुप हो गया। उसका आख़िरी जुमला सुनकर सायरा का कलेजा मुँह को आ गया। कहीं वे दोनों उसी के बारे में तो बात नहीं कर रहे थे?

'तो आप यहाँ राजीव भाईजान से गुफ्तगू कर रहे हैं और एक हम हैं कि कब से आप ही को ढूँढ़ रहे हैं।' सायरा ने मन की बात ज़ाहिर नहीं होने दी।

'चल साले फूट यहाँ से, अपन को सायरा से कुछ साली सीक्रेट बातें करनी हैं।' अपनी एक आँख दबाते हुए रंजीत ने राजीव को वहाँ से उठकर जाने का इशारा किया। एकाएक सायरा को लगा कि जैसे रंजीत उसे प्रोपोज करने जा रहा है। इंशा अल्लाह, इस ख़ास बात के लिए उसने मीता की पार्टी को ही क्यों चुना!

'नहीं, नहीं, राजीव जी, ऐसी कोई ख़ास बात नहीं...' शर्मसार सायरा की बात बीच में ही छूट गयी।

'इट्स आल राइट, सायरा जी।' कहता हुआ राजीव वहाँ से उठकर चल दिया। सायरा को रंजीत की बस यही अदा पसन्द नहीं, क्या सोचेगा राजीव?

अपमानित-सा राजीव बिना आगे-पीछे देखे मुड़ा ही था कि मिश्रा जी से जा टकराया।

'सॉमरसेट मॉम का कहना है कि जब आप अपने मित्रों का चयन करें तो चरित्र के स्थान पर व्यक्तित्व को न चुनें।' राजीव को मिश्रा जी की बिन-माँगी सलाह बिल्कुल पसन्द नहीं आयी पर मिश्रा जी अपनी आदत से मजबूर थे। अधिक कुछ कहे-सुने बिना दोनों दो दिशाओं में चल दिये।

सायरा को रंजीत की तरफ जाते देख आपा बड़बड़ाने लगीं, 'लाहौलविलाकुव्वत, हसन मियाँ भी न बस ऐन वक्त पर ग़ायब हो जाते हैं।' बलि का बकरा न जाने कैसे कसाई के सामने खुद ही आ खड़ा हुआ।

'लाहौलविलाकुव्वत, मियाँ ज़रा अपने दीदे तो खोल के रखिए।'

'या खुदा, आपा, ऐसा क्या हो गया?'

'मियाँ, चिड़िया उड़ने को है और आप दाना जेब में रखे घूमे रहे हैं।'

'तो आपा हम क्या करें?' रंजीत और सायरा की तरफ देखते हुए हसन ने मायूसी से पूछा।

'लाहौलविलाकुव्वत, आपसे कभी कुछ हुआ है जो अब होगा? आपको तो खाना रकाबी में सजा मिल जाना चाहिए, बस। मियाँ, ज़रा कभी आप खुद भी तो जहमत उठाया कीजिए।'

'तो क्या आप चाहती हैं के हम रंजीत से दो-दो हाथ करें?'

'ज़रूरत पड़े तो इसमें हर्ज ही क्या है? सायरा बीवी को एहसास तो हो कि उनके लिए कोई अपना सर कलम करवाने को भी तैयार है।'

'आपा, मियाँ-बीवी राजी तो क्या करेगा काजी?' लग रहा था कि गफलत में हसन ने हथियार डाल दिये थे।

'हमें खौफ़ है के ये कमबख्त रंजीत कहीं सायरा की कमअक़ली और कमज़र्फ़ी का फ़ायदा न उठा ले।'

'जो खुदा को मंज़ूर। वैसे आपा, रंजीत बुरा इंसान नहीं है।'

'आप भी कैसी अहमकाना बातें करते हैं, मियाँ? एक मुसलमान औरत की अजमत बद्‌जौक क्या एक हिन्दू सँभालेगा?' गुस्से में आपा का मन हुआ कि हसन के चाँटा रसीद कर दें, उनके झुमकों का इरादा भी नेक न था।

'क्यों नहीं? आप ज़रा गौर तो फरमाइए, दोनों में खासी करीबियत है।'

'लाहौलविलाकुव्वत, हमसे तो भई ये सब देखा नहीं जाता। लगता है के शर्मो-लिहाज को ताक पर रखकर आयी हैं सायरा बीवी। खुदा ना ख़ास्ता, बस अब यहाँ से तशरीफ ले चलिए।' गुस्से में झूलते हुए आपा के झुमकों के पीछे-पीछे चल दिया हसन। वह जानता था कि यदि उसने सायरा की तरफ़ नज़र भी उठाई तो रंजीत उसकी आँखें नोच लेगा। इस वक्त भी, जबकि सायरा उसी से मुख़ातिब थी, रंजीत उसी को घूर रहा था।

'बहुत देर कर दी आने में, हम तो आपकी उम्मीद ही छोड़ बैठे थे।' सायरा ने रंजीत का ध्यान बँटाना चाहा।

'अरे साला आता कैसे नहीं, भैंचो मीटिंग ख़त्म होने का नाम ही नहीं ले रही थी।'

'वीकेंड्स पर भी मीटिंग? क्या कोई ख़ास मसला मद्देनज़र था?'

'मैं साला ब्रेंट काउन्सिल में एडवाइज़र भी तो हूँ न। काउन्सिल के भैंचो सारे नोटिस उर्दू, पंजाबी, गुजराती, और साली बंगाली तक में छपते हैं पर हिन्दी में नहीं, बस इसी बात को लेकर बात बढ़ गयी।'

'आज आप अपना तक़िया-क़लाम कुछ ज़्यादा ही इस्तेमाल में ला रहे हैं। खैर, सिर्फ़ आपके शोर मचाने से तो कुछ नहीं होगा। हम लोगों ने उर्दू की किताबें लाइब्रेरी में रखवाने के लिए जानते हैं कितना हल्ला मचाया था? डिमांड दिखाने के लिए एक-एक किताब के लिए क्यूज लगवाई गयी थीं तब कहीं जाकर उर्दू की किताबें लोकल लाइब्रेरीज में मँगवाई गयीं। हिन्दी वालों ने ऐसा कुछ नहीं किया, उन्होंने तो हमारा साथ तक नहीं दिया।'

'भारत की राजभाषा साली हिन्दी है तो इसमें भैंचो हल्ला मचाने वाली क्या बात है? ये साले अँग्रेज़ करेंगे भैंचो वही जो चाहते हैं पर मीटिंग्स बुलाकर साला डिसकस ऐसे करेंगे कि जैसे हमारा भला चाहने वाला इनसे बढ़कर कोई और नहीं।'

'असल मुद्दा तो, जनाब, यह है कि हिन्दी मसौदे की डिमांड है ही नहीं। हमारे ख़याल से इसकी वजह यह है कि हिन्दी-भाषी ज्यादातर ऐफ़्लुऐंट और प्रोफेशनल्स हैं। जुबान और सिक़ाफ़त जैसे मुद्दों के लिए उनके पास वक्त नहीं है या यह सब उनके लिए ज़ियादा मायने नहीं रखता।'

'ख़ैर, तुम क्यों ये साले जूस का नाटक कर रही हो? लो कुछ साली प्योर माल्ट-वाल्ट।' यह जानते हुए कि सायरा सही कह रही थी। रंजीत ने बात बदल दी।

'आपने जनाब ग़ौर नहीं किया, आपा हमें कैसे घूर रही हैं? तिरछी नज़रों से मेहमान भी हम ही को देख रहे हैं।'

'आइ थॉट यू वर लिब्रेटड! खैर, उस साले हसन के साथ तो साली तुम्हारी बड़ी खिचड़ी पक रही थी?'

'क्या बात करते हैं आप भी, रंजीत? गिरगिट...राजेश से जान छुड़ाई तो हम आपा और हसन के बीच जा फँसे। हमें पता होता कि आप इतनी देर से तशरीफ़ लायेंगे तो हम भी देर में ही यहाँ पहुँचते। मेज़बान खुद परेशान हो रहे थे कि हम बिन-बुलाये मेहमान की तरह कैसे आ टपके?'

'साला, हू केयर्स?'

'जनाब, इस मजमे में मौजूद हर एक शख़्स की निगाह हम पर गड़ी है।' लोगों के लगातार घूरने से सायरा सचमुच परेशान हो चुकी थी।

'साला एक्सक्यूज़ अस, विल यू?' गुस्से में पलटकर कुछ मेहमानों की ओर देखते हुए रंजीत ने कहा तो सबकी मुंडियाँ यन्त्रवत दूसरी ओर घूम गयीं किन्तु उनके कान अब भी रंजीत और सायरा की बातों पर ही टिके थे।

'साला कुछ और काम-धाम नहीं है भैंचो इन्हें।'

'ओह रंजीत, खुदाया खुद पर इख़तियार रखिए, बहुत पी ली है आज आपने।'

'सो व्हाट? ख़ैर, देखो मैं तुम्हारे लिए क्या लाया हूँ।'

'या अल्लाह, आज क्या हमारी सालगिरह है जो आप हमारे लिए तोहफा लाये हैं?' सायरा को तो एक अदद अँगूठी की तमन्ना थी पर रंजीत ने अपनी जेब से निकालकर एक लिफ़ाफ़ा सायरा को पकड़ा दिया, जिसमें से दो एयर टिकेट्स झाँक रहे थे।

'ओह रंजीत, आपको इतना ख़र्च करने की क्या ज़रूरत थी? शुक्रिया, हमारी कब से तमन्ना थी पैरिस जाने की!' लिफ़ाफ़े को अपने पर्स में सरकाते हुए सायरा बोली।

'भैंचो तभी तो लाया हूँ, साली तैयारी कर लेना। फ्राइडे की शाम को भैंचो हीथ्रो पर मिलना और फिर साला चार दिन का हनीमून।'

'हनीमून, बिना निकाह के?' अपनी निराशा छिपाते हुए सायरा ने आखिर पूछ ही लिया।

'जानेमन, शादी के बाद तो साला एक हनीमून होता है, ऐसे-ऐसे भैंचो कई हनीमून तुम पर कुर्बान।'

'ओह, तो आपके साथ निक़ाह पढ़वाने की बात हमें अपने दिलो-दिमाग़ से मुकम्मल तौर पर निकाल देनी चाहिए?' सायरा ने एक अहम सवाल मज़ाकिया तौर पर पूछ लिया था।

'सायरा, आई थॉट यू आर फ़क्किंग स्मार्टर दैन दैट! क्या मैंने तुमसे कभी शादी का भैंचो वादा किया था?' रंजीत झुँझला उठा।

'नहीं, पर...' कच्चे धागे को ज़रूरत से ज्यादा खींच चुकी थी सायरा। कहीं टूट ही न जाये। इस मुकाम पर पहुँचकर इज्ज़त की ख्वाहिश रखना नामुमकिन था।

'शादी में साला रखा ही क्या है, सायरा? एक निकाह से क्या भैंचो तुम्हारा दिल नहीं भरा जो अब साला दूसरा पढ़वाना चाहती हो?' मसला नाजुक था, रंजीत की आवाज़ मखमली हो उठी।

'वो बात नहीं, रंजीत।' माला-सी टूटकर बिखरती हुई सायरा पर बेतहाशा उदासी छा गयी, बस अब उससे और जद्दोजहद नहीं हो पायेगी।

'तो फिर साला सोच लो, माई ऑफ़र इज़ ओपन।' रंजीत का मन हुआ कि उसे अपने सीने से लगा ले पर वह ऐसा कोई वादा करने को तैयार न था जिसे वह अंजाम न दे सके।

'हमारी बस एक ही इल्तजा है आपसे।' कहते हुए सायरा की आँखें भर आयी थीं।

'बोलो जानेमन, कहो तो सीने से साली जान निकालकर रख दूँ तुम्हारे भैंचो क़दमों में।'

'आप हमें किसी और के आगे नहीं परोसेंगे। हम भी कोशिश करेंगे कि सिर्फ़ आप ही हमारे घर की रौनक रहें।'

'साली तुम्हारी मर्जी, सिर्फ़ मुझसे तुम साला कितना बना पाओगी?'

यह क्या कह डाला रंजीत ने? सायरा का दिल दहल उठा। अब भी वक्त था, उसे पीछे हट जाना चाहिए पर उसके आगे कुआँ था तो पीछे खाई।

'आप शायद बिजनेस कर रहे हैं हमारे साथ? औरत का घर एक बार उजड़ जाये तो दोबारा बसना नामुमकिन है, लोगबाग बसने देंगे ही नहीं।' सायरा की आँख से एक आँसू ढलक ही पड़ा। रंजीत भी द्रवित हो उठा किन्तु मौके की नजाकत को मद्देनज़र रखते हुए उसने अपनी नज़र फेर ली। इस वक़्त वे गले मिल लेते तो सारे गिले-शिकवे दूर हो जाते, इन बेरहम बातों से दो-चार नहीं होना पड़ता।

'ये ज़िन्दगी साली बड़ी कुत्ती चीज़ है, जानेमन। ख़ैर, डील और नो डील?' अपना रूमाल सायरा को पकड़ाते हुए रंजीत ने ख़ामोशी को तोड़ा।

'ठीक है, तो ये डील सिर्फ़ हमारे और आपके बीच में ही रहेगी।' दोनों की नज़रें मिलीं।

'मुझसे साला ज्यादा एक्सपैक्ट नहीं करना सायरा, आई वार्न यू।' मुस्कुराते हुए रंजीत बनावटी गुस्से में बोला।

'यूँ तो हमारी ज़रूरतें कुछ ज़ियादा नहीं, रंजीत, आप नुक़सान में नहीं रहेंगे ये हमारा वादा है।'

'सायरा, साली शादी एक ऐसा बन्धन है, जिसे जोड़ने-तोड़ने में भैंचो लाइफ़ बर्बाद हो जाती है। हम न तो एक-दूसरे पर साला बोझ बनेंगे, न ही साले एक-दूसरे के भैंचो रास्ते में ही आयेंगे, क्यों क़ुबूल है?'

'रंजीत, हमें सब क़ुबूल है।' क़ुबूल करना ही पड़ा सायरा को, बच निकलने का बस यही एक रास्ता था। सूदखोर और तकाज़ेदार उसके दरवाज़े पर खड़े थे।

'साला ऐसा क्यों लग रहा है कि आई एम लूजिग़ दि गेम आलरैडी? चियर्स एनिवे। ये साली आपा कटखनी बिल्ली की तरह मुझे क्यों घूर रही हैं।'

'हसन से निकाह पढ़वाकर हमें इज़्ज़त बख़्शना चाहती हैं आपा।'

'साले लंगूर ने कभी अपनी शक्लें देखी हैं भैंचो शीशे में?' रंजीत का मन हुआ कि वह हसन और आपा के सिर आपस में टकरा दे।

'देखो रंजीत, पार्टी में किसी किस्म की बेअदबी नहीं होनी चाहिए, प्लीज़ फार माई सेक?'

'तुम साले इन चूजों से इतना क्यों डरती हो?'

'जब तक था दम, न दबे आसमान से हम, जब दम निकल गया तो ज़मीं ने दबा लिया। हमारे आसपास कोई भी हादसा क्यों ना हो, इल्ज़ाम हम ही पर आता है, प्लीज़ बात नहीं बढ़ाइएगा।'

'साला, तुम्हें कोई आँख उठाकर तो देखे...'

'आपको हमारे सर की कसम, रंजीत, कोई फ़साद मोल नहीं लीजिए। आपके सामने नहीं तो आपके पीछे, ये लोग मुलजिम तो हमें ही ठहरायेंगे न? इस पार्टी में भी आपने कहा तो चले आये, अब हम चलते हैं। आप भी कोई बहाना बनाकर निकल आइएगा, घर पर मिलते हैं।'

'तुम कहती हो तो साला ठीक है, नहीं तो भैंचो इन लोगों से बॉय करने का भी साला मन नहीं है।'

'मेज़बान का शुक्रिया अदा करके और सबसे अलविदा कहकर ही निकलिएगा, प्लीज़।' सायरा ने एक बार फिर दोहराया हालाँकि वह जानती थी कि उसके वहाँ से जाते ही रंजीत सब भूल जायेगा। फिर भी, जिस तवज्जो और हिफ़ाजत की उसे तवक्को थी, वह उसे सिर्फ़ रंजीत ही दे सकता था।

'अब तुम एक नेक बीवी की साली एक्टिंग तो करो नहीं।' मुस्कुराते हुए बोला।

'आप से तो हमें एक नेक शौहर की एक्टिंग की भी उम्मीद नहीं।' सायरा ने एक बार फिर मौके का फ़ायदा उठाना चाहा।

'गिरगिट और उसकी पार्टी साली इधर ही चली आ रही हैं; साला खुदा जाने क्यों?' रंजीत एक बार फिर सायरा की बात को नज़रअन्दाज़ करने में कामयाब हो गया।

'रंजीत, प्लीज़ खुदा को तो कम से कम बख़्श दीजिए, खुदा हाफ़िज़।' सायरा मुस्कुराती हुई उठ खड़ी हुई तो मिश्रा जी से जा टकरायी।

'चाणक्य का कहना है कि अपने से कम या अधिक हैसियत के लोगों से मित्रता नहीं करनी चाहिए। ऐसी मित्रता आपको कभी कोई प्रसन्नता नहीं देगी।' मिश्रा जी ने एक बार फिर सायरा को सावधान किया। हामी में अपना सिर हिलाते हुए वह सोच रही थी कि मसला दरअसल उसकी ख़ुशी और नाख़ुशी का तो था ही नहीं, मसला था बची-खुची अस्मत को बचाये रखने का।

अभी सायरा दरवाज़े तक पहुँची ही थी कि शमीम अपनी बेटी आयशा, दामाद रिचर्ड और भांजे मंज़ूर के साथ कार से उतरी। उन्हें देखकर सायरा दबे पाँव वापस हो ली। हसन भी उन सबकी आड़ में अन्दर चला आया। सोचा था कि वह सीधा मधुशाला में जा बैठेगा और रंजीत के साथ अपने ताल्लुकात सुधारने की कोशिश करेगा

लेकिन सामने खड़ी आपा की आँखें लावा बरसा रही थीं। हसन खुद को आपा की अदावत के लिए तैयार कर ही रहा था कि शमीम और मंज़ूर से बचने के लिए आपा जल्दी से जिया के पास जा बैठीं। हसन की कमर और गर्दन खुशी से लचकीं और वह अपने सब रंजो-गम भुलाकर दोस्ती का हाथ बढ़ाने की गरज से रंजीत के पास जा बैठा। आख़िर यह उसकी नौकरी का सवाल था। एक उम्मीद-सी बँध गयी थी उसे कि आपा अब उसे सारी शाम परेशान नहीं करेंगी। वह मंज़ूर से भी दूरी बनाये रखना चाहता था, जिसे इस वक्त शमीम लोगों से मिलवा रही थी।

'मियाँ-बीवी को शादी की सालगिरह इंशा अल्लाह भौत-भौत मुबारक हो, खुदा आपको खुशियाँ बख्शे और सौ-सौ साल सलामत रखे।' शमीम ने मीता को गले लगाकर उसके दोनों गालों को चूमते हुए कहा। मीता नये मेहमानों का मुआयना कर रही थी। सब के सब खाली हाथ थे किन्तु शमीम के गोरे दामाद को देखकर उसे कुछ तसल्ली हुई। सुरूर और जूली भी आ जाते तो उसकी इस पार्टी में चार गोरे मेहमान होते। लूसी चाहे एक नौकरानी ही क्यों न हो, थी तो गोरी ही न, 'जय माता दी।'

'शमीम बाजी, भई, वाट हैपंड? इतना लेट कैसे हो गयीं? अब घर वाले ही इतनी देर से आयेंगे...' मीता ने अपना वही रटा-रटाया संवाद दोहराया।

'मीता बाजी, हम लोग तो कब के तैयार बैठे थे। मंज़ूर की ट्रेन किंग्स क्रॉस पर पूरे एक घंटा लेट पहुँची।' पर्स में से एक लिफ़ाफ़ा निकालकर मीता को थमाते हुए शमीम बोली, 'हमारी तो भई कुछ समझ में ही नहीं आ रहा था, मीता बाजी, कि आपके लिए क्या तोहफा लायें...।'

'आंटी, अम्मी को हमने ही मशविरा दिया के आपको जॉन लुइस के वाउचर्स दे दें, आपको जो पसन्द आये आप खुद ही खरीद लीजिएगा।' आयशा ने शमीम की बात पूरी की।

'दिस इज़ रियली वेरी थॉटफुल ऑफ़ यू, आयशा, बट, शमीम बाजी, इसकी ज़रूरत क्या थी?' मीता और शमीम दोनों एक-दूसरे को 'बाजी' कहकर बुलाती थीं क्योंकि अपने को उम्र में बड़ा मानने के लिए दोनों तैयार न थीं।

मीता ने माँ शेराँ वाली को धन्यवाद दिया कि शमीम कोई बेकार का तोहफ़ा लेकर नहीं आयी थी, जो न रखते बने न फेंकते। क्रिसमस पर शमीम लाल-सुनहरी शनील के कुशन कवर्स लेकर चली आयी थी, जो मीता ने चुपचाप पड़ोसन सोमा को टिका दिये थे। उसे स्वीकार करना पड़ा कि आजकल के युवा बड़े व्यावहारिक हैं किन्तु उसके दिमाग़ में एक अहम सवाल कुलबुला रहा था कि वाउचर्स थे कितने पाउंड्स के? तीन-तीन फैमिलीज़ भी आयी थीं; शमीम, आयशा-रिचर्ड और मंज़ूर;' तीनों ने ही मिलकर वाउचर्स खरीदें होंगे—काश कि वह लिफ़ाफ़ा खोलकर देख पातीं किन्तु इस वक्त तो एक गोरा उसके सामने था और वह उसके आलिंगन में बँधने के लिए लालायित थी।

'वेलकम टु अवर हम्बल अबोड।' मीता ने कहा तो रिचर्ड ने सिर्फ़ अपना सिर हिलाकर अभिवादन स्वीकार कर लिया। रिवाज़ के मुताबिक़, मीता को आलिंगन में लेकर चूमने और मकरंद से हाथ मिलाकर निमंत्रण के लिए 'थैंक यू' कहने के बजाय रिचर्ड अपनी नवविवाहिता आयशा को चूम रहा था, जिसका गिला मीता को ता-उम्र रहेगा।

'दावतनामे के लिए दिली शुक्रिया, मोहतरमा। शादी की सालगिरह आपको बहुत-बहुत मुबारक हो।' मंज़ूर ने बड़े अदब से मीता का हाथ चूमते हुए कहा; मीता की घोर निराशा प्रसन्नता में बदल गयी क्योंकि मंज़ूर 'आलमोस्ट अँगरेज़' जैसा दिखाई दे रहा था।

'मैक डार्लिंग, जल्दी से कैमरा लाओ।' मंज़ूर और रिचर्ड के बीच में खड़े होकर जब तक मीता ने दो-चार फ़ोटोज़ नहीं खिंचवा लीं, उसे चैन नहीं पड़ा। तभी मोहिनी ने आकर मकरंद से अपनी और शमीम की एक फ़ोटो लेने के लिए कहा।

'मैक डार्लिंग, कैमरा मुझे दो और लूसी से कहो कि जल्दी से रिचर्ड के लिए टोमेटो केचप ले कर आये।' मीता ने मकरंद के हाथ से कैमरा लेकर मोहिनी और शमीम की फ़ोटो लेने के लिए झूठमूठ क्लिक कर दिया। ऐसी बेकार की फ़ोटोज़ से कैमरा ओवरलोड हो गया तो? अभी तो केक भी नहीं कटा है। फ़ोटोज़ चाहिए तो लोगों को अपना कैमरा लेकर आना चाहिए!

'मीता बाजी, टोमैटो केचप की कोई ज़रूरत नहीं, हमारे रिचर्ड को तो हरी चटनी बहुत पसन्द है।'

'अरे वाह, तुमने तो एक गोरे को भी इंडियन बना लिया।'

'कितनी अजीब बात है न, मीता बाजी? एक हमारी आयशा है, जिसे मिर्च-मसाला हजम नहीं होता और दूसरी तरफ आप कितना भी मसालेदार सालन पका लीजिए, मजाल है कि रिचर्ड के मुँह से एक 'सी' भी निकल जाये।'

'रिचर्ड, प्लीज़ ट्राइ दीज़ अव्नेबल समोसाज़, आइ हैव प्रिपेयर्ड देम माइसेल्फ़।' मीता को आशा ही नहीं पूरा विश्वास था कि समोसा देखकर रिचर्ड चहक उठेगा क्योंकि अधिकतर अँगरेज़ों को समोसे बहुत अच्छे लगते हैं।

'थैंक्स, मीता, बट इफ़ यू डोंट माइंड, आइ विल गो स्ट्रेट टु दि मेन कोर्स।' मीता के मरगिल्ले समोसे देखकर रिचर्ड बोला तो मीता चिढ़ गयी। छोटे-बड़े का लिहाज़ ही नहीं है इन गोरों को। किसी इंडियन लड़के की हिम्मत नहीं होती कि उसे 'मीता' कहकर पुकारता।

'मीता साहिबा, अब ये समोसे-वमोसे खाये न तो हम सब की ऐपेटाइट ख़त्म हो जायेगी। अल्हमदुलिल्लाह, हम भी अब सीधे दस्तरखान पर ही बैठेंगे, क्यों खाला?' मंज़ूर बोला।

'चलिए, समोसे रहने दीजिए, बादाम-काजू-किशमिश तो चलेंगे न, भाई जान, क्यों

शमीम बाजी?' कहकर मीता ने मेज़ की ओर नज़र डाली तो उसका दिल बैठ गया; ड्राई फ्रूट की ट्रे ही नदारद थी। उसकी इतनी महँगी रॉयल-डौलटन की ट्रे कहाँ जा सकती थी? कहीं गिरगिट ने उसे ठिकाने तो नहीं लगा दिया? वही खा रहा था काजू। उन्होंने मैक डार्लिंग को इशारा किया तो वह ट्रे ढूँढ़ने के बहाने वहाँ से खिसक लिए।

'अब रहने भी दीजिए, मीता बाजी, जानती हैं काजू में कितना ज्यादा कोलेस्ट्रोल होता है?' शमीम बोली किन्तु मीता का ध्यान कहीं और बँटा देख वह मंज़ूर से बोली, 'चलिए मंजूर, आपको जिया, आपा और हसन से भी मिलवा दूँ।'

'अरे, इन साहब से तो मुलाक़ात है हमारी, ख़ाला। हसन की बीवी के पहले खाविन्द की बहन निखत हमारे साथ लखनऊ में पढ़ती थीं।'

'व्हाट? हसन इज़ मैरिड? इज़ ही ऐ डिवोर्सी नाउ?' बादाम-काजू-किशमिश की ट्रे को भुला कर मीता ने अपनी हैरत-भरी आँखें मंज़ूर पर टिका दीं। ऐसा कैसे हो सकता है कि किसी ने उन्हें अब तक इस तथ्य की जानकारी नहीं दी?

इसी बीच, मकरंद खाली हाथ लौट आये थे पर घड़ियाल उनके साथ था

'भाभी जी, वरी नॉट, आपकी रॉयल डौलटन की ट्रे कंजरवेटरी में सही-सलामत रखी है, आपके स्पेशल गेस्ट्स फ्लश खेलते हुए बादाम और काजू-किशमिश चुग रहे हैं। आप कहें तो मैं ट्रे यहाँ ले आऊँ।' रोनी-सूरत घड़ियाल ने पूछा।

'रहने दो, घनश्याम। मैक डार्लिंग, ज़रा एक प्लेट में बादाम-काजू-किशमिश इन लोगों के लिए भी निकाल दीजिए, प्लीज़। सॉरी मंज़ूर, आप क्या कह रहे थे?' मीता ने मंज़ूर पर अपनी निगाह टिका दी। मकरंद अपनी जगह से हिले भी नहीं; उन्हें पता होता कि ड्राई फ्रूट कहाँ रखे हैं तो न वह लाकर देते।

'अब आपसे क्या छिपाना, मोहतरमा। निखत हमारे साथ पूरे दो साल घूमती-फिरती रहीं और जब निकाह की नौबत आयी तो उन्होंने न्यू यॉर्क के एक रिटेलर को चुना।'

'इन औरतों का कोई भरोसा नहीं, भाई जान। किसी और की क्या कहूँ, मेरी अपनी बीवी मेरे जिगरी दोस्त के साथ भाग गयी...।' घड़ियाल का रोना एक बार फिर शुरू हो गया।

'इन हसीनाओं को तो साहब सौ खून माफ़ हैं और जफा का इलज़ाम हम मर्दों पर आता है।' मंज़ूर ने घड़ियाल के कन्धे पर हाथ रखते हुए अफ़सोस जताया।

'ख़ैर, आप अपना न्यू यॉर्क में ही कुछ चक्कर क्यों नहीं चलाते? इंग्लैण्ड में क्या रखा है? पहले प्यार की ख़ातिर तो कुछ भी किया जा सकता है, आप वहीं कुछ जमाइए, कम से कम माशूका के तो नज़दीक रहिएगा।' घड़ियाल ने राय दी।

'अरे साहब, निखत तो खुद ही नहीं जम पायीं वहाँ। पिछले महीने ही तो आयी थीं लखनऊ। बता रही थीं कि उनके मियाँ रिटेलर-विटेलर नहीं हैं, एक फैक्टरी में काम करते हैं।'

'ओह, बेचारी के तो मरे भाग ही फूट गये।'

'आजकल किस पर भरोसा किया जा सकता है, भाई जान? किसी और की क्या कहूँ, मेरी तो अपनी...' इसके पहले कि घड़ियाल अपना रोना तिहराता; मोहिनी ने उसकी बात बीच में ही काट दी।

'कहीं दूर क्यों जाओ, अपने कुमार्स को ही लो। अमृतसर से मरी सीधी-सादी बहू ले आये। मरा एक खत तक नहीं लिखने देते बेचारी को अपने मायके। मरा सारा दिन दुकान में काम करवाते हैं और सुबह-शाम घर का मरा चौका-चूल्हा और मरी सफाई।'

'आपने बजा फरमाया, मोहिनी बीबी, आप तो जानती ही होंगी, रवीन्द्र ने ईस्ट हैम में एक दूसरी औरत भी रखी हुई है।' शमीम फुसफुसायी।

'हाँ, हमने भी सुना हज़बैंड तो हज़बैंड, उसके माँ-बाप भी तो उससे ढंग से बात नहीं करते।'

'परसों मैं मरे कुमार स्टोर में शौपिंग के लिए गयी थी, मरी जीतो को मैं पहचान भी नहीं पायी, हड्डियों का मरा ढाँचा बनकर रह गयी है।'

'अगर आप सब लोग उसे जानते हैं तो भैंचो उसकी हैल्प क्यों नहीं करते? कम से कम उसके साले घरवालों को लिख ही दें कि आकर साला उसे वापस इंडिया ले जायें।' रंजीत ने उन सबकी ख़बर ली।

'बड़े भाई, हम सब पैसे इकट्ठे करके उसके जाने का अरेंजमेंट कर भी दें तो वह जाने को राजी नहीं होगी।' मोहन बोले।

'मरे गाँव वाले तो एक तरफ़, उसके मरे पीहर वाले ही उसका मरा जीना हराम कर देंगे।'

'कोई जाके बता दे उसे कि यह साला ब्रिटेन है, इंडिया नहीं। इस ज़माने में किसी को जुल्म सहने की साली ज़रूरत नहीं हैं' पढ़ी-लिखी हो तो मैं उसे अपने दफ्तर में भैंचो नौकरी दे सकता हूँ, काउन्सिल का साला घर दिलवा सकता हूँ।' रंजीत का नशा उतार पर था। शराब की तलब उठ रही थी किन्तु बार के बिल्कुल नज़दीक बैठी सायरा और मंजूषा गप्पें लगा रही थीं। वह हैरान था कि सायरा अभी तक यहीं टिकी थी।

'हाउ नाइज़ ऑफ़ यू, मिस्टर रंजीत, थैंक यू। इस ज़माने में कौन किसी के लिए कुछ सोचता है?' किन्तु मीता की तारीफ़ का भी रंजीत पर कोई असर नहीं हुआ।

'रंजीत जी, आप उसे मरी नौकरी दे देंगे तो जीतो की मरी ज़िन्दगी बन जायेगी। मैं और मिक जीतो को मरा खुद आपके पास लेकर आयेंगे।' मोहिनी ने कहा तो मोहन ने अपना सिर हिलाकर हामी भरी।

'दैट्स नाइज़, मोहिनी, तुम और मिक कुमार्स के अच्छे फ्रेंड्स भी तो हो...' मीता ने मन ही मन सोचा कि बड़े आये हैं जीतो को रंजीत से मिलवाने वाले, रंजीत के दफ्तर अगर कोई जायेगा तो वह मीता होगी।

'भाभी जी, ज़रा देखिए तो सही कौन आया है, निगम फ़ैमिली द ग्रेट।' द्वार पर से गिरगिट ने चिल्लाकर कहा ताकि सब सुन लें। मीता, वायु, मोहिनी आदि कई मेहमान मुख्य द्वार की ओर लपके। नैन्सी ने गिरगिट को अपना मेक-अप से सुसज्जित गाल चूमने का अवसर नहीं दिया कि कहीं उसका मेक-अप न बिगड़ जाये।

'हाय नैन्सी दीदी, हाय जीजा जी, वेलकम, मोस्ट वेलकम, कम इन। आल्वेज़ लेट-लतीफ़। और हमारी बुलबुल कहाँ है?' मीता प्रसन्न होते हुए बोली।

इस बार की हाय-हाय और पुच-पुच का रंग ही अलग था क्योंकि मकरंद की बड़ी बहन नैन्सी और उसके पति नरेश निगम के हाथों में बड़े आकार के दो उपहार थे। नरेश ने गुलाबी और सफ़ेद फूलों का एक जम्बो साइज़ का गुलदस्ता मीता को थमाया तो नैन्सी ने उस बुके से कहीं बड़ा एक खूबसूरत पैकेट मैक को पकड़ाया। मीता को आज पहली बार महसूस हुआ कि उसकी वेडिंग एनिवर्सरी थी।

तभी द्वार पर बुलबुल प्रकट हुई, जिसके हाथ में एक सुनहरी पिल्ला था, जो गुलाबी रंग की छोटी-सी जैकेट पहने था। जिस पर रुपहली सितारे जड़े थे। उसके कानों के ऊपर गुलाबी रिबंस बँधे थे और गले में चाँदी की मोटी चेन थी, जिस पर लिखा था, 'प्रिंसेज़ डायना'।

मीता घबरा उठी कि निगम्स यह तोहफा कहीं हैरी और कैमिला के लिए न लाये हों, जो एक पिल्ले के लिए महीनों से ज़िद कर रहे थे। पिल्ला खरीद लाना बहुत आसान था; उसकी देखरेख नामुमकिन नहीं तो कठिन अवश्य थी। ट्रेनिंग के अलावा उसका गू साफ करना, नहलाना और समय से टीके लगवाना; कौन करेगा यह सब? मकरंद तो कुत्ते को सुबह-शाम घुमाने के लिए भी राज़ी नहीं होंगे।

'हाय मीता आंटी, हाय मैक अंकल, हैप्पी एनिवर्सरी।' बुलबुल ने मीता और मकरंद को चूमते हुए कहा। फूलों और उपहार के मुताबिक, चुम्बनों और आलिंगनों का सिलसिला स्पष्टतः काफी देर तक चला। नैन्सी और नरेश के चमचमाते उपहारों और बुलबुल की कुतिया से सभी मेहमान अभिभूत थे।

'मीता, आज की देर का सेहरा प्रिंसेस डायना पर। बुलबुल इसे सुबह मेफेयर सैलून ले गयी थी और पूरे ढाई घंटे में लौटी। कितनी सुन्दर लग रही है न हमारी प्रिंसेस डायना?'

'ओ माई गॉड! हाउ ब्यूटीफुल!' मीता ने चैन की साँस ली कि प्रिंसेस डायना तोहफ़ों में शामिल नहीं थी।

'बुलबुल, तेरा कुत्ता तो सचमुच बड़ा प्यारा है, हेलो क्यूटी-पाई।' गिरगिट बोला।

'राजेश अंकल, यह प्यारा नहीं, प्यारी है।' बुलबुल ने टोका।

'क्या मैं इसे होल्ड कर सकती हूँ, बुलबुल?' कहते हुए मंजूषा ने प्रिंसेज़ डायना

को अपनी गोद में ले लिया। बाहर वाली बैठक प्रिंसेज़ डायना और उसके प्रशंसकों से भर गयी, जहाँ से जब तब लम्बी-लम्बी साँसों के साथ 'हाउ ब्यूटीफुल।' 'हाउ क्यूट।' 'सिम्पली डिलीशियस।' जैसे सम्बोधन सुनाई दे रहे थे तो अन्दर वाली बैठक में पालतू जानवरों के खर्चों पर बहस छिड़ी थी।

'कुत्तों को मरा पालना क्या आसान है? एक बच्चे जितना खर्चा होता है इन मरों पर।'

'कहीं ज्यादा, मोहिनी, आजकल जो ये सैलून खुल गये हैं न कुत्ते-बिल्लियों के, जानती हो कितना चार्ज करते हैं? बुलबुल आज पूरे सौ पाउंड्स खर्च कर के आयी है प्रिंसेज़ डायना पर।' अवाक् खड़े दर्शकों को नैन्सी ने बताया।

'खर्चे के अलावा उनकी रिस्पांसिबिलिटी क्या कम होती है, नैन्सी जीजी? हमारे पास तो दो-दो कोर्गीज हैं, कहीं बाहर जाना हो तो दस बार सोचना पड़ता है।' वायु भला कहाँ पीछे रहने वाली थी।

एकाएक मीता को कैमरे का ध्यान आया। प्रिंसेज़ डायना के फ़ोटोज़ से उसके एलबम में रौनक आ जायेगी। मीता ने सुबुद्धि के लिए शेराँ वाली माँ को मन ही मन धन्यवाद दिया और फ़ोटोज़ की ख़ातिर, एक बार फिर उपहारों का आदान-प्रदान हुआ। एक पूरा फ़ोटो सेशन प्रिंसेज़ डायना को समर्पित था। मेहमान कुलबुला उठे कि उनके मुकाबले में एक कुतिया को प्राथमिकता दी जा रही थी।

इसी समय सुमित वर्मा की बहन चित्रा और उसका पति करन रायज़ादा भी आ पहुँचे।

'आज ये मरे अपने कुनबे को कहाँ छोड़ आये?' मीता और मकरंद की ओर देखते हुए मोहिनी ने तंज किया। सुमित और वायु को कोई आमंत्रित करता तो सुमित के माँ-बाप, बहन-बहनोई और छोटी बहन किशमिश भी साथ चले आते थे, इसलिए बहुत-से लोगों ने उन्हें बुलाना ही बन्द कर दिया था।

'हाय भैया-भाभी, हैप्पी एनिवर्सरी।' कहते हुए चित्रा मकरंद के गले में झूल गयी। मकरंद से हाथ मिलाकर करन ने एक बड़ा-सा पैकेट मीता के हाथ में पकड़ा दिया, जो काफ़ी भारी था; वाइन-ग्लासेज़ होंगे; वेम्बली संडे मार्केट में दस-दस पाउंड्स में आजकल बड़े अच्छे वाइन ग्लासेज़ मिल जाते हैं। चलो कोई बात नहीं, क्रिसमस में देने-लेने के काम आयेंगे।

'अरे क...क...करन, मम्मी-पापा और क...क...किशमिश को नहीं लाये?' मकरंद ने निश्छलता से झेंपते हुए पूछा था किन्तु करन और चित्रा को लगा कि उन पर तंज किया गया था।

'मैक भाई साहब, आज वे लोग कहीं और इन्वाइटड हैं पर उन्होंने आपके लिए ढेर-सी शुभकामनाएँ भेजी हैं।' करन की जगह चित्रा ने जवाब दिया, जिसके चेहरे पर फाउंडेशन और पाउडर बहुलता में थुपे थे।

'चित्रा इज़ लुकिंग' 'फ़ेयर एंड लवली।' राजीव ने मज़ाक़ में कहा।

'हाउ एम्बैरेसिंग! साँवली स्किन पर उसे डार्कर फाउंडेशन लगानी चाहिए थी।' मंजूषा फुसफुसायी।

'हमारे भैया-भाभी कहाँ हैं?' मंजूषा और राजीव को फुसफुसाते हुए देख चित्रा ने मुड़कर मीता से पूछा ही था कि सुमित और वायु प्रिंसेज़ डायना को गोद में लिए बैठक में आये।

'ओ माई गॉड, ये डॉग्गी आपने कब खरीदा, भैया-भाभी?' चित्रा ने प्रिंसेज़ डायना को सहलाते हुए पूछा।

'ये है हमारी प्रिंसेज़ डायना, बुलबुल के सामने कहीं इसे डॉग्गी मत कह देना।' नैन्सी ने चेतावनी दी।

'चित्रा और नैन्सी दोनों को ही एक अच्छे ब्यूटिशियन की सख्त ज़रूरत है।' मंजूषा राजीव के कान में फुसफुसायी।

'किन्तु यह सलाह उन्हें कौन दे और कैसे दे? वैसे भी, ऐसे नमूने न हों तो पार्टीज़ कितनी नीरस हो जायें।' राजीव बोला।

राजीव और मंजूषा के पीछे से गुजरती हुई जिया को उनकी बात समझ में नहीं आयी तो वह और भी परेशान हो गयीं। दोनों एक-दूसरे के कान में न जाने क्या फुसफुसाते रहते हैं। बेटी-दामाद और नातिन दुनिया भर में अपनी कुतिया की नुमाइश करते फिर रहे थे। उन्होंने जिया से अब तक 'जय राम जी की' तक नहीं की थी। उनके लिए किसी को फुर्सत नहीं थी, तभी तो उन्हें अपने सिंहासन से उठना पड़ा। उनकी सहेली पुष्पा का कहीं अता-पता न था और आपा, आपा की भली चलाई, उन्हें हसन और सायरा से निजात मिले तब न बैठें जिया के पास।

'ऐ मैं तोसे कऊँ, बुलबुल, नेक अपना पिल्ला हमें बी तो दिखा।' मुँह फुलाये हुए जिया ने कहा तो बुलबुल के साथ प्रिंसेज़ डायना के दीवाने भी जिया की ओर चल दिये। जिया को बहलाने के लिए मैक उनके फ़ोटोज़ लेने लगे। लोगों से घिरी जिया अब अपने पूरे फॉर्म में थीं।

'ये कुत्ता नहीं, कुतिया है, नानी, और इसका नाम है डायना।'

'ऐ मैं तोसे कऊँ, बुलबुल, भला डायन बी कोई नाम हुआ?'

'डायन नहीं नानी, डायना, प्रिंस चार्ल्स की वाइफ़ थी न डायना।' बताते हुए बुलबुल ने डायना को जिया की गोदी में बैठा दिया; एकाएक जिया उछल के खड़ी हो गयीं; डायना ज़मीन पर जा गिरी। जिया को कुत्तों से बड़ा डर लगता था किन्तु डायना के साथ फ़ोटो खिंचवाने का लोभ भी वह संवरण नहीं कर पा रही थीं।

'अरे रे रे, डायना को कहीं चोट तो नहीं आयी, पुअर थिंग?' सहानुभूतिपूर्ण आवाज़ें पूरे घर में जंगल की आग-सी फैल गयीं, डायना के थूथन को चूमते हुए बुलबुल उसे सीने से लगाये बच्चे की तरह झुला रही थी। पूरा घर डायना के लिए व्यथित था।

जानवरों के अच्छे डाक्टर्स के फोन नम्बर गूगल सर्च पर ढूँढ़े जा रहे थे। कुत्ते के एक पिल्ले को जिया से अधिक तवज्जो दी जा रही थी।

'अरे मैं कऊँ, वायु की ननद-नंदोई बी आने वाले थे न, उनका का भया?' जिया ने बात बदलने की गरज से पूछा।

'सब आ गये, नानी। आप क्यों फ़िक्र कर रही हैं?' बुलबुल ने झुँझलाते हुए जवाब दिया।

'अरे, इस काले चश्मे के मारे हमें कछु साफ नाय दीखता, बरसों बाद एक जग्गे इकट्ठे हुए हैं सब। बेटा मकरंद, ज़रा एक फोटू तो निकाल हम सबकी, न जाने फिर कब मिलना होवे?' जिया ने ट्रम्प फेंकी; अपनी चुटिया और धोती को सीधा किया; तब तक उनके बेटी-दामाद और बुलबुल सब उनके पास आ बैठे। एक लम्बा फ़ोटो सेशन हुआ।

'अरे मैं कऊँ, बेटा मकरंद, अपने बड़े भाई-भाभी को भूल गया क्या? अरे कोई मोइनी-मोन को तो ढूँढ़ के लाओ।' मिक और मोहिनी तो इसी इन्तज़ार में थे कि उन्हें कोई बुलाये। वे लपकते हुए आये किन्तु वायु और नैन्सी ने उन्हें अपने मध्य खड़ा नहीं होने दिया। मन मसोसकर उन्होंने दो हाशियों पर खड़े होकर अपनी फ़ोटो खिंचवाई।

मीता की ग़ैरहाज़िरी और मैक की सहृदयता का फ़ायदा उठाते हुए, कई अन्य मेहमानों ने भी जिया के आसपास खड़े होकर फ़ोटोज़ खिंचवा लीं।

'मैक, मीता को तो बुला लेते, फैमिली फ़ोटो हो गयी और मीता नदारद है।' नैन्सी को नेवले की तरह अपना सिर घुमाकर इधर-उधर देखते हुए राजीव की हँसी छूट गयी।

'नैन्सी सलाद की प्लेट के बीच में सजाये गये आलू के पुतले-सी लग रही है, मंजु।' राजीव ने शरारतपूर्वक कहा तो मंजूषा के चहेरे पर भी एक गुस्ताख़ मुस्कराहट फैल गयी।

'ओह राजी, क्या कॉम्बिनेशन है! काली मिर्च-सी गोल-गोल छोटी आँखें, महीन हरी मिर्च-सी भँवें, गालों पर चुकंदर के रंग की रूज, होंठों पर काली गाजर के रंग की लिपस्टिक, पलकों पर फ़ीरोज़ी मस्कारा और फ़ीरोज़ी आईशैडो।' मंजूषा ने जब प्यार से राजीव को 'राजी' कहकर पुकारा तो वह चौंक गया हालाँकि यह सिलसिला उसने स्वयं चलाया था जब कुछ ही क्षण पहले उसने मंजूषा को 'मंजु' के नाम से सम्बोधित किया था, पर उसकी मंशा मंजूषा के लम्बे नाम को सिर्फ़ संक्षिप्त करने भर की थी।

'और नैन्सी का जूड़ा देखा तुमने, मंजूषा? अपने चार-फुटे क़द को बढ़ाने के लिए सिर के बिल्कुल टॉप पर टिका है...।' बिना अधिक समय गँवाये, राजीव ने अपनी गलती को सुधार लिया। किसी ने सुन लिया होता तो उसका मज़ाक़ उड़ाया जाता।

'और वो आर्टिफीशियल फूल, जो गिठ-मुठिया के शिखर पर झंडे-सा लहरा रहा है।'

'क्या भूलूँ क्या याद करूँ?' राजीव को हरिवंशराय 'बच्चन' की एक पंक्ति याद आ गयी। हालाँकि मंजूषा को राजीव का आशय बिल्कुल समझ नहीं आया था पर उसे मुस्कुराता हुआ देख वह भी हँसने लगी। दोनों को हँसता देख नैन्सी पलटकर उन्हीं की ओर चली आयी। दोनों एकाएक चुप हो गये।

'भई, कुछ हम से भी तो शेयर कीजिए। राजीव कोई जोक सुना रहे थे क्या?' नैन्सी नहीं जानती थी कि उनके मज़ाक़ का सबब वह खुद थी।

'आपने आने में इतनी देर क्यों लगा दी, नैन्सी जीजी? वी मिस्ड यू।' राजीव ने बात बदलते हुए पूछा।

'महापुरुष ज़रा देर में ही तशरीफ लाते हैं।' अपनी ठिगनी गर्दन को कुछ ऊँचा उठाते हुए नैन्सी ने मंजूषा की ओर कौतूहल से देखा।

'यह मंजूषा हैं, कुलभूषण को तो आप जानती ही हैं, उसकी वाइफ़।' राजीव ने परिचय दिया।

'लीजिए आपसे भी कहीं बड़े महापुरुष आ पहुँचे, अपनी जूली के साथ।' मंजूषा के मुँह में मानो किसी ने एक खट्टे संतरे की फाँक रख दी हो। रस से उसका मुँह सरोबार था। नैन्सी का चेहरा लटक गया कि उसके हिस्से की तवज्जो बस इतनी भर थी।

'अब तो बस 'सुरूर साहब' 'सुरूर साहब' होगी। वो मेयर ऑफिस में एक ऊँची पोस्ट पर जो हैं।' नैन्सी बता ही रही थी कि मीता झेंपते हुए मकरंद को अपने पीछे लगभग खींचते हुए दरवाज़े पर जा पहुँची।

'कम इन, कम इन, सुरूर साहब, मोस्ट वेलकम, वेलकम टू अवर हम्बल अबोड। हेलो जूली, कम इन प्लीज़, दिस वे।' सुरूर और जूली के क़दमों में बिछने को आतुर थी मीता। मैक की झेंप भी अपनी चरम सीमा पर थी। मीता ने सोचा कि सुरूर यदि खाली हाथ चला आया तो क्या हुआ? वह मेयर-ऑफिस में था और उससे भी बड़ी बात यह थी कि एक गोरी उसके साथ थी; 'शेराँ माँ तेरी सदा ई जय।' मीता की पार्टी में शहर के लगभग सभी विशिष्टगण शामिल थे। क्या हुआ जो उसने विद्वज्जन और लेखकों को इस पार्टी में शामिल नहीं किया, जैसा कि राजीव ने सुझाया था। उसकी महँगी शराब ठिकाने लगाने और खाली-पीली बोर करने के सिवा वे और क्या कर सकते थे?

'ऐ मैं तोसे कऊँ, आपा, इनके मूँ पै देखियो एक सिकन बी नाय है।' जिया ने नाक सिकोड़ते हुए कहा। सारी भीड़, जो उन्हें घेरे खड़ी थी, एकाएक तितर-बितर हो गयी थी।

'लाहौलविलाकुव्वत। शर्मो-हया तो बाज वक्त लोग ताक पर रख कर आते हैं।'

आपा के झुमकों ने ज़ोर से हिलकर अपनी भी रजामंदी ज़ाहिर की और एक बार फिर शुरू हुआ 'छी छी फू फू' का सिलसिला, फ़र्क़ सिर्फ़ इतना था कि इस बार निशाने पर थे सरूर और जूली। मंजूषा और सायरा को अब सब बिसार चुके थे।

'इंशा अल्लाह, साथ ही रह रहे हैं, कोई गुनाह तो नहीं कर रहे।' हसन से नहीं रहा गया, वह सुरूर का जिगरी दोस्त जो ठहरा।

'लाहौलविलाकुव्वत मियाँ, हमें क़तई अन्दाज़ा नहीं था के आप भी यई गुल खिलाएँगे।' आपा के झुमकों ने ज़ोरों से हिलकर हसन के गाल पर जैसे एक करारी चपत लगा दी। अपनी जुल्फें सँभालता हुआ वह वहाँ से झट खिसक लिया; कमर की लचक बता रही थी कि आपा का सब के बीच यूँ टोकना उसे बिल्कुल बर्दाश्त नहीं हुआ था।

'किसी की बीवी को मरा अपने घर बिठाल लेना मरा गुनाह नहीं तो और मरा क्या है? मरा आप मुझे बताइए?' मोहिनी ने अपने हाथ नचाते हुए पूछा।

'बिल्कुल सही फ़रमाया आपने, मोहिनी बी, मर्दों के लिए तो और भी आसान हो गया, अब तो वे तीन बार तलाक कहने से भी निजात पा गये।' शमीम बोली।

'पर शमीम, जब शादी-शुदा औरतें खुद ही पराये मर्दों के साथ घूमने लगें तो हम मर्दों को कुसूरवार कैसे ठहरा सकते हैं?' वायु भी जिया और शमीम के पास आ बैठी।

'ऐ मैं तोसे कऊँ, इन गोरियन को कौनो सरम नाय है।' अपनी धोती का पल्लू मुँह में ठूँसते हुए जिया बोलीं।

'गोरियों को मरा छोड़िए, जिया, अपनी ही छम्मक्छल्लियों की मरी करतूत देख लीजिए।' मोहिनी का इशारा मंजूषा की ओर था जो इस वक्त राजीव से घनिष्ठता से बतिया रही थी।

'ऐ मैं तोसे कऊँ, मोईनी, इस कंट्री में धरम बरम, कैदा-कनून तो अब कछु बचा नाय।'

'जिया, मरा क़ायदा-क़ानून क्या कर लेगा? दोनों मरे शादीशुदा हैं पर खुल्ले आम घूम रए हैं मरा हाथ में हाथ डाले।'

'साले क़ायदे-क़ानून के नाम पर लोग दूसरों के मामलों में भैंचो टाँग अड़ाने का साला मौक़ा ढूँढ़ते रहते हैं।' दो ताज़ा पेग्स चढ़ाने के बाद रंजीत की गालियों में जैसे बाढ़ आ गयी थी।

'...मैं तोसे कऊँ, रंजीत, सादी ब्याह के नेम धरम ग्यानी-ध्यानी पंडितों ने कछु सोच समज के ई बनाये होंगे, के नईं?'

'इन्हीं साले पंडितों की वजह से ही तो साले हमारे समाज की भैंचो ये हालत हो गयी है।' रंजीत ने आपा की बात को बीच में ही काट दिया।

'हय राम!' जिया को मानो काटो तो खून नहीं; उन्होंने अपना पल्लू एक बार

फिर अपने मुँह में ठूँस लिया।

'लाहौलविलाकुव्वत, आपको तो इंशा अल्लाह यह भी नहीं मालूम, मियाँ, के नशे में आप खुदा न ख़ास्ता बेजा फ़र्मा रहे हैं।' आपा के झुमके ज़ोर-ज़ोर से हिलकर रंजीत के प्रति उनकी नफ़रत का इज़हार कर रहे थे। तभी अपनी मुंडी हिलाते हुए मोहन आपा के आगे आ खड़े हुए।

'आपमें से कोई मुझे बता सकता है कि इंडिया में मर्द आम तौर पर किसी गैर की बीवी पर हाथ डालने की जुर्रत क्यों नहीं करते? ऐसा कैसे और क्योंकर सम्भव है?' मेहमानों की ओर एक प्रश्न उछालते हुए मोहन ने अपनी दृष्टि चारों ओर दौड़ाई। जिया अपने मुँह-बोले बेटे को सस्नेह निहारने लगीं। उन्हें जब कोई जवाब नहीं मिला तो उन्होंने मेहमानों को एक मौक़ा और दिया।

'बताइए, बताइए।' मोहिनी ने पति को सगर्व देखा, जो आसाराम बापू की तरह मन्द–मन्द मुस्कुराते हुए मेहमानों को आह्वान दे रहे थे।

'क्योंकि हमारा समाज टिका है सनातन धर्म पर।' मोहन ने अपनी बात पूरी की। ग़लत कहा या सही, मोहिनी के पति ने कहा था; किसकी मजाल थी कि उनसे बहस करता? वे भूल गये थे कि रंजीत वहाँ खड़ा था, जिसे कमतर समझना मोहन की भारी भूल थी।

'बड़े भाई, इंडिया में क्या यह सब नहीं होता? फ़र्क़ सिर्फ़ यह है कि वहाँ गन्दगी को अंडर दि कॉरपेट छिपा दिया जाता है।'

'ऐसा तुम्हारी सिटीज़ में होता होगा, राजेश, हमारे यहाँ तो...'

'साली आपकी बीवी को तो सुरूर भगा के लाया नहीं जो भैंचो आपको तकलीफ़ हो रही है?' रंजीत का ऊँचा-तगड़ा किन्तु नशीला शरीर कुछ अकड़कर सीधा खड़े रहने के प्रयत्न में था।

'साली ज़बान सँभाल के बात कीजिए, रंजीत साहब।' मोहन गुस्से में रंजीत की ओर बढ़ा।

'मरा मुझे भगा ले जाने के लिए मुए को मरे सात जन्म तो लेने ही पड़ेंगे।' मोहिनी ने हँसते हुए कहा और दोनों हाथ फैलाये पति और रंजीत के बीच में आ खड़ी हुई।

'ऐ मैं तोसे कऊँ, मोईनी, सात जनम के बाद का तू चल देगी सरूर के संग, ही ही ही ही?' जिया की उचकियों जैसी हँसी पर मेहमान हँसने लगे।

उसी समय जूली, जो मेहमानों से हेलो करने के लिए उधर आ निकली थी, उन्हें हँसता हुआ देख ठिठक गयी। उसे देखते ही सबको साँप सूँघ गया। जिया ने अपनी धोती का पल्लू मुँह में ठूँस लिया और आपा अपना पानदान खोलकर बैठ गयी।

'जूली डियर, डोंट बॉदर अबाउट देम। टेल मी वाट ड्रिंक वुड यू है व?' मीता बौखलाई हुई जूली की बाँह पकड़कर उसे एक ओर ले जाते हुए बोली। जूली ने

एक मुसी-मुसाई-सी सूती फ्रॉक पहन रखी थी जैसे वह बिस्तर से उठकर सीधी चली आयी हो। उसके कान, गला और हाथ भी नंगे थे जबकि सुरूर बड़े सलीके से तैयार होकर आये थे। उम्र में वह जूली से कहीं बड़े लग रहे थे, शायद इन्दिरा गाँधी जैसी सफ़ेद बालों की एक लट की वजह से।

'फ...फ...फ़ोटोज़ लूँ क्या म...म...मीता डार्लिंग?' जेब में से कैमरा निकालते हुए मैक ने पूछा।

'हाउ नाइज़ ऑफ़ यू, डार्लिंग।' कहते हुए मीता परेशान सुरूर और हैरान जूली के बीच में खड़े होकर मुस्कुराने लगी।

'मैक डार्लिंग, यू नो न वाट ड्रिंक सुरूर साहब लाइक्स।' मीता ने अपनी बायीं आँख दबाते हुए पति से उन दोनों को बार की तरफ़ ले जाने के लिए आग्रह किया। जूली की कमर पर हाथ रखे सुरूर मकरंद के पीछे चल दिये, जो इस वक़्त बाकायदा झेंप रहे थे क्योंकि सारे मेहमानों की नज़रें उनका पीछा कर रही थीं।

'लाहौलविलाकुव्वत, मुआ सरेआम मेम की कमर पे हाथ रखे है, शर्मो-लिहाज़ तो गया जहन्नुम में।'

'जिया, मैं तो कैती हूँ के मीता को ऐसे लोगों को मरी पार्टी में बुलाने की मरी ज़रूरत क्या थी?'

'भाइयो और बहनो, किसी का इरादा दंगा-फ़साद करने का हो तो वह प्लीज़ बाहर गार्डन में जाकर अपनी भड़ास निकाल सकते हैं, मलिक्स के इस खूबसूरत गार्डन में एंट्री फ्री है,' अपने दोनों हाथ ऊपर की ओर उठाकर गिरगिट बोला। लगभग समाप्त हो चली रार को उसने एकाएक फिर भड़का दिया। मन में तो उसके लड्डू फूट रहे थे कि अब आयेगा असली मज़ा इस पार्टी का।

'लाहौलविलाकुव्वत, ये बदतमीज़ियाँ हमारे लिए तो नाकाबिले-बर्दाश्त हैं। हम तो यहाँ से फौरन रवाना होना चाहते हैं। अरे, हसन मियाँ कहाँ गये?' अपना पानदान सँभाले आपा उठ खड़ी हुईं कि जैसे वह वहाँ से सचमुच चले ही जाना चाहती थीं।

'ए मैं तोसे कऊँ, आपा, तुम बी कैसी बात करो हो? नेक बैठो हियाँ म्हारे धोरे। हमें एक पान तो अउर खिलाओ।' जिया ने उन्हें खींच कर अपने पास बिठा लिया, मुँह बिचकाती हुई आपा बेमन से पान लगाने बैठ गयीं। सरौते से छलिया कतरते उनकी निगाह इधर-उधर घूमती हुई जिस-तिस से पूछ रही थी कि तहजीब का ठेका क्या सिर्फ़ उन्होंने ही ले रखा था?

'जिया, आपा और हसन जायेंगे तो हम भी नहीं ठहरने वाले।' मोहन से बर्दाश्त नहीं हुआ। उनके बीच-बचाव के बगैर ही ख़तरा टला जा रहा था।

'मिक भाई साहब, लेट अस नॉट डिस्ट्रॉय मैकस पार्टी।' मंजूषा कुछ ऐसे बोली जैसे वह शान्ति बरकरार रखना चाहती हो जबकि इस नाटक की निर्माता-निर्देशक वह स्वयं थी।

'मंजूषा, मैक को तो ये मरा अपना छोटा भाई मानते हैं, मरा हम क्यों डिस्ट्रॉय करेंगे मरी इनकी पार्टी?' मोहिनी ने हाथ नचाते हुए मंजूषा को आड़े हाथ लिया।

'लाहौलविलाक़ुव्वत, मंजूषा बी, हमें भी क्या ज़रूरत है किसी के फटे में पाँव अड़ाने की?' चारों ओर घूमती हुई उनकी नज़र के साथ-साथ आपा का सरौता तेजी से चलने लगा। वह अपने दुश्मनों को ढूँढ़-ढूँढ़ कर काट डालना चाहती थीं।

'बिल्कुल, आप ठीक कह रही हैं, आपा। फिर जब मेज़बानों को ही कोई तकलीफ नहीं है तो हम कौन होते हैं शिकायत करने वाले?' कन्धे उचकाते हुए मोहन बोले।

'मिक साहब, यह हमारा निजी मामला है, फिर भी आपमें से किसी को हमारे सम्बन्धों पर एतराज़ है तो हम यहाँ से चले जाते हैं।' बियर का गिलास हाथ में थामे सुरूर मेहमानों के मध्य आकर बड़ी शालीनता से बोले। उनका दूसरा हाथ अब भी जूली की कमर पर था, जो लाल शराब का गिलास हाथ में लिए सबके चेहरों को पढ़ने के प्रयत्न में थी। उसे समझ नहीं आ रहा था कि माजरा क्या था।

'क...क...क...कोई कहीं नहीं जायेंगा, आपा और ट...ट...ट...टयाल साहब की तरफ से म...म...मैं आपसे म...म...माफी माँग लेता हूँ।' पसलियों में मीता की कोहनी चुभी तो हाथ जोड़ कर मैक झेंपते हुए वहाँ आ खड़े हुए।

'मेरी तरफ़ से माफ़ी माँगने की कोई ज़रूरत नहीं है, मैक।' जिया, मोहिनी और आपा को अपनी हिमायत में सिर हिलाते देख, मोहन का भारी-भरकम शरीर कुछ और फैल गया।

'मरी माफ़ी माँगे इनकी मरी जूती, इन्होंने कुछ गलत कहा तो मरा कोई मुझे बताये?' मोहिनी ने हाथ और आँखें नचा-नचा कर अपने आसपास जुटे मेहमानों को समर्थन के लिए ललकारा। मोहन के भारी-भरकम शरीर को लोग अब तक झगड़े रुकवाने के लिए काम में लाया करते थे किन्तु जब वह स्वयं ही बात बढ़ाने को आतुर हों तो क्या किया जा सकता था?

आँखों ही आँखों में मीता और मकरंद उनसे चुप रहने की विनय कर ही रहे थे कि रंजीत अपने क़दमों को साधता हुआ उनके पास आ खड़ा हुआ।

'ये लोग भैंचो कभी नहीं सुधरेंगे। मेहमानों को इकट्ठा करके साली बुराइयाँ और चुगलियाँ करना ही इनके लिए साली पार्टी है।' अपने बायें हाथ की एक उँगली से मेहमानों की तरफ़ संकेत करते हुए रंजीत ने कहा।

'हय राम, मैं तोसे कऊँ, जे कलजुग नईं तो और का है?'

'लाहौलविलाकुव्वत! क़यामत का दिन बस अब दूर नहीं, जिया।'

'आ शूँ जमानो आव्यो छे?'

'वाट इज़ दिस?'

'छोड़ो न रंजीत, चलो ताश खेलते हैं।' राजीव रंजीत को घसीटकर कंजरवेटरी

में ले जाने का प्रयत्न कर रहा था, जहाँ इस घटना से बेखबर जोशी सर एंड पार्टी तन्मयता से फ्लैश खेलने में व्यस्त थे।

'जा यार, यहाँ से जा। जूली को साले रीजेन्ट्स पार्क में ले जा। कम से कम वहाँ भैंचो फूल और पत्ते तो साले ताने नहीं मारेंगे।' नशे की हालत में भी रंजीत ने एक तीर छोड़ ही दिया जो मीता और मैक के दुर्भाग्यवश सही निशाने पर जा लगा। जूली के मुँह से लगे हुए शराब के गिलास को ज़बरदस्ती हटाकर सुरूर ने मेज़ पर रख दिया।

'गुड बाय मैक, मीता, थैंक्स फॉर एवरीथिंग। वी शुड लीव नाऊ, जूली,' सुरूर ने जूली को उसकी जैकेट पकड़ाते हुए कहा।

'जिगर का एक शेर है, तेरी महफ़िल तेरे जलवे फिर तकाज़ा क्या ज़रूर? ले, उठा जाता हूँ ज़ालिम ले चला जाता हूँ मैं।' कहते हुए हसन भी सुरूर और जूली के पीछे-पीछे हो लिया।

'फॉर गॉडस सेक, सुरूर साहब, एट लीस्ट, खाना तो खाकर जाइए। डोंट गो, जूली, प्लीज़ स्टॉप,' उन दोनों की मिन्नत करने के साथ-साथ मीता मन ही मन माँ शेराँ वाली से प्रार्थना कर रही थी, कम से कम उसके गिने-चुने गोरे मेहमानों को तो रोके रखें। अन्यथा उसकी पार्टी का स्टैंडर्ड गिर जायेगा।

'मीता डार्लिंग, इ...इ...इनके लिए क...क...कुछ खाना ही प...प...पैक...।' पति-पत्नी के लाख रोकने के बावजूद, सुरूर साहब जूली का हाथ थामे बाहर निकल गये।

'लुक व्हाट यू हैव डन?' मोहिनी और मोहन की ओर गुस्से में देखती हुई मीता सुरूर और जूली के पीछे दौड़ी।

'मरा शुक्र मनाओ कि आज कोई अपने बच्चों को नहीं लाया, वे यह सब देखते तो मरा उन पर कितना बुरा असर पड़ता?' मोहिनी ने हठपूर्वक कहा।

'मोहिनी भाभी, बच्चे क्या मिट्टी के पुतले हैं? वो हमसे कहीं अधिक चंट और चुस्त हैं,' नैन्सी बोली।

'और फिर आजकल टीवी पर वो क्या कुछ नहीं देखते? सेक्स-एजुकेशन यहाँ दस साल के बच्चों को दे दी जाती है।' अपने ढलकते हुए पल्लू को सँभालते हुए वायु बोली।

'पिछले ही हफ्ते की तो बात है, चौदह साल के एक लड़के ने अपनी ही टीचर को रेप दिया...' अपनी आँखें गोल-गोल घुमाती हुई नैन्सी ने अपनी बात बीच में ही छोड़ दी।

'ब्रेडफोर्ड में तो एक छह साल के बच्चे ने, नैन्सी जीजी, ज़रा-सी बात पर अपने ही माँ-बाप को जेल भिजवा दिया।' अपने पल्ले को कन्धे पर सँभालती हुई वायु बोली। मकरंद की दोनों बहनों ने ठान ली थी कि वे मोहन और मोहिनी को सबक सिखा कर ही दम लेंगी।

'हय राम, मैं तोसे कऊँ, आपा, जे कलजुग नईं तो और का है?'

'क़यामत है क़यामत, जिया।'

'बहुत ही घ...घ...घटिया परिवारों से आते हैं ये ब...ब...बच्चे, घ...घ...घैट्टोज में रहने की व...व...वजह से इनकी स...स...सोहबत ग...ग...गुंडे-ब...ब...बदमाशों से रहती है, क्यों इला जी?' मकरंद ने करीब से गुजरती हुई बाल-विशेषज्ञ इला से पूछा तो सारे चेहरे इला की ओर ही घूम गये।

'मकरंद जी, यह एक बड़ा पेचीदा मसला है...' इला इस बहस में नहीं पड़ना चाहती थी और अच्छा ही हुआ कि मोहिनी ने उसे बीच में ही टोक दिया।

'मरा मसला तो बस इतना है, इला, के आजकल के माँ-बाप शाम से ही मरे पबों में जा बैठते हैं, इनकी मरी बला से बच्चे गन्दी विडियो देखें, मरी सिगरेट पिएँ या मरी ड्रग्स लें। हमारे बच्चे भी मरे इन्हीं को देख-देखकर बिगड़ रहे हैं।'

'तो वे करें भी क्या? सरकार पिछड़े इलाकों में बसे गरीब और कम पढ़े-लिखे लोगों को कोई मदद नहीं देती, मनोरंजन तो रहा एक तरफ़, उनके बच्चों को पौष्टिक आहार तक नसीब नहीं होता...।' न चाहते हुए भी इला इस बहस में कूद पड़ी।

'मुझे याद है कि सन् 1985 तक ब्रिटेन के स्कूलों में बच्चों को दूध और दोपहर का पौष्टिक खाना मुफ्त में मिला करता था। माँ-बाप को बच्चों के खाने-पीने की कोई परवाह नहीं थी। अब तो बच्चों को पैसे देकर भी टोस्ट एंड बीन्ज़ या तला हुआ चिकन और चिप्स खाने को मिलते हैं।' सुमित बोले।

'अरे मैं तोसे कउँ, इल्ला, म्हारे टैम में कित्तों को फल दूध मिलै था? म्हारे बच्चे तो चोर डाकू नाय बन गये।' जिया के तर्क में दम था।

'जिया, बात इंग्लैंड की हो रही है, भारत की नहीं। यहाँ इन गरीब युवाओं के मनोरंजन के साधन हैं चोरी, डकैती और चाकूबाजी और फिर जब इन्हें जेलों में ठूँस दिया जाता है तो वहाँ उन्हें गुंडागिरी की पूरी ट्रेनिंग भी मिल जाती है। ऐसे वातावरण में पले बच्चों से हम क्या आशा रख सकते हैं?'

'आजकल तो बच्चों को सेफ़ रखना ही इतना मुश्किल हो गया है कि डीसेंट लोग बच्चे पैदा करने में डर रहे हैं।' नरेश ने कहा।

'बिल्कुल, फेसबुक और ट्विट्टर की वजह से क्राइम्स दस गुना बढ़ गये हैं, बदमाश लोग फ़ेसबुक और ट्विट्टर के ज़रिए बच्चों को ग्रूम कर रहे हैं।' सुमित ने कहा।

'अकेले एक मानचैस्टर में पुलिस ने 115 लोगों को ग्रूमिंग के लिए चार्ज किया था जबकि न जाने कितने पुलिस की गिरफ्त से बच निकले होंगे।'

'पुलिस क्या-क्या करे? सबके ई-मेल्स और फ़ेसबुक एकाउंट्स का सर्वेलैंस क्या आसान है। पैरेंट्स को ही रिस्पॉन्सिबल होना होगा।' इला ने कहा।

'शुक्र है कि इंडिया अभी इस गन्दगी से बचा हुआ है।'

'वहाँ तो मर्दों को बलात्कार से फुर्सत मिले तब न।'

‘दिल्ली में इतना बड़ा कांड हो गया, दुनिया दिल्ली को रेप-सिटी कह रही है पर आज भी इंडियन अधिकारी और पॉलिटिशियंस अपनी गद्दियाँ सँभाले बैठे हैं।’

‘इंग्लैंड में तो जिम्मी सैविल की डेथ के बाद भी पुलिस उसके दोस्तों और बीबीसी के अधिकारियों के पीछे पड़ी है।’

‘संसार में बलात्कार कहाँ नहीं होते? अपराधियों को पकड़ा जाता है, उन पर मुकदमे चलाये जाते हैं और जन-जीवन सामान्य रूप से चल निकलता है। दिल्ली में एक बलात्कार होता है तो पूरे इंडिया की लड़कियों को पर्दा ओढ़ा कर घर में कैद कर दिया जाता है।’ नरेश बोले।

‘तो क्या करें? जब पुलिस और सरकार से कोई उम्मीद न हो तो जनता को अपनी सुरक्षा के लिए खुद ही क़दम उठाने होंगे।’

‘जब तक अपराधियों के हाथ-पाँव काट कर सरेआम सूली पर नहीं लटकाया जायेगा, हालात बद से बदतर होते चले जायेंगे।’

‘अब और क्या बचा है होने को? इंडियन क्रिमिनल्स अब सेडिस्ट्स हो गये हैं, कैसी-कैसी जघन्य हत्याएँ सुनने में आ रही हैं कि रोंगटे खड़े हो जाते हैं।’

‘सैक्स-एजुकेशन के अभाव में यही होगा, लम्बे समय तक दबाई गयी यौन इच्छाओं के भयंकर परिणाम होते हैं।’

‘कुछ भी हो, इस एक कांड ने औरत की तरक्की को पचास-साठ साल पीछे धकेल दिया है।’

‘मेरे कई फ्रेंड्स ने इंडिया जाना कैंसल कर दिया है।’ बुलबुल ने कहा।

‘ऐ मैं तोसे कऊँ, बुलबुल, ये सब टीवी और फ़िल्मों का किया-धरा है।’

‘इंशा अल्लाह, जिया, लाख टके की एक बात फ़रमाई है आपने, ये अहमकाना हरकतें बच्चे वईं से तो सीखते हैं।’ आपा बोलीं।

‘भगवान का लाख-लाख शुक्र है कि इंडिया में ‘ईस्ट एंडर्स’ और ‘कोरोनेशन स्ट्रीट’ जैसे सीरियल्स नहीं हैं जिन्हें यहाँ हर शाम पूरा का पूरा परिवार इकट्ठा बैठ कर देखता है। बाप का बेटी से और बहू का ससुर से इश्क, पीडोफ़ाइल्स, लेस्बियन और गे लोगों के सेक्स सीन्ज़, क्या नहीं दिखाया जाता यहाँ के चैनल्स पर?’

‘हय राम!’

‘आ शूँ जमानो आव्यो छे?’

‘लाहौलविलाकुव्वत, क़यामत का दिन अब दूर नहीं, जिया।’

‘मरे इंडिया के सीरियल्स कौन-से अच्छे हैं, वहाँ भी अब मरा यही सब हो रहा है, पत्नी ने पति को मरा ज़हर दे दिया, सास ने बहू को मार डाला।’

‘अमेरिका में तो ऐसी-ऐसी वाएलेंट फ़िल्में बन रही हैं कि आपके रोंगटे खड़े हो जायें, टॉर्चर ऐसी डीटेल में दिखाया जाता है कि...’

‘बड़े भाई, इन्हीं फ़िल्मों का असर है कि आज इंग्लैंड में सरेआम एक आदमी

पर पेट्रोल छिड़ककर जला दिया जाता है, बाज़ार में एक बेकसूर औरत का सिर धड़ से अलग कर दिया जाता है...।'

'पीडोफ़ाइल्स और क्रिमनल्स को जेलों से जनता के बीच छोड़ दिया जायेगा तो यही होगा।'

'हममें से कितनों को पता है कि हमारे बगल में कौन रह रहा है, क्या कर रहा है?'

'लाहौलविलाकुव्वत, बेहद खौफ़नाक वक़्तों से गुज़र रहे हैं हम लोग।'

'ऐ मैं तोसे कऊँ आपा, यई तो घोर कलजुग की निसानी है।'

'आ शूँ जमानो आव्यो छे?'

'सब चोर हैं चोर, ऊपर से लेकर नीचे तक।'

'बैंकों को ही देख लो, कैसी धाँधली मचा रखी है। बजाय उन्हें सजा देने के, सरकार उन्हें सहायता दे रही है।'

'ये सब भैंचो इन सबकी मिलीभगत है। बैंकों के साले चेयरमैंज़ और प्रेज़ीडैंट्स बन कर इन साले पॉलिटीशियंस ने ही भैंचो बैंकों को डुबोया और ऊपर से साले हम टैक्स-पेयर्स का पैसा भैंचो हमारी ही सहायता करने के बहाने उन्हें दे दिया, वो भी हमसे साला बिना पूछे।' रंजीत वापस आ बैठा था और सचेत लग रहा था, सायरा की काली कॉफ़ी अपना असर दिखा रही थी।

'बड़े भाई, हमारा वो पैसा भी तो डकार गये। जनता तो अब भी ग़रीब और बेघर है, बैंक्स मॉर्गेज देने को राज़ी नहीं हैं और किराये बढ़ते चले जा रहे हैं।'

'जनता भी तो बेवकूफ़ है, इससे तो चुपचाप बैठ कर जुगाली करवा लो या फिर क्यू में खड़े होकर अख़बार पढ़वा लो।'

'न्यूज़पेपर्स में भी क्या होता है आजकल एंड वाट अबाउट मीडिया? दे आर नॉट हेल्पिंग अस आइदर।' मीता बोली, जो सुरूर और जूली को विदा करके काफ़ी देर में लौटी थी और कोई ख़ास बुरे मूड में भी नहीं थी।

'वो भी तो सरकार के पिट्ठू हैं।'

'बड़े भाई, ऐसी बात नहीं है, बीबीसी के बड़े-बड़े प्रेसेंटेर्स तक की ऐसी की तैसी कर दी उन्होंने।'

'इंडिया में होते न तो दे-लेकर साफ़ छूट जाते।'

'यहाँ उन्हें पकड़ के भी क्या होता है? हमारे-आपके पैसों से सालों मुकदमे चले चलेंगे, कुरेद-कुरेद कर सच्चाई का पता लगाया जायेगा और परिणाम ढाक के वही तीन पात।' मिश्रा जी बोले।

'इंग्लैंड तो बस अब डूबने को है।'

'मैं तो सुमित से कैती रैती हूँ कि इंडिया वापस चलो, अबी बी कुछ नईं बिगड़ा है पर मेरी कोई सुने तब न।' वायु सुमित की तरफ़ देखते हुए बोली, जो आराम

से कन्जरवेटरी में बैठे फ्लश खेल रहे थे।

'इंडिया में भी अब क्या बचा है, वायु? रोज दंगे-फ़साद, कर्फ़्यू, हड़तालें, नब्बे प्रतिशत नम्बर लाकर भी बच्चों को अच्छे स्कूल्स और कॉलेजेज में एडमिशन्स नहीं मिलते।'

'अपने मरे पेट काट कर बच्चों को किसी तरह पढ़ा-लिखा भी दें तो उन्हें मरी नौकरियाँ नहीं मिलतीं।'

'इंडिया में ब्राइब्स देकर कुछ भी कराया जा सकता है, मोहिनी, तबादले से लेकर किसी की हत्या तक।'

'सब करप्ट हैं, ऊपर से लेकर नीचे तक।'

'मायावती को ही देख लो, उसने अपने घर के बाहर ही हेलीपैड बनवा लिया है, कोई पूछे कि उसके पास इतना पैसा कहाँ से आया?'

'पॉलिटिशियंस की नाक तले उसने लखनऊ और दिल्ली में अपनी और अपने रिश्तेदारों की मूर्तियाँ लगवा लीं, किसी से कुछ नहीं हुआ।'

'हुआ कैसे नहीं, लोगों के शोर मचाने पर मूर्तियों पर गिलाफ़ चढ़ा दिये गये...'

'जो मौक़ा मिलते ही उतार दिये जायेंगे।'

'बड़ी स...स...सीधी-सी बात है, हम ल...ल...लोगों के ल...ल...लायक नहीं रह गया है इ...इ...इन्डिया।' घूम-फिर कर बात वहीं आ पहुँची थी।

'बेचारे अन्ना हजारे बैठे थे मरे अनशन पर, सोचा था कि हमारा इंडिया मरा सुधर जायेगा पर मरे पॉलिटिशियंस और सरकार ने बेचारे का कैसा मरा उल्लू बनाया?'

'अरे दूर क्यों जाते हो, अपने नैन्सी और नरेश से ही पूछ लो, ये लोग दो बार इंडिया जाकर ट्राइ कर चुके हैं। पूछो इनसे? दफ़्तरों के कितने चक्कर लगाये इन्होंने, न गैस मिली न फ़ोन।'

'ये ब्राइब देकर जो राजी नहीं थे। ख़ैर, हमने तो भई बहुत भुगत लिया और अब तो मैं डंके की चोट पर कहना चाहती हूँ कि बच्चों को इंडिया ले जाना उन पर जुल्म ढाना है जुल्म।' नैन्सी ने अपनी गर्दन को ऊँचा उठाते हुए घोषणा की।

'पर नैन्सी दीदी, चौहान साहब भी तो अपने बच्चों को इंडिया ले गये थे, वे तो भई बहुत ही अच्छे निकले।' अपने पल्लू को कन्धे पर सँभालते हुए वायु बोली।

'चौहांस की भी कोई लाइफ़ है? फिफ्टीन इयर्स से चौहान साहब यहाँ अकेले पड़े हैं, मिसेज़ चौहान और बच्चे इंडिया में।' आयशा बोली।

'कमाई पाउंड्स में और खर्चा रुपयों में, बेस्ट ऑफ़ बोथ वर्ड्स।'

'ज़िन्दगी में पैसा ही तो सब कुछ नहीं होता, फ़ैमिली बड़ी...।'

'सौ टके की बात एक बात, चिल्ड्रन को लायक बनाने के लिए सैक्रिफाइज़

देनी ही पड़ती है, आयशा। मार्क माई वर्ड, ओल्ड ऐज में चौहांस के बच्चे विल लुक आफ्टर देम।' मीता ने मकरंद की ओर देखते हुए कहा, जो सिर और गर्दन हिला कर पत्नी का ज़ोरदार समर्थन कर रहे थे।

'कहाँ भाभी जी, यहाँ के बच्चे तो मदर्स और फ़ादर्स डे पर ग्रीटिंग कार्ड भेज कर समझते हैं कि उन्हें ओबलाइज कर रहे हैं।' रोनी-सूरत घड़ियाल बोला।

'हुन ते बच्च्यां नुं काईस बाई करन दी भी लोड़ नईं रई, ई-मेल्स जिन्दाबाद।'

'अमृत जी, यहाँ के बच्चों को फुर्सत ही कहाँ मिलती है?'

'हमारे ज़माने में पढ़ाई-लिखाई के सिवा करने को था ही क्या? अब टी.वी, वीडियो गेम्स, टेबलेट्स, क्लब्स, कॉम्पेटीशंस और कंसर्ट्स; उन बेचारों को तो खाने-पीने और सोने की भी फ़ुर्सत नहीं है।'

'ए मैं तोसे कऊँ, म्हारे हरि और कमला की बी यई कंडीसन है, आज सुबे से हमने उनकी सिकल बी नाय देखी।' जिया ने शिकायत की तो मीता ने उन पर एक कठोर दृष्टि डाली; कम से कम बच्चों के नाम तो ठीक से लेतीं और इस विषय को छेड़ने की उन्हें क्या आवश्यकता थी?

'हाँ मीता, बच्चों को कहाँ छिपा रखा है भई?' एक साथ कई मेहमानों ने हैरी और कैमिला से मिलने की इच्छा ज़ाहिर की।

'ए मैं तोसे कऊँ, बऊ, हरि और कमला को थोड़े टैम के लई नीचे बुलाओ, सब से नेक जै राम जी की तो कल्लें।'

'वाट टु डू? उनके 'ए' ओर 'ओ' लेवल्स के एग्ज़ाम्स चल रहे हैं। पुअर किड्स, दे सो वांटेड टु मीट यू ऑल, यू नो।'

'अरे भई मीता बाजी, एक आध घंटे के लिए तो उन्हें भी ब्रेक मिलना चाहिए न? उन्हें देखे हुए एक ज़माना गुज़र गया, बुलाइए न उन्हें नीचे।' शमीम ज़िद पर अड़ गयी।

'आज तो उनके मम्मी-पापा की वेडिंग एनिवर्सरी है, मीता, उन्हें भी थोड़ी-सी मौज-मस्ती करने दो।' नैन्सी ने भी ज़ोर देकर कहा।

'श्योर श्योर, मैक डार्लिंग, ज़रा आस्क देम टु कम डाउन थोड़ी देर के लिए, प्लीज़। यू नो, कैमिला को स्कूल से एक प्रॉजेक्ट मिला है, कार्नर शॉप्स और सुपर मार्केट्स के प्राइसेज़ कम्पेयर करने के लिए।'

'अरे, तो वह कुलभूषण से क्यों नहीं मिली? ये तो एक चुटकी में उसे सब समझा देते।' मंजूषा ने चुटकी बजाते हुए कहा पर मीता ने उसकी बात शायद सुनी ही नहीं। वह तो तिकड़में भिड़ा रही थी कि बच्चों को नीचे बुलाने से कैसे रोका जाये।

सिवा मीता के, कोई भी महिला-मेहमान मंजूषा से बात करने को राज़ी नहीं थी। असल में तो सायरा और मंजूषा दोनों ही महिला-मेहमानों के लिए एक ख़तरा बनी हुई थीं, न जाने कब किसका पति उनमें से एक पर फिसल जाये।

'भाभी जी, आपके तो दोनों ही बच्चे बहुत मेहनती हैं, यू आर वेरी लक्की।' गिरगिट ने बच्चों की बात फिर छेड़ दी।

'येस, गॉड इज़ ग्रेट। पुअर कैमिला प्रोजेक्ट को लेकर इतनी बिजी है कि वाट टु डू?' मीता ने अपनी बात एक बार फिर दोहराई और मन ही मन गिरगिट को कोसा कि कमबख्त तभी बोलता है जब उसे चुप रहना चाहिए।

'यहाँ के अध्यापक एशियन बच्चों को ऊल-जलूल बातों और उपक्रमों में उलझाकर पिछड़वा देते हैं ताकि गोरे बच्चे कक्षा में आगे रहें।' मिश्रा जी एकाएक बोले।

'आप ठीक कह रहे हैं, मिश्रा जी, हमारी बुलबुल जब 'ओ' लेवल्स कर रही थी तो उसकी टीचर ने उसे मैथ्स के लोअर लेवेल में बैठा दिया जबकि वह मैथ्स में ब्रिलिएंट थी। नरेश ने जब कम्प्लेन की तो बिल्कुल आख़िरी वक़्त पर उसकी प्लेसमेंट अप्प-लेवल में कर दी गयी। अब आप ही बताइए कि दो हफ़्तों में बच्ची कितनी तैयारी कर सकती थी?'

'और जब उसे मैथ्स में 'सी' मिला तो कहने लगे कि देखा हमने इसे लोअर लेवेल में ठीक ही प्लेस किया था।' नरेश भुनभुनाये।

'ये सब इन कपटी गोरों की चालें हैं। हम में से कितनों को पता है कि स्कूल्स में रियली होता क्या है?' ईज़ी चेयर पर अपने को ठीक से जमाते हुए मोहन ने नरेश का समर्थन किया।

'जब साले पैरेंट्स से स्कूल के भैंचो एडमिनिस्ट्रेशन में जुड़ने को कहा जाता है तो साला कोई जाता नहीं फिर साली शिकायत करते हैं कि स्कूल्स में भैंचो होता क्या है?' रंजीत जैसे सोते से जाग उठा था।

'मीटिंग्स में जाकर क्या भाड़ झोंकें, रंजीत साहब? टीचर्स बच्चों की तारीफों के पुल बाँधते रहते हैं; रिपोर्ट्स में हमेशा 'वेरी गुड', 'एक्सेप्शनल' और 'ब्रिलिएंट' लिखते हैं और जब रिज़ल्ट आता है तो उन्हें 'बी' या 'सी' मिलता है, पैरेंट्स इतने कन्फ्यूज़्ड हो जाते हैं कि...'

'रंजीत जी, आप तो ब्रेंट काउन्सिल की एडवाइज़री में भी हैं, आप ही बताइए कि यह घोटाला है क्या?'

'सारा साला घोटाला आप लोगों के भैंचो दिमाग़ों में है, आजकल ढेरों एशियन बच्चे भैंचो एग्ज़ाम्स में टॉप कर रहे हैं, वे साले क्या टीचर्स के साले सगे हैं?'

'टैगोर ने एक बार कहा था, और कितना सही कहा था कि उच्चतम शिक्षा वह है जो हमें महज जानकारी ही नहीं देती बल्कि बच्चों को सम्पूर्ण अस्तित्व के साथ सद्भाव सिखाती है,' मिश्रा जी बोल उठे।

'आप सद्भाव की बात कर रहे हैं, मिश्रा जी, यहाँ तो टीचर्स अपनी जान खतरे में डाल कर पढ़ाते हैं।'

'लन्दन और ब्रैडफर्ड के कुछ इलाके तो सचमुच ख़तरनाक हैं।'

'और जहाँ तक सिलेबस की बात है, जिस सिलेबस को टोरीज़ पसन्द करते हैं, उसी सिलेबस को लेबर पार्टी ख़ारिज कर देती है।'

'आप दो मुख़्तलिफ़ पार्टीज़ की बात कर रहे हैं, यहाँ तो एक ही पार्टी के अन्दर कमाल का विरोधाभास है, एक तरफ सरकार विदेशी छात्रों को ब्रिटेन छोड़ कर चले जाने का नोटिस दे रही है तो दूसरी ओर बौरिस जॉन्सन दुनिया भर के स्टुडेंट्स को यहाँ आकर पढ़ने का न्योता देता फिर रहा है।'

'विदेशी छात्रों के बल पर ही तो इनके स्कूल और यूनिवर्सिटियाँ चल रही हैं।'

तभी गिरगिट, जो ताज़ा हवा खाने के बहाने बाहर चला गया था, घर में वापस लौटा और अपने हाथ हवा में लहराते हुए ऊँची आवाज़ में चिल्लाया :

'बा मुलाहिज़ा, होशियार, अब आपके सामने एक ख़ास जोड़ा तशरीफ़ ला रहा है। मीता भाभी, अगर आपने सब से ज़्यादा देर से आने वाले मेहमान के लिए कोई ट्रॉफ़ी बनवाई है तो उसे लेकर जल्दी से दरवाज़े पर आइए।'

मकरंद का हाथ खींचती हुई मीता द्वार की ओर लपकी कि शायद लास-एन्जेलस से उसके ननद-ननदोई, वर्षा और जुगल, आ पहुँचे थे। मेहमानों के लिए भी यह विषयान्तर ताजा हवा का एक झोंका साबित हुआ। उनके सिर मियर-कैटस की तरह दायें-बायें घुमाने लगे।

'हेलो सुरभि, तो तुझे समय मिल गया आने का? हेलो सुरेन्द्र, हाउ आर यू?' अपनी निराशा छिपाते हुए मीता ने कृत्रिम शिकायत के स्वर में अपनी सहेली और उसके पति का स्वागत किया। सुरेन्द्र के हाथ में एक सस्ता-सा गुलदस्ता मीता देख ही चुकी थी, जो सेंस्बरीज में शाम के वक़्त एक तिहाई दामों पर मिल जाता है; सोचा होगा कि देर से पहुँचेंगे तो उस पर किसी का ध्यान नहीं जायेगा।

'मीता, मैक, शादी की सालगिरह तुम्हें बहुत-बहुत मुबारक हो।' सुरभि ने मैक और मीता को बारी-बारी चूमते हुए कहा। सुरेन्द्र ने झेंपते हुए गुलदस्ता मीता को चुपचाप थमा दिया। काश कि वह जानता कि गिरगिट उनके आगमन की ऐसी ज़ोर-शोर से घोषणा करेगा तो न केवल वह कोई अच्छा-सा उपहार लेकर आता, ठीक से ढंग के कपड़े पहनकर भी आता।

'मीता, तुझे तो पता ही है न कि सोनिया के 'ए' लेवल के एग्ज़ाम्स चल रहे हैं। सुरेन्द्र उसे पढ़ाने क्या बैठे कि समय का ध्यान ही नहीं रहा। सोनिया को इन्होंने बस एक घंटे का ब्रेक दिया है, है न सुरेन्द्र?' झेंपते हुए सुरभि ने स्पष्टी दी।

'लोगों ने ब्रिटिश नागरिकता तो झटपट कुबूल कर ली पर उनसे अब तक समय की पाबन्दी नहीं सीख पाये।' सुमित फुसफुसाये।

'दे आर वेरी स्मार्ट एंड प्रैक्टिकल, सुमित, समय पर पहुँचकर हमारी तरह बोर

तो नहीं हुए।'

'मियाँ-बीवी ने मैचिंग जॉगिंग-सूट्स पहने रखे हैं, हमारी तरह फॉर्मल कपड़ों में परेशान तो नहीं हो रहे।' वायु राजीव के कान में फुसफुसायी।

'गुड आइडिया, गैं भी अपनी अगली पार्टी की ड्रेस-थीम स्विमिंग कॉस्ट्यूम्स रखूँगा, कैसा रहेगा, सुमित?' राजीव ने पूछा।

'तुम्हारी पार्टी में तौलिया लपेटे मर्द ही पहुँचेंगे।' वायु बोली।

'क्यों, लन्दन में बिक्नीज़ का अकाल पड़ गया है क्या?' मंजूषा ने हँसते हुए पूछा। उन्हें हँसी-मज़ाक़ करते हुए देख मीता जान गयी कि वे सब सुरभि-सुरेन्द्र के जॉगिंग सूट्स और फूलों का मज़ाक़ उड़ा रहे थे।

'लोगों की इमैजिनेशन पर क्या पिस्सू पड़ गये हैं, मैक डार्लिंग? उन्हें ओनली एक गूगल सर्च से ही ए लौट ऑफ़ आइडियाज़ मिल सकते थे।' मीता ने झुँझलाते हुए पति से पूछा।

'म...म...मीता डार्लिंग, व...व...वाट ड...ड...डिड यू एक्स्पेक्ट? यू. के. में र...र...रिसेशन चल र...र...रहा है।' मकरंद की झेंप में समझदारी का मिश्रण था।

'आई डिडन्ट नो, मैक डार्लिंग, के इंग्लैंड की इकॉनमी इतनी डाउन है।' मेहमानों में दिखावटी मुस्कराहट बाँटती हुई मीता फुसफुसायी और बिना 'थैंक यू' कहे गुलदस्ता लूसी की ट्रे में रख दिया जो वहाँ सॉफ्ट ड्रिंक्स लेकर खड़ी थी। लूसी को निर्देश दिया गया था कि जब भी कोई नया मेहमान घर में घुसे, वह सब काम छोड़ कर मीता के पीछे आकर खड़ी हो जाये। उपहार ग्रहण करने के पश्चात, चूमा-चाटी और धन्यवाद ज्ञापन के दौरान, लूसी को वह उपहार जल्दी से जल्दी ऊपर शयन-कक्ष में पहुँचाकर वापस आना होगा, नहीं तो मेहमानों के ताँते से निबटना मुश्किल हो जाएगा। फिर, भीड़ में उपहारों का इधर-उधर हो जाना भी सम्भव था। मीता की आशा के विपरीत, उपहार तो कुछ ऐसे ख़ास आये नहीं थे, निरे फूल ही फूल थे, जिनका अचार भी तो नहीं डाला जा सकता। मेहमान एक बार फिर अपने-अपने गुटों में लौट कर संसार के अहम मुद्दों पर बहस करने लगे।

'ऐ मैं तोसे कऊँ, सूरबी, नेक इदर तो आ, तूने आने में इत्ती देर काय कर दी?' जिया की एक ही हाँक पर सुरभि और सुरेन्द्र मन ही मन शुक्र मनाते हुए उन्हीं के पास आकर बैठ गये।

'जय राम जी की, जिया, आप तो जानती ही हैं कि बच्चियों के इम्तहान चल रहे हैं और फिर हम दोनों इतवार को व्रत रखते हैं, सोचा कि व्रत खोलकर ही आयेंगे ताकि मीता को कोई परेशानी न हो।' सुरभि ने जिया को गले लगाकर चूमा ही था कि आपा भी आ गयीं, सुरभि को उन्हें भी चूमकर निहाल करना पड़ा।

'मैं तोसे कऊँ, सूरबी, म्हारे हियाँ दो दो काम वालियाँ याँ बेकार में डोल रई हैं, तुमारे लिए बरत का खाना बनाय देतीं तो का इनके हाथ घिस जाते? वइसे, इतवार

के बरत में गुड़ और दलिया ई तो खाया जावे है, के नईं?'

'भई हिन्दुओं के व्रत भी बड़े आसान होते हैं, जिया, सूरज ढला नईं के खाना-पीना शुरू, हमारे यहाँ तो रमज़ान के दिनों में पानी पीना भी हराम है।' आपा अपनी टाँग अड़ाये बगैर कैसे बाज़ आतीं?

'मैं तोसे कऊँ, आपा, मुसल्लों के रोजे कउन मुस्किल होवे हैं? सुब्बै सुब्बै पेट बर के सैरी (सहरी), इफ्तार के बाद सैरी, फेर...।' जिया का करारा जवाब सुनकर आपा ने वहाँ से उठ जाने में ही अपनी खैर समझी।

'रोजे खुलने पर ये लोग खजूर से लेकर रोड़े-खरोड़े और तीतर-बटेर से लेकर मुर्ग-मछली तक कुछ नहीं छोड़ते।' नरेश बोले।

'तुम बिल्कुल ठीक कह रहे हो, नरेश, तभी तो रमज़ान के दिनों में बीमार मुसलमानों से हॉस्पिटल्स भरे रहते हैं।' सुमित ने अपनी सम्मति दी।

'खाली पेट को एकदम से इतना भर लेंगे तो और क्या होगा?'

'सारा दिन पानी न पीने से मामला और भी उलझ जाता है...'

जिया ने हाथ के इशारे से अपने दामादों से चुप हो जाने का इशारा किया क्योंकि वह आपा को नाराज़ नहीं करना चाहती थीं, जो खिसियाई हुई सी वापस आ गयी थीं।

'ऐ मैं तोसे कऊँ, सूरबी, पुस्पा मौसी बता रई थी के तुम लोग पेरिस गूमने गये थे।'

'बच्चियाँ फ्रेंच पढ़ रही हैं न, जिया, हमने सोचा कि फ्रांस जायेंगे तो उनका एक तरह से टेस्ट हो जायेगा।'

'ऐ मैं तोसे कऊँ, सूरबी, बच्चियन को आइ-फिलटर बी लेके गयी के नाय?' जिया ने जिज्ञासावश पूछा।

'हाँ जिया, आइफिल टॉवर क्रिसमस की लाइट्स में ऐसा जगमगा रहा था कि बस पूछिए मत, है न सुरेन्द्र?' सुरेन्द्र ने स्वीकृति में अपना सिर हिला दिया।

'और वो लूबर? माँ डोना की पेन्टिंग?' ताज टूर्स द्वारा प्रायोजित ओवर-सिक्सटी के एक ग्रुप में जिया और पुष्पा मौसी अभी पिछले ही साल पैरिस घूमकर आयी थीं।

'सुरभि, डिड दि किड्स प्रैक्टिस देयर फ्रेंच?' मीता ने जिया की बात काटते हुए पूछा ताकि जिया कहीं और बेवकूफ़ी भरे प्रश्न न पूछ बैठें।

'हम तो वहाँ पहुँचते ही इतना परेशान हुए कि सुरेन्द्र कहने लगे कि बस अभी वापस लन्दन चलो, है न सुरेन्द्र?' एकाएक सुरभि परेशान लगने लगी।

'लाहौलविलाकुव्वत, भई ऐसा क्या हुआ, सुरबी बीवी?'

'ट्रेन से उतरकर हमने कम से कम दस लोगों से पूछा कि हमें होटल का रास्ता बता दें पर कोई जवाब देकर राज़ी नहीं था, है न सुरेन्द्र?' बजाय 'हाँ' में सिर

हिलाने के सुरेन्द्र घूर रहा था करन को, जो सुरभि को देखते ही जिया के पास आ बैठा था।

'हेलो सुरभि, कैसी हो? बच्चियाँ कैसी हैं?' करन ने धीरे से पूछा किन्तु सुरभि को तो करन की ओर देखना भी गवारा न था।

'फ्रांस में अंग्रेज़ी बोलो तो लोग चिढ़ जाते हैं।'

'लाहौलविलाकुव्वत, जिसे फ्रांसीसी ज़ुबान न आती हो तो वो क्या करे?'

'ऐ मैं तोसे कऊँ, सूरबी, वहाँ बच्चियन की भासा काम नाय आयी के?'

'उन लोगों का फ्रेंच एक्सेन्ट बहुत ही कॉम्पलिकेटड था, जिया। न किसी को इनकी फ्रेंच समझ आयी और न ही उनकी फ्रेंच इनके पल्ले पड़ी, है न सुरेन्द्र?'

'इसमें बच्चियों का क्या कुसूर, सुरभि? यू नो, मैंने भी स्कूल में फ्रांस सीखी थी, मेरी ज़ुबान कम्बख़्त पलट कर ही नहीं दी, फ्रेंच लैंगुएज है ही ऐसी।' सुरेंद्र की जगह करन ने जवाब दिया।

'बड़े भाई, हिन्दी जानने वाले विदेशी भी जब भारत जाते हैं तो यही कहते हैं उन्हें इंडियंस का एक्सेन्ट समझने में मुश्किल होती है।'

'वे भी ठीक ही कहते हैं, इंडिया में तो हर चार कोस पर पानी और आठ कोस पर बोली बदल जाती है।'

'कम से कम इंडिया में आप किसी एक से रास्ता पूछिए, दस जने दौड़े आयेंगे और चाहे गलत-सलत ही बतायें पर रास्ता बताने को सभी तैयार मिलेंगे।'

'मरी फ्रेंच सीखने का फिर मरा फ़ायदा क्या हुआ?' मोहिनी ने झल्लाते हुए पूछा।

'साला एक बार पैरिस जाने से तो फ्रेंच आने से रही, तभी तो साले स्कूल वाले स्टुडेंट्स को हर साल भैंचो प्रैक्टिस के लिए फ्रांस भेजते हैं।' खुंदक भरी आवाज़ में रंजीत बोला। मोहिनी अपने दाँत पीसकर रह गयी।

'ऐ मैं तोसे कऊँ, सूरबी, किसी इंडियन टोर के सँग जाती तो तुम लोगन को कोई पिराबलम नाय होती। न खाने-पीने की और न भासा की; हिन्दी अउर गुजराती दोनों भासाओं में...।'

'अरे, कोई सुरभि को भी तो अपनी बात पूरी कर लेने दो।' करन ने झल्लाकर कहा तो घबराई हुई सुरभि ने सुरेन्द्र की ओर इस आशय से देखा कि बात की बाग़डोर अब उसे सँभाल लेनी चाहिए किन्तु वह ख़ामोश रहा।

'लाहौलविलाकुव्वत, हम तो भई ऐसी कंट्री में कभी क़दम भी न रखें।'

'सुरभि, बच्चियों को तुम मेंडेरिन, स्पैनिश या जर्मन सिखाओ तो वे ज़्यादा फ़ायदे में रहेंगी।' सुमित ने सलाह दी।

'बीवी, हम तो जर्मनी गये थे, हमारी फूफी रहती है न वहाँ कोलोन में। ऐसा रख-रखाव के क्या बतायें। आप कोई गलत क़दम उठा लीजिए तो जब तक पुलिस

न आ जाये, वहाँ का एक बच्चा भी आपका हाथ थामे खड़ा रहेगा। और एक मज़े की बात बतायें आपको, जिया, शनिवार के अलावा वहाँ आप कपड़े धोकर बालकनी में नहीं सुखा सकतीं, आपके घर में फट सरकारी नोटिस आ जायेगा।'

'हय राम, हम तो देखियो अपनी बंडी-चड्डी हर सुबे धोवे हैं...।' जिया फुसफुसायीं।

'जो लोग सैटरडेज़ को काम करते हैं, वो तो बेचारे गये काम से।'

'वैसे जर्मन लोग हैं बहौत भले। एक दफे हम ग़लत जगह से सड़क पार करने लगे तो एक ड्राइवर हमारे लिए लारी रोककर खड़ा हो गया।'

'वहाँ इंडियंस बहुत कम हैं न, इसलिए हमारी थोड़ी-बहुत इज़्ज़त बाक़ी है।'

'आबादी तो भई फ्रांस की भी कौन-सी ज़ियादा है।'

'ऐसा मरा बर्ताव करेंगे तो मरा कौन जायेगा वहाँ?'

'दे डोन्ट वांट फ़ॉरेनर्स, फ्रेंच तो अंग्रेजों से हेट करते हैं।' मीता ने बताया।

'लाहौलविलाकुव्वत, गोरे होकर गोरों से नफ़रत?'

'तो अंग्रेजों की ही कौन इज़्ज़त करता है? किसी भी कट्री में चले जाओ, सभी अंग्रेजों का मज़ाक़ उड़ाते हैं। अपनी डफली अपना राग वाली बात है, कोई सुने न सुने, बजाते रहो।' नैन्सी बोली।

'अंग्रेज़ तो अपने को ऐक्सेपश्नल समझते हैं, पूरे यूरोप ने यूरोज़ ऐक्सेप्ट कर लिए बट फ़ॉर इंग्लैंड...'

'अरे यूरोज़ को छोड़िए, मीता जी, सारे संसार में किलोग्राम और किलोमीटर्स चल रहे हैं पर ये लोग अब तक पाउंड्स और मील के ज़माने में रह रहे हैं।'

'तभी तो पाउंड्स हमेशा स्ट्रांग रहता है।'

'वैसे सरकार ने तो कोशिश की थी पर बहुत-से अंग्रेजों ने अपने सामान पर पाउंड्स में लिखी कीमतों के टैग्स हटाने से साफ़ इनकार कर दिया।'

'बड़े भाई, इस लड़ाई में तो हमारे सुमित साहब भी बूचर-बरिस्फ़र के साथ खड़े थे, मैंने उनकी तस्वीरें लोकल पेपर्स में देखी थीं।' गिरगिट ने वर्मा सहाब के कन्धे दबाते हुए कहा।

'इन्होंने तो काउंसिल के अगेंस्ट खूब नारे लगवाये के सरकार पहले सड़कों के पट्ट बदले, फिर दुकानदारों से कहे कि सामान पर किलोग्राम्स और लीटर्स के पट्ट लगाये। हमारे पास तो पेपर-कटिंग्स, फ़ोटोज़ और डाक्यूमेंट्स की एक मोटी फ़ाइल है।' अपना पल्ला सँभालते हुए वायु ने बड़े जोश से बताया।

'आई रियली एडमायर यू, सुमित जी, अगर आप जनता को काउंसिल के विरुद्ध नहीं भड़काते तो बरिस्फ़र को जेल हो जाती।'

'अरे नहीं, राजेश...' सुमित इस चाटुकारिता से घबरा उठे।

'बड़े भाई, क्रेडिट इज़ ड्यू एंड आई सैल्यूट यू, थ्री चीयर्स फॉर सुमित, हिप

हिप हुर्रे, हिप हिप हुर्रे, हिप हिप हुर्रे,' लोगों ने मरी हुई आवाज़ में हिप हिप हुर्रे दोहराया।

'वायु जीजी, क्या आप मुझे वो कटिंग्स दिखा सकती हैं?' गिरगिट गिड़गिड़ाया।

'ऑफ़ कोर्स, जब आप चाहें।' वायु को क्या पता था कि गिरगिट यह सारा नाटक मुफ़्त के चाय-नाश्ते और भोजन के लिए कर रहा था।

'आई कांट वेट, हाउ अबाउट दिस संडे?' गिरगिट यह मौक़ा हाथ से जाने नहीं देना चाहता था। सुमित ने वायु से गिरगिट को टाल देने का इशारा किया।

'क्यों नहीं, राजेश भाई, पर आप तो जानते ही हैं, आजकल बच्चों के इम्तहान चल रहे हैं।'

'ठीक है, जब भी आप कहेंगी हाज़िर हो जाऊँगा।' एकाएक गिरगिट को एक और युक्ति सूझी, 'बड़े भाई, अपनी नेक्स्ट प्रोटेस्ट में आप मुझे ज़रूर शामिल कीजिएगा, जब और जिस जगह आप कहेंगे मैं नारे लगाने पहुँच जाऊँगा। इस बार आपके साथ मेरी फ़ोटो जरूर आनी चाहिए अख़बार में।' गिरगिट अब सुमित के पीछे पड़ गया, जो लेबर पार्टी के सक्रिय कार्यकर्ता थे।

'सुमित भाई, यह तो हमें मानना ही पड़ेगा कि रिडन्डेनसी के बाद, यू फाउंड ए परपज़ टु योर लाइफ़, आपकी जगह कोई और होता तो एम्प्लॉयमेंट बेनेफिट लेकर घर में बैठ जाता।' करन ने ताली बजाते हुए सुमित की तारीफ़ की, कुछ एक तालियाँ और सुनाई दीं।

'मरा ब्रिटिश टेलीकॉम कम्प्यूटराइज़्ड क्या हुआ, हज़ारों लोग मरे बेकार हो गये।' इसके पहले कि कोई सुमित की तारीफ़ के लिए लोगों को धन्यवाद देता, मोहिनी बीच में कूद पड़ी।

'इसीलिए तो चारों और जेबक़तरों की तादाद इतनी बढ़ गयी है।' मोहन ने पत्नी की बात को आगे बढ़ाया।

'अरे, पिछले हफ़्ते की ही तो बात है, मैं ऑक्सफोर्ड स्टेशन से बाहर निकली ही थी कि एक काला लड़का मेरे हाथ से मोबाइल फ़ोन छीन कर भाग गया, मुश्किल से नौ-दस साल का होगा।' नैन्सी ने कहा।

'शुक्र है, नैन्सी, कि आपको कोई चोट-वोट नहीं आयी, आजकल तो कुछ भी पॉसिबल है।'

'मैंने मेट्रो में पढ़ा था कि इंग्लैंड में रोज पन्द्रह सौ लोग हिंसा के शिकार होते हैं।'

'आजकल स्कूल के बच्चे भी मरे चाकू लेकर घर से निकलते हैं।'

'आप चाकू की बात कर रही हैं, अमेरिका में लोग खुले आम बन्दूकें लेकर घूमते हैं।'

'ज़रूर घूमते होंगे साहब, संसार में चालीस बिलियन पाउंड्स के हथियारों का लीगल धन्धा होता है...।' नरेश बोले।

'बड़े भाई, नाजायज़ धन्धे को छोड़ दें तो भी बन्दूक की दो-दो गोलियाँ हम सब के लिए हर साल बनाई जाती हैं।'

'लाहौलविलाकुव्वत, अल्लाह का हम पर करम ही होगा के ऐसे हालात में भी हमारी जानें सलामत हैं।'

'मैं तोसे कऊँ, आपा, अब तो हमें इकल्ले सड़क पर निकलने में बी डर लागै है।'

'जिया, इन्हीं वजहों की बदौलत लोगबाग इस कंट्री को अपना वतन नहीं कुबूल कर पाते।'

'तो मरा कैसे करें? एक तो मरी बेरोज़गारी ऊपर से कनपटी पर मरा तमंचा...'

'मैं आपको अन्दर की बात बताता हूँ। नकली बेरोज़गारी दिखाकर ये लोग हमें वापस भेज देना चाहते हैं।' मोहन बोले।

'ये गोरों की एक नयी चाल है।' मोहनी ने स्नेहपूर्वक पति को निहारते हुए जोड़ा।

'आप दोनों ठीक कह रहे हैं, काउंसिल के घरों में रहने वालों को बीस-बीस हजार पाउंडस दिये जा रहे हैं कि वे अपने देश लौट जायें और वहाँ जाकर घर खरीद लें।' नरेश ने बताया।

'हमें तो पहले से ही पता था कि दाल में कुछ काला है,' मोहन और मोहिनी ने अपने सिर ज़ोर-ज़ोर से हिलाकर नरेश का समर्थन किया।

'हमें काउंसिल्स की इस स्ट्रेटेजी का विरोध करना चाहिए। बीस हज़ार पाउंड्स के लालच में जो भोले-भाले लोग अपना घर-बार छोड़ कर जा रहे हैं, उन्हें सावधान करना हमारा फर्ज़ है।' ज़ाहिर था कि सुमित को सरकार को चुनौती देने के लिए एक नया मुद्दा मिल गया था।

'बिल्कुल बड़े भाई, इस पॉलिसी के खिलाफ़ हमें वेस्टमिंस्टर के सामने धरने पर बैठ जाना चाहिए।' गिरगिट को आशा नहीं थी कि उसकी मंशा इतनी जल्दी पूरी हो जायेगी, उसके नीरस जीवन में बहार बस आने ही वाली थी। एक बार राजनीति में आ गया तो दसियों युवतियाँ उसके आगे-पीछे घूमेंगी, जय हो सुमित वर्मा की।

'मरा देखा जाये तो बीस हज़ार पाउंड्स मरे होते ही कितने हैं, मरे इतने पैसों में तो इंडिया के मरे एक थर्ड-क्लास शहर में एक छोटा-सा घर भी नहीं खरीदा जा सकता।'

'मोहिनी भाभी, मुद्दा बीस हज़ार पाउंड्स का नहीं, एथिक्स का है...।' नरेश ने कहा।

'एथिक्स को मारो गोली, यह खेल गहरी कूटनीति का है, इनके निशाने पर वे ग़रीब लोग हैं, जिन्हें बीस हज़ार पाउंड्स देकर निजात पायी जा सकती है।' सुमित ने नरेश की बात काट दी।

'जी हाँ, एक तरफ़ वे ऐसे ग़रीब और कम पढ़े-लिखे लोगों को वापस भेज देना चाहते हैं, जिनकी अब उन्हें ज़रूरत नहीं रही और उनकी जगह पर वे लायेंगे हमारे डॉक्टर्स, इन्जीनियर्स और विद्वान...।' मिश्रा जी ने कहा।

'हाउ क्लेवर!' मीता बोली।

'हाय राम।'

'लाहौलविलाकुव्वत।'

'आ शूँ जमानो आव्यो छे?'

'अब इन्हें ख़ून-पसीना बहाने वाले मज़दूरों की ज़रूरत नहीं रही। खुद चुकीं इनकी सुरंगें और तैयार हो चुके इनके अंडर-ग्राउंड स्टेशन्स। अब इन्हें मज़बूत शरीर नहीं, हमारे ब्रिल्लिएंट दिमाग़ चाहिए।' सुमित को जोश आ गया।

'इंडिया के ब्रेन्स खुलेआम चूसे जा रहे हैं, कर लीजिए आप क्या कर सकते हैं।' मोहन बोले।

'इंडियंस की अक्ल क्या मरी घास चरने गयी है? उन्हें यहाँ आने से मरा साफ़ इनकार कर देना चाहिए।'

'अगर भारत ही उन्हें टके सेर घास भी नहीं डालेगा तो वे विदेश नहीं जायेंगे तो क्या करेंगे?'

'पहले तो ये हमारा देश लूट-खसोट लाये और अब हमारा ब्रेन-ड्रेन करने पर तुले हैं।' मोहन बोले।

'फर्स्ट थिंग्स फर्स्ट, सुमित जी, सबसे पहले तो आप लोगों को इस बीस हज़ार वाले लालच के बारे में समझाइए, मैं आपके साथ हूँ, दिन-रात एक कर दूँगा।' ग़िरगिट बोला।

'सुमित जी, हम तो यहाँ से आज जाने को तैयार हैं।' मोहिनी समेत सारे मेहमान हैरानी से मोहन की शक्ल देखने लगे; जिन्होंने एकाएक बड़े ड्रामाई अन्दाज में पैंतरा बदला था। मोहिनी भी अवाक् खड़ी उन्हें निहार रही थी।

'जी हाँ, हम जाने को तैयार हैं, अभी, इसी वक़्तय बस एक कंडीशन पर।' मोहन की 'कंडीशन' वाली बात सुनकर मोहिनी की जान में जान आयी।

'कंडीशन यह है के भारत से ये गोरे जो भी लूट-खसोट कर लाये थे, सब हमें वापस कर दें; हम इनके देश को छोड़कर आज चले जायेंगे।' मोहिनी, गिरगिट और घड़ियाल ज़ोर-ज़ोर से तालियाँ पीटने लगे। मोहन के शरीर ने एकाएक फैलना शुरू कर दिया; वह आसाराम बापू की तरह मन्द-मन्द मुस्कुरा रहे थे।

'भैंचो, हम लोग क्या कम लूट-खसोट रहे हैं इन्हें? साले घर बैठे बोगस बेनेफ़िटस

ले रहे हैं, किसी के साले घुटने बेकार हैं, तो किसी की भैंचो कमर में परमानेंट दर्द। हज़ारों का प्राइवेट धन्धा करते हैं पर साला टैक्स के नाम पर ज़ीरो अंडा।' इसके पहले कि रंजीत कुछ और मेहमानों की पोल खोलता, गिरगिट ने उसे एक नया व्हिस्की का बिल्लौरी पैमाना थमा दिया। मोहन-मोहिनी दुबक गये, ब्लू-बैज और डिसेबिलिटी बेनिफिट के अलावा, वे दोनों न जाने कौन-कौन-से सरकारी भत्ते ले रहे थे।

'बड़े भाई, फिकर नोट, गोल्डन टेम्पल में मत्था टेकने गया था डेविड कैमरन, वो समय अब दूर नहीं जब हम गोरों पर राज करेंगे।' गिरगिट ने आख़िरी साँस ले रही चर्चा को पुनर्जीवन दिया।

'ऐ मैं तोसे कऊँ, राजेस ठीकै कै रा है, बैलबोटम का फैसन फेर आये रओ है, सब समय का फेर है।' जिया ने अपना फ़लसफ़ा झाड़ा तो लोग अपने सिर खुजाने लगे।

'भैंचो भाषण ही झाड़ने हैं तो क्यों न साले सब काले इकट्ठे होकर हाइड पार्क कॉर्नर चलें?' रंजीत इस शोर से चिढ़ गया था।

'लाहौलविलाकुव्वत मियाँ, हम काले कब से हो गये?'

'अस्सी काले नई हन।' सतनाम ने झूमते हुए कहा, जिसे रंजीत कोका-कोला की बोतल में व्हिस्की डालकर पिला रहा था।

'गोरों के लिए तो हम सभी काले हैं, सतनाम।' रंजीत के बदले गिरगिट ने जवाब दिया।

'अँगरेज़ हमें व्हीटिश या ब्राउन और समथिंग लाइक दैट कह सकते हैं।' मीता ने अपनी राय दी।

'हम भी तो सभी गोरों को गोरा ही कहते हैं, चाहें वे जर्मन, डेनिश, फ्रेंच या नॉरवीजियन ही क्यों न हों।'

'वैसे ही गोरे लोग सभी एशियंस को काला कहते हैं।'

'अस्सी काले नईं हन।' सतनाम ने अपनी बात दोहरायी।

'इन क...क...कालों की वजह से हम लोग म...म...मुफ्त में ब...ब...बदनाम होते हैं, म...म...म...मारपीट, च...च...चोरी च...च...चकारी ये करते हैं और त...त...त...तोहमत सभी क...क...कालों पर ल...ल...लगाई जाती है।' मितभाषी मकरंद ने शिकायत की; जो कुछ लम्बी हो गयी थी; परिणामस्वरूप, उनकी मोटी गर्दन को कई झटके झेलने पड़े।

'ऐसी बात नहीं है, मैक, सब जानते हैं कि इंडियंस कितने मेहनती और शान्त क़िस्म के लोग होते हैं, पढ़ने-लिखने में गोरों और कालों से कहीं ज़्यादा होशियार।'

'वैसे भी, अफ्रीकियों और हम लोगों में ज़मीन-आसमान का फ़र्क़ है।'

'तुस्सी मैंनू ऐ क्यूं नईं दसदे के अस्सी काले किद्रों हो गये?' बेचारे सतनाम की कोई नहीं सुन रहा था। नशे में होने के बावजूद वह क्षुब्ध था।

'मेरे तो पल्ले कुछ नहीं पड़ रहा, एक तरफ़ तो आप कह रहे हैं कि वे हमें

वापस भेजना चाहते हैं, और दूसरी तरफ़ वे लाखों की तादाद में लोगों को यूके में घुसाये चले जा रहे हैं।'

'इन्हें चीप लेबर जो चाहिए।'

'बिज़नेस वालों को तो फटाफट वीज़ा मिल जाता है।'

'क्यों नहीं मिलेगा? जानते हो कितना चार्ज करते हैं बिज़नेस वीज़ा के लिए? पर बाक़ी जनता के लिए...'

'होम ऑफ़िस वाले अब सचमुच बहुत सख़्त हो गये हैं।'

'मैं थानूँ दसाँ, जद्दो अस्सी मुंडे नू व्या के लाऊंदे सी ते होम-आफिस वाल्याँ ने प्रियांका नू साड्डे नाल नई आण दित्ता सी।'

'आपकी बहू डॉक्टर, इंजीनियर या करोड़पति होती न तो ये उसे फट घुसा लेते।'

'प्रियांका जद्दो एत्थे पौंची, किन्नाक तंग कित्ता ओनू, रब जाने की पए आखदे सी। मैं थानूँ दसाँ।'

'मैंने सुना है कि एयरपोर्ट पर अब वर्जिनिटी टेस्ट की जाने लगी है।' एक हलकी नींद लेकर घड़ियाल एकाएक ऊँघता हुआ उठ बैठा।

'लाहौलविलाकुव्वत।'

'आ शूँ जमानो आव्यो छे?'

'हय राम, कलजुग है कलजुग।' जिया वर्जिनिटी टेस्ट का अर्थ भी नहीं जानती थीं किन्तु क्योंकि आपा ने 'लाहौलविलाकुव्वत' कहा था, वह कैसे ख़ामोश रहतीं?

'रब्बिश, ये सब साली अफ़वाहें हैं।'

'जिन पर गुज़रती है न वही जानता है।' घड़ियाल बोला।

'लगता है कि आपका साला वर्जिनिटी टेस्ट हो चुका है।' रंजीत ने घड़ियाल को घूरते हुए कहा तो मेहमान ज़ोर-ज़ोर से हँसने लगे।

'बड़े भाई, असल बात तो यह है कि हमें अब गोरों पर विश्वास नहीं रहा।' गिरगिट ने घड़ियाल की बात को सँभालना चाहा।

'या साला उन्हें हम पर विश्वास नहीं रहा?'

'हो भी कैसे? एंटरटेनमेंट और एजूकेशन के नाम पर आये हुए न जाने कितने लोग यहाँ आकर ग़ायब हो जाते हैं।'

'उन्हें पकड़ भी लिया जाये तो हम जैसे टैक्स-पेयर्स के पैसों से उन पर मुकदमे चलाये जाते हैं।'

'मैंने कहीं पढ़ा था कि बॉक्सड-बेड्स की एक कंसाइनमेंट में सिक्खों को भर-भर कर यूके लाया जा रहा था।'

'हय राम, मैं तोसे कऊँ, बक्सों में दम नईं घुटा उनका?'

'लाहौलविलाकुव्वत, बेचारों का क्या हश्र हुआ?'

'होगा क्या, जेल में पड़े मौज कर रहे होंगे; अच्छा खाना-पीना और मुफ्त का मनोरंजन।'

'क्या नाम है उसका, जिसने क्रिकेट बैट से मार-मार कर अपनी बीवी की हत्या कर दी थी? सुना है के वह जेल में बैठा डिग्री कोर्स कर रहा है। और तो और, उसे कालेज जाने के लिए छूट भी दी जाती है।'

'लाहौलविलाकुव्वत, फिर जेल का फ़ायदा क्या हुआ?'

'तभी तो गुंडे-बदमाश इतना बड़ा रिस्क लेने को तैयार हो जाते हैं।'

'मरी इत्ती सख्त चेकिंग के बादजूद लोग मरे इम्मीग्रेशन वालों की आँखों में कैसे धूल झोंक देते हैं?'

'इम्मीग्रेशन वाले कौन-से दूध के धुले हैं।' मोहन बोले।

'इम्मीग्रेशन भी तो एशियंस से भरा पड़ा है, आई एम श्योर वहाँ भी धड़ल्ले से ब्राइबरी चल रही होगी।'

'बड़े भाई, आजकल इंडिया में ऐसी-ऐसी एजेन्सीज़ हैं जो पैसा लेकर जाली डॉक्यूमेंट्स बनाती हैं, पासपोर्ट से लेकर नौकरी तक सब ख़रीदा जा सकता है।'

'इन्हीं बोगस कम्पनीज़ की वजह से ये बेचारे लोग यहाँ आकर फँस जाते हैं। कम पैसों में अधिक काम करते हैं। जानवरों की तरह खाते-पीते और रहते हैं। बेचारे न तो किसी से शिकायत कर सकते हैं और न ही वापस अपने देश जा सकते हैं।' वायु ने कहा।

'इंशा अल्लाह, वायु बी, आपने बिल्कुल सही फ़रमाया, बेइन्तहा क़र्ज़ लेकर आते हैं ये मज़लूम, एक किस्त देने में भी चूक हो जाये तो हिन्दुस्तान में उनकी फ़ैमिली की जान पर बन आती है।'

शोर इतना बढ़ गया था कि किसी की बात भी ठीक से सुनाई नहीं दे रही थी, सब के सब एक साथ बोल रहे थे।

'किसी ने कहा है न कि परेशानियाँ आदमी को गूँगा बना देती हैं किन्तु यह शोर इस बात का सुबूत है कि खाते-पीते घरों के इन मेहमानों को कोई ख़ास चिन्ता नहीं है।' शोर से परेशान मिश्रा जी बुदबुदाये, जो ट्रांजिस्टर पर पुराने गाने सुन रहे थे, काश कि वह अपने साथ इयर-प्लगस लाये होते।

'ऐ मैं तोसे कऊँ, मिसरा जी, ये सरकारी लोग का तास खेलने आये हैं हियाँ? बेचारी पिरभा को कैसन अकेले छोड़ दिये हैं?' सबकी नजरें प्रभा पर जा टिकीं, जो अफ़सरों के बीच बैठी उनकी बातों को समझने का प्रयत्न कर रही थी। मिश्रा जी के भाषण से बचने के लिए रंजीत, नरेश, गिरगिट और सुमित भी कन्जरवेटरी में आ बैठे, जहाँ ज़ोर-शोर से राजनीति पर बहस छिड़ी हुई थी।

'सीरिया के मामले में अमेरिका का साथ न देकर ब्रिटेन ने बड़ी हिम्मत दिखाई है।' नरेश बोले।

'करेक्ट, ब्रिटेन ने ओबामा सरकार को भी सोचने को मजबूर कर दिया।' जोशी सर ने अपना मुँह खोल कर सभा को कृतार्थ किया।

'सर, जो भी हो, अमेरिका की टिरैन्नी तो रुक नहीं सकती, कैमरन और नो कैमरन।'

'अमेरिका के साले चूतड़ चाटने से तो अच्छा है के ब्रिटेन साला दूसरे देशों से दोस्ती करे।'

'सर, रशिया विल नॉट सिट क्वाइट इफ़ अमेरिका डिक्लेयर्ड वार।' वेणु बोला।

'सर, पुटीन ने तो धमकी दे ही दी है।' बसंत कोडनानी क्यों पीछे रहता?

'सर, यह इराक़ और अफ़ग़ानिस्तान का मामला तो है नहीं।'

'बिल्कुल सर, इजिप्ट और सीरिया में जो घटनाएँ हुई हैं, वे उनके अन्दरूनी टकराव की वजह से हुई हैं...' सुमित ने कहा।

'भई, सीरिया के झगड़े नेशनल हैं, नस्ल के और धर्म के...' जोशी सर ने कहा।

'आप ठीक कह रहे हैं, सर, शिया-सुन्नी साले आपस में ही कट-मर रहे हैं।'

'सर, घटनाओं की ब्रूटैलिटी और पेचीदगी को देखते हुए ब्रिटेन को बहुत सोच-समझ कर क़दम उठाना होगा...' नरेश बोले।

'सर, ब्रिटेन को तो अपनी ही जान के लाले पड़े हैं, दूसरों के फटे में पाँव फँसाने से इन्हें कुछ नहीं मिलने वाला।' सुमित ने नरेश की बात काट दी।

'सर, सीरिया से पंगा लिया न तो कैमरन को जनता की मुखालफत भी तो भुगतनी पड़ेगी।'

'सर' का संक्रमण तेजी से फैल रहा था जैसे 'सर' के बिना किसी भी बात का कोई औचित्य न हो।

'सर, अपना इंडिया तो यू.एन. के डिसिशन की वेट कर रहा है।'

'सर, अगर यू. एन. की रिपोर्ट पॉजिटिव आती है, सर, तो अमेरिका, फ्रांस और इंडिया वगैरह सबको युद्ध में उतरना होगा।'

'सर, मुझे तो डर है कि, सर, कहीं बायलॉजिकल वार न छिड़ जाये, ओबामा...'

'ऐ मैं तोसे कऊँ, ये 'सर सर सर' क्या हो रई है? मर्दों से तो बस पत्ते फिटवा लो या जंग की बातें करवा लो।' जिया ने कंज़रवेटरी में आकर सबको ऐसी डाँट पिलाई कि लगभग सभी खिलाड़ियों ने अपने चेहरे पत्तों के पीछे छिपा लिए।

'लाहौलविलाकुव्वत, जिया के साहबज़ादे के निकाह की बीसवीं सालगिरह है और आप लोगों को जुए की सूझ रही है।' आपा ने जिया की बात आगे बढ़ाई; कुछ देर के लिए सर्वत्र शान्ति छा गयी।

प्रभा का हाथ पकड़े जिया बैठक में पहुँची भी नहीं थीं कि कंजरवेटरी से ज़ोर का शोर सुनाई दिया मेनका ने बाज़ी मार ली थी।

'फर्स्ट टाइम लक्की, मेनका, दोबारा बाज़ी नहीं लगाना', बसन्त ने पत्नी को सावधान किया पर उसके मुँह खून लग चुका था, वह पत्ते बाँटने लगी। प्रभा को लिए हुए जिया अपने सोफ़े पर आ बिराजीं, जहाँ आपा बैठी छालिया कतर रही थीं।

'पिरभा, घनसाम कै रा था के तू होली-डे पे गयी थी।'

'नको जीया जी, डेनमार्क से वेनू का पोस्टिंग सीदा लन्दन हो गया ता।'

'अच्छा, डेनमार्क तो सुना है ख़ासी खूबसूरत कंट्री है।' आपा बोलीं।

'ब्यूटिफुल, व्हेरी व्हेरी क्लीन जी।'

'मैं तोसे कहूँ, हिन्दी नाय आवे है का तुजे, पिरभा?'

'तोड़ा तोड़ा।'

'तो फिर बोल न तोड़ा तोड़ा।'

'कोपेनहेगन में होता तो टीक ता ऊदर, पन अमको ओडैन्से में रैने को माँगता जी, उदर अमारी चेची ता न जी लोग बौत फ्रैन्डली होता, बौत स्माइल करता जी।'

'बस रैन दे, थक गया होगा तेरा जबाड़ा।' प्रभा की हिन्दी सुनकर आपा और जिया ने अपने कानों पर हाथ रख लिए।

'ओके आपा, इल्ला अमको बुलाता।' हतप्रभ प्रभा सिर पर पाँव रखकर इला की ओर चल दी।

'मैं तोसे कऊँ, ये इल्ला बी न पिरभा को अपने जइसा बना लेगी। मरद को पतुरिया के संग छोड़ के इकल्ली बैठी है।'

तभी मंजूषा और राजीव के हँसने की आवाज़ सुनाई दी।

'शरीफ़ज़ादियों का मर्दों के बीच खी-खी करना क्या अच्छा लगता है?'

शमीम को अपनी ओर आते हुए देख आपा ने सोचा कि उनसे दुआ-सलाम कर ही लिया जाये। उस नास-पीटे मंज़ूर की वजह से वह कब तक छिपती फिरेंगी? हसन के लिए ये बदज़ात यूँ ही अफ़वाहें उड़ाता फिरता है।

'और सुनाइए, आपा, इंशा अल्लाह, आपके दीदार को भी तरस गये, कहाँ छिपी बैठी थीं आप अब तक?'

'वालेकुम सलाम, शमीम बीवी, छिपकर बैठें हमारे दुश्मन। अल्हमदुलिल्लाह, निकाह के बाद हमारी आयशा बहुत खुश नज़र आ रही है।'

'खुदा का शुक्र है, आपा, हम तो यही दुआ माँगते हैं के रिचर्ड जैसा दामाद सबको नसीब हो।'

'अल्हमदुलिल्लाह, जोड़ी सलामत रहे। सुना है के बड़ा अच्छा काम चल रहा है रिचर्ड मियाँ का।' रिचर्ड को उच्चायोग के अधिकारियों के साथ बैठा देखकर आपा बेहद परेशान थीं।

'इंशा अल्लाह, रिचर्ड ने इंडिया हाउस के साथ एक बहुत बड़ा कॉन्ट्रेक्ट साइन किया है, आपा। अल्हमदुलिल्लाह, दोनों मुतमइन हैं।' शमीम ने बताया।

आपा को अन्दाज़ा था कि ऐसा मीता और मकरंद की जान-पहचान से ही सम्भव हुआ होगा। तभी तो जौन लुईस के वाउचर्स लेकर आयी थीं माँ-बेटी।

'ए मैं तोसे कऊँ, समीम, इंडिया हाउस में गोरे बी काम करे हैं का?' अपनी धोती की चुन्नटें हाथ में समेटे, जिया भी दीवार की टेक लगाकर खड़ी हो गयीं, उनका पेशाब बस निकलने को था किन्तु घुटनों में गठिया की वजह से बार-बार ऊपर चढ़कर जाना अब उनके बस की बात नहीं रही थी और नीचे वाले शौचालय को किसी ने अन्दर से बन्द किया हुआ था।

'जिया, रिचर्ड वहाँ काम नहीं करते, उन्होंने तो बस ऐमबैस्सी के घरों को री-डेकोरेट करने का ठेका ले रखा है।' शमीम ने खुलासा दिया।

'मैं तोसे कऊँ, समीम, आयसा बी तो वईं काम करे थी, के नईं।'

'आपकी याददाश्त तो माशा अल्लाह ख़ासी बढ़िया है, जिया। रिचर्ड से आयशा की मुलाक़ात वहीं तो हुई थी। इंशा अल्लाह, अब तो आयशा को ख़ासी अच्छी जॉब मिल गयी है।' शमीम जानती थी कि आपा बात की तह में जाये बगैर नहीं मानेंगी।

'ये सब मरी तकदीर की बातें हैं, शमीम, रिचर्ड से मरा मिलवाने के लिए ही भगवान ने शमीम को मरी ऐमबैस्सी में जॉब दिलाई होगी।' मोहिनी ने आकर बड़े प्यार से शमीम के गलबहियाँ डालते हुए कहा।

'आपने बजा फ़रमाया, मोहिनी बाजी। हमारे मियाँ ने बड़ी लानत-मलानत भेजी पर आयशा टट्टू की तरह बस अड़ ही गयी कि निकाह करेगी तो रिचर्ड से, वरना...।'

'मरा अच्छा ही किया न उसने, शमीम, रिचर्ड जैसे हज़्बैंड्स क्या मरे आसानी से मिलते हैं?'

'अल्हमदुलिल्लाह, रिचर्ड तो हमें अपने कुनबे से भी ज़ियादा इज़्ज़त बख़्शते हैं। हम उन्हें कोई छोटा-सा एक तोहफ़ा ही क्यों न दे दें, वह हमारे आगे बिछे-बिछे जाते हैं, थैंक यू, थैंक यू कहते नहीं थकते।' शमीम को तो बस एक मौक़ा चाहिए था अपने दामाद की तारीफ़ों के पुल बाँधने का।

'शमीम बी, आप थैंक यू, थैंक यू की रट लगाये हैं, हमने तो, अल्हमदुलिल्लाह, रिचर्ड को अभी-अभी 'शुक्रिया' कहते सुना।' आपा ने खुशी ज़ाहिर की।

'दुरुस्त फ़रमाया, आपने आपा। अल्हमदुलिल्लाह, आयशा उन्हें उर्दू सिखा रही

है। खाने-पीने के मुतल्लिक आप रिचर्ड से कुछ भी पूछ कर देख लीजिए, उन्हें सब चीज़ों के नाम ज़बानी याद हैं।'

'हाउ नाइज़, रिचर्ड इज़ रियली ए ग्रेट गाइ।' मीता ने यहाँ भी अपनी उपस्थिति दर्ज करवा ही ली हालाँकि उसका दिमाग़ एक साथ कई अन्य जगहों पर था।

'अपने यहाँ के दामाद तो दहेज़ लेकर डकार जाते हैं और मीनमेख निकालते हैं, सो अलग, क्यों मोहिनी भाभी?' अपने पल्ले को सँभालते हुए वायु भी जिया के बगल में आ खड़ी हुई।

सारी महिलाएँ एकाएक टॉयलेट के पास आकर इकट्ठी हो गयी थीं; इतनी देर से अन्दर न जाने कौन था?

'इंडिया में तो दहेज़ के लालच में ससुराल वाले बहुओं को जला मारते हैं या फिर वे बेचारी तंग आकर आत्महत्या कर लेती हैं।' नैन्सी ने कहा।

'खुदा न ख़ास्ता, पाकिस्तान का बी वई क़िस्सा है, बीवी।'

'मैं तो कहती हूँ कि हमें अपनी बेटियों की मरी शादियाँ गोरों से ही करनी चाहिए। एक तो मरा ब्रिटिश पासपोर्ट मिल जायेगा, दूसरे वे उन्हें मरी इज़्ज़त से तो रखेंगे, हैं के नईं?'

'खुदा न ख़ास्ता तलाक़ हो भी गया तो मर्द की आधी जायदाद तो उन्हें मिलेगी ही मिलेगी।'

'और बाल-बच्चे भी हो गये हों तो नो प्रॉब्लम, उनका ख़र्चा वाइफ़ को अलग से मिलेगा।' वायु ने बताया।

'ऐ मैं तोसे कऊँ, आपा, बिलैती लड़कियन के तो दोनों हाथन में लड्डू हैं लड्डू।'

'हमारे एक्स-प्राइम मिनिस्टर गोर्डन ब्राउन ने ब्रिटिश-एशियंस को एडमॉनिश किया था कि उन्हें अपने पार्टनर्स इसी कंट्री में ढूँढ़ने चाहिए।' मीता ने बताया।

'भाभी, जो भी हो, इंडियंस तो अपनी बहुएँ और दामाद इंडिया से ही लाना चाहते हैं।' वायु ने कहा।

'क्यों न लायें, वे टिकाऊ जो होते हैं, यहाँ के लड़के-लड़कियाँ तो एक महीना भी साथ रहने को राज़ी नहीं हैं...'

'मरी ऐसी बात नहीं है, नैन्सी, यहाँ भी मरे एक से एक अच्छे इज़्ज़तदार घराने हैं...'

'हमारी नन्ही के लिए भी न ढूँढ़ दो कोई गोरा काला, मोहिनी। उसके लिए हम दो साल से लड़का ढूँढ़ रहे हैं। नन्ही की शादी हो तो हम भी बहू लायें। लड़की वालों की लाइन लगी है पर हमें तो अभी एक सूटेबल ब्वॉय चाहिए...।' वायु ने अपना पल्ला कन्धे पर टिकाते हुए कहा।

'ऐ मैं तोसे कऊँ, बायु, जब हमारी नन्ही के भाग जागेंगे न तो देख लीजो

सलोना दूल्हा खुदै चल कर आयेगा तुमारे द्वार।' जिया ने बेटी को ढाढस बँधाया।

'आजकल के लड़के-लड़कियों को मरा कोई पसन्द भी तो आवे।' मोहिनी बिदक गयी कि वायु कहीं दामाद ढूँढ़ने के लिए उसके पीछे ही न पड़ जाये।

'इतनी अच्छी जगह काम करती है नन्ही, वहीं कहीं कोई क्यों ढूँढ़ लेती?' नैन्सी ने अपनी छोटी बहन से पूछा।

'नैन्सी जीजी, तुम तो जानती ही हो कि नन्ही ज़रूरत से ज़्यादा रिज़र्ड है। चौबीसों घंटे कम्प्यूटर में सिर घुसाये बैठी रहती है। मोटा चश्मा और चढ़ गया है उसकी आँखों पर। सच्ची, मैं तो बहुत परेशान हूँ।'

'ऐ मैं तोसे कऊँ, बायु, राम जी सब भली करेंगे, तू बौत फिकर करती है।' जिया से खुलेआम अपनी पोती की बुराई नहीं सुनी जा रही थी।

'वैसे रमेश में क्या बुराई थी, वायु? वे लोग तो नन्ही में इन्ट्रेस्टड भी थे?' नैन्सी ने छोटी बहन के ज़ख़्म पर मानो नमक छिड़क दिया। बहन की पूरी पोल खोले बगैर अब नैन्सी को चैन थोड़े ही पड़ेगा।

'नन्ही को रमेश पसन्द ही नहीं था, जीजी। उससे तो तीन ए-लेवल्स भी पास नहीं हुए; आजकल फल-सब्ज़ी की दुकान चलाता है। हमारी नन्ही ग्रेजुएट है और मैकडोनल्ड में सुपरवाइज़र है।' वायु ने पल्ला अपने बायें कन्धे पर अच्छे से टिका लिया जैसे कि वह युद्ध के लिए तैयार हो।

'लाहौलविलाकुव्वत, फल-सब्ज़ियाँ तो भई रोज़ की ज़रूरत हैं, उसमें क्या बुराई है?' आपा ने हाथ नचाते हुए पूछा।

'पढ़ाई-लिखाई का फ़ायदा तो तब होता, वायु, कि नन्ही मैकडोनाल्ड में काम करने के बजाय रमेश की दुकान को बढ़ाकर सुपरस्टोर बना देती।' नैन्सी की बस यही आदत वायु को नहीं पसन्द। हर चीज़ में फ़ायदा देखती है। अपनी तो अधेड़ बेटी कुँवारी बैठी है और चली है उसे सलाह देने।

'बच्चों की मरी ज़िद के आगे किसकी चलती है, वायु? मरे सोलह के हुए नहीं कि हो गये मरे एडल्ट। अलग रहना चाहें तो मरी काउंसिल उन्हें घर भी दे देती है।'

'कितने मज़े हैं न बच्चों के यहाँ? ज़रा-सा टोका नहीं कि घर छोड़ के चले जाने की धमकी दे देते हैं।'

'फिर भी सिरफिरों को कहाँ क़द्र है हमारी? इंडिया में होते न तो अक़्ल ठिकाने आ जाती।'

'इंडिया में अब तक जॉइंट फैमिली का रिवाज़ चल रहा है, वहाँ बच्चे इंडिपेंडेंट रह कर गुज़ारा नहीं कर सकते।'

मंजूषा टायलेट में से निकली तो धोती की चुन्नटें सँभाले जिया उसे धकियाती हुई झट टायलेट में घुस गयी। अन्य महिला-मेहमानों ने भी शुक्र मनाया।

'अब तो यहाँ भी बच्चे घर छोड़ कर जाना नहीं चाहते।'

'जायें कैसे? बेचारों को मॉर्गेज भी तो मिले। किराये आसमान छू रहे हैं, काउन्सिल-टैक्स और बिल्स देने के बाद बस खाने-पीने के लायक पैसे बचते हैं। यूनिवर्सिटी में पढ़ाई के लिए जो स्टूडेंट्स लोन लेते हैं, वो उनकी सेलरी में से जीवन भर कटता है।' घड़ियाल के इस करुण रुदन ने कमरे में सर्वत्र उदासी फैला दी।

'वायु, तुम तो अमित की बहू ले ही आओ, उसकी किस्मत से शायद तुम्हें दामाद भी मिल जाये।'

'और नहीं तो क्या, लड़की तो मरी मिली मिलाई है, क्यूँ वायु?' मोहिनी की इस बात से गेंद एक बार फिर वायु के कोर्ट में आ गिरी; कोई नैन्सी की बेटी के बारे में क्यों बात नहीं करता?

'क्या कहती हो, मोहिनी? अमित और रीना तो बस अच्छे दोस्त भर हैं, शादी-वादी जैसी कोई बात नहीं है। बहू तो भई मैं दिल्ली से ही लाऊँगी। नज़र में है एक लड़की, लाखों में एक, खूबसूरत है, खाते-पीते घर से है।'

'हू आर यू टाकिंग एबाउट, दीदी? लेट मी आलसो नो।' मीता ने यह प्रश्न कुछ ऐसे पूछा था कि जैसे वह कोई भेद जानती हो।

'अरे वही, अमीर चन्द की पोती नन्दिनी। आप भी तो जानती हैं उन लोगों को। मार्च में मैं जब दिल्ली गयी थी तो बात पक्की कर आयी थी। बस नन्ही की शादी हो जाये...'

'आप क्या उसी नन्दिनी की बात कर रही हैं जो मेरी आंटी की सिस्टर-इन-लॉ की नीज़ है? परहैप्स आपको न्यूज़ नहीं मिली...।' मीता ने वायु को विश्वास दिलाने के लिए कि जो विस्फोटक बात वह बताने जा रही थी, वह उसी नंदिनी की थी, रिश्ते की तफ़सील दी। मीता को यह बात खटक गयीं थी कि वायु इस रिश्ते का ज़िक्र उसके सिवा सबसे कर चुकी थी। ननद को सबक़ सिखाने का इससे अच्छा मौक़ा उसे फिर कब मिलता?

एकाएक माहौल सनसनीखेज़ हो उठा। मेहमानों के कान खड़े हो गये और वायु का दिल ज़ोर-ज़ोर से धड़कने लगा।

'क्या नहीं बताया, मीता भाभी? क्या हुआ?' आसमान से नीचे आ गिरी वायु और उसका पल्ला। वह मन ही मन झल्ला उठी; इतना नाटक करने से बेहतर था कि मीता सीधे मुद्दे पर आती।

'वी तो हर्ड फ़्रौम रिलायबल सोरसेज़, वायु, के नन्दिनी अपने फर्स्ट-कज़िन के साथ इलोप हो गयी। उनका कोई मुसलमान दोस्त है जिसने उन्हें जामा मस्जिद के इलाके में हाइड करके रखा है। दिल्ली में एक बहुत बड़ा स्कैंडल खड़ा हो चुका है, यू नो।'

'कहीं हिन्दू-मुस्लिम रौएट्स न शुरू हो जायें।'

कुछ देर के लिए बैठक में सन्नाटा छा गया, वायु की आँखें मीता के चेहरे पर

टिकी थीं और साँस बन्द। गेंद एक बार फिर वायु के कोर्ट में आकर ठहर गयी थी; खिलाड़ियों के हाथ मिलाये बगैर खेल खत्म हो गया था।

'लाहौलविलाक़ुव्वत, सब्र से काम लीजिए, वायु बी।' आपा ने ख़ामोशी भंग की तो लोगों ने साँस ली।

'या खुदा, रहम कर।' शमीम ने भी वायु के कन्धे पर हाथ रखते हुए हमदर्दी जताई।

'राम जी सब भली करेंगे, बायु, तू फिकर नाय कर।' जिया का दिल दहल उठा; उन्होंने अपनी छोटी और दुलारी बेटी को सीने से लगाकर तसल्ली देनी चाही।

'कैसी बुरी खबर सुनाई, मीता तुमने तो।' अपने सीने पर हाथ रखे नैन्सी ने भी मीता को घूरते हुए कहा और वायु और जिया से जा चिपकी। तीनों महिलाएँ मीता को गुस्से में देख रही थीं; मुँह खोलने से पहले उसे समय और स्थान का तो ख़याल रखना चाहिए था।

'आइ एम रियली सॉरी, वायु।' मीता को समझ नहीं आ रहा था कि वह बात को कैसे सँभाले? घबराहट में वह वहाँ से उठकर ही चल दी।

बेहाल वायु को काटो तो खून नहीं, सोफ़े पर बिखरा उसका पल्ला अपनी बदक़िस्मती को रो रहा था। वे सब भी जो अपने पल्लों से अधिक वायु के पल्ले के गिरने और सँभलने पर नज़र रखते थे, व्यथित थे।

'वायु, अभी कौन-सी अमित की मरी उम्र निकली जा रही है? मरा सताईस का ही तो हुआ है। उसके लिए मरी कोई अच्छी सी लड़की यहीं देखो।' वायु की पीठ को सहलाते हुए मोहिनी उसे ढाढस बँधा रही थी।

'मोहिनी ठीक कह रही है, वायु, इंडिया से लड़की ले तो आओ पर क्या जाने वह वो यहाँ रच-बस पाये के नहीं।'

'वायु, जो हुआ अच्छा ही हुआ। अमित यहाँ पला-बढ़ा है, ब्रिटिश है, इंडिया में तो लड़के-लड़कियों को एक-दूसरे को जानने का मौक़ा भी नहीं मिलता।'

'इंडिया में क्या, नैन्सी दीदी, यह तो हर कंट्री में होता है, सारी-सारी उम्र साथ रहकर भी मियाँ-बीवी एक-दूसरे को जान नहीं पाते...।'

इसके पहले कि घड़ियाल अपनी बीवी का रोना शुरू करता, शमीम बोल उठी।

'घनश्याम भाई जान, यह सब मुकद्दर की बात है, अपने आग़ा साहब मुरादाबाद से दुल्हन लाये, उसे अपने सिर-आँखों पर बैठाया, तीन महीने भी तो नहीं टिकी।'

'लाहौलविलाक़ुव्वत! आग़ा साहब के साथ तो भई बड़ी नाइन्साफ़ी हुई। कोई वजह भी तो हो? ऐसे कहाँ ग़ायब हो गयी? दाल में ज़रूर कुछ काला है, किसी ने तो उसकी मदद ज़रूर की होगी?' आपा ने शमीम पर सवालों की बौछार कर दी।

'तफ़सील तो हमें मालूम नहीं, आपा, पर इसमें बेचारी दुल्हन का कोई कुसूर

नहीं था...अब क्या बताएँ...।' एकाएक शमीम ख़ामोश हो गयी।

'आपा, आग़ा साहब ने सोचा था कि उनके 'गे' साहबज़ादे का ब्याह हो जायेगा तो उनका राज़ छिपा रहेगा, सीधी-सादी दुल्हन जुबाँ नहीं खोलेगी और खोलेगी भी तो जायेगी कहाँ?' आयशा ने अपनी अम्मी की बात पूरी की।

'लाहौलविलाकुव्वत।' आश्चर्य यह था कि इस वक्त आपा अवाक् बैठी थीं।

'ऐ मैं तोसे का कऊँ, ये 'गे' का बला है?' जिया के कान खड़े हो गये। वायु अब तक सँभल चुकी थी, वह पल्ला सँभालकर सीधी बैठ गयी; कम से कम अब किसी और की भद पिट रही थी।

'गे, होमोसैक्सुअल, हैट्रोसैक्सुअल, लैसबियन्स, बाईसैक्सुयल्स, होमोज़, बहुत-से लफड़े हैं, जिया, आजकल।' नैन्सी ने अपना ज्ञान बघारा। जिया ने अपना माथा पीट लिया; वह 'गे' के विषय में पूछ रही थीं, पाँच भारी-भरकम शब्द और जोड़ दिये थे नैन्सी ने।

'भई, आजकल तो यही पता लगाना मुश्किल है कि कौन नॉर्मल है, कौन गे।' आपा बोलीं।

'ऐ मैं तोसे का कऊँ, कोई हमें ये बी तो बताओ के ये होमो हीटरो है का बलाय?' जिया का गुस्सा जायज़ था कि उन्हीं के घर में मेहमान उन्हीं की उपेक्षा किये चले जा रहे थे।

'जिया, आई थिंक, जो न लड़की हो न लड़का या दोनों?' मंजूषा ने अपनी जीभ काट ली क्योंकि उसे अपने ही कथन पर सन्देह था।

'ऐ मैं तोसे का कऊँ, मंजूसा, तो हिजड़ा च्यों न कैती?'

'जिया, शब्दकोश में 'गे' का अर्थ 'समलैंगिक व्यक्ति' अथवा 'समलिंगकामुक' दिया गया है...' मिश्रा जी बाकी के शब्दों का भी अर्थ बताने ही वाले थे कि नैन्सी ने उन्हें टोक दिया। जिया ने आपा की ओर देखा जो अपना सिर स्वीकृति में ऐसे हिला रही थीं कि जैसे उन्हें सब समझ आ गया हो।

'जो भी हो, टीवी और फ़िल्मों में इन निगोड़ों को ऐसी शान से दिखाया जाता है के बच्चे सोचते हैं कि 'गे' होना बड़ी अच्छी बात है।'

'ब्वाय जार्ज को ही देख लो, कमबख्त हिजड़ा-सा। पता नहीं गोरों को क्या मज़ा आता है ऐसे पिरोग्राम दिखाने में।' आपा ने एक गिलौरी अपने मुँह में रखकर अपना चाँदी का पानदान शमीम की ओर बढ़ाया; उसे पटाये रखना ज़रूरी था, कहीं वह उस नामाकूल मंज़ूर की अफ़वाहों को सच न मान बैठे।

'टीवी के अधिकतर कार्यक्रमों के प्रस्तुतकर्ता आजकल 'गे' युवक ही हैं, जो मोटी-मोटी गालियाँ देना शान समझते हैं और उनकी गालियाँ सुनकर यहाँ के लोग भी खूब तालियाँ पीटते हैं।' मिश्रा जी को एक और विषय मिला अपनी भड़ास निकालने का।

'कोई मुझे आजकल की एक ऐसी फ़िल्म या सीरीज़ का नाम बता सकता है जिसमें कम से कम एक 'गे' कैरेक्टर न हो?' मोहन ने अपने सदाबहार अन्दाज़ में पूछ कर मेहमानों पर एक नज़र डाली।

'बड़े भाई, अमेरिका में तो अब गे मैरिजेज खुले आम होने लगी हैं।' गिरगिट ने मोहन के सवाल को नज़रअन्दाज़ करते हुए बताया।

'अरे यहाँ नहीं हुईं क्या? वो क्या नाम है मरा उसका, मिक? बन्दर-सा मरा गौग्ल्स पहने पियानो पर बैठा गाने गाता है...' अपना सिर ज़ोर-ज़ोर से खुजाते हुए मोहिनी अपनी आँखों को घुमाते हुए मोहन को जैसे टिप्स देना चाह रही थी।

'एलटन जॉन!' पत्नीव्रत मोहन झट समझ गये कि मोहिनी को किसकी तलाश थी।

'हाँ वही, मरा वो भी तो गे है, अब तो उसने एक बच्चा भी गोद ले लिया है, मरा क्या नाम है उसके पार्टनर का, मिक?' अपना सिर खुजाते-खुजाते मोहिनी गंजी हो जाये तो दूसरी बात है किन्तु मोहन यदि पास न हों तो मोहिनी की न जाने कितनी बातें अधूरी रह जायें।

'डेविड फर्निश।'

'लाहौलविलाकुव्वत, दोनों मर्द? तो फिर बच्चे की माँ कौन होगा?'

'आजकल लेस्बियन्स की कौन-सी कमी है।' मोहन बोले।

'मैं तोसे कऊँ, ये लैस बीन्स क्या बलाय है?'

'या खुदा, यह समझ लीजिए, जिया, के क़यामत का दिन बस अब दूर नहीं है।' जाहिर था कि आपा को भी लेस्बियन्स के बारे में कोई जानकारी नहीं थी।

'मरे अपनी ही फ्यूचर जेनरेशन बिगाड़ रहे हैं।'

'सुना है कि कुछ अफ़्रीकी देशों में 'गे' लोगों को फाँसी तक दे दी जाती है।'

'भैंचो 'गे' लोगों के क्या साले दिल नहीं होते? सदियों से वो साले भुगत रहे हैं हम सबकी साली नफ़रत, हिकारत और न जाने क्या-क्या। साली अब जाकर उन्हें कुछ आज़ादी मिली है तो भैंचो सब जले-मरे जा रहे हैं, साला क्यों?'

'महिलाओं के बीच आपको ऐसी बातें शोभा नहीं देतीं।' घड़ियाल घुड़काव; उसे यह आशा नहीं थी कि रंजीत के कान इतने तेज़ थे।

'साले घड़ियाल, तुम्हें शोभा देता है लेडीज़ से जाकर चिपक जाना और उन्हें साला हैरास्स करना?' मेहमान सोच रहे थे कि शायद प्रभा ने रंजीत से घड़ियाल की शिकायत की थी, तभी वह घनश्याम से इतना ख़फ़ा दिखाई दे रहा था।

ऐसा पहली मर्तबा हुआ था कि किसी ने घनश्याम को खुले आम 'घड़ियाल' के नाम से पुकारा था। अचम्भे की बात यह थी कि वह अपनी बेइज़्ज़ती होते देख भी चुप था।

'हमारे घर में हमारे ही कज़िन का ऐसा अपमान, क्या अन्धेर है?' लँगड़ाते हुए

मोहन एक बार फिर रंजीत के सामने आ खड़े हुए, जो अपनी ही सनक में था। मोहन को नज़रअन्दाज़ करते हुए वह व्हिस्की पीता रहा।

'आप बी मरे किसके मूँ लग रए हैं? मरे करोड़पति क्या जाने कि मरा मान-अपमान क्या होता है? इन्हें तो सिर्फ़ मरे पाउंड्स की बात समझ आती है।' थानेदार की तरह मोहिनी अपने पति की बाँह पकड़कर उन्हें एक ओर खींचने लगी।

'ऐसे धन का क्या फायदा जो किसी के काम न आ सके? कुछ थोड़े से लोग लाखों-करोड़ों की सम्पत्ति पर फन उठाये बैठे हैं।' वायु ने कहा।

'एक तरफ़ सैकड़ों बच्चे और बूढ़े सड़कों पर रुल रहे हैं तो दूसरी ओर इनकी महलनुमा कोठियाँ ख़ाली पड़ी सड़ रही हैं।' सुमित ने कहा।

'नेपोलियन बोनापार्ट ने कहा था कि सम्पन्नता धन के संग्रह में नहीं, बल्कि उसके उपयोग में होती है, बैंक्स अथवा मटके में रखे धन का क्या फ़ायदा?' मिश्रा ज़ी ने कहा।

'वाह, क्या बात कही है, बिल गेट्स की तरह धनी लोग यदि अपनी सम्पत्ति गरीबों से शेअर कर लें तो दुनिया में कोई दुखी न रहे।' सुमित ने कहा।

'अमीर इंडियंस तो अपने धन का इस्तेमाल लॉर्ड्स और बैरंस के ओहदे खरीदने के लिए करते हैं।'

'और लॉर्ड्स बनकर वे सोचते हैं कि उन्हें तहज़ीबो-तमीज़ का ठेका मिल गया।' आपा ने रंजीत की ओर देखते हुए तंज किया; उन्होंने हाल ही में सुना था कि रंजीत को लॉर्ड की उपाधि मिलने वाली है।

'आपा, आप तो साली ख़ामोश ही रहें तो भैंचो अच्छा रहेगा।' तीर निशाने पर था। रंजीत को आग लग गयी।

'लाहौलविलाकुव्वत, हमने ऐसा क्या कह दिया के...' होंठों पर हाथ रखे आपा अचकचाकर चुप हो गयीं; इस मुर्दार से उन्हें पंगा नहीं लेना चाहिए था। हसन अपना माथा पीट कर रह गया; उसकी नौकरी अब सचमुच ख़तरे में थी।

'मिस्टर रंजीत, आप खुद को समझते क्या हैं? एक भद्र महिला से क्या ऐसे बात की जाती है?' जैसे ही मोहन ने रंजीत की पीठ पर थपकी देकर कहा, रंजीत ने गुस्से में गिलास की सारी व्हिस्की मोहन के चेहरे पर फेंक दी।

जल्दी में महँगे टिशुज़ वाला डिब्बा मोहिनी के हाथ में आ गया; जिसमें से ढेर सारे टिशुज़ निकालकर वह मोहन का चेहरा और कुर्ता पोंछने लगी। मोहिनी को अपने रास्ते से हटाते हुए मोहन हाथ-पाँव फेंक रहे थे।

इसके पहले कि मोहिनी कुछ और महँगे टिशुज़ बर्बाद करती, मीता ने बड़बड़ाते हुए उसे टॉयलेट-रोल थमा दिया, जो वह नीचे वाले टॉयलेट में रखने के लिए लायी थी।

'मरा रैने दो मीता, इनकी इत्ती मैंगी कमीज़ मरी बरबाद कर दी।' मोहिनी को बहुत गुस्सा आया। उसके धर्मात्मा पति का मुँह पोंछने के लिए मीता को टॉयलेट-रॉल

ही मिला था?

'मिक भाई, लम्बी साँसें लीजिए और ओम शान्तिः शान्तिः कहिए।' गिरगिट अपने हाथ ऊपर उठाये एक बार फिर भीड़ के मध्य आ खड़ा हुआ।

यह एक नाज़ूक मसला था, मोहन और मोहिनी के सिवा रंजीत के ख़िलाफ़ कोई अपना मुँह खोलने को राज़ी नहीं था। महँगे टिशुज़ का डिब्बा सँभाले मीता अपना सिर पकड़कर सोफ़े पर निढाल होकर बुदबुदाने लगी; 'शेराँ वाली माँ, मेरी पार्टी को बर्बाद होने से बचा लो, जगदियाँ जोता वाली माँ, हमसे कोई मिस्टेक हो गयी हो तो प्लीज़ फोर्गिव अस।'

'वरी नॉट भाभी जी, मैं हूँ न।' गिरगिट को सामने खड़ा देखकर मीता की रही-सही हिम्मत भी जवाब दे गयी।

रंजीत को दोष देते हुए मेहमान इधर-उधर खिसकने लगे।

'रंजीत जी ने खरी बात कह दी तो क्या बुरा किया? थोड़े-से टिप्सी हो गये हैं, रंजीत जी, लोगों को इसका तो ख़याल रखना चाहिए।' रंजीत को सुनाती हुई मंजूषा बोली।

'टिप्सी होने के बावजूद, रंजीत छोटी-छोटी बातें नोटिस करते हैं, हम सब देख कर चुप रहे पर उन्होंने साफ-साफ कह दिया कि प्रभा को कोई तंग कर रहा है।' सब जानते थे कि राजीव घड़ियाल की बात कर रहा था, जो इस वक्त गीदड़ बना जिया के पहलू में बैठा था।

'मैं तोसे कऊँ, आपा, वो कम्बखत म्हारे किसन जैसे भाँजे को घड़ियाल बता रा था।' जिया ने घड़ियाल की पीठ सहलाते हुए कहा।

'लाहौलविलाकुव्वत, प्रभा कोई बच्ची थोड़े ही है, अगरचे आपसे बात नहीं करना चाहती थी तो मना कर देती।' आपा ने भी घनश्याम की तरफ़दारी की।

तभी, ऊपर की सीढ़ी पर कैमिला प्रकट हुई और चिल्लाकर बोली। 'मम्मी... ई...ई..., पिक अप दी ब्लडी फ़ोन।'

'कैमिला डार्लिंग, वाट हैपेंड?' मीता ने रसोई में से झाँकते हुए पूछा।

कैमिला ने अपनी बात दोहराई किन्तु मीता को कुछ सुनाई नहीं दिया। पाँव पटकती हुई कैमिला नीचे पहुँची।

'जीतो आंटी इज़ इन हॉस्पिटल, आस्क कुलदीप अंकल टु फ़ोन कुमार अंकल ऑन हिज़ मोबाइल।'

'डार्लिंग, हू इज़ इन हॉस्पिटल?' हॉस्पिटल का नाम सुनकर घबराई हुई मीता समेत कई अन्य मेहमान कैमिला के नज़दीक चले आये।

'जीतो आंटी इज़ इन सेंट्रल मिडल्सैक्स हॉस्पिटल, मम।' मेहमानों से घिरी कैमिला ने कुछ ठंडा होते हुए दोहराया। सभी की आँखें और कान अब कैमिला पर जा टिके।

'माई डार्लिंग, डोंट वरी अबाउट ऐनीथिंग, ओके? गो बैक टू स्टडी; मैं यहाँ सब हैंडल कर लूँगी।' मीता ने कैमिला को आलिंगन में लेकर चूमना चाहा पर वह छिटक कर ऊपर भाग गयी।

सारे मेहमान अब अमृता और कुलदीप के आसपास आ जमा हुए। अमृता अपने मोबाइल फ़ोन पर कुमार से बात कर रही थी।

'सुनो जी, कुमार त्वानू हिलिनंगडन हस्पताल विच सद रए ने।' देर तक फ़ोन पर गिटपिट करने के बाद अमृता ने कुलदीप को बताया।

'ओके, तुस्सी मेरी इदरे ही वेट करो, मैं वेख के आँदा हाँ।' अमृता से कार की चाबियाँ लेकर कुलदीप बाहर भागा।

'प्लीज़ कीप अस इन्फॉर्म्ड, कुलदीप, हॉस्पिटल पहुँचते ही फ़ोन करना।' मीता ने आग्रह किया। मेहमानों को भोजन तो नहीं पर एक चटपटा क़िस्सा ज़रूर मिल गया था।

'अमृता, क्या यह वही जीतो है, जिसके बारे में आप लोग बात कर रहे थे?'

'यह तो बताओ, अमृत, के हुआ क्या?'

'कुमार कैंदे सी के ओहो सीढ़ी से डिग...।'

'ओह, ज़रूर ज्यादा चोट लगी होगी, तभी तो अस्पताल लेकर गये हैं...।'

'घर की सीढ़ियों से लुढ़ककर इतनी चोट थोड़े ही आ सकती है?'

'ज़रूर किसी ने उसे धक्का दिया होगा।'

'आई होप, प्रेगनेंट न हो; आजकल ऐसे क़िस्से बहुत सुनने में आते हैं।'

'एक न एक दिन तो यह होना ही था...।'

'मरे शराबी-कबाबी बेटे से और मरी क्या उम्मीद की जा सकती है...?'

'चलो बेटा बुरा निकला, कुमार्स को तो बहू का ख़याल रखना चाहिए था...।'

'मैं तो कहती हूँ कि कुमार्स को जेल हो जानी चाहिए...।'

'अमृता, जीतो की फ़ैमिली को तो मरी ख़बर कर दो।' मोहिनी ने कहा तो अन्य मेहमानों ने भी उसकी हाँ में हाँ मिलायी।

'कुल्ले को भैंचो हॉस्पिटल तो पहुँचने दो, हो सकता है जीतो साली सही-सलामत हो।' रंजीत झल्लाते हुए बोला।

'बड़े भाई ठीक कह रहे हैं, अभी हमें उन्हें परेशान नहीं करना चाहिए...'

'सुनेंगे तो बस रोयेंगे, कुछ कर तो पायेंगे नहीं।'

छोटे-छोटे ग्रुप्स में बँट कर मेहमान वही बातें दोहराये जा रहे थे।

'ऐ मैं तोसे का कऊँ, पुसपा आ गयी।' इस आड़े वक्त में जिया को दरवाज़े पर अपनी सहेली पुष्पा खड़ी दिखी तो वह चिहुँक उठी। 'पुस्पा' के बिना 'पाल्टी' का क्या मज़ा? बादामी और हरे रंग की मैक्सी और पंप शूज़ पहने पुष्पा मौसी कपड़े के एक मटमैले थैले में लाल अंगूर लायी थीं, जो वह सकुचाये हुए सुदामा की तरह मीता और

मकरंद से छिपा रही थीं। बिना किसी से दुआ-सलाम किये वह सीधे जिया के पास पहुँच गयी और फिर वे दोनों फुसफुसाती हुई पीछे के बाग़ में जा बैठीं।

पुष्पा मौसी को देखकर मीता का गुस्सा अपनी बुलन्दी पर था; मकरंद का हाथ थामे और मेहमानों की ओर मुस्कुराकर देखते हुए, वह बुदबुदाने लगी, 'एवरी नाउ एंड देन, मैं पुष्पा मौसी को चाय और स्नैक्स देती हूँ एंड लुक एट हर, ख़ाली हाथ लटकाये चली आयीं। उन्हें तो हमें कान्गरैचुलेट करने तक का टाइम नहीं है।'

'आया जिया।' कहते हुए मकरंद वहाँ से खिसक लिए।

'ऐ मैं तोसे का कऊँ, पुस्पा, तूने इत्ती देर कहाँ कर दी? कित्ते दिन बाद आयी है री तू?'

'जो है सो है, जिया, तुमे बताई तो थी के इतवार के दिन हम श्री राम मन्दिर में प्रसाद अउर भोजन बनाने में मदद करते हैं।'

'ऐ मैं तोसे का कऊँ, पुस्पा, म्हारी म-मरी (मेमरी, याददाश्त) बौतई खराब हो गयी है।'

'और तुमने हमसे काय नईं बताई के आज तुमारे बेटा-बऊ की सादी की सालगिरै है?' उन्होंने अपनी मैक्सी को कुछ ऊँचा उठाकर बैठते हुए पूछा।

'ऐ मैं तोसे का कऊँ, पुस्पा, अब तू रिटारटेड (रिटायर्ड) है, सम्बल के खर्चा किया कर। तुजे बता देती न तो तू बाज़ार जाके अपनी अंटी खाली कर आती।'

'जो है सो है जिया, तुमारे बेटा-बऊ का सोच रए होंगे के पुष्पा मौसी खाली हाथ लटकाये चली आयी, मुजे तो तुम जानो घनी शरम आ रई है।'

'ऐ मैं तोसे का कऊँ, पुस्पा, तू फिकर तो करै मति, मैं समजा दूँगी उने।'

'जो है सो है, तुमने आँख बनवाई थी न, उसका क्या हुआ?'

'ऐ मैं तोसे का कऊँ, आप्रेसन के बाद डागडर ने रेस्ट बताई थी सो बस्स तोड़ रए थे पिलंग, इसी लई कछु हजम नईं होता।'

'जो है सो है, जिया तुमें शुगर भी तो है, तुम जानो टैम तो लगेगा, हैं के नईं? कछु दीखने लगा के नाय?'

'नेक-सा दीखै लगा है। तेरा फेस तो हमें बिलकुलै साफ नईं दीखता।'

'अरे मारो गोली म्हारे फेस को, हमै तो तुम टिप-टॉप लग रइ ओ, तुम बी जीम-शीम जाने लगीं का?' पुष्पा मौसी हो हो करके हँसने लगीं।

'मैं तोसे कऊँ पुस्पा, जीम-शीम तो म्हारे बेटा-बऊ जावें हैं पेट घटाने के वास्ते। अरे, हिलोगे-डुलोगे नईं तो ढोलक तो बजेगी ई बजेगी, नई का?' जिया उचकियाँ-सी लेते हुए हँसने लगीं।

'नेक क़ान हियाँ तो लाओ जिया, सुना उज्जी की महतारी ने सादी कल्ली!'

'हाय राम सच्ची का? ऐ मैं तोसे का कऊँ पुस्पा, मति मारी गयी है का उनकी?'

'तो का मैं तुमसे झूठ कऊँगी? तुम जानो, म्हारी बऊ के साथ काम करे है न उज्जी की बऊ, उसी ने बताई। जो है सो है, सबै बेटा-बऊ का किया-धरा है।' पुष्पा मौसी ने मैक्सी को खींचकर अपने पैर ढकते हुए कहा।

'हाय राम पुस्पा, वो पचपन तो पार कर ई चुकी होएँगी, के नईं?'

'तुम जानो, जिया, हमसे दो एक साल ई तो छोटी हैं, जो है सो है।'

'ए मैं तोसे कऊँ पुस्पा, बुढ़ापा काटना का आसान है, टैम काटे नईं कटता, ही ही ही...।' मुँह में पल्लू ठूँसे, जिया हिचकियाँ लेते हुए हँसने लगीं।

'ऐ जिया, तो तुम बी कल्लो न अपना बियाह, जो है सो है, हो हो हो...।' पुष्पा मौसी भी अपनी भोंडी आवाज़ में हँसने लगीं।

'ए मैं तोसे कऊँ पुस्पा, तेरी मति मारी गयी है का, ही ही ही?' हँसते-हँसते जिया के आँसू निकल आये, जिन्हें अपना काला चश्मा उतारकर उन्होंने अपनी बाँह से पोंछा।

'जो है सो है, जिया, ये लो इस टिशु से पोंछो अपनी आँख।' पुष्पा मौसी ने खट्ट से अपना सोलहवीं सदी का बटुआ खोला और उसमें से एक मुसा-मुसाया टिशु निकालकर जिया को पकड़ा दिया।

'रैने दे, कम्मखत ऐसा रफ है के किसी की इस्किन (स्किन) ही छिल जाये।' तभी उन्होंने मीता और मकरंद को देखा, जो आपस में कुछ खुसपुस कर रहे थे।

'डार्लिंग डार्लिंग करते डोले हैं दुई जन। हमने कई थी इनसे के इस सुब दिन अखंड पाठ रखवा लो पर म्हारे तो नेक दो सबद सुन के बी ये राजी नाय हैं।'

'जो है सो जिया, म्हारे बेटा-बऊ का बी सेम टु सेम हाल है। तुम जानो, बेटा बेड-रूम में बेड-टी लेकर जाये है, तब कईं जाकर महारानी जी बिस्तर से उट्ठे हैं।'

'मैं तोसे कऊँ पुस्पा, पोता-पोती को बी म्हारे लिए टैम नाय है। एक बेर हमने कई के बिटवा, अपनी भासा तो नेक सीक लो, तो बऊ ने कई के जिया बच्चन को कनै फूज (कन्फ्यूज़) नाय करो।'

'हय राम जिया, जो है सो है, अपनी भासा सीकने से तुम जानो कोई कनैफूज होवे है का?'

'वई तो, गुजराती, पंजाबी और उर्दू वाले नईं होते, म्हारे हिन्दी वालों के बच्चे कनैफूज क्यूँ हो जावें हैं?'

'सो तो है जिया, हम तो देस के रए न बिदेस के, तुम जानो, थलिया के बैंगन की नाईं डोल रए हैं बस्स।'

'मैं तोसे कऊँ पुस्पा, खुदै बुलौवा भेजे था के आ जाओ बिलैत, घर की चौ. कसी करबे को, फँस गये हियाँ आके हम तो। अबै तो बापस जाने लायक बी नाय रए।'

'वई तो, म्हारे जेठ के पोते का बियाह है। जो है सो है हमने कई के हम जावे

के चाहें, फट मनै कर दी; हमारे लई हज्जार पौण्ड का खर्चा कौन करै? तुम जानो, जी मार के बैठे हैं।'

'मैं तोसे कऊँ पुस्पा, म्हारा एक ई तो देवर है जैपुर में। उसकी पोती के बियाह में जाना तो दूर, म्हारी बऊ ने उन्हें एक लायलोन की धोती भिजवाय दी। ऐसी सरम आयी के पूछो नाय।'

'हय राम जिया, का सोचेंगे तुमारे देउर-देवरानी? जो है सो है, तुम्हारे बेटा-बऊ तो सुना है होली-डे पर जनमरी (जर्मनी) जा रए हैं।'

'अरे हमसे किन्ने पूछी? मैं तोसे कऊँ पुस्पा, हमसे पूछते तो का हम इनके संग चल देते? इनके धोरे जनमरी जाने को पौण्ड हैं, अपने देस जाने को नाय।'

'जो है सो है जिया। नेक उधर तो देखो, अपनी बिमला की बेटी मैंनू कैसी बक्खो बावली लग रई है?'

'तोसे कऊँ पुस्पा, बित्ता भर की छोकरी बरमी के गाम (बर्मिंघम) में दाँतन की डागडरी कर रई है। एक बेर म्हारी दाढ़ दुख रई थी तो मैंनू से कई के बेटी ज़रा म्हारे मूँ में झाँक ले। फटाक से बोली, किल निक (क्लिनिक) में आओ तो देख देंगे। हमें का फायदा ऐसी डागडरी का? ऐ मैं तोसे कऊँ, पुस्पा, मैंनू की सास नई दिख रईं।'

'हाय राम जिया, तुमै नईं मालूम? मैंनू की सास तो तुम जानो परके साल ई ऑफ़ होय गयीं थीं। तबई तो ससुर बिलैत बुला लिये, जो है सो है।'

'मैं तोसे कऊँ पुस्पा, कित्ती बड़ी बात है के सुहागिन मरीं, म्हारी-तुमारी तरह बिधवा होके बच्चन की छाती पे मूँग तो नाय दली।'

'सो तो है जिया। हम एक दफै मैंनू की ससुराल गये थे। तुम जानो, ऐसी टहल की, का बताएँ? बडकी ने तो म्हारे लई एक बिलौज (ब्लाउज़) बिनके भेजा, जो है सो है। तनिक चढ़ता नईं अब्ब, तुम जानो पन्द्रह साल पीछे देखा था न हमें।'

'अरी पुस्पा, अबी कुछ टिकेंगे वो हियाँ?'

'जो है सो है, मैंनू के ससुर की पूछ रई हो का जिया? हो हो हो।'

'ए मैं तोसे कऊँ, और कौन धरा है इहाँ पूछबै को? ही ही ही।'

'जो है सो है जिया, अबै चानस है तुमारा, हो हो हो।'

'ए मैं तोसे कऊँ, पुस्पा, तुजे कछु सरम-लिहाज बी है के नाय, ही ही ही...'

'लो, अब्बी तो तुम कै रईं थीं के कोई मिलै बी तो सई, हो हो हो।'

'मैं तोसे कऊँ पुस्पा बऊ-बेटियों को तो देख, कैसे चिपक-चिपक के चूमा चाटी कर रईं हैं।'

'अब, जिया, बात नईं पलटो तुम, जो है सो है, हो हो हो।'

'मकरंद के लाला जीते रैते तो मजाल के म्हारे धोरे कोई फटक बी जाता। कोई दो बात बी कल्ले था तो फट डाँट पड़ जावै थी।'

'जो है सो है, ये मो-डर्न जमाना है, जरा सोमा को तो देखो, कैसे अपने दूल्हे से चिपक के बैठी है?'

'बेलच्छनी पेटीकोट-बिलौज पैन के चली आयी है। मैं तोसे कऊँ पुस्पा, एकै महीना तो हुआ है सादी को, न बिन्दी-सिन्दूर, न चूड़ियाँ न बिछिये।'

'बिलौज-पेटीकोट नईं, जिया, मिनी इसकरट और टॉप।'

'मैं तोसे कऊँ पुस्पा, कम से कम पालटी में तो ढंग के कपड़े-लत्ते पैन के आना चईए, तुम जानो बख्खो बावली लग रई है।'

'जो है सो है, जिया, मैंनू के ससुर पिचहत्तर बरस के तो होंगे ही? कैसे हैंड सम दीख रए हैं न, हो हो हो...।'

'मैं तोसे कऊँ, पुस्पा, तेरा दिमाग तो नईं चल गया कईं? ही ही ही...।'

'जो है सो है जिया, मैंनू और उसके ससुर तो इदर ही चले आ रए हैं।'

'हय राम पुस्पा, हमने तो आज धोती बी ढंग से नईं पैनी, और देखियो, चुटिया बनाने का बी हमें टैम नईं मिला।' जिया एक हाथ से अपनी धोती की चुन्नटें ठीक करने लगीं तो दूसरे हाथ से अपनी चुटिया।

'जै राम जी की जिया, पुष्पा मौसी, कैसी हैं आप दोनों?' मैंनू ने पूछा।

'जो है सो है, जीती रओ बेटी, बौत दिन में दीखी हो आज।' पुष्पा बुआ बोलीं किन्तु जिया को मानो साँप सूँघ गया था।

'मौसी, इनके पापा आये हुए हैं न आजकल यहाँ। बस इन्हें घुमा-फिरा रहे हैं लन्दन। पापा, इनसे मिलिए, ये हैं जिया, मकरंद अंकल की मम्मी और ये हैं जिया की क्लोज फ्रेंड, पुष्पा मौसी। ये हैं 'इनके' पापा राघव बेनावरी।' ससुर को जिया और पुष्पा मौसी के हवाले कर मैनू झट वहाँ से खिसक ली।

'ऐ मैं तोसे कऊँ, तुमैं कईं देखा है, यादै नाय पड़ता, तुम जानो म्हारी ममरी बौत कमज़ोर...'

'तुम्हारी मेमरी बिलकुल ठीक है, जानकी। मैं राघव, रघु बेनावरी, भई बचपन में हम दोनों एक ही स्कूल में तो पढ़ते थे, सत्तो देवी प्राइमरी स्कूल...दरियागंज... याद आया कुछ?'

'हय राम, तुम तौ बौत बदल गए। ए मैं तोसे कऊँ, तुमने तो हमें फट पैचान लिया।'

'अरे, जानकी, तुम्हारी तोते-सी लम्बी नाक और ठुड्डी पर ये मस्सा क्या कम है तुम्हें पहचानने के लिए?'

'(कान में) जो है सो है, मामला जमै का दीखै है, जिया, हो हो हो...।'

'मैं तोसे कऊँ पुस्पा नेक तो चुप्प रै।'

'भई, हम भी तो सुनें, क्या मामला जम रहा है?'

'जो है सो है, ये तो आप जिया से ई बूझिए, तब तक हम जरा मीना की

महतारी से बात करके आते हैं।'

'कछु नईं, ये पुस्पा तो बस यूँ ही बवाल...'

'कछू कैसे नईं? मीना बिन बियाहे एक मुसल्ले के हियाँ रहने लगी है, जो है सो है, तुम जानो तो हो, के नईं?'

'तोसे किन्ने कई?'

'अऊर कौन कैता, मीना की महतारी ने खुदै फून पे हमसे कई, जो है सो है। तुम जानो, मुसल्ले के हियाँ बैठने से तो अच्छा था के गले में उँगली डाल के पिरान ले लेती।'

'ए मैं तोसे कऊँ, सच्ची का? इससे तो बियाह देतीं। आदमी का बच्चा ई तो है, मुसलमान हुआ तो का?'

'वे तो तैयार थीं तुम जानो, पन वो नईं माना, मीना बी अड़ गयी, जो है सो है।'

'मैं तोसे कऊँ, कम्मखत क्या जमाना आ गया है? है न रग्गू जी?'

'अरे जानकी, अब तो भारत में भी न जाने कितने लड़के-लड़कियाँ बिना शादी किए साथ रहने लगे हैं। एक तरह से अच्छा ही है, न दहेज की झिकझिक और न शादी का कोई खर्चा, क्यों पुष्पा जी?'

'ए मैं तोसे कऊँ, कबी सोचा था के हमारी जात में बी ऐसा होगा? इत्ती सी गोद खिलाई, कम्मखत, ऐसे गुल खिलाएगी छोकरी।' जिया ने जैसे राघव की बात पर ध्यान ही नहीं दिया हो।

'जानकी, हमें भी समाज के साथ-साथ बदलना चाहिए, क्यों पुष्पा जी?'

'अरे, मैं कऊँ, कैसा समाज, जब जी में आयी साथ सो लिये, जब जी में आयी उठ के चल दिये।'

'जो है सो है, हमें तो ऐसे लोग-लुगाई के बच्चन की टैनसन (टैंशन) होवे है, गलियन में ढोर से घूमते फिरते हैं।'

'मैं तोसे कऊँ पुस्पा, म्हारे जान पैचान वालों में ये तीसरी लौंडिया है जो मुसलमान के घर में बियाही जाएगी।'

'जो है सो है ज़िया, म्हारी समज में तो ये नईं आता के हिन्दू छोरियाँ मुसल्लों के हियाँ च्यों जा बैठती हैं?'

'पुष्पा जी, प्रेम तो प्रेम है, वह जात-धर्म नहीं देखता।'

'मैं तोसे कऊँ रग्गू, म्हारी छोरियों से सादी करने में इने कौनो एतराज नईं।'

'जो है सो है, जिया, उने तो सादी से पैले ये मुसल्ला जो बना लेते हैं।'

'मैं तोसे कऊँ, रग्गू, म्हारे छोरे जब इनकी छोरियाँ से ब्याह करें हैं तो उने बी जिद करनी चहिए के पैले वो हिन्दू बने।'

'जानकी, इन लोगों के क़ायदे-क़ानून इतने सख्त हैं के चाहते हुए भी इनकी

लड़कियाँ ऐसा नहीं कर पातीं। मैंनू मुझे बता रही थी कि यहाँ के बैकवर्ड शहरों में मुसलमान लड़कियों को ढूँढ़ कर वापस लाने के लिए एजेंसीज़ खोली गयी हैं, जो किसी ग़ैर-मुस्लिम के साथ भाग गयी हों।'

'जो है सो है, ऐसे हादसों में याँ बेचारी कितनी ई छोरियों की जानें जाती हैं, उनके अपने ही घर वाले हत्या कर देते हैं उनकी।'

'मैं तोसे कऊँ, हमारे इंडिया में बी तो यई होता है, हिन्दू लड़कियन के माई-बाप कौन-से कम हैं?'

'जो है सो है, जिया, बड़े-बड़े बिदबान बी न बीच-बचाव कराते इनका।'

तभी राघव बेनावरी से हेलो करते हुए सुमित, गिरगिट और घड़ियाल भी जिया के पास आ बैठे।

'जिया, औरत को शिक्षा से महरूम औरं परदे में रखने के खिलाफ़ तो इनके मुस्लिम लीडर्स कभी नहीं बोलते लेकिन एक डेनिश फ़िल्म के खिलाफ़ दुनिया भर के शेख और इमाम उठ खड़े हुए कि उस फ़िल्म में उनके मुहम्मद का मज़ाक़ उड़ाया गया था।' सुमित वर्मा ने कहा।

'बड़े भाई, उन दंगों में सैंकड़ों लोग मारे गये।'

'अजीब बात तो यह है के मक्का-मदीना में मुहम्मद की पहली बीवी खदीजा का घर उखाड़ फेंका गया और वहाँ शौचालय बना दिए गये पर मजाल है के कोई जुबान खोल दे...' घड़ियाल बोला।

'बड़े भाई, आप एक घर की बात कर रहे हैं, मक्का में न जाने कितनी प्राचीन इमारतें गिरा कर सेवन स्टार होटल्स और एपार्टमेंट्स बनाये जा रहे हैं...।' गिरगिट बोला।

'हमें तो यह समझ नहीं आता के जब अल्लाह की निगाह में सब बराबर हैं तो सेवन स्टार होटल्स किसके लिए?'

'बड़े भाई, यह तो ये मुल्ला-मौलवी ही बता सकते हैं...''

'सारी प्रॉब्लम्स का रूट तो यई लोग है।' श्रीनिवासन बोले जिन्हें लगा कि इस मौके पर केवल सिर हिलाने से काम नहीं चलेगा।

'जो है सो है, अब उनके हियाँ बी पैदा हुई है, मलाला यूसफ जाई, वो करेगी ठीक इन सबन को...।'

'ऐ मैं तोसे कऊँ, पुस्पा, चुप हो जा, आपा इदर आ रई हैं।'

'जो है सो है जिया, ऐसे ही चुप्प रै रै के तो हमने मुसल्लों को अपने सिर पर बिठा रखा है।'

'मैं तोसे कऊँ पुस्पा, अब इसमें आपा और हसन की तो गलती नाय है, ये तो हम-तुम जैसे हैं।' जिया ने आपा की ओर मुस्कुराते हुए कहा।

'निन्यानवे फ़ी सदी लोग तो हम तुम जैसे ही हैं, पुष्पा जी, केवल एक फ़ी सदी

आतंकवादी हैं, जिन्होंने सारी दुनिया को सिर पर उठा रखा है।'

'अरे भई, ज़रा हम भी तो सुनें, किसने दुनिया को सिर पर उठा रखा है।'

'आपा साहिबा, इनसे मिलिए, राघव बेनावरी जी, दिल्ली से आये हैं।' गिरगिट ने बात टालते हुए कहा।

'अरे वाह, हमारी दिल्ली के हैं, आदाब अर्ज़ है, भाई जान, कैसी है भई हमारी दिल्ली? एक ज़माना हुआ हमें वहाँ गये, एक हसरत ही रह जाएये बस अब तो...'

'हमारा भी आदाब कुबूल कीजिए, भई दिल्ली कौन-सी दूर है?'

'अब आपको क्या बताएँ? अब अपने ही वतन जाने को वीज़ा चाहिए। सैकड़ों सवाल और दर्जनों दस्तावेज़ जमा कर देने के बाद भी दरख्वास्त रिजेक्ट हो जाती है।'

'थोड़ा सब्र से काम लें, आतंकवादियों ने ऐसी दहशत फैला रखी है कि सभी देशों को एहतियात बरतनी पड़ रही है।'

तभी आपा को सायरा दिखाई दी, जो अपना कोट उठाकर बाहर निकलने ही वाली थी। आपा झट उठ खड़ी हुईं।

'इंशा अल्लाह, भाई जान, माफ़ कीजिएगा, ज़रा सायरा से कुछ ज़रूरी बात कहनी है, हम अभी आते हैं।' कहते हुए आपा उठकर सायरा की ओर लपकीं और उनके साथ ही गिरगिट भी 'माफ़ कीजिएगा' कहता हुआ उठ गया।

'मैं तोसे कऊँ, ईसाई लोग सादी बियाह करके राजी नईं हैं, हिन्दुअन ने फैमिली प्लैनिंग का ठेका ले रखा है, बस इन लोगन की पौपुलेसन बढ़ती जा रई है, पचास साल बाद देख लेना, पूरी दुनिया पर मुसल्लों का राज होगा?'

'जिया, सौ टके की एक बात कै दी तुमने, इनका यई तो पिलैन है, धड़ा-धड़ बच्चे पैदा करो और बाकियों को काफ़िर कहि के मार डालो, जो है सो है।'

'आप दोनों ये अफ़वाहें कहाँ से सुनती हैं?'

'अरे पुस्पा, अबै अपना पिटारा बन्द कर। और सुनाओ रग्गू, दिल्ली में का हो रहा है इन दिनों?'

'भई, दिल्ली अब लन्दन से कौन पीछे रह गयी वहाँ भी अब मैकडॉनल्ड, पिज्जा हट्स और फास्ट फूड की कई चेन्स खुल गयी हैं। दादा-दादी की तो बात दूर, बच्चों के पास अब माँ-बाप के लिए समय नहीं है। हम जैसे रिटायर्ड लोग कभी एक बच्चे के पास तो कभी दूसरे के पास, बस मेहमान हो के रह गये हैं अपने ही घर में।'

कंज़रवेटरी से आता शोर सुनकर एकाएक सुमित और घड़ियाल चुपचाप खिसक लिए; वहाँ कोई बड़ी बाज़ी लगी थी; मेनका हाथ ऊपर उठाये झूम रही थी।

'रग्गू, हम तो मेमानों से बी बत्तर हैं हियाँ। मरे पड़ौसी बी 'हाय डु डु' कर लेवें हैं, पन म्हारे पोता-पोती और बेटा-बऊ हमसे कबी जै राम जी बी नाय करते।

मैं तोसे कऊँ, हमैं तो कबी कबी ये बी पता नाय लगै है कि कब्ब तो ये आये और कब्ब गये।'

'जो है सो है रग्गू जी, आप कब तक हो हियाँ?'

'बस देखो, कब तक दिल लगता है। यहाँ भी वैसे वही सब है, क्लब पार्टियाँ, जवान अलग, बूढ़े अलग, बच्चे अपने कमरों में बन्द।'

'मैं तोसे कऊँ, मर बी जाओ तो किसी की बलाय से, नेक गले में दो बूँद गंगा जल टपकाने वाला नाय है कोई हियाँ।'

'जो है सो है, माँ-बाप को ओल्ड-एज-होम में डाल कर खबर बी नाय लेते याँ के बच्चे।'

'यहाँ बच्चों को फ़ुर्सत ही कहाँ है, पुष्पा जी, मुँह में एक सूखा टोस्ट दबाये मैं तो इन्हें हमेशा भागते ही देखता हूँ और फिर अब छोटे-छोटे घरों में ये ख़ुद रहें, बच्चों को रखें या माँ-बाप को?'

'सो तो है रग्गू जी, यहाँ के बच्चन को बी अलग-अलग कमरे में नाय राखो तो उने कौंसिल वाले उठा ले जाते हैं।'

'मैं तोसे कऊँ, हम तो एक चारपाई पर दो-दो बच्चन को लेकर सो जावें थे।'

'जो है सो है, अबै तो जिया तुम अपने ई बच्चन के साथ जो लेट जाओ तो वो का कए हैं चैल्ड-क्रूटली (क्रुएल्टी) का मुकदमा ठोक देंगे तुम पै।'

'मैं तोसे कऊँ, पुस्पा ढूँढ़-ढूँढ़ के बुरी खबरें लेके आती है।'

'जो है सो है जिया, तुम तो जानो हो हम कौंसिल की तरफ से ओल्ड-एज-होम में नास्ता और दुपहर का खाना बाँटते हैं, वहाँ लोग ऐसिन-ऐसिन बात करते रहे के तुम वाँ हो तो बस्स अपने कान ई बन्द कल्लो।'

'ज़माना बहुत कुछ अच्छे के लिए भी बदला है, पुष्पा जी, हम लोगों को केवल बुराइयाँ ही नहीं देखनी चाहिए।' राघव की यह सलाह उन दोनों सहेलियों को बिल्कुल पसन्द नहीं आयी।

'ऐ मैं तोसे कऊँ, पुस्पा आ जावै है तो टैम गुजर जावै है, तुम जानो इस कम्मखत कुहासे और बारिस में कोई कहाँ तो जावे अउर किसको बुलावे।'

'जो है सो है, जिया, हम सबै मिल कर एक बुढ़उ-किलब क्यों ना खोल लें!'

'अरे वाह पुष्पा जी, क्या शानदार ख़याल है, भई खूब!'

'ऐ मैं तोसे कऊँ, पुस्पा, तेरे इस ठुल्ल किलब में आयेगा कौन?'

'न बी आये तो हम पाँच जन तो हैं न; रग्गू जी; तुम और हम; अम्मा, सोमा की माँ...'

'तुम दोनों सहेलियाँ तो भई कमाल की हो, क्या नाम चुना है तुमने, जानकी, ठुल्ला क्लब, भई वाह! मज़ा आ गया।'

'जो है सो है, जिया, रग्गू जी को इसका परसीडेंट बना लें का?'

'मैं आज हूँ, कल नहीं। जानकी को आप प्रेज़ीडेंट बनायें और पुष्पा जी इस क्लब की सेक्रेटरी हो जायें, लो हो गयी आपकी कमेटी तैयार।'

'हम सरकटी? न जी न, जो है सो है।'

'मैं तो कऊँ रग्गू, परसीडेंट तो आप ही रहेंगे, बस हमने कै दी। हमें कछु नाय आता-जाता।'

'आने-जाने को जामे का धरा है, जिया? जो है सो है, बुड्ढे-बुढियों का मजमा लगाने में कौनो समय लगता है, भजन-कीर्तन तो खुदै होने लगेगा।'

'जानकी, तुम्हारी सहेली भी खूब है भई, वाह।' दो वृद्ध महिलाओं की रचनात्मक सोच से राघव वाकई में अचंभित थे।

'थैनकयू, रग्गू जी, जो है सो है। आप जन बैठ के रगु-लेसन (रेगुलेशंस) बनाओ, हम दो-चार मैमबरों को पकड़ के लाते हैं।' कहती हुई पुष्पा मौसी मीता की पड़ोसनों की ओर चल दीं, जो मोहिनी से गप्पें मार रही थीं।

'मैं तोसे कऊँ, ये रगु-लैसन का होवै है, रग्गू?'

'अरे यही कि क्लब के उद्देश्य क्या होंगे, ये क्लब क्या-क्या करेगा, क्या नहीं, और इस क्लब का कौन-कौन मेम्बर बन सकता है आदि...।'

'मैं तोसे कऊँ, मीना के माँ-बाप को तो बिलकुलै ई मेम्बर नाय बनाना, देखो तो, मीना का क्या सत्यानास कियो है। म्हारी जात-बिरादरी की नाक कटा दी।'

'जानकी, इसमें उन बेचारों का क्या दोष?'

'दोस कैसे नईं रघु, लच्छन तों मरे माँ-बाप के ई दिये होवैं हैं के नाय?'

'ऐसे लोगों को ही तो इस क्लब की सबसे अधिक ज़रूरत है। बेचारे वैसे ही दुखी हैं, ऊपर से हम उनका बहिष्कार कर दें।'

'ए मैं तोसे कऊँ, फिर तुमई सोचो रगु-लैसन, इब हम से नाय पूछना। तुमने अबै म्हारा ठौर-ठिकाना तो देखई लियौ है, नेक चक्कर लगाना कबी कबी, रस्ता तो नाय भूल जईओ?' अपनी चुटिया को ठीक करते हुए जिया ने शरमाते हुए पूछा।

'अरे, कैसी बातें करती हो जानकी, घूमता-घामता आ जाया करूँगा। तुम्हारे बेटा-बहू एतराज़ तो नहीं करेंगे न?'

'उनकी भली चलाई, मैं तोसे कऊँ, घर में होंगे तो टोकेंगे। आवै के पैले फून जरूर कर लीजो।' जिया आसपास देखते हुए फुसफुसायीं।

'चलो, अच्छा समय गुज़रेगा, मिलके बैठेंगे जब दीवाने दो।' रघु मुस्कुरा उठे।

'मैं तोसे कऊँ रग्गू, तुमारी सैतानी की आदत अब्बी नाय गयी है।' मुँह में पल्ला ठूँसे जिया इतरा उठीं।

'तुम्हें देखकर पुराने दिन याद आ गये, जानकी। याद है स्कूल में फैन्सी ड्रेस में तुम मीरा बनी थीं, गेरुआ कपड़े पहने हाथ में एकतारा लिये! कौन-सा भजन गाया

था तुमने, जानकी?'

'ए मैं तोसे कऊँ, तुम अबै तक नाय भूले? चार-एक ई साल इ तो रए थे हम इस्कूल में।'

'हाँ, याद आया, 'गिरधारी मनै चाकर राखौ जी।' मुझे वह भजन आज भी बहुत भाता है। क्या अब भी गाती हो?'

'ए मैं तोसे कऊँ, अब्ब का गावेंगे। याँ न तो कोई तीज, न त्यौहार। सावन में झूले नईं, होली पे रंग नईं, तीजों पे मैंदी नईं। किसको टैम धरा है बजन-कीर्तन का हियाँ?'

'मैं सुनूँगा जानकी, तुम्हारी आवाज़ बहुत मधुर थी। जानती हो, उस दिन के कार्यक्रम में तुम्हारा भजन सुनकर माँ ने तुम्हें मेरे लिए पसन्द कर लिया था।'

'सच्ची का?' जिया के गाल सुर्ख़ हो उठे। वह बेचैन हो उठी यह जानने के लिए कि ब्याह का पैग़ाम लेकर वह आये क्यों नहीं।

'सचमुच, हम लोग छुट्टियाँ मना कर गोवा से लौटे तो जाना कि तुम्हारी सगाई हो चुकी थी।' जिया पुरानी यादों में खो गयीं।

'चलो अच्छा हुआ, मुझसे ब्याह हो गया होता तो माँ दिन-रात तुमसे बस भजन ही सुनती रहतीं।'

'ए मैं तोसे कऊँ, चालीस पिन्तालिस बरस तो हो ई गये होंगे हमें गाये, कछु यादै नईं पड़ता।' जिया ने अपने भावी पति और सास-ससुर के सम्मुख भी यही भजन सुनाया था।

'तो याद करो अभ्यास करो। ठुल्ला क्लब को भी तो पता लगे कि हमारी जानकी कितनी टैलेंटेड है।'

'रैन दो रग्गू, किसी से कइयो नाय के मैं गाऊँ थी।' बहत्तर वर्षीया जिया एक चंचल युवती की तरह लजा उठीं।

'यह कैसे हो सकता है? यह राज़ तो मुझे मेहमानों के सामने खोलना ही पड़ेगा।' बिना समय गँवाये रघु ने तालियाँ बजाकर मेहमानों का ध्यान अपनी ओर आकर्षित किया और बोले, 'हियर-हियर, लेडीज़ एंड जेंटलमेन, आप लोग शायद नहीं जानते होंगे कि जानकी मलिक यानी आप लोगों की प्यारी जिया एक बहुत अच्छी गायिका भी हैं। तो आइए, हम सब उनसे एक भजन सुनाने का अनुरोध करें।'

'ए मैं तोसे कऊँ, रग्गू...।' घबराई हुई जिया की आवाज़ तालियों की गड़गड़ाहट में डूब गयी, बहुत-से मेहमान उनके आसपास इकट्ठे हो गये और पुष्पा मौसी उन दोनों के बीच में बैठ गयी।

'जो है सो है जिया, तुम तो बड़ी छुपी रुस्तम निकलीं। रग्गू जी से मिले पाँच मिनट बी नाय हुए और तुम गाने लगीं।'

'ए मैं तोसे कऊँ, पुस्पा, तुझे कछु सरम-लिहाज है के नाय?'

'जो है सो है जिया, आज तुमारे बज्जन से हम ठुल्ला किलब का इंग्रेसन करते हैं।'

'इनगरेसन?'

'इनॉग्रेशन जानकी, श्रीगणेश।' श्रीगणेश के नाम पर शरमाते, सकुचाते और आँखें झुकाकर जिया ने भजन शुरू किया। बजाय फ़ोटोज़ लेने के मकरंद ने वीडियो ऑन कर दिया, वह भी हैरान थे कि उनकी माँ इतना अच्छा गाती थीं ।

'राणा जी, मैं तो गिरधर के घर जाऊँ, जित बैठा दे तित ही बैठूँ, बेचे तो बिक जाऊँ।' जिया की आवाज़ अख़्तर बेगम जैसी मँजी हुई थी। वह सचमुच अच्छा गा रही थीं; लोग बड़ी हैरानी और शान्ति से सुन रहे थे, क्योंकि जिया से उन्हें ऐसे साफ़ उच्चारण और ताल की उम्मीद नहीं थी।

'मेरी उनकी प्रीत पुरानी, उन बिन पल न रहाऊँ...।'

मीता के कान खड़े हो गये कि कहीं उसका घर ठुल्ला-क्लब बूढ़ों का अड्डा ही न बन जाये। जल्दी ही उसने मकरंद को ढूँढ़ निकाला, जो भाव-विह्वल हुए जिया के भजन को रिकॉर्ड कर रहे थे।

'मैक डार्लिंग, टेक ए लुक एट योर मदर, कैसे चहक रही हैं? उन्होंने विद पुष्पा मौसी और राघव जी कोई ठल्ला क्लब बनाया है, हमारे घर को कहीं ये हेडक्वार्टर ही न बना लें।'

'मीता डर्लिंग, ज़रा धीरे ब...ब...बोलो, जिया भ...भ...भजन ग...ग...गा...।'

'बट, मैक डार्लिंग, पुष्पा मौसी जब देखो तब इज़ हियर, जिया कभी चाय मँगवाती हैं तो कभी फल एंड नाउ दिस ठल्ला क्लब! दिस इट्स टु मच। इफ़ दीज़ बुड्ढाज़ वांट टु होल्ड ए मीटिंग तो मैंनू अपने यहाँ बुलाये। चली आयी अपने ससुर को मिलवाने। हाउ क्लेवर!' मीता के बदन पर जैसे लाल चींटियाँ रेंग रही थीं।

'मीता डार्लिंग, वह कुछ ही द...द...दिनों के लिए ल...ल...लन्दन आये हैं। तुम ब...ब...बेकार में...।' मकरंद को बड़े बेमन से रिकॉर्डिंग बन्द करनी पड़ी।

'बट मैक डार्लिंग, आपको तो कोई फ़िक्र ही नहीं है। कैमिला और हैरी के एग्जाम्स चल रहे हैं और जिया को ठल्ला क्लब बनाने की सूझी है? ज़रा फ़ाइंड तो आउट वाट इज़ हैपेनिंग?'

'मीता डार्लिंग, भ...भ...भजन तो खत्म हो ल...ल...लेने दो।' एक हाथ से अपना कान बन्द किये मकरंद अपनी माँ का भजन सुनने का असफल प्रयास कर रहे थे।

'मैक डार्लिंग, इनकी रागिनी अब कभी ख़त्म नहीं होगी। आय एम तो पहले से ही फ़ेड-अप, जिया ने मेरे ड्राइंगरूम को नाई की दुकान बना रखा है, जहाँ देखो, देवी-देवताओं की मूर्तियाँ, कैलेण्डर्स एंड धूपबत्ती की राख!'

'डार्लिंग, ज़रा तो स...स...सब्र करो।'

'सब्र करो, सब्र करो, कह-कह कर तुमने हमारे घर का यह हाल कर दिया है। इंडिया बुलाना तो दूर, तुम्हारे भाई कभी जिया का हाल तक नहीं पूछते। क्या हमारे पैसे नहीं ख़र्च होते कानपुर फ़ोन करने में? जस्ट फ़ोन देम कि जिया का यहाँ मन नहीं लग रहा, वह कुछ महीनों के लिए कानपुर आना चाहती हैं।' यह पहली बार था कि मीता का वाक्य 'मैक डार्लिंग' के बगैर शुरू हुआ था।

'मीता, ऐसे क...क...कैसे भेज दूँ?' मैक के एक कान में रस घुल रहा था तो दूसरे कान में सीसा। इस हबड़-दबड़ में वह भी मीता के नाम के पहले उपसर्ग लगाना भूल गया; मीता के कान खड़े हो गये।

'बट मैक, वाइ डोंट यू अंडरस्टैंड? सुबह चार बजे से लेकर रात के आठ-आठ बजे तक जिया ड्राइंग रूम में बैठी रहती हैं, बच्चों को कोई प्राइवेसी ही नहीं मिलती। उनके फ्रेंड्स आते हैं तो वह उनसे भी ऐसे ऐसे वीयर्ड क्वेश्चंस पूछती हैं कि पूछो नहीं, हाउ ऐमबरिसिंग फॉर देम, मैक?'

'जिया क...क...कहेंगी तो फ...फ...फलाइट ब...ब...बुक कर दूँगा।' मैक ने झल्लाते हुए अपना निर्णय सुना दिया; वो भी बिना 'डार्लिंग' कहे। मीता के तन-बदन में आग लग गयी। एक ही भजन का इतना असर?

'शी विल नेवर नेवर से दैट। गेस्टों के बीच रास रचा रही हैं और राघव जी को तो देखो, हाउ लविंग्ली इज़ ही लुकिंग ऐट हर?' मीता अपनी बात पर अड़ी थी। उसे डर था कि यदि वह एक बार पीछे हट गयी तो भविष्य में भी मकरंद को हमेशा के लिए छूट मिल जायेगी।

'मीता डार्लिंग, तुम भी क...क...कैसी बातें क...क...करती हो?' इस बार मकरंद ने मीता को ठीक से सम्बोधित किया। वह उससे झगड़ा मोल नहीं लेना चाहता था।

'डार्लिंग, यू आर ऐ बूबी, उज्जी भैया की माँ के आते ही भाभी ने उन्हें ओवर-फ़िफ़्टी क्लब ज्वाइन करा दिया था एंड नाउ, मैंनू ने अपने ससुर को हमारी जिया के पीछे लगा दिया है, देखना, वो भी अब रोज़ यहीं बैठे रहा करेंगे।' मीता को तसल्ली हुई कि मकरंद की अक्ल ठिकाने पर आ रही थी।

'डार्लिंग, अ...अ...उज्जी भैया की माँ अ...अ...अंग्रेज़ी में एम. ए हैं और ब...ब...बहुत फ...फ...फारवर्ड हैं, जिया ने तो प...प...पाँचवीं क...क...क...क्लास भी प...प...पास नहीं की। उन्हें तो ठीक से ब...ब...बात भी क...क...करना नहीं आता।' समंदर एकाएक फिर उबाल पर था।

'यू आर ज़ोकिंग, मैक, राघव जी से मिले जिया को फ़िफ़्टीन मिनट्स भी नहीं हुए और देखो कैसी फॉरवर्ड दिख रही हैं?'

'वह स...स...सब तो ठीक है, पर...'

'मैक डार्लिंग, इतना ही शौक है गर्ल फ्रेंड बनाने का तो जिया को ले जाकर

अपने घर में रख लें। मैं फ़िक्स करती हूँ इनकी अगली मीटिंग। न दो मीटिंग्स में इन दोनों के फेरे पड़वा दिये तो मेरा भी नाम मीता नहीं।' तभी जिया का भजन समाप्त हुआ और तालियाँ बजने लगीं, तारीफों के पुल बाँधते हुए मेहमान बिखरने लगे।

'शुश, मैंनू इ...इ...इधर ही आ रही है।' मकरंद का दिमाग़ घूम रहा था।

'अरे मैंनू, तुम्हारे पापा ने तो हमारी पार्टी में चार चाँद लगा दिये।'

'अरे नहीं मीता आंटी, यह तो आपकी जिया का कमाल है। एक्चुअली, आपके सभी गेस्ट्स हैरान हैं कि वह इतना अच्छा गाती हैं।'

'मैंनू, हमें तो आज तक यह भी मालूम नहीं था कि जिया गाती भी हैं। सचमुच, राघव जी तो सचमुच कमाल हैं भई।' मैंनू अच्छी तरह समझ गयी कि मीता क्या कहना चाहती थी।

'हाँ आंटी, कैन यू बिलीव पापा और जिया एक ही स्कूल में थे? वह जब तक यहाँ हैं, उनकी अच्छी कम्पनी रहेगी।'

'आई वाज़ जस्ट टेलिंग मैक दी सेम थिंग। एनीवे, मैंनू, क्यूँ न ठल्ला क्लब की नेक्स्ट मीटिंग तुम अपने यहाँ रख लो। इस बहाने, जिया भी तुम्हारा घर देख लेंगी।' मीता के इस आकस्मिक हमले से मैंनू हड़बड़ा उठी। उसे जल्दी से कोई अच्छा बहाना ढूँढ़ना होगा।

'बात यह है, आंटी, कि मैं तो हार्डली घर पर होती हूँ...'

'अरे, लीव इट टु मी, मैंनू, ठल्ला क्लब के सारे मेम्बर्स घर से एक-एक डिश बना कर ले आयेंगे। पुष्पा मौसी इज़ सो गुड एट सुपरवाइजिंग थिंग्स।' मीता ने मैंनू को अपना वाक्य भी पूरा नहीं करने दिया।

'इस बड़ी कोठी के मुक़ाबले हमारा फ्लैट बहुत टाइनी है, आन्टी, सब लोग वहाँ कैसे फिट होंगे?' मैंनू ने एक बार फिर कुछ बोलने का प्रयत्न किया।

'बिग और स्माल मैटर्स नॉट, मैंनू, आदमी का बस दिल बड़ा होना चाहिए। ये लो पुष्पा मौसी भी यहीं आ गयी। पुष्पा मौसी, मैंने आपके ठल्ला क्लब की अगली मीटिंग फिक्स करवा दी है, नेक्स्ट सैटरडे, मैंनू के .फ्लैट में।'

'अरे थैन-कयू, जो है सो है। अरे जिया, सुनी तुमने? ठुल्ला किलब की अगली मीटिंग रग्गू जी के इहाँ है।' पुष्पा मौसी ने वहीं से चिल्लाकर जिया को बताया।

'ऐ मैं तोसे कऊँ, बउ, इहाँ का बुराई है? मैंनू बेचारी डागडरी करेगी या ठुल्ला किलब चलाएगी?' जिया उठकर झट मीता और मैंनू के निकट आ गयी।

'जिया, मैंनू को कुछ नहीं करना पड़ेगा, सब मिल-जुल कर हो जायेगा।' इसके पहले कि जिया उसका बना-बनाया खेल बिगाड़तीं, मीता ने उन्हें बीच में ही टोक दिया।

'अरे जानकी, मैं सँभाल लूँगा सब। मैंनू बेटी, तुम्हें भी फ़िक्र करने की कोई

ज़रूरत नहीं है। एक ज़माना था जब हम लोग पचास-साठ मेहमानों का खाना चुटकी बजाते बना लिया करते थे।'

'पापा, लेट अस डिस्कस दिस बिफ़ोर यू कन्फर्म।' गुस्से में मैंनू के मुँह से निकल पड़ा; वह मन ही मन सोच रही थी कि इन बूढ़ों की यही मुसीबत है कि बिना घर वालों से सलाह किये, जो मुँह में आया बक देते हैं। ससुर की ज़िम्मेदारी पहले ही क्या कम थी कि अब ये ठुल्ला क्लब की मीटिंग्स शुरू हो गयीं? पति की लम्बी ग़ैरहाज़िरी में उसका घर कहीं ठुल्ला क्लब का दफ्तर बन कर ही न रह जाये।

जिया और पुष्पा मौसी हक्का-बक्का हुई खड़ी थीं; रघुवीर को काटो तो खून नहीं; अपनी बहू से यह आशा नहीं थी... कम से कम उसे मेहमानों का तो लिहाज़ करना चाहिए था; वह एकाएक ख़ामोश हो गये।

'जो है सो है, रग्गू जी, अगली मीटिंग हम हैड पार्क में कर लेंगे।' पुष्पा मौसी ने ख़ामोशी तोड़ी। वह समझ गयीं कि मीता और मैंनू दोनों ही नहीं चाहती थीं कि उनके घर में बूढ़े-बूढ़ियाँ इकट्ठा हों। पुष्पा मौसी को किसी का एहसान लेना वैसे भी पसन्द नहीं था।

'ऐ मैं तोसे कऊँ, पुस्पा, बूढ़ी घोड़ी लाल लगाम चालो भई लोगों करो सलाम, अब बुढ़ापे में का हम हैड पार्क में जइके बैठेंगे?' जिया ने राघव का ध्यान बँटाने की ख़ातिर कहा।

'पुष्पा जी, बहुत बढ़िया सुझाव है आपका, हाइड पार्क में जिसके जो जी में आये कहा जा सकता है, स्पीकर्स कॉर्नर मेरी फेवरेट जगह है।' राघव जी झट बोल उठे। मैंनू मुँह छिपाये वहाँ से हट गयी; ससुर ने यदि अपने बेटे से शिकायत की तो बैठे-बैठाये घर में क्लेश हो जायेगा क्योंकि उसके पति पिता की बहुत इज़्ज़त करते थे। यह सब मीता की कारस्तानी थी; कम से कम इस वक्त उसे चुप रहना चाहिए था!

यत्र, तत्र, सर्वत्र, समाज में बूढ़ों के प्रति दुर्व्यवहार पर टिप्पणियाँ सुनाई देने लगीं।

'मैंनू के फ़ादर-इन-लॉ सिर्फ़ विज़िट पर आये हुए हैं तो उसका यह हाल है, साथ रहते तो न जाने क्या करती?'

'मरी आजकल की बहुएँ तो अपने सास-ससुर को मरा एक महीना रख के भी राजी नहीं हैं।'

'ऐ मैं तोसे कऊँ, मोइनी, म्हारी ससुराल में तो मकरंद की बड़ी बुआ और म्हारी सास की माँ बी हमारे साथ रैती थीं, जबान लड़ाना तो दूर, हम हमेसा उनके आगे पीछे डोले थे।'

'इस कंट्री में तो, जिया, माँ-बाप को अपने साथ रखने का फैशन नहीं है।' मुँहफट मंजूषा बोली।

'सोमा ने तो अपने ही फ़ादर को मरे ओल्ड-एज-होम में भरती करवा दिया

है।'

'मैं तोसे कऊँ, मोइनी, सरम लिहाज तो लोगों ने ताक पे धर दीना है।'

'बिल्कुल, जिया, मरी चालीस की तो होगी सोमा और उसके मरे दूल्हे को देखो, मूँछें तक नहीं आयी हैं बेचारे के...'

'किसकी मूँछें नहीं आयी हैं, मोहिनी आंटी?' तभी सोमा ने वहाँ आकर पूछा तो सब के मुँह पर ताले पड़ गये।

'आपकी अँगूठी बहुत खूबसूरत है, सोमा आंटी, पन्द्रह सौ पाउंड्स से कम क्या होगी?' मंजूषा के मुँह में पानी भर आया, इतना बड़ा हीरा तो उसने ज़ीवन में पहले कभी नहीं देखा था।

'मेरी वेडिंग रिंग है, कोई मज़ाक़ थोड़े ही है। मंजूषा, प्लीज़ डोंट काल मी सोमा आंटी, आई हेट दिस वर्ड।'

'सोमा डार्लिंग, तुमने अपनी वेडिंग रिंग रांग फिंगर पर क्यों पहन रखी है?' मीता ने पूछा।

'इसलिए कि मैंने एक रांग आदमी के साथ शादी की है। ऐट लीस्ट, लोग तो यही समझते हैं।' मंजूषा की ओर गुस्से में देखते हुए सोमा बार की ओर चल दी।

'जो लोग गलत काम करते हैं न, वही ज़्यादा अकड़ते हैं।' कहते हुए मंजूषा भी बार की ओर चल दी, वह आशंकित थी कि सोमा राजीव से जाकर उसकी शिकायत न कर दे।

'ऐ मैं तोसे कऊँ, मिसरा जी, कैसी मुँहफट है ये मंजूसा, हमसे बेट (शर्त) लगा लो जो ये कुलभूसन के साथ एक बरस बी टिक जाये।'

'और वो सोमा? उसका ब्याह तो अगले हफ्ते तक बी टिक जाये, जिया, तो म्हारा नाम बदल दीजो।'

'आप भी क्या बेकार की बातों में उलझी हैं? मैं तो आपको यह बताना चाहता हूँ कि वृद्धावस्था एक राष्ट्रीय समस्या है, जिसका एक अच्छा समाधान ढूँढ़ने के लिए आपके ठुल्ला क्लब को सरकारी अनुदान और नव-प्रवर्तन-पुरस्कार आसानी से मिल सकते हैं।' मिश्रा जी के इस कथन में सभी को दिलचस्पी थी। अनुदान और पुरस्कार की भला किसे इच्छा नहीं होती?

'मिश्रा अंकल ठीक कह रहे हैं, नानी, पर आपको प्रूव करना होगा कि ठुल्ला क्लब कम्यूनिटी के लिए अच्छे काम कर रहा है।'

'मरी उसमें क्या मुश्किल है, बुलबुल? मरे ठुल्ला क्लब का लांच तो आज हो ही गया है, दो-चार मरी मीटिंग्स दिखाकर मरा पेपर वर्क पूरा कर लो, बस।'

'यू आर ए प्रो इन दीज़ थिंग्स, मोहिनी।' सबके मन की बात मीता ने कह दी थी, मोहिनी सकपका के चुप हो गयी; वह और मोहन काउंसिल को छल कर

नियमित भत्ते लेते रहे थे।

'नानी, मैं ठुल्ला क्लब का फेसबुक अकाउंट देती हूँ, रातोंरात यह कितना पापुलर हो जायेगा कि...'

'बुलबुल, फेसबुक को मैनेज क्या तेरी नानी करेंगी, इट्स नौट ईज़ी।' सोमा ने पूछा।

'मैं करूँगी; आपके लेटर-हेड्स और इन्वाइट्स बनाने और सर्कुलेट करने में भी मैं इनकी हेल्प कर सकती हूँ।' सबसे पहले बुलबुल ने अपनी सेवाएँ अर्पित कीं।

'काउंसिल की मदद चाहिए तो अपने रंजीत भाई हैं, न।' गिरगिट रंजीत को पकड़कर सबके बीच में ले आया और खुद भी वहीं टिक गया।

'दिस ठुल्ला क्लब इज़ ए ब्लडी गुड आइडिया।' रंजीत की स्वीकृति का ठप्पा लग जाने के बाद लोगों में एक सनसनी-सी दौड़ गयी। मीता और मैंनू दोनों के कान खड़े हो गये; इस प्रोजेक्ट में जान है, चार पैसे बनाये जा सकते हैं।

'बहुत-बहुत बधाई हो, जिया और पुष्पा जी, आप दोनों को, जिन्होंने एक राष्ट्रीय, मैं तो इसे एक अन्तरराष्ट्रीय समस्या मानता हूँ, का समाधान बातों-बातों में ढूँढ़ लिया। मैं भाग्यशाली हूँ कि ठुल्ला क्लब के उद्घाटन समारोह में उपस्थित हूँ।' मिश्रा जी का भाषण शुरू होने से पहले ही समाप्त हो गया जब मोहिनी ठीक उनके आगे आकर खड़ी हो गयी।

'जिया, पुष्पा मौसी और राघव जी, ठुल्ला क्लब के लिए मरी बहुत-बहुत बधाई। हमें तो आप फ़ाउंडर-मेम्बर मान कर चलिए, क्यों मिक?' मोहिनी ने अपनी बायीं आँख दबाते हुए मोहन की ओर देखा, जो अपना सिर ज़ोर-ज़ोर से 'हाँ' में हिलाते हुए खुश हो रहे थे कि इतने सारे बूढ़े यजमानों से उनकी कीर्तन मंडली का कल्याण अब बस होकर ही रहेगा।

'मैं आपके ठुल्ला क्लब का पहला सदस्य बनता हूँ, कृपया मुझे बताइए कि आपका सदस्यता शुल्क क्या है? और हाँ, आप लोग जब चाहें मेरे घर पर मीटिंग कर सकते हैं, सिर्फ़ सफ़ाई और भोजन जैसे दायित्व किसी और को देने होंगे, ये मेरे बस के बाहर हैं।' जेब में से बटुआ निकालते हुए मिश्रा जी ने दरियादिली दिखाई; जिया और पुष्पा मौसी मुँह फाड़े मिश्रा जी की शक्ल देख रही थीं।

'दैट्स वेरी नाइज़ ऑफ़ यू, मिश्रा जी।' मिश्रा जी को निपटाकर मीता रंजीत की ओर घूम गयी, 'वी आर सो ग्रेटफुल फॉर योर इनपुट, रंजीत सर, मैं और मैक आपसे ड्यूरिंग दिस वीक मिलते हैं।'

'मिस्टर रंजीत, ठुल्ला क्लब की मीटिंग्स के लिए काउंसिल का एक कमिटी रूम बैटर रहेगा, वहाँ मीटिंग्स होंगी तो प्रोफेशनल भी लगेगा।' मैंनू ने अपने अनुपयुक्त आचरण की क्षतिपूर्ति करनी चाही।

'आई एम सो एक्साइटेड, रंजीत सर, हम इस प्रोजेक्ट पर इमिडिएटली काम

शुरू कर सकते हैं।' मैंनू की अवहेलना करते हुए मीता बोली।

लोगों के गुट अपने-अपने स्थानों पर लौट गये और फिर शुरू हुआ एक नया पुराण कि मीता और मकरंद कौन होते हैं ठुल्ला क्लब के विषय में रंजीत से बातचीत करने वाले?

'आइडिया तो मरा पुष्पा मौसी का था, उन्हें तो मरी किसी ने घास तक नहीं डाली।'

'अभी तक तो मीता भन्नाती हुई घूम रही थी कि जिया और पुष्पा मौसी ने उनके लिए यह क्या मुसीबत खड़ी कर दी और जैसे ही मिश्रा जी ने सरकारी अनुदान की बात चलाई तो वह रंजीत से मिलने के लिए फटाफट तैयार हो गयी।'

'हाँ, आपने तो देखा ही होगा, बेचारी मैंनू के कैसे हाथ धोकर पीछे पड़ी थी मीता।'

'आई डोंट रियली माइंड, मैं तो बस यह कह रही थी कि...' मैंनू ने भी अपना पैंतरा बदला।

'अरे तुम डेंटिस्ट्री पढ़ोगी या ठुल्ला क्लब चलाओगी?'

'अच्छा है न, आंटी, पापा को भी टाइम पास करने के लिए एक अच्छा बहाना मिल गया।' मैंनू के यह कहते ही मेहमान एक बार फिर दो गुटों में बँट गये।

'अब ये अपने ससुर को क्यों घुसा रही है बीच में? अभी तो कह रही थी कि फ़्लैट छोटा है, वह बहुत बिज़ी रहती...'

'असल में शुरुआत तो मरी राघव जी ने ही की थी, घामण जिया और धोबड़ पुष्पा मौसी तो मरी हवा में तीर छोड़ रही थीं।'

'आप क्या वहाँ थीं जो इतने कॉन्फिडेंस के साथ कह रही हैं?' मंजूषा ने मोहिनी से दरयाफ्त की।

'जैसे तुम तो उन लोगों के मरी बीच बैठी थीं...।'

'प्रश्न यह नहीं है कि वहाँ कान लगाये कौन-कौन सुन रहा था, मोहिनी तो एक स्वाभाविक बात कह रही थीं।' मोहन बोले तो मोहिनी ने उन्हें द्रवित नेत्रों से ऐसे देखा कि जैसे भरी सभा में कृष्ण ने द्रौपदी की लाज बचा ली हो।

'मैं सब सुन रही थी, मोहन अंकल, पुष्पा मौसी ने बुढ़उ-किलब कहकर बात शुरू की थी और ठुल्ला क्लब का नाम जिया ने ही सुझाया था, राघव अंकल ने तो बस दोनों की इमैजिनेशन की दाद दी थी। जिया और पुष्पा आंटी ने राघव अंकल से प्रेसिडेंट बनने के लिए कहा पर वह नहीं माने...' मंजूषा अभी खुलासा दे ही रही थी कि मोहिनी मुँह बिचकाती हुई वहाँ से उठकर प्रतिस्पर्धियों में जा बैठी।

इस भीषण युद्ध-स्थल से निकल भागने का फ़ैसला कर सायरा, जो दरवाज़े तक

पहुँच गयी थी, ठुल्ला क्लब का मज़ेदार किस्सा सुने बगैर न जा पायी। अब कि जब वह खिसकने के लिए तैयार हुई; दुर्भाग्यवश, गिरगिट ने उसे खूँटी से अपना कोट उतारते देख लिया।

'सायरा जी, ज़रा रुकिए, मैं इन्हें आप से ही मिलवाने ला रहा था, ये हैं मंज़ूर भाई जान, अभी-अभी कराची से पधारे हैं, लन्दन यूनिवर्सिटी से एन्थ्रोपॉलोजी में एम.ए. कर रहे हैं। और मंज़ूर भाई, मलका-ए-तरन्नुम मोहतरमा सायरा खान की ग़ज़ल आपने मिस कर दी, सैड, वेरी सैड।' गिरगिट ने सायरा को हसन से मिलवाते हुए कहा। मंज़ूर के ऊपरी होंठ पर एक ख़ासा बड़ा तिल था। सायरा ने उस पर एक सरसरी निगाह डाली तो उसे मंज़ूर काफ़ी दिलकश लगा। उसने खुद को लताड़ा कि कुछ ही देर पहले वह रंजीत से वादा कर चुकी थी कि अब वह किसी गैर का मुँह नहीं देखेगी; फिर क्या ज़रूरी था कि मंज़ूर भी औरों की तरह बेमुरव्वत निकले?

'भई, मौसीकी के शौक़ीन तो हम भी हैं, सायरा, मे आई कॉल यू सायरा?'

'यह तो इनकी ज़र्रानवाज़ी है, इंशा अल्लाह, हम तो बस शौकिया गा लेते हैं कभी-कभी, मंज़ूर, मे आई कॉल यू मंज़ूर?'

बन्द गले की टेलर्ड अचकन पहने मंज़ूर अदब की जीती-जागती तस्वीर लग रहा था पर उसके मुकाबले में सायरा नहले पर दहला ही थी। गुलाबी रंग के लखनवी कुरती-पाजामे के साथ उसने गले में पन्ना-माणिक का हलका किन्तु असाधारण-सा एक सेट पहन रखा था जो उसके गेहुँए रंग को और भी निखार रहा था। लोग उसके पीछे यूँ ही पागल हुए नहीं घूम रहे थे। जलन-खोर महिला-मेहमान भी उसके बारे में तरह-तरह की बातें बना कर अपने दिल की बस भड़ास ही निकाल रही थीं।

'खुदाया, हमें भी मौसीकी की बारिश से नवाजें; चन्द एक शेर ही...।'

'माफ़ कीजिएगा, मंज़ूर, हमें कहीं ज़रूरी काम से पहुँचना है...।'

'ऐसी भी क्या नाराज़गी? खुदा न ख़ास्ता, कुछ देर तो ठहरें, जहाँ चाहेंगी हम छोड़ देंगे आपको।' जिस भरोसे और गुरूर के साथ वह सायरा की तरफ बढ़ा था, वे कब के ग़ायब हो चुके थे।

'नहीं नहीं, तकल्लुफ़ की कोई ज़रूरत नहीं, मंज़ूर। आप पार्टी का लुत्फ़ उठाइए और हमें इजाज़त दीजिए, खुदा हाफ़िज़।' अपना पर्स और कोट हाथ में उठाये वह सिर पर पाँव रख कर वहाँ से भागी कि कहीं दिल के हाथों मजबूर होकर वह रुक ही न जाये।

'यह वही है न जिसने...' मंज़ूर का चेहरा तमतमा उठा। दो टके की औरत ने उसे घास तक नहीं डाली थी।

'भाई जान, आपने ठीक पहचाना।' गिरगिट ने मंज़ूर की हेकड़ी के हवा हो जाने का लुत्फ़ उठाते हुए कहा।

'और वो साहब इनके लेटेस्ट महबूब हैं?' अपना होंठ चबाते हुए मंज़ूर ने रंजीत

की ओर इशारा करते हुए पूछा; 'इस मामूली-से दिखाई देने वाले आदमी में सायरा ने क्या देखा?'

'भाई जान, बड़े भाई को आप कोई मामूली आदमी नहीं समझिएगा, यह लन्दन की तोप हैं तोप, दोनों अभी-अभी कहीं जाने का प्लैन बना रहे थे।' रंजीत के हाथ में रायन-एयर का लिफ़ाफ़ा देखकर दस नम्बरिया घाघ ने झट अन्दाज़ा लगा लिया था कि वे एक रोमैंटिक वीकेंड पर कहीं जा रहे थे।

'जनाब, दैट साउंड्स इंटरेस्टिंग, वेरी इंटरेस्टिंग इनडीड।' गिरगिट के इस खुलासे से मंज़ूर को उम्मीद बँध गयी कि सायरा को वह भी हासिल कर सकता था।

'चाणक्य के अनुसार औरत की जवानी और खूबसूरती दुनिया की सबसे बड़ी ताकत है।' मिश्रा जी, जो गिरगिट और मंज़ूर के पीछे खड़े थे, रंजीत को सुनाते हुए बोले तो गिरगिट खिसिया गया; शायद रंजीत ने भी उन दोनों की बातें सुन ली थीं।

'और उसका डाउनफ़ॉल भी, मिश्रा जी।' रंजीत ने कहा। वह भी मंज़ूर और सायरा पर कड़ी नज़र रखे था।

'फ़िलहाल तो तूफ़ान का रुख़ पलट गया।' मिश्रा जी ने कहा।

'इन छोटी-मोटी हवाओं की मैं परवाह नहीं करता, मिश्रा जी।'

तभी उन्हें आपा अपनी ओर आती हुई दिखायी दीं, जो बुदबुदाती हुई हसन को ढूँढ़ने निकली थीं, वे दोनों पलटकर बार की ओर चल दिये।

'लाहौलविलाकुव्वत मियाँ, सायरा बीवी को ज़रा दरवाज़े तक छोड़ने की तो ज़हमत फ़रमाते। किसी ने अलविदा तक नहीं कहा, बेचारी अकेली निकल गयीं। मेज़बानों को तो अपना ही होश नहीं है।' आपा ने हसन को एक बार फिर सायरा के पीछे दौड़ा दिया। रंजीत को कहीं भनक भी लग गयी तो वह हसन की टाँगें तोड़ के हाथ में रख देगा। खैर, आपा के डर के मारे हसन घर के बाहर आकर खड़ा हो गया, जहाँ राजीव और मंजूषा आदतन किसी की खिल्ली उड़ा रहे थे और इस बार उनके निशाने पर थे सुरेन्द्र और सुरभि।

'इस सुरभि ने 'हैं न सुरेन्द्र?' 'हैं न सुरेन्द्र?' क्या लगा रखी है?' राजीव ने सिगरेट का एक कश लेते हुए पूछा।

'मीता बता रही थी कि कालेज के दिनों में सुरभि और करन दो शरीर एक जान हुआ करते थे। फिर एक दिन करन अचानक ग़ायब हो गया और सुरभि ने सुरेन्द्र से शादी कर ली। अब सती सावित्री बनी 'है न सुरेन्द्र, है न सुरेन्द्र,' करती फिर रही है जैसे कि सारी दुनिया बेवकूफ़ है।'

'करन? चित्रा का हज़बैंड?'

'हाँ वही, काली गुद्दी-सफ़ेद मुँह वाली चित्रा।' तभी दिनेश बाहर आया और राजीव को देखकर बोला।

'मिस्टर राजीव, यू आर वांटेड इनसाइड, इमिडिएटली।' दिनेश ने मज़ाक़ में कहा।

'मीता को पता लग गया होगा कि आप बाहर खड़े हुए स्मोक कर रहे हैं, ओह माई गॉड! राजीव, ये देखो उसने बाहर की दीवार पर भी 'पैस्सिव स्मोकिंग आल्सो किल्स' का साइन लगा रखा है।' मंजूषा बोली।

'इसके पहले कि वह बाहर आ जाये, अन्दर चलते हैं।' राजीव ने सिगरेट को अपने जूते से मसलकर बुझाते हुए कहा।

'मीता खिड़की में से देख रही है, स्टब उठाकर प्लीज़ डस्टबिन में फेंक दीजिए।' दिनेश बोला।

'यस सर।' कहते हुए राजीव ने स्टब उठाकर डस्टबिन में डाल दिया।

उसी वक्त वहाँ एक टैक्सी आकर रुकी, जिसमें से एक छरहरे बदन की स्मार्ट युवती उतरी। राजीव और मंजूषा से उसने हेलो कहा और फिर दिनेश को देखा तो उसकी आँखें चमकने लगीं कि जैसे उसे कोई खोया हुआ खज़ाना मिल गया हो।

'अरे दिनेश तुम यहाँ कहाँ? क्या तुम भी मलिक्स को जानते हो?'

'हेलो माला, वाट ए प्लेजेंट सरप्राइज!' माला के प्रश्नों को नज़रअन्दाज़ करते हुए दिनेश ने पूछा। काली सिल्क की एक महँगी कमीज़ में से दिनेश की तोंद किसी तरह बस समाने के प्रयत्न में थी।

'गर्मियों की छुट्टियों में जीजा जी यहाँ आये तो मेरा परिचय जिया से करवा गये। उनकी मौसी और जिया बहनें हैं।' मोतियों की एकल माला, मैचिंग बुंदे और फीरोज़ी रंग के कुर्ते-पाजामे में माला तरो-ताज़ा और खूबसूरत लग रही थी।

'तुम आज बहुत अच्छी लग रही हो।' माला को अनौपचारिकता से निहारते हुए दिनेश बोला।

'ये डोरे डालने बन्द करो, तुम्हारा जादू अब मुझ पर नहीं चलने वाला।'

'वाय नॉट? एनीवे, तुम्हारी मम्मी कैसी हैं? तुम क्या कर रही हो आजकल?' दिनेश ने कुछ झेंपते हुए पूछा।

'इतने सारे प्रश्न एक साथ? मम्मी ने तुम्हें अब तक माफ़ नहीं किया है।' एकाएक माला की आँखें भीग गयीं, 'तुम तो ऐसे ग़ायब हुए कि... कुछ तो कह कर जाते।' लगा कि जैसे माला के गले में कुछ फँस गया था।

'सॉरी, वो सब...जाने दो, ...तुम अब भी ब्रिटिश गैस में ही हो?'

'कहाँ? छह महीने हो चुके रिडनडैन्ट हुए। किसी तरह सोशल सिक्योरिटी पर गुज़र हो रही है।' माला सँभलते हुए बोली।

'मुझे मालूम था कि एक दिन यही होगा। याद है, वो गोरा मैनेजर मेरे पीछे कैसे हाथ धोकर पड़ गया था?'

'एट लीस्ट तुम्हारे पापा तुम्हारे साथ थे।'

'हाँ, पोस्ट ऑफिस खरीदने के लिए पापा ने पैसे तो दे दिये पर एक शर्त पर ...खैर, अब तो मैंने एक पेट्रोल पंप भी खरीद लिया है।'

'गुड फॉर यू, दिनेश यू मेड इट, बधाई हो।' माला ने अपनी खुशी ज़ाहिर की।

'जब सिर पर पड़ती है न माला तो...।' जैसे पश्चात्ताप में जल रहा हो, कुछ कहना चाहता था दिनेश, पर अचकचाकर चुप हो गया।

'इट्स आल राइट, दिनेश। जो होता है, अच्छे के लिए ही होता है। आई डोंट ब्लेम यू एनीमोर। तुम तो खुश हो न?'

'थैंक्स, इट मीन्स ए लॉट। सुना है तुमने अब तक शादी नहीं की, कोई तो होगा...।'

'जाने भी दो अब दिनेश, हमारे सम्बन्धों को दुनिया जानती थी, यहाँ कोई कुछ नहीं भूलता। वैसे, तुमने कभी सोचा कि मेरा क्या हुआ होगा?'

'कोई ऐसा दिन नहीं गुज़रता जब मैं तुम्हें याद नहीं करता, माला, समय मिला तो सुनाऊँगा अपनी राम कहानी भी तुम्हें। ख़ैर, कल क्या कर रही हो?'

'कुछ नहीं।'

'लंच टाइम पर आ जाना, यह मेरे दफ्तर का पता है।' जेब से अपना कार्ड निकालकर माला को देते हुए दिनेश बोला। मंजूषा और राजीव दरवाज़े के भीतर खड़े हुए दिनेश और माला की बातें सुन रहे थे।

'ओहो, तो साहब का दफ़्तर ऑक्सफोर्ड स्ट्रीट पर है, मिलिनेयर तो हो ही गये होगे अब तक, क्यों, दिनेश?'

'बस, ज़रा ससुर जी स्वर्ग सिधार जायें...'

'वाट नॉन्सेंस। सुनो, अन्दर एक मोटी-सी औरत तुम्हें ज़ोर-शोर से इशारे किये जा रही है।'

'माइ वाइफ़, डेज़ी।' बताते हुए दिनेश झेंप गया।

'वाह वाह, क्या डील-डौल पाया है...मुबारक हो। मिलवाओगे नहीं क्या?'

'माला, न ही मिलो तो अच्छा है।'

'क्यों; ऐसी भी क्या बात है, दिनेश? अब तक तो उसे हमारे बारे में किसी ने बता ही दिया होगा।'

'पैसों के लालच में मैंने शादी कर ली थी। अब पैसा ही पैसा है और सारी उम्र का रोना।' माला की ओर देखते हुए दिनेश ने एक ठंडी आह भरी।

'भगवान करे तुम खूब भुगतो।'

'क्यों बददुआएँ दे रही हो? लंच मेरे साथ ही कर रही हो न फिर?' भीतर का रुख़ करते हुए दिनेश ने पूछा।

'ऑफ़ कोर्स पर बाहर से कुछ मँगवाने की ज़रूरत नहीं, मैं घर से आलू के

पराँठे बनाकर लाऊँगी।'

'थैंक यू, माला, तरस गया था मैं तुम्हारे आलू के पराँठों के लिए, आज रात को ठीक से सो भी नहीं पाऊँगा, परांठे ही पराँठे दिखेंगे नींद में।'

'इससे पहले कि डेज़ी बाहर आकर तुम्हारा परांठा बना दे, अन्दर जाओ। हो सके तो मेरी नौकरी का कुछ इन्तज़ाम करना।'

'तुम कहो तो तुम्हारे लिए एक नयी फैक्टरी खुलवा दूँ? तुम कल आओ तो सही।'

'बुलडोज़र ठीक तुम्हारे पीछे है, सी यू टुमॉरो।'

माला पलटी ही थी कि मणि-मंडित आसमानी साड़ी में लिपटे सफ़ेद त्वचा के एक गोल-मटोल बंडल से जा टकराई, जो तिरछी नज़र से उसे एक साथ जलन, स्पर्धा और द्वेष से घूर रहा था।

'डार्लिंग, इनसे मिलो, ये है माला, कालेज में मेरे साथ पढ़ती थी और ये हैं हमारी शरीक़े-हयात, डेजी मान, आज हम न जाने कितने सालों बाद मिले हैं, हैं न माला?'

'नाइज टु मीट यू।' डेज़ी ने सिर हिला कर माला का अभिवादन कुछ यूँ स्वीकार किया जैसे उस पर एहसान कर रही हो। मुस्कुराती हुई माला जिया की ओर चल दी; उसके दिन फिरने में अब देर नहीं थी।

'हाउ एम्बैरेस्सिग, सारे मेहमानों की नज़रें तुम दोनों पर ही टिकी थीं।' माला के वहाँ से हटते ही आशंकित डेज़ी गुस्से में बुदबुदायी।

'डार्लिंग, यू नो, माला से मेरी ख़ासी दोस्ती थी...।'

'जानती हूँ, मीता आंटी ने मुझे सब बता दिया है।'

'क्या बता दिया है?' दिनेश को गुस्सा आ गया, घर में अभी क़दम रखा नहीं कि शुरू हो गयीं चुगलियाँ।

'जाने दो...ज़रा मैं सुरभि से हेलो कर लूँ।' डेज़ी मुँह फुलाये वहाँ से चल दी।

'ओके डार्लिंग, ज़रा सुरभि को चौकन्ना कर देना, सुरेन्द्र की नज़र करन पर है।'

'क्या बात करते हो, दिनेश? तुम्हें सब अपने जैसे दिल-फेंक नज़र आते हैं। सुरभि और करन बचपन के दोस्त हैं।'

'डार्लिंग, तुम तो यार कमाल की भोली हो।'

'आई नो, एंड यू आर मोस्ट विकेड।' डेज़ी मुस्कुरायी तो दिनेश की जान में जान आयी, नहीं तो आज रात को भी उसे सोफ़े पर ही सोना पड़ता।

डेज़ी को अपनी ओर आते देखकर घड़ियाल, जो सुरभि को घेरे बैठे था, अदब से उठा और अपनी कुर्सी डेज़ी की ओर सरकाकर जिया की ओर चल दिया, हालाँकि उसका मन हो रहा था कि प्रभा के पास जाकर बैठे पर रंजीत की फटकार के बाद

ऐसा सम्भव नहीं था। कमबख़्त ने उसकी शाम बर्बाद कर दी थी। उसने तय किया कि महिलाओं से छेड़छाड़ में ख़तरा कम था क्योंकि उन्हें तवज्जो की दरकार रहती है किन्तु युवतियों पर सभी मर्दों की लार टपकती है। यदि चाकलेट उन्हें न मिले तो किसी और को भी नहीं मिलनी चाहिए।

'हेलो सुरभि, दिनेश कह रहा था कि तुम्हारा और करन का अफ़ेयर चल रहा है, क्या यह सच है?' डेज़ी ने सीधे-सीधे सुरभि से पूछ लिया।

'क्या डेज़ी? यू नो, करन और मैं बचपन से साथ पले-बढ़े हैं। वो पूरे एक साल बाद बम्बई से लौटा है और सुरेन्द्र चाहता है कि मैं उसकी तरफ़ देखूँ तक नहीं, यह भी कोई बात हुई?'

'ये आदमी भी न, सुरभि, खुद चाहे किसी से इश्क लड़ाते फिरें पर अगर उनकी वाइव्स किसी से बात कर लें तो...'

'वही तो। खैर, ये माला कहाँ से आ टपकी यहाँ? तुझे पता है न...'

'अरे हाँ, मीता आंटी ने मुझे शादी से पहले ही सब बता दिया था।'

'कितनी खूबसूरत लग रही है न माला? कहीं फिर से न शुरू हो जाये इन दोनों का रोमांस।'

'मुझसे बहुत डरता है दिनेश, एक क़दम भी टेढ़ा रखा न तो बच्चू सड़क पर नज़र आयेगा। तू जा, आराम से बात कर करन से; मैं सुरेन्द्र को बिज़ी रखती हूँ। ले, करन यहीं आ गया, हाय करन!' करन को अपनी सीट देकर डेज़ी सुरेन्द्र की ओर बढ़ गयी।

'हाय सुरभि, तुम मुझे पिछले डेढ़ हफ्ते से टाल रही हो, अपना मोबाइल तुम उठातीं नहीं, प्लीज़ टैल मी वाय?'

'समय, जगह और मौक़ा देखकर बात करनी चाहिए, करन।' सुरभि चौकन्नी थी कि कहीं सुरेन्द्र उनकी बातें न सुन ले।

'मेरी ज़िन्दगी का तो मकसद ही शायद मौक़े तलाशना रह गया है, सुरभि।'

'तुम समझते क्यों नहीं, करन?'

'तुम भी क्यों नहीं समझती, सुरभि? कब तक दूर रहूँ तुमसे और अपनी बच्ची से, कब तक?'

'शट-अप, दीवारों के भी कान होते हैं, करन, और यहाँ की दीवारें भी लकड़ी की हैं। सुरेन्द्र को बड़ी मुश्किल से रास्ते पर लायी हूँ। तुम ज़रा रिज़र्व्ड नहीं रह सकते?'

'और कितना रिज़र्व्ड रहूँ? तुम्हारे कहने पर मैंने चित्रा से शादी भी कर ली और बम्बई चला गया।'

'वो सब तो ठीक है पर अपनी शक्ल क्या बना रखी है तुमने? साठ बरस के बूढ़े लग रहे हो।'

'और तुम आज भी अठारह बरस की लग रही हो; उतनी ही हसीन जितनी कालेज के ज़माने में लगा करती थी।' करन की आवाज़ में थोड़ी नरमी आयी।

'काश कि तुम मेरे दिलो-दिमाग़ पर पड़ी झुर्रियाँ देख सकते, करन। सुनो, लोग हमें देख रहे हैं, मुस्काते हुए बात करो जैसे कि हम प्लैजेंट्रीज़ एक्सचेंज कर रहे हों।'

'तुम प्लैजेंट्रीज़ की बात कर रही हो; मेरा मन तो ज़ार-ज़ार रोने को कर रहा है।'

'तो बाहर चले जाओ गार्डन में या सड़क पर। दूसरों के जश्न में मातम मनाने का तुम्हें कोई हक़ नहीं।'

'तुम पत्थर होती जा रही हो, सुरभि, तुम्हें मुझ पर ज़रा भी दया नहीं आती?'

'ज़िन्दगी सब सिखा देती है, करन, पर तुम कुछ नहीं सीख पाये, वही लकीर के फकीर रहे।'

'सड़क के भिखारी को भी गाहे-बगाहे भीख दे दी जाती है। तुम्हारी खींची हुई लक्ष्मण-रेखा मैंने कभी पार नहीं की, सुरभि। जिसको चाहता हूँ, उससे बात करना भी गुनाह है, जिसका बाप हूँ, उस बच्ची को देखने को भी तरस गया हूँ। यहाँ ले आतीं उसे, दूर से देख ही लेता।'

'अपनी ज़बान को लगाम दो, करन, क्या इज़्ज़त रह जायेगी मेरी? सोनिया के बारे में सोचा है कभी? लोग क्या कहेंगे?'

'सुरभि, मैंने तुमसे हज़ार बार कहा है कि यहाँ किसी को कोई फ़र्क़ नहीं पड़ता।'

'पड़ता कैसे नहीं? अपने देश से दूर, ये लोग अब तक उसी सदी में जी रहे हैं, जिस सदी में वे यहाँ आये थे।'

'मैं कहता हूँ सुरभि, बड़े से बड़ा लफड़ा यहाँ दो-चार दिन से ज़्यादा नहीं टिकता, चार्ल्स और डायना तक का...'

'तो तुम लफड़ा किये बिना नहीं मानोगे?' सुरभि एकाएक तन कर खड़ी हो गयी।

'सुरभि, तुम तो महात्मा बुद्ध में विश्वास रखती हो, उन्होंने ही कहा था कि तीन चीज़ें अधिक समय तक छुपी नहीं रह सकतीं—सूरज, चन्द्रमा और सच। तुम ये झूठ कब तक ढोती रहोगी?'

'नहीं, मुझसे यह नहीं होगा, करन।'

'सुरभि, कब तक इन्तज़ार करवाओगी? सोनिया अभी छोटी है, आसानी से मान जायेगी। एक टीनेजर को समझाना बहुत मुश्किल होता है।'

'करन, मैंने उसे सच बता दिया तो हो सकता है कि वह हमें जीवन भर माफ़

न करे। मैं ऐसा कोई रिस्क नहीं लेना चाहती।'

'कभी मेरी जगह खुद को रख कर देखो, सुरभि।'

'कभी तुम मेरी जगह लेकर देखो, करन। जानते हो कैसा महसूस करती हूँ उस आदमी के पहलू में, जिसे मैं प्यार नहीं करती? अपनी दो बच्चियों के लिए मैं जिन्दा जल रही हूँ, दिन-रात। एक तुमसे है, एक सुरेन्द्र से, किसे छोड़ूँ?'

'मैं भी तंग आ गया हूँ इस दोग़ली ज़िन्दगी से, सुरभि, आओ आज फ़ैसला कर...' करन की बात अधूरी रह गयी, सुरेन्द्र वहाँ आ धमका। दूर खड़ी डेज़ी इशारे से सुरभि को 'सॉरी' कह रही थी कि वह सुरेन्द्र को अधिक देर के लिए उन दोनों से दूर नहीं रख पायी।

'हेलो करन, कब लौटे बम्बई से?' सुरभि को घूरते हुए सुरेन्द्र ने करन से पूछा।

'करीब एक महीना हो गया।' करन अपना चेहरा बायें किये बोला। सुरभि और करन के चेहरों पर भावनाओं का सर्कस चरम सीमा पर था।

'और अब तक घर नहीं आये?' सुरेन्द्र दोनों के चेहरों को बारी-बारी गौर से देख रहा था।

'बस यूँ ही।'

'बीमार हो क्या? बिल्कुल मजनूँ लग रहे हो। कोई चक्कर-वक्कर चल रहा हो तो भई हम भी सुनें।' सुरेन्द्र दोनों के ज़ख्म कुरेदने पर उतारू था।

'अभी-अभी फ्लू से उठा हूँ।' करन साफ़ झूठ बोल गया।

'ओह! अब तो ठीक हो? सुरभि डार्लिंग, बुलाओ न इन्हें कभी घर?'

'मैं अभी इनसे यही कह रही थी।'

'यह भी कोई पूछने की बात है? कल शाम क्या कर रहे हो, करन?'

'कुछ ख़ास नहीं।' करन तपाक से बोल उठा।

'तो कल शाम ठीक रहेगी। मैं भी ऑफिस से जल्दी आने की कोशिश करूँगा, क्यों सुरभि?'

'जी ठीक है।'

'कल शाम को मिलते हैं फिर, बाय फॉर नाऊ।' कहते हुए करन उठकर जिया के पास जा बैठा।

'क्या खुसर-पुसर चल रही थी तुम दोनों के बीच?' करन के जाते ही सुरेन्द्र ने सुरभि को आड़े हाथों लिया।

'सुरेन्द्र, तुम इतने शक्की क्यों हो?'

'सुरभि, मुझे क्या उल्लू का पट्ठा समझ रखा है? डेज़ी को मेरे पीछे लगाकर तुम सोच रही थीं कि मेरी आँखें बन्द हैं, मैं सब देख रहा था।' सुरेन्द्र ग़ुस्से में काँपने लगा।

'ज़रा धीरे बोलो, सुरेन्द्र।' घबराई हुई सुरभि इधर-उधर देखने लगी कि सुरेन्द्र ग़ुस्से में कहीं फिर न बिफरने लगे। सुबह भी जब सुरभि ने उससे मीता की पार्टी में चलने के लिए कहा तो वह चीखने-चिल्लाने लगा था और जब सुरभि ने न जाने का फ़ैसला कर लिया तो शाम के चार बजे एकाएक वह पार्टी में चलने को उठ खड़ा हुआ। न खुद तैयार हुआ और न ही उसने सुरभि को कपड़े बदलने का मौक़ा दिया।

'अपनी और उसकी शक्लें देखी थीं तुमने? कहानी कह रही थीं।'

'उम्मीद है के तुमने पढ़ और समझ भी ली होगी,' सुरभि ने तंग आकर कहा।

'मेरे सिवा यहाँ और लोग भी ब्लडी पढ़ना जानते हैं।'

'चलिए, घर चलकर बात करते हैं।'

'ये हरामी का पिल्ला यहाँ भी आ टपका। सुबह तुम इसीलिए ज़िद कर रही थीं कि मीता के यहाँ चलो, मीता के यहाँ चलो; सोचा होगा कि मैं कह दूँगा के अकेली चली जाओ।'

'गाली देना क्या अच्छी बात है?'

'इश्क़ लड़ाना बड़ी अच्छी बात है? दो बच्चियों की माँ हो तुम, कुछ तो शर्म करो।'

'मैंने किया क्या है, सुरेन्द्र? एक-दूसरे का हालचाल पूछना क्या गुनाह है? और ऐसी ही बात तो थी तो करन को घर पर न्योतने की क्या ज़रूरत थी?'

'उसे तो मैंने बात की तह में जाने के लिए बुलाया है।'

'क्यूँ बात का बतंगड़ बना रहे हो, सुरेन्द्र?'

'हद होती है आदमी के सब्र की।'

'घर पहुँचकर जो जी में आये कह लेना, अभी तो...' तभी वहाँ गिरगिट आ पहुँचा और वे दोनों सकपकाकर चुप हो गये।

'मोहब्बत हो तो तुम मियाँ-बीवी जैसी, पार्टी में आकर भी एक-दूसरे से चिपके हो। औरों को भी चान्स दो न, बड़े भाई, बात-वात करने का।'

'राजेश भाई, बस हम निकल ही रहे थे, बच्चियाँ घर पर अकेली हैं न।' सुरेन्द्र बोला। सुरभि सोचने लगी कि लोगों के सामने कैसा साधू बन जाता है उसका पति?

'आप दोनों बात कीजिए, मैं ज़रा जिया से 'बाय' कहकर आती हूँ।' मौक़ा पाकर सुरभि जिया की ओर लपक ली।

'बड़े भाई, आप लोगों के दम से ही तो पार्टी में रौनक है और आप जाने को कह रहे हैं। बच्चियों को भी करने दो थोड़ा रिलैक्स, ऐसी क्या जल्दी है?' करन का गिरगिट से जल्दी निबटना मुश्किल था; सुरभि इस बीच करन को चेतावनी दे देना

चाहती थी।

'जैसे मौक़ा ही ढूँढ़ रहे थे घर आने का तुम।' करन को देखते ही सुरभि फुसफुसायी।

'बच्ची को देखे बगैर अब नहीं रहा जाता। मैं खाने के लिए नहीं रुकूँगा।' फिर कुछ सोचते हुए करन बोला, 'कहो तो चित्र को साथ ले आऊँ?'

'उस बेचारी को तुम इस पचड़े से अलग ही रखो तो अच्छा है और सुनो कल तुम हमारे घर न ही आओ तो अच्छा है।'

'क्यों, सुरेन्द्र ने खुद इनवाइट किया है। मैं बस आधे घंटे बैठकर निकल जाऊँगा, सुरभि।' करन गिड़गिड़ाने पर उतर आया।

'सुरेन्द्र गुस्से में है, कहीं बच्चियों के सामने कुछ बक न दे? कहीं बाहर क्यों नहीं मिल लेते, करन?'

'जैसा तुम ठीक समझो, बोलो कहाँ मिलें?'

'मैं सोनिया और गिन्नी को लेकर सुबह नौ बजे हैरो लैज़र सेंटर जा रही हूँ। स्विमिंग-वेटिंग-एरिया में मिलना। सोनिया अच्छी तैराक है। पूछ भी रही थी तुम्हें?'

'अच्छा, क्या कह रही थी?' करन पिघलने लगा।

'यही कि बहुत दिनों से करन अंकल को नहीं देखा।'

'मैं तो सोच रहा था कि वह मुझे भूल ही गयी होगी।' करन की आँखें एक बार फिर भर आयीं।

'सुरेन्द्र इधर ही आ रहे हैं। मैं चलती हूँ और सुनो, इन्हें फ़ोन पर कल घर न आने के लिए माफ़ी माँग लेना, ओके?'

'ओके, बाय सुरभि।' इसके पहले कि सुरेन्द्र उन तक पास पहुँचता, करन उठ कर बाहर निकल गया और सुरभि बाय कहने के लिए जिया की ओर मुड़ गयी।

जिया ने करन और सुरभि की बातें सुन ली थीं, उनके कान जानवरों से कहीं अधिक तेज़ थे। यह राज़ पुष्पा मौसी को बताने के लिए उनका दिल मचल उठा, जो इस वक्त अम्मा की खाने-पीने में मदद कर रही थीं। जिया के पेट का अफ़ारा कहीं फूट ही न जाये, न चाहते हुए भी वह यह राज़ आपा को बताने के लिए आतुर हो उठीं किन्तु आपा हसन, सायरा और रंजीत के इर्द-गिर्द घूम रही थीं, जो घड़ियाल और गिरगिट से घिरा बैठा था।

'मिस्टर रंजीत, तो सुनाइए आपका बिजनेस कैसा चल रहा है?' घड़ियाल की रोती हुई सूरत ने बात उठाई। इतनी बेइज़्ज़ती हो जाने के बावजूद भी, गिरगिट ने उसे रंजीत से सुलह कर लेने की सलाह दी थी।

'साला ठीक ही है बस।' रंजीत ने बेमन से जवाब दिया। वह हैरान था कि भरी महफ़िल में अपमानित होने के बावजूद घड़ियाल उससे बात करने को आतुर था।

'भाई घर में बेकार बैठा है, कोई छोटा-मोटा काम भी हो तो चलेगा।' घड़ियाल ने गिड़गिड़ाते हुए कहा। रंजीत को उसने अधिक सोचने का मौक़ा नहीं दिया; वह असल मुद्दे पर जल्दी ही आ गया।

'आजकल साले रिसैशन ने भैंचो सब की कमर तोड़ रखी है, नो वैकेंसीज एनीवेयर।' रंजीत ने उसे झट टाल दिया। वह घड़ियाल के भाई से मिल चुका था; वह भी उसी की तरह रोती-शक्ल था।

'बड़े भाई सही फ़रमा रहे हैं, इंग्लैंड की इकॉनॉमी का बुरा हाल है, हज़ारों लोग हाथ पर हाथ धरे बैठे हैं।' गिरगिट ने रंजीत की बात का समर्थन किया।

'लगता है कि इकॉनॉमी सिर्फ़ मर्दों के लिए बिगड़ रही है, औरतों के लिए कोई रिसैसेशन नहीं है।' घड़ियाल रोष में भरकर बोला।

'साला मतलब क्या है आपका?' बावजूद खुमार के रंजीत चौकन्ना था।

'भाई साहब के कहने का मतलब यह है, बड़े भाई, के मर्दों के मुकाबले क्या औरतें अधिक पढ़ी-लिखी और काबिल हैं कि उन्हें जॉब्स की कमी नहीं है?' गिरगिट ने बात सँभालने की कोशिश की।

'या वे मेल बॉसेस की नब्ज़ पहचानती हैं?' घड़ियाल ने सँभल चली बात को फिर बिगाड़ दिया। तभी करन रायज़ादा भी वहाँ आकर बैठ गया, उसके हाथ में भी व्हिस्की का एक सादा गिलास था, बिल्लौरी पैमाने सिर्फ़ विशेष मेहमानों के लिए सुरक्षित थे।

'ऐसी साली कितनी होंगी? मोस्टली तो अपनी मेहनत और साली काबिलियत के बल पर ही टिकी हैं।' यह जानते हुए भी कि घड़ियाल का इशारा किस ओर था, रंजीत ने उसे टालना चाहा।

'रंजीत यार, तुम अब मुँह मत खुलवाओ हमारा।' करन रायज़ादा ने अपनी बायीं आँख दबाते हुए कहा। यह जग ज़ाहिर था कि रंजीत का दफ्तर ख़ूबसूरत बालाओं से भरा था।

'क्यों नहीं, साला तुम्हें अपना मुँह खोलने की भैंचो पूरी इजाज़त है।' रंजीत एकाएक उग्र हो उठा।

'हम भी तो देखें, करन, तुम्हारा पूरा खुला हुआ मुँह।' गिरगिट ने बात बढ़ाई तो करन भड़क उठा।

'वही नौकरी जो एक मर्द को मिलनी चाहिए, किन्हीं वजहों से एक ख़ूबसूरत महिला को दे दी जाती है।' करन ने एक ही झटके में गिलास खाली कर मेज़ पर ज़ोर से पटक दिया। आज की ताज़ा ख़बर उसके कान में पड़ ही चुकी थी कि

रंजीत ने सायरा को रायन-ऐयर का एक लिफ़ाफ़ा पकड़ाया था।

'करन यार, उन वजहों का खुलासा तो दो?' घड़ियाल भी भला कब तक पानी में रहता? उसे तो बस एक मौक़ा चाहिए था रंजीत को कीचड़ में घसीटने का।

'सभी जानते हैं मैं जिन वजहों की बात कर रहा हूँ; यहाँ बुजुर्ग लोग बैठे हैं, नहीं तो मैं खुल्लम खुल्ला...।' करन रायज़ादा ने आपा, अम्मा और जिया की ओर देखते हुए कहा। एकाएक उसे अपने बचाव की आवश्यकता महसूस हुई।

'साले, दूसरों के मामले में टाँग अड़ाने से पहले भैंचो अपने गरेबाँ में तो झाँक लिया होता।' रंजीत को भी दुनिया भर की ख़बर थी। सबकी नज़र सुरभि पर जा टिकी, जो घबराकर सुरेन्द्र से घर चलने का आग्रह करने लगी, किन्तु वह रंजीत के नज़दीक रखी एक कुर्सी पर जम कर बैठ गया जैसे वह आज बात की तह में जाकर ही रहेगा।

'बड़े भाई, साफ़-सी बात है, जो लोग शीशे के घरों में रहते हैं उन्हें दूसरों के घरों पर पत्थर नहीं फेंकने चाहिए।' गिरगिट ने मुड़कर सुरभि की ओर देखते हुए कहा तो करन भड़क उठा।

'जुबान सँभालकर बात कर, गिरगिट, ऐसा दूँगा उलटे हाथ का कि रंग बदलना भूल जायेगा।'

'तेरी बीवी ने दिया होता न एक उलटे हाथ का तो तुझे दिन में तारे नज़र आ जाते।' गिरगिट कहाँ चुप रहने वाला था। भरी सभा में करन ने उसकी बेइज़्ज़ती की थी।

'तेरी तो...' करन ने गिरगिट का गला पकड़ लिया।

दो बलिष्ठ हाथों से गिरगिट और करन को एक-दूसरे से अलग करते हुए टयाल साहब की स्थूल काया बीच में चट्टान-सी आ खड़ी हुई, जिसके आरपार देखना असम्भव था।

'ओनली इफ़ आई हैड ए गन।' करन ने गिरगिट, रंजीत और सुरेन्द्र की ओर बारी-बारी देखते हुए गुस्से में कहा। चित्रा और सुमित उसे समझाते-बुझाते हुए अन्दर ले जाने का प्रयत्न कर रहे थे।

'मार्क ट्वेन ने कहा था कि क्रोध एक ऐसा तेज़ाब है, जिसका अधिकतम नुकसान उस पात्र को पहुँचता है, जिसमें वह रखा होता है।' मिश्रा जी ने कहा किन्तु उनकी बात रंजीत के अलावा शायद किसी ने नहीं सुनी थी। रंजीत एक बार फिर करन की ओर बढ़ा किन्तु सुमित और चित्रा ने यह सोच कर कि वह करन को पीटने पर उतारू था, रंजीत को धक्का देकर दूर रखना चाहा।

'सॉरी करन, ये तुम्हारा साला पर्सनल मामला है, भैंचो, मुझे ऐसा नहीं कहना चाहिए था, आई एम सॉरी।' रंजीत ने माफ़ी माँगते हुए अपना हाथ करन की तरफ़ बढ़ाया। एक ही वाक्य से उसने सब मेहमानों की सहानुभूति बटोर ली थी।

'थैंक यू, रंजीत भाई, आई एम श्योर, करन का भी ऐसा कोई इरादा नहीं था।' सुमित ने कहा, करन अब भी अपने आपे में नहीं था।

'बड़े भाई, पार्टियों में तो ऐसा होता ही है। लेट अस शेक हैंड्स ओवर दिस।' गिरगिट ने भी अपना हाथ बढ़ाते हुए कहा। गिरगिट को नज़रअन्दाज़ करते हुए, सुमित करन को धकेलता हुआ अन्दर ले गया और मदमस्त रंजीत कंज़रवेटरी की ओर चल दिया।

'लाहौलविलाकुव्वत। ऐसी भी क्या बेरुख़ी? माफ़ी ही तो माँग रहे थे। लगता है कि करन की तबीयत आज कुछ ज़्यादा नासाज़ है।'

'ऐ मैं तोसे कऊँ, आपा, म्हारे बेटा-बहु की सादी की ऐनीबरसरी है, बजाय नाचने-गाने के लोग कम्मखत शराब पी-पी के गालियाँ दे रहे हैं।'

'आप बिल्कुल ठीक कह रही हैं, जिया। हम सब को मिलकर मकरंद और मीता के दीर्घायु होने के लिए कामना करनी चाहिए।' चेहरे पर भक्ति भाव लिए मोहन लौटे।

'जिया, आप हमें मरा कीर्तन करने का आदेश दें और फिर देखें। सारे मेहमान मरे झूमने न लगें तो...।' मोहिनी ने एक और पासा फेंका।

'ऐ मैं तोसे कऊँ, मोइनी, पैले ज़रा गणेश जी मना लीजो।' जिया बोलीं।

'मिक, आप मरा अब तक यहीं खड़े हैं? ढोलक-बाजा-मंजीरे तो मरे निकाल कर लाइए, राजेश, राजीव, आप दोनों ज़रा मिक की मरी सहायता करें।' मोहिनी ने दोनों हाथ हवा में नचाते हुए आज्ञा दी। इस वक्त मीता किसी भी बात का विरोध करने की स्थिति में नहीं थी।

मोहिनी अभी हारमोनियम के कान ऐंठ ही रही थी कि ढोलक पर थाप देते हुए मोहन ने झटपट गणेश वन्दना आरम्भ कर दी कि कहीं मीता उन्हें फिर न रोक दे। मोहिनी की उँगलियाँ अभी सही सुर ढूँढ़ने ही लगी थीं कि गिरगिट ने चिमटे को सिर के ऊपर उठाकर बजाना शुरू कर दिया, पुष्पा आंटी ने मंजीरे सँभाल लिए और सोमा की माँ बेताली तालियाँ बजाने लगीं। प्रसन्न-वदन जिया मेहमानों को उकसा रही थीं कि वे भी तालियाँ बजाएँ और मोहन द्वारा गायी हुई पंक्ति को दोहराएँ। साज और आवाज़ में कोई तालमेल नहीं था किन्तु मोहन पत्नी की ओर यदा-कदा देखकर 'बहुत अच्छे' कहते हुए मुस्कुरा उठते थे आपा समेत बहुत-से मेहमान इध ार-उधर खिसक लिए, उन्हें तो इस वक्त सिर्फ़ एक ही भजन याद आ रहा था, 'भूखे भजन न होत गोपाला, ये लो अपनी कंठी माला।' क्योंकि उनके पेटों में चूहे कूद रहे थे, भोजन का कहीं नामो-निशान न था और मीता नदारद थी।

तभी वहाँ वेनू सापलू और बसंत कोडनानी प्रकट हुए। मकरंद को एक कोने में ले जाकर सापलू ने चारों तरफ़ एक खुफ़िया नज़र घुमाई। सापलू के सेकंड-इन-कमांड, बसंत कोडनानी, ने भी बड़ी बारीकी से माहौल का जायज़ा लिया और फिर सापलू

को 'आल क्लियर' का इशारा देते हुए वह चौकन्ना-सा खड़ा हो गया, ताकि वे सब मेहमान, जो उनकी बातें सुनने के लिए बेताब थे, सापलू और मकरंद के अधिक करीब न जा पहुँचें।

'इज़ देयर ए डीले इन सर्विंग दि लंच? बिकॉज़ सर इज़ गोइंग टु लीव इन ए शॉर्ट वाइल।' कन्धे सिकोड़े और पैंट की जिप पर अपने हाथ रखे वेनू सापलू मैक के कान में फुसफुसाया।

'मलिक साहब, खाने में अबी कितनी देर है?' मकरंद को बौखलाया हुआ देख, बसंत ने सापलू का प्रश्न दोहराया। मकरंद मौक़े की नज़ाकत को समझता था किन्तु इंडियन हाई कमीशन के अधिकारियों को जवाब देना एक बड़ी ज़िम्मेदारी की बात थी; हाई कमान से पूछे बिना वह उन्हें क्या जवाब देता?

चारों ओर कुछ ऐसा सन्नाटा व्याप्त था कि सुई भी गिरे तो उसकी गूँज सुनाई दे। सापलू, बसंत और मेहमानों की नज़रें कश्मकश में पड़े मकरंद के चेहरे पर टिकी थीं।

सौभाग्य से, मीता ठीक उसी वक्त वहाँ प्रकट हुई। मैक ने एक लम्बी साँस खींची। एक भीषण संकट टल चुका था।

'नो सर, हमारी तरफ़ से कोई डीले नहीं है, सर, आई विल गेट द फ्रूड सर्व्ड विदिन नो टाइम, सर।' मकरंद को अपने पीछे धकेलते हुए मीता ने आगे की कार्यवाही अपने सशक्त हाथों में सँभाल ली।

वेनू के 'सर' की संक्रामक छूत से पीड़ित, मीता ने गोपनीयता को बरक़रार रखते हुए मैक डार्लिंग के कान में कुछ खुसपुस की, जिसकी वजह से मकरंद की झेंप बढ़ कर दुगुनी हो गयी; वह दो क़दम आगे बढ़ाते तो दो पीछे।

'मैक डार्लिंग, यू नीड नॉट वरी, लीव एवरीथिंग टु मी, मैं सब सँभाल लूँगी।' मीता ने मैक को झाड़-पोंछ कर वापस ख़ुफिया विभाग के साथ हेडक्वार्टर की ओर रवाना कर दिया और खुद 'लूसी' और 'प्रिया' चिल्लाती हुई रसोई की तरफ़ दौड़ी।

'शायद पाकिस्तान या चीन ने भारत पर आक्रमण कर दिया है।' हबड़-दबड़ में गिरगिट, जो चिमटा हाथों में उठाये वहाँ चला आया था, ने मज़ाक़ में कहा।

'लाहौलविलाकुव्वत, क्या नाम है आपका? ऐसी ग़ैरज़िम्मेदाराना बात कैसे कह दी आपने?'

'मुझे तो लगता है के कोई इंडियन नेता-शेता मर-मरा गया है।' घड़ियाल मातमी अन्दाज़ में बोला।

'अरे नहीं, ऐसा कुछ होता न तो ये लोग सिर पर पाँव रखे भाग लिए होते।'

'बिल्कुल, देश पर संकट हो तो कोई लंच के लिए थोड़े ही रुकेगा।'

'वार-शार की बात सुनके मीता टीवी शीवी खोलने दौड़ती; रसोई की तरफ़

थोड़े ही न भागती?' अमृत ने तर्क रखा।

सुराग इकट्ठा करने के लिए महिलाएँ रसोई के और मर्द मोहन के आसपास इकट्ठे होने लगे क्योंकि राजीव और मीता के सिवा, किसी का भी रसोई में प्रवेश अवैध था। मीता बाहर निकले तो उससे पूछा जाये कि माजरा क्या था।

'कुछ न कुछ तो मरा ज़रूर हुआ है।' हारमोनियम को अकस्मात ज़ोर से बन्द करते हुए मोहिनी उठ खड़ी हुई; कहीं यह न हो कि वे भजन-कीर्तन करते रह जायें और उधर एक बड़ा कांड घट जाये। गिरगिट, जो पता लगाने गया था, अब तक नहीं लौटा था। एक आँख बन्द किये मोहन बेमन से गणेश वन्दना गा रहे थे। सोमा की माँ और अम्मा के साथ शर्मा-शर्मी में जिया और पुष्पा मौसी भी उनके पास बैठी थीं।

'ऐ मैं तोसे कऊँ, मोन, लोग काय को बवाल मचा रए हैं? बजन-कीर्तन में एक छिन को बी मन नाय लगे इनका।' जिया से आख़िर नहीं रहा गया।

'लोगों को तो बस एक बहाना चाहिए, जिया।' मोहन भी इसी ताक़ में थे कि जिया और पुष्पा मौसी उठें; बगैर पत्नी के उनका मन यूँ भी नहीं लग रहा था; हारमोनियम चाहे बेसुरा ही बजाती थी किन्तु उनकी लड़खड़ाती आवाज़ को सहारा मिल जाता था।

'ऐ मैं तोसे कऊँ, मोन, इंडिया-पाकिस्तान में कईं लड़ाई तो नाय सुरु हो गयी?' जिया को कुछ ऐसा ही सुनाई दिया था।

'जो है सो है, जिया, सुब्बे की न्यूज में तो अइसा कछु नाय था,' पुष्पा मौसी ने अपनी कमर सीधी करते हुए कहा।

ज़मीन पर बाजे-ढोलक और मंजीरों के साथ अम्मा उपेक्षित-सी बैठी रह गयीं जिनकी तबीयत यूँ भी नासाज़ थी; इस सर्कस से उन्हें कब और कैसे निजात मिलेगी?

'मैं तोसे कऊँ, राजेस, क्या हुआ? जब तक जिया, पुष्पा मौसी और मोहन उठ कर घटना-स्थल पर पहुँचते, मेहमान तितर-बितर हो चुके थे। उन्हें असमंजस में छोड़, कन्धे उचकाता हुआ गिरगिट बिना कुछ कहे, मर्दों में जा बैठा।

उधर, रसोई में अवन, ग्रिल, माइक्रो-अवन और गैस के सभी चूल्हे एक साथ ऑन कर दिये गये। भोजन की खुशबू पूरे घर में फैलने लगी तो मेहमानों ने भगवान का लाख-लाख शुक्र मनाया। कल सोमवार है, कब खायेंगे, कब केक कटेगा और कब वे वापस घर पहुँचेंगे?

'लोग भूल जाते हैं कि भगवान ने संडे आराम के लिए बनाया है।' घड़ियाल का रोना शुरू हुआ ही था कि मोहिनी उसके आगे आ खड़ी हुई।

'मरे बोर हुए हम और आप, वी. आई. पीज़ के मरे मनोरंजन के लिए तो मरी दो-दो मेनकाएँ हाज़िर हैं। अपने सिंघासन पर बैठे-बैठे ही उन्हें मरी सभी सुविधाएँ भी मिल रही हैं।' मोहिनी का इशारा मेनका और मंजूषा की ओर था जो इस वक्त

जोशी सर के दायीं और बायीं ओर बैठी उनसे ठिठोली कर रही थीं।

'मीता ने पार्टी पर इतना पैसा खर्च किया है तो एक डी.जे. भी हायर कर लेती, यंग लोग नाच-कूद लेते और ओल्ड पीपल गाने सुनकर मन बहला लेते।' सोमा बोली।

'भई, डी.जे. बुलाने के लिए कलेजा चाहिए, अल्हमदुलिल्लाह, आयशा और रिचर्ड के ब्याह में हमने दो घंटों के इंशा अल्लाह डेढ़ हज़ार पाउंड्स दिये थे...' शमीम ने बताया।

तभी रसोई से हाँफती हुई मीता निकली और सीधे जोशी सर की ओर बढ़ी।

'क्या हुआ मीता? कुछ हेल्प चाहिए तो हमें बताओ।' मीता का रास्ता रोक कर कई महिला मेहमानों ने एक साथ पेशकश की।

'नो, थैंक यू, लेडीज़, बस खाना गरम करवा रही हूँ। जोशी सर को किसी ज़रूरी काम से कहीं जाना है, इसलिए पहले उन्हें सर्व कर रहे हैं। आई होप यू वोंट माइंड। आप सब तो घर के ही लोग हैं न।' सब मेहमानों के मुँह लटक गये।

'खोदा पहाड़ और निकली चुहिया।'

'मरी जब तक हमारी बारी आयेगी, लंच मरा ठंडा हो चुका होगा।'

'दोपहर के भोजन को अँगरेज़ शायद इसीलिए डिनर कहते हैं।'

भीड़ के अनन्य प्रश्नों का जवाब देती हुई बेहाल मीता जोशी सर के पास पहुँची।

'सर, आपके लिए मैंने स्पेशली खाना गरम करवा दिया है, फ़ूड इज़ ऑन इट्स वे, एज़ ऑफ़ नाऊ, सर।'

'थैंक यू, मिस...।' दो अप्सराओं के बीच बैठे जोशी सर को इस वक्त मीता का सरनेम तक याद नहीं था।

'मीता जी, हमारी ज़रूरत हो तो बता दीजिएगा प्लीज़।' मेनका और मंजूषा दोनों एक साथ खड़ी हो गयीं।

'ऑफ़ कोर्स, बट एवरीथिंग इज़ टेकन केयर ऑफ़।'

'मीता डार्लिंग, इनकी ह...ह...हेल्प ले लो न। अ...अ...आप अ...अ...अकेले क...क...क्या क...क...क्या क...क...।' मोहन अपनी अस्त-व्यस्त पत्नी के कान में फुसफुसाये।

'मैक डार्लिंग, वी शुड थैंक अवर लक्की स्टार, इन दोनों की वजह से ही जोशी सर एंड पार्टी शायद यहाँ अब तक टिकी है। आपके रंजीत को तो किसी की फ़िक्र ही नहीं है और न ही किसी के लिए फ़ुर्सत। उससे तो बस गालियाँ बकवा लो...' मीता बड़बड़ाती और हाँफती हुई वापस रसोई में पहुँची।

कुछ ही देर में निम्न और मध्यवर्गीय मेहमानों ने देखा कि गर्व से अपने सिर उठाए कुछ लोग भोजन के गरमा-गरम डोंगे उठाये कंजरवेटरी की तरफ़ भागे चले जा रहे थे

जैसे इस महान कार्य के लिए उन्हीं का चुनाव किया गया था। मिनिस्टर एंड पार्टी के सम्मुख मोहन, राजीव और मकरंद हाथ बाँधे और सिर झुकाये हनुमान, अंगद और बाली की तरह खड़े थे। मंजूषा और मेनका में होड़ लगी थी कि जोशी सर की प्लेट में कौन पहले भोजन परोसता है। एक चिकन-करी परोसती तो दूसरी तड़का-दाल। उनका बस चलता तो वे कौर बनाकर जोशी सर के मुँह में भी डाल देतीं।

'मंजूषा, सर की प्लेट में रायता डालोगी तो मेस हो जायेगा नी।' मेनका ने मंजूषा की चम्मच-धारी खूबसूरत उँगलियों को एक तरफ़ हटाते हुए बड़े रोष से बरजा और इशारे से बसंत को रसोई से एक छोटी कटोरी लाने का निर्देश दिया। मंजूषा का मुँह छोटा-सा हो गया। मेनका ने सोचा था कि चिकन और मीट-करी देखकर मंजूषा स्वयं पीछे हट जायेगी।

'मंजूषा, कम एंड सिट हियर।' जोशी सर ने अपने पास रखी कुर्सी की सीट को थपथपाते हुए कहा।

'थैंक यू, सर।' कहते हुए मंजूषा जोशी सर के प्रति सदैव के लिए अनुग्रहीत होकर उनके पास बैठ गयी।

'मंजूषा को दाना डाल रहे हैं जोशी सर।' नैन्सी पति के कान में फुसफुसाई।

'मंजूषा से उन्हें कुछ नहीं मिलने वाला, काम तो उनके मेनका ही आयेगी।' नरेश बोले।

'बड़े भाई, आप ठीक कह रहे हैं, मेनका तो असली घी में छुंकी-छुंकाई घर की दाल है, जोशी सर को छोड़कर वह कहाँ जायेगी?' गिरगिट फुसफुसाया; नैन्सी और नरेश सकपकाकर चुप हो गये, वे नहीं जानते थे कि कान लगाये गिरगिट उनकी बातें सुन रहा था।

'आप सब लोग क्यों खड़े हैं, प्लीज़ बैठ जाइए।' जोशी सर ने अपने पीछे खड़े लोगों को जैसे अभय दान दे दिया हो। जोशी सर के आसपास वाली कुर्सियों पर बैठने के लिए ऐसी होड़ लगी कि म्यूज़िकल चेयर्स वाला दृश्य उपस्थित हो गया। मेनका और बसंत खड़े के खड़े रह गये पर किसी को उनकी परवाह नहीं थी सिवा राजीव के, जिसने खड़े होकर बड़े आदर से मेनका को अपनी सीट दे दी।

'आप मेरे साथ आइए।' कहता हुआ राजीव बसन्त को लेकर सीधा इला के पास पहुँचा, वह जानता था कि बसंत जैसे कनिष्क अधिकारी भी तवज्जो की तम. न्ना रखते हैं। बसंत का इला से परिचय करवाने के बाद, उसने उन्हें कोने में रखी आरामदेह कुर्सी पर बैठा दिया और स्वयं प्रिया की मदद से सीधे पतीलों में से तीन प्लेट्स में गरमा-गरम भोजन लगवाकर ले आया। मंजूषा से मात खायी हुई हताश मेनका भी आकर इला के पास बैठ चुकी थी।

परिस्थिति को अपने अनुकूल हुआ देख राजीव खुश था; मेनका और बसंत दोनों ही पट चुके थे। करने दो मंजूषा को जोशी सर की चमचागीरी दफ्तर तो

बाबुओं से ही चलते हैं। बाबुओं को थोड़ी-सी तवज्जो दे दी जाये तो वे हमेशा के लिए एहसानमंद हो जाते हैं; अधिकारियों का क्या, खाये-पिये और खिसके।

'एक बड़ी कमी है इस पार्टी में, इला जी, एंटरटेनमेंट की, हम लोग तो इतने बोर हो गये थे कि फ्लैश खेलने लगे।' बसंत शायद राजीव और इला को आश्वस्त करना चाहता था कि वह एंटी-सोशल अथवा बददिमाग़ नहीं था।

'बसन्त जी, यहाँ तो चारों तरफ़ मुफ्त का मनोरंजन हो रहा है, ज़रा ध्यान से सुनिए और गौर से देखिए।' कहते हुए इला ने बसंत का ध्यान आपा और मोहिनी की ओर आकर्षित किया।

'लाहौलविलाकुव्वत, भई कोई हमारी भी ख़बर लेगा के नईं? भूख और पियास से हमारे तो होंठ सूख कर पपड़िया गये,' आपा बोलीं।

'आपा, मरी ऐसी बेइज़्ज़ती तो हमारी जीवन में मरी कबी नहीं हुई।' मोहिनी बोली।

'इस समय तो किसी रेस्टोरेंट में भी खाने को कुछ नहीं मिलेगा, लंच का समय कब का बीत चुका है और डिनर में अभी देर है।'

'मरा गरम तो हो ही गया है, बाक़ियों को भी मरा सर्व कर देना चाहिए।' राजीव और इला को खाते देख बाक़ी के मेहमानों की भी भूख भड़क उठी थी।

'या खुदा! चलिए, किचन में चलकर देखते हैं कि मामला क्या है?' आपा और मोहिनी उठकर रसोई की ओर चल दीं। लूसी हाथ बाँधे दरवाज़े के बीचोबीच खड़ी थी। मीता ने लूसी को ताकीद की थी कि राजीव और उसके अपने सिवा वह किसी और को रसोई में क़दम न रखने दे।

'वाट हैपन्ड, लूसी? वाय नॉट सर्विंग?' आपा ने अपनी कमर पर हाथ रखकर लूसी से तुनककर पूछा तो उनके झुमकों ने भी अपनी बदमज़गी ज़ाहिर की।

'सॉरी मैडम, दे आर वेटिंग फॉर द सरप्राइज़ आइटम।' आपा और मोहिनी ने लूसी के अगल-बगल से रसोई के अन्दर झाँकने की कोशिश की किन्तु वह अपनी जगह पर डटी रही। प्रिया एक कोने में दुबकी खड़ी थी कि आपा कहीं उससे न कुछ पूछ बैठें।

'वाट सरप्राइज़ आइटम?' मोहिनी ने पूछा तो लूसी ने कन्धे उचकाकर अपनी अनभिज्ञता प्रकट की। खैर, आपा और मोहिनी को एक अस्त्र मिल गया था जिसके बल पर वे मेहमानों का ध्यान अपनी ओर आकर्षित कर सकती थीं। वे मुस्कुराती हुई वापस लौटीं तो सबकी नज़रें उन दोनों के चेहरों पर आकर टिक गयीं।

'किसी मरे 'सरप्राइज़ आइटम' का इन्तज़ार हो रहा है।' मोहिनी ने पहल की।

'सरप्राइज़ आइटम?' दो शब्द दोनों बैठकों में गूँजने लगे।

'इंशा अल्लाह, अवाम के लिए दस्तरख़ान 'सरप्राइज़ आइटम' के बाद ही

बिछेगा।' बेज़ारी में आपा ने अपने चाँदी के पानदान में से एक छोटा-सा सरौता निकाला और छालिया पर अपना गुस्सा उतारने लगीं।

'पर वे लोग तो खा रहे हैं।' राजीव और इला की ओर इशारा करते हुए घड़ियाल रोता हुआ बोला तो मेहमानों की नज़रें एक बार फिर उनकी गरमा-गरम प्लेटों पर जाकर ठहर गयीं।

'या इलाही ये माजरा क्या है? ये सब हमें क्यों घूर रहे हैं?' लोगों से आँखें चुराते हुए राजीव ने इला से पूछा।

'भूख के मारे मेहमानों के पेट में चूहे कूद रहे हैं और हम गपागप खाना खा रहे हैं, दिस इज़ नॉट फ़ेयर, राजीव।' इला एकाएक शर्मोसार हो उठी।

सौभाग्यवश, उसी वक्त वायु उधर आ निकली। लोगों के चेहरे उसकी ओर घूम गये। शायद 'सरप्राइज़ आइटम' के विषय में वह कुछ जानती हो।

'कल रात मैंने भैया-भाभी को किसी 'सरप्राइज़ आइटम' के बारे में बात करते सुना था। शायद वर्षा जीजी और जीजा जी ने अमेरिका से कोई तोहफ़ा भिजवाया है, वो दोनों बड़ी बेसब्री से उसी का इन्तज़ार कर रहे हैं।'

'पर वायु, उसके लिए खाना रुकवाने की क्या ज़रूरत है?'

'हमें घर पहुँचने के लिए दो सौ माइल्स ड्राइव करनी है।' उत्तेजित हो नैन्सी बोली।

'वही तो, दिन-दिन में निकल जाते तो अच्छा रहता।' नरेश ने कहा।

'नैन्सी दीदी, मुझे तो लगता है कि वर्षा जीजी और जीजा जी खुद यहाँ पहुँच कर हमें सरप्राइज़ देने वाले हैं।' वायु से कहे बगैर रहा नहीं गया, देखा जायेगा जब मीता उसकी ख़बर लेगी।

'यह तो भई सचमुच बड़ी हैरतअंगेज़ बात होगी। बहरहाल, अब तक तो उन्हें यहाँ पहुँच जाना चाहिए था।'

'पार्टी ख़त्म होने पर पहुँचे तो सरप्राइज़ किसको देंगे?'

'शायद उनकी फ्लाइट लेट हो गयी हो, मीता भाभी ने खाना इसीलिए रोके रखा था।' वायु को पूरा विश्वास था कि उसकी बहन और जीजा जी वहाँ बस पहुँचने ही वाले थे।

'चलिए चलिए, खाना सर्व हो गया है, वेरी सॉरी फॉर द डिले, गाइज़।' घंटी बजाती हुई मीता उन सबके बीच में आ खड़ी हुई किन्तु मेहमानों की आँखें अब भी दरवाज़े पर ही लगी हुई थीं।

'खुदा ना ख़ास्ता, भई आपके सरप्राइज़ आइटम का क्या हुआ, मीता?' आपा से पूछे बगैर रहा नहीं गया।

'वाट सरप्राइज़ आइटम? जल्दी कीजिए, बाद में मुझसे कम्प्लेन मत कीजिएगा इफ़ फूड गॉट कोल्ड।' मेहमानों को चेतावनी देकर मीता 'लूसी-लूसी' पुकारती हुई

तेजी से रसोई की ओर चल दी; इन लोगों को सरप्राइज़ आइटम के बारे में किसने बताया?

'मियाँ, इसके पहले कि लोग डोंगों में परोसा गया खाना हिला-हिला कर भुर्ता बना दें, जल्दी से अपनी प्लेट लगा लीजिए।' पानदान सँभलवाते हुए आपा हसन के कान में फुसफुसायीं और जल्दी से भोज-कक्ष की ओर लपक लीं।

'मैक डार्लिंग, हम और कितना टाइम वेस्ट कर सकते हैं? रियलि, मैं तो अमे. रिकन .फ़्लैग में लिपटे एक ह्यूज गिफ्ट-बॉक्स की वेट कर रही थी; जिसे देख कर गेस्ट्स खाना-पीना तक भूल जाते।'

'मीता ड...ड...डार्लिंग, इ...इ...इन्तजार करने का क...क...कोई फ़ायदा नहीं है।'

'मैक डार्लिंग, मुझे तो लग रहा है, यू नो, के जैसा अमेरिकन फ़िल्मों में होता है न, एक बड़े-से केक में हाइड करके उन दोनों को हमारे घर में डिलिवर किया जायेगा।' मीता एक बार फिर उत्तेजित हो उठी कि सरप्राइज़ आइटम बस पहुँचने ही वाला था।

'व...व...विशफुल थ...थ...थिंकिंग!'

'मैक डार्लिंग, कैसी बड़ी-बड़ी बातें बना रही थी वर्षा कि उनकी गिफ्ट मिलेगी तो हम दोनों स्पैल-बाउंड रह जायेंगे। अरे, एक गुलदस्ता ही ऑर्डर कर देती, हाउ डिसएपॉइंटिंग...'

'यू आर र...र...राइट, मीता डार्लिंग, उसके च...च...चक्कर में तुमने डी... डी...डीजे का भी इ...इ...इन्तजाम नहीं किया।' मीता द्वारा अपने परिवार की भद्द उड़वाने से बचने के लिए मकरंद ने जल्दी से अपनी बहन का दोष स्वीकार कर लिया और 'क...क...कमिंग जिया' कहते हुए माँ की ओर लपक लिया।

'ऐ मैं तोसे कऊँ, पुस्पा, हमसे तो मीता ने नाय बताई के बरसा और जमाई राजा आने वाले हैं।' जिया कलपने लगीं कि सारे मेहमान बेटी-दामाद के अमेरिका से आने की बातें कर रहे थे और उन्हें इस बात की कानों-कान ख़बर तक न हुई।

'जिया, जो है सो है, तुमें बता देते तो फेर सपराइज काय का रै जाता?' पुष्पा मौसी ने उन्हें समझाया।

'ऐ मैं तोसे कऊँ, पुस्पा, नेक रग्गू जी को बी ज्योने को न्योत लीजो, कईं सोचें के हम बिना उनें पूछे खाने बैठ गये।'

'जो है सो है जिया, तुमारे रग्गू जी और मैंनू हमरा ऐडिया (आइडिया) ले उड़ने का पिलैन बना रऐ हैं।'

'मैं तोसे कऊँ पुस्पा, रग्गू ऐसे नाय हैं।' न जाने क्यों जिया का दिल एकाएक बैठ गया। लगा कि तबीयत कुछ ठीक नहीं थी।

'जो है सो है, तुम फिकर नाय करो, मीता को पता लगेगा न तो वो उन दोनों

की खाट खड़ी कर देगी।' जिया के चेहरे का रंग उतरता हुआ देख पुष्पा मौसी ने उन्हें दिलासा दिया।

'ऐ मैं तोसे कऊँ पुस्पा, म्हारे घुटने अब जवाब देने ई वाले हैं।'

'जो है सो है, जिया, तुम अम्मा के साथै आराम से बैठो, प्लेट लगाकर हम यईं लिए आते हैं।' कहते हुए पुष्पा मौसी और सोमा की माँ उठकर चल दीं।

'ऐ मैं तोसे कऊँ, पुसपा, नेक सुन तो ज़रा, म्हारे दई में नेक सौंठ अच्छे से डालियो।'

'जो है सो है, जिया, चटोरी तो तुम एक नंबर की हो, हो...हो...हो।'

'अरे नईं, पुसपा, पैखाना घनी मुस्किल से आवे है, बकरी की मेंगनी जइसा सखत, दई-सोंठ से सायद पेट मुलैम हुई जावे।'

'जो है सो है, जिया', म्हारा तो रोज सुबै गऊ-माता के गोबर की नाईं थप्प-सा गिर जाय हैं।'

'ऐ मैं तोसे कऊँ, पुसपा, तू तो घनी लक्की है री। सीने में जलन ने म्हारा तो नाक में दम कर रखा है। ये आपा फेर कईं ग़ायब हो गयी, उने बी नेक याँ भेज दीजो।'

'जो है सो है जिया', वो तो अब सैरा और हसन का रिसता जोड़ के ई आवेंगी।' पुष्पा मौसी पलटी ही थीं कि गिरगिट उनसे आ टकराया; जो अपनी प्लेट को भोजन से लबालब भरकर खाने की मेज पर पहुँचने की जल्दी में था ताकि आराम से बैठ कर खा सके। उसकी प्लेट में से मीट का शोरबा छलककर बैठक की क्रीम-कार्पेट पर आ गिरा। गिरगिट ने घबराकर अपने जूते से उसे पोंछना चाहा तो शोरबे के लाल-पीले धब्बे कुछ और फैल गये। इसके पहले कि वह कहीं छिपने-छिपाने की सोचता, अपनी कमर पर दोनों हाथ रखे मीता उसके सामने स्पिट-इंस्पेक्टर की तरह खड़ी थी; उसका गुस्सा सातवें आसमान को छू रहा था।

'राजेश, वाट ऐ मैस यू हैव मेड? इतनी बड़ी डाइनिंग-टेबल बिछी है, वहाँ बैठ कर आराम से खाते...प्लीज़ यहाँ से हटो।' हलके रंग की कार्पेट पर शोरबे के धब्बे ऐसे लग रहे थे जैसे किसी का खून बिखरा पड़ा हो। मीता का दिल बैठ गया।

घबराया हुआ गिरगिट मुँह लटकाये वहाँ से हटकर घड़ियाल के पास जा बैठा, ऐसी स्थिति में उसे किसी और से सहानुभूति की आशा भी नहीं थी।

'डोंट वरी, मीता ड...ड...डार्लिंग, ल...ल...लम्बी ल...ल...लम्बी साँसें लो, मुझे देखो, ऐसे।' मकरंद अपनी साँस खींचकर मीता को दिखाने लगे कि जैसे वह बच्चा हो। साँसें खींचते हुए भी मीता की दृष्टि धब्बों से नहीं हट पा रही थी।

'भाभी, पार्टीज़ में यह सब तो चलता ही रहता है, कहीं आपका ब्लड प्रेशर न बढ़ जाये, जान बड़ी है कि कार्पेट?' वायु ने मीता की पीठ सहलाते हुए कहा।

'फ़िटेड कार्पेट्स का मरा किया भी क्या जाये? मैंने तो इसीलिए अपने घर में

मरी गहरे पर्पल रंग की कार्पेट्स लगवा ली हैं, उस पर मरी गन्दगी नज़र ही नहीं आती।'

'मीता ड...ड...डार्लिंग, क...क...कल ही इसे म...म...मैं प...प...प्रोफेशनली क...क...क्लीन क...क...करवा लूँगा।' मीता को आलिंगन में लिए, उसका माथा और होठ चूमते हुए, मकरंद उसे ढाढस बँधा रहा था।

'लाहौलविलाकुव्वत, हमारे ज़माने में मियाँ-बीवी का भरी महफिल में आपस में गुफ्तगू करना भी बुजुर्गों को गवारा नहीं था।'

'ऐ मैं तोसे कऊँ, आपा, कलजुग है कलजुग, ऐसन कौन पहाड़ इनके सरों पर टूट गयो के भरी सबा में मियाँ-बीवी चिपट-लिपट रऐ हैं?' जिया और आपा मकरंद और मीता के इस खुले प्रेम-प्रदर्शन पर छी छी फू फू करने लगीं। पुष्पा मौसी का दिल अब तक धड़क रहा था कि कहीं गिरगिट उन्हें दोषी ठहरा देता तो उनका क्या होता? जिया और अम्मा के लिए भोजन परोसकर लाने के लिए वह हिम्मत जुटा रही थीं।

'कार्पेट साफ़ हो न हो, पर लोगों को भी तो कुछ तमीज़ होनी चाहिए।'

'भई, कोई अपनी प्लेट इतनी भर लेगा तो यही होगा। दोबारा ले लो, तिबारा ले लो, खाना कहीं भागा तो नहीं जा रहा।'

'जितना यह खाता है न, नैन्सी, उतने में तो अफ्रीका के एक पूरे गाँव का पेट भर जाये।'

रसोई के तौलियों से लैस लूसी आयी और शोरबे को सोखने का प्रयत्न करने लगी किन्तु धब्बे थे कि पिनोकियो की नाक की तरह बढ़ते ही चले जा रहे थे। धब्बों के इर्द-गिर्द खड़े होकर सुझाव पेश करते हुए मेहमानों ने अपना भोजन जारी रखा।

'मैक, आपके घर में कार्पेट-क्लीनर तो होगा ही, लेट अस ट्राई दैट।' राजीव बोला।

'कार्पेट-क्लीनर्स तो बस नाम के होते हैं, ऐसे धब्बे पूरी तरह से कभी नहीं जाते।'

तभी रंजीत शराब की एक नयी बोतल उठाये वहाँ चला आया।

'वाट औन दी अर्थ आर यू डूइंग, मिस्टर रंजीत?' बौखलाई हुई मीता के शोर मचाने के बावजूद रंजीत ने, बिना कोई तफ़सील दिये, पूरी बोतल कार्पेट पर उँड़ेल दी और लूसी के हाथ से साफ़ तौलिए लेकर उसने धब्बों को अच्छे से ढक दिया।

'लूसी, नाउ जम्प ऑन द टॉवल्स।' रंजीत ने लूसी को आज्ञा दी। लूसी ने एक प्रश्नवाचक दृष्टि मीता पर डाली कि उसे कूदना चाहिए अथवा नहीं। लूसी पर अपनी बात का असर न होते देख रंजीत कार्पेट पर स्वयं कूदने लगा।

मीता अपना माथा पीट रही थी; कार्पेट के साथ-साथ उसकी शराब की एक

बोतल भी बर्बाद हो गयी थी।

'ऐ मैं तोसे कऊँ, मकरंद, अपनी लुगाई को मनै कर, दोनों बखत मिलते समैं माथा पीटना बौत बुरा सगुन होता है।' जिया कलपने लगीं।

'जिया, जो है सो है, तुमसे कित्ती बार कहा है के बेटा-बहू के बीच में नाय बोला करो।' पुष्पा मौसी ने जिया का कन्धा झकझोरते हुए उन्हें चुप रहने की ताकीद की।

'खुदा न ख़ास्ता, ये रंजीत पर अचानक क्या भूत सवार हुआ?'

'सेनेका का कहना है कि हर बड़ी शख्सियत में दीवानगी का एक हलका-सा पुट होता है।' मिश्रा जी ने यह कहते हुए अपने मोबाइल पर रेडियो ऑन कर दिया।

'हंगामा है क्या बरपा थोड़ी सी जो पी ली है।' सनराइज़ पर गुलाम अली की ग़ज़ल सुनाई दी। कुछ एक मिनट के लिए मेहमान मौशीक़ी में डूबे रहे किन्तु ग़ज़ल के ख़त्म होते ही उनकी चपड़-चपड़ एक बार फिर शुरू हो गयी।

'साली शराब बड़े काम की चीज़ है, भैंचो धब्बों तक को साफ़ कर देती है।' रंजीत कूद-फाँद कर वापस बार की ओर जाता हुआ दिखायी दिया। तौलिए हटाकर धब्बों की मौजूदा हालत पर तप्सरा करने के लिए कोई भी तैयार नहीं था।

'भई, हमारे ख़याल से तो शोरबे के धब्बे इंशा अल्लाह नीबू से साफ हो जाने चाहिए।' आपा ने अपनी राय दी।

'मरा नमक डाल कर क्यों नहीं देख लेते? शायद वह सोख ले मरे घी को।'

मीता का ब्लड-प्रेशर बढ़ गया था। मकरंद एक समाचारपत्र हाथ में लिए पत्नी के चेहरे पर हवा कर रहे थे।

'गौरतलब बात तो यह है कि इतनी व्हिस्की पीने के बाद भी रंजीत भाई का दिमाग़ बिल्कुल दुरुस्त है।' हसन ने अपने बॉस की तारीफ़ की तो आपा भड़क उठीं।

'लाहौलविलाकुव्वत, आप कहना क्या चाह रहे हैं मियाँ? कोई कसर बाक़ी रह गयी हो तो, जाइए, आप भी चढ़ा लीजिए और दो-चार पैमाने।' कनखियों से आपा ने हसन को शराब पीते हुए देख लिया था।

'कहते हैं कि शराब आदमी के दिमाग़ को शार्प कर देती है।' सुमित ने कहा।

'आप बिल्कुल ठीक कह रहे हैं, वर्मा साहब, बड़े-बड़े आर्टिस्ट्स शराब पी कर ही पेंट करते हैं।'

'मैं त्वानुं दस्साँ, आपना वो साड्डा पंजाबी सिंगर है न, की नौं है औद्दा? बिना शराब पिए ओ गाईयो इ नईं सकदा।' अमृत बोली।

'आसा सिंह मस्ताना।' कुलदीप ने गायक का नाम सुझाया, जो अभी-अभी असपता से लौटे थे किन्तु इस वक्त किसी को जीतो का हाल पूछने की फुर्सत नहीं थी।

‘शराब में कुछ तो होता ही होगा, नहीं तो इतने सारे आर्टिस्ट्स शराब पीकर क्यों पेंट करते या गाते-बजाते?’

‘सीधी-सी बात है, शराब पीकर आदमी एक ऐसी दुनिया में पहुँच जाता है जहाँ सिर्फ़ वह होता है और उसका आर्ट।’ नरेश बोले।

‘वाह, क्या बात कही है आपने, जीजा जी, दिल खुश कर दिया।’ वायु ने कहा।

‘मैं आपको सैकड़ों अच्छे आर्टिस्ट्स के नाम गिनवा सकती हूँ, जो शुद्ध शाकाहारी हैं, और शराब को हाथ भी नहीं लगाते।’ मंजूषा बोली।

‘हम तो कहते हैं कि शराब पीना कुफ़्र है, कुफ़्र।’ आपा ने मंजूषा से सहमति जताई तो मेहमान हैरानी से दोनों को देखने लगे।

‘बड़े भाई, आपको भाभी जी का ब्लड-प्रेशर चेक करवा लेना चाहिए।’ मुँह लटकाये गिरगिट ने मकरंद को सलाह दी, प्लेट अब भी उसके हाथ में थी।

‘मीता डार्लिंग, जी.पी. को फ...फोन ल...ल...लगाऊँ क्या?’ मैक ने अपने कन्धे पर टिके मीता के सिर को थोड़ा-सा ऊपर उठाते हुए पूछा। मीता ने कुनमुनाकर मना कर दिया।

‘भई, हज़्बैंड हो तो मलिक साहब जैसा, मीता को गरम-गरम चपातियाँ तक बनाकर खिलाते हैं। हमारे इनसे तो एक कप चाय की भी उम्मीद नहीं की जा सकती।’

‘ये टूट-फूट और शॉपिंग में तो हेल्प कर देते हैं पर किचन में क़दम रखने को भी तैयार नहीं होते।’ वायु ने सफ़ाई दी।

‘यू आर वेरी लक्की, वायु, साफ़-सफ़ाई करना तो बहुत दूर की बात है, नरेश तो शॉपिंग के लिए भी झिक-झिक करते हैं।’ नैन्सी बोली।

‘अँगरेज़ मर्दों को देखो, बेबी की नैप्पी बदलने से लेकर घास काटने तक सब काम करने को राज़ी रहते हैं और हमारे इंडियन हज़्बैंड्स...’

‘मोहतरमा, आप हमारा फ़साना सुनेंगी तो दंग रह जायेंगी। एक दफ़ा हमने शॉपिंग डिक्की में रखी ही थी कि हमारे मियाँ ने, बिना देखे कि हम कार में आकर बैठे भी गये थे के नहीं, कार चला दी।’ शमीम ने कहा तो सब हँसने लगे।

‘लाहौलविलाकुव्वत, फिर क्या हुआ, शमीम बी?’

‘होता क्या, आपा? मोबाइल पर याद कराने की कोशिश भी नाकाम गयी, ड्राइव करते वक्त फ़ोन उठाना नामुमकिन था। झक मार कर घर पर पैग़ाम छोड़ा। जब घर पहुँचे तो आयशा ने डाँट-डपटकर इन्हें हमें लेने वापस भेजा।’

‘शमीम बाजी, तुम्हारी जगह मैं होती न तो इन्हें मुर्गा बनाकर घर के बाहर बैठा देती।’ मीता ने कहा तो मकरंद झेंपते हुए हँस पड़े।

‘रोज़ की इसी चखचख से बचने के लिए हमने इंशा अल्लाह ड्राइविंग ही सीख ली।’

'लाहौलविलाकुव्वत, आपके मियाँ तो शॉपिंग और ड्राइविंग दोनों से निजात पा गये।'

'आपा, ये तो घर-घर की कहानी है।'

'और इसकी मेन कौज़ है लड़के-लड़कियों में पैरेंट्स का डिस्क्रिमिनेशन।'

'फ़ैमिली के मखौल के डर से भी कई मर्द घर के काम में हाथ नहीं बँटाते।'

'बिल्कुल, हमारी शादी को मरा एक ही हफ्ता हुआ था, मैं मरी मठरियाँ बना रही थी के इन्होंने मेरे हाथ से मरी पौनी ली और लगे मठरियाँ तलने। मेरी जिठानी ने मरा ऐसा शोर मचाया कि मरा पूछो नहीं, 'अरे देखो, लाला जी मरी मठरियाँ तल रहे हैं। माँ-भौजाई के साथ भी आकर मरा खड़े हो जाया करो कभी-कभी।' ये ऐसे चंपत हुए के जैसे गधे के सर से मरे सींग।'

'माई इन-लॉज़ तो इन्हें जोरू का गुलाम कहा करते हैं बट वी डोंट केयर, क्यों मैक डार्लिंग?' अपना सिर दबाते हुए मीता ने कहा और मकरंद ने झेंपते हुए हामी भरी।

'मीता, बिन्दर दे डैडी वी कदै-कदै माड़ा मोटा कम कर दिंदे हन पर मैं तवानु की दस्साँ...।'

'क्या कह रही हो, अमृत, वो तो पूरा-पूरा दिन टिल पर खड़े रहते हैं।'

'तुस्सी मैन्नु दस्सो, टिल ते ख्लौते रैना केडा औखा हुन्दा ऐ? मेन जाब ताँ हुन्दी आ कस्टमराँ नूँ सरब (सर्व) करना।'

'चाहे इंडियंस हो या गोरे, हाथ-पाँव चलाने के सारे काम लेडीज़ के ही जिम्मे आते हैं।' बुलबुल ने कहा।

'ये रवायतें तो बाबा आदम के ज़माने से चली आ रही हैं, मर्द कमाएँ और बीवियाँ चौका-चूल्हा सँभालें।'

'आपा, आपकी इन तमाम रवायतों को ग़ैर क़ानूनी क़रार दे देना चाहिए क्योंकि इस जमाने में माशा अल्लाह औरतें भी काम पर जाने लगी हैं।' आयशा का ज़बान लड़ाना आपा को एक आँख नहीं सुहाया।

'आयशा बी, खुदा न ख़ास्ता आजकल के ज्यादातर मर्द इसी वजह से बेकार बैठे हैं। लुगाइयाँ मरी इस्कर्ट-ब्लाउज़ पहने दफ्तर भागी जा रही हैं।'

'मैं तोसे कहूँ, अब तो जब तक मर्द चौके में न घुसै, कछु पकता ई नईं, कित्ता ई झींक लो।' जिया ने अपनी बहू पर भड़ास निकाली; जो रसोई में झाँक कर भी राज़ी नहीं थी।

'बहुत मज़े कर लिए मर्दों ने, जिया, अब हमारी बारी है।' मंजूषा ने कहा।

'मैं तोसे कऊँ, मंजूसा, इंडिया में तेरी सादी हुई होती तो...'

'अभी हम दिल्ली होकर आ रहे हैं, जिया, वहाँ भी सभी मर्द घर के काम में हाथ बँटाने लगे हैं।'

'मैं कुछ भी कहती रहूँ, नरेश मेरी एक नहीं सुनते...।' नैन्सी इधर-उधर देखते हुए बोली कि कहीं नरेश सुन न रहे हों।

'नैन्सी जीजी, इसका एक बड़ा अच्छा इलाज है मेरे पास, स्टार्ट टॉकिंग इन योर स्लीप, देखिएगा, वह आपकी हर बात बड़े गौर से सुनेंगे।' औरतों के बीच में बैठते हुए प्रसन्न-वदन गिरगिट बोला, ऐसा लग रहा था कि वह हाल ही में घटी दुर्घटना से पूरी तरह उबर चुका था।

'ये तो लेटते ही खुर्राटे भरने लगते हैं, दिन भर बॉस की चखचख सुनो और रात को इनका शोर...' मीता की दायीं तरफ़ रहने वाली पड़ोसन सलोनी बोली।

'सॉर्ट इट आउट, सलोनी, ऐ. एस. ऐ. पी, ऐसे तुम कब तक कोप करोगी?' मीता ने हिदायत दी।

'मीता, यही तो प्रॉब्लम है, न जॉब छोड़ सकती हूँ, न हज़बेंड।' सलोनी की समस्या सुलझने वाली नहीं थी, सब ख़ामोश होकर सोचने लगे। कुछ उठकर वहाँ से चलते बने।

'बॉस से तो आपको ही निबटना होगा पर मियाँ-बीवी स्कूटर के दो पहिये हैं, साथ-साथ नहीं चलें तो जीवन बेकार है।'

'बिल्कुल ठीक कहा, राजेश, बीवी रोटी बेले तो मियाँ को सेंकना चाहिए।'

'लाहौलविलाकुव्वत, इन जैसों की वजह ही से तो बीवियों ने आसमान सिर पर उठा रखा है। यही हालात रहे तो हसन मियाँ, आपको भी खुदा न ख़ास्ता कहीं बर्तन न माँजने पड़ जायें।'

'हमारे टयाल साहब के मन में तो, आपा, मरा यह ख़याल भी नहीं आता के ये काम मरा औरतों का है या मर्दों का।'

'एक आदर्श गृहस्थी का आधार है पति-पत्नी के बीच उपयुक्त तारतम्य...' मिश्रा जी उदाहरण देने जा ही रहे थे कि जिया ने उन्हें टोक दिया।

'अरे छोड़ो कम्मखत तारतमय को, मिसरा जी, मैं तो कऊँ हूँ के जिसका काम उसी को साजे, हमें तो चौका-बासन करते मर्द लुगाई-से लगे हैं।'

'मोची या बढ़ई की बात तो हो नहीं रही, नानी, यहाँ तो मियाँ-बीवी की साझेदारी पर चर्चा हो रही है।' बुलबुल ने नानी का गाल चूमते हुए लाड़ जताया।

'ए का मैं जानूँ नईं, बुलबुल?' जिया ने भी उसे गले लगाते हुए कहा।

'जिया, अजीज़ की दुल्हन का भी बस यही हाल था। सुबो-शाम वो चौके में आ खड़ी होतीं और डबर-डबर हमें काम करते हुए ताक़तीं। सब्ज़ी काटने को कहो तो एक-एक भिंडी को वो यूँ देखतीं कि जैसे उसका कत्ल करने जा रही हों।'

'लाहौलविलाकुव्वत, ज़रूर कोई हादसा गुज़रा होगा बेचारी पर।'

'अरे नहीं, आपा, उनके दीदे लड़े थे पीहर के अशरफ़ मियाँ से।'

'लाहौलविलाकुव्वत, हम तो कहते हैं कि बीवियों को पीहर वालों की शह ही

बिगाड़ती है।'

'ऐ मैं तोसे कहूँ आपा, हमारी अम्माँ ने तो हमसे साफ़ कै दी थी के आओ-जाओ तो जवाईं की राजी खुसी से, नई तो पीहर आने की कोई ज़रूरत नाय है।'

'वो ज़माने लद गये, जिया, जब ससुराल से लड़की की अर्थी ही घर से निकलती थी।'

'जो है सो है, अब तो छोकरियन के पाँव घर में एक घंटे को बी टिक जायें तो बौत जानो।'

'सास-ससुर के साथ रहने की बात तो दूर, पुष्पा मौसी, अब तो मियाँ-बीवी कुछ एक साल खुद ही इकट्ठे रह लें तो गनीमत समझिए।' वायु ने कहा।

'ऐसी बात नहीं है, वायु, दिल्ली और लखनऊ में मैंने कई जौइन्ट फैमिलीज़ देखी हैं, जहाँ सास-बहू-बेटियाँ सब मिल-जुलकर चुटकियों में घर के सारे काम निपटा देती हैं। शाम को, छोटे बच्चे होमवर्क करते हैं, तो बड़े बच्चे उनकी मदद करते हैं, दादा-दादी को अख़बार पढ़कर सुनाने के बदले उनसे कहानियों की फरमाइश की जाती है, गाना-बजाना होता है, सचमुच, बहुत मज़ा आता है।' इला ने कहा।

'मैं तोसे कऊँ, इल्ला, म्हारे ज़माने में सब्ब ऐसे ई खुस रैते थे। सास-ससुर ने कब्बी म्हारी आवाज़ नाय सुनी थी। और देखियो, मकरंद के लाला का तो हम चेहरा तक याद नाय।' जिया अपना पल्लू मुँह में ठूँसते हुए उच्कियाँ-सी लेती हुई हँसने लगीं।

'अरे वाह बुआजी, आपके चार-चार बच्चे हो गये और आपने फूफा का कभी चेहरा तक ठीक से नहीं देखा।'

'नानी, हम तो अपनी शादी अपनी मर्ज़ी से करेंगे, ठोंक-बजा कर।'

'मैं तोसे कऊँ, बुलबुल, उससे ये ज़रूर पूछ लीजियो के उसे खाना-वाना पकाना आवै है के नाय।' जिया अपने मुँह में पल्लू ठूँसे हँसे जा रही थीं।

'ऑफ़ कोर्स, ये तो पहली शर्त होगी, नानी। वैसे भी यहाँ कौन खाना पकाता है? जो चाहिए बाज़ार से मँगा लो, गैस, मनी, टाइम, एफ़र्ट, सबकी बचत और किचन इज़ आलवेज़ क्लीन...'

'अपने-अपने शौक़ की बात है, बुलबुल, हमारे रिचर्ड को तो मुख्तलिफ़ खाने पकाने का शौक़ है, उन्होंने तो आयशा को भी हरी सब्ज़ियाँ पकाना और खाना भी सिखा दिया है।'

'इंशा अल्लाह, खुदा रिचर्ड की उम्र दराज करे, आजकल ऐसे दामाद कहाँ मिलते हैं, शमीम बीवी?'

'मेरी भांजी गीता को तुम मरा जानती ही हो, शमीम, छोटे-छोटे तीन बच्चों के साथ मरी झींक जाती है। किचन में मरा हाथ बँटाना तो दूर, रवि बच्चों तक को नहीं सँभालता।'

'इंडिया से दामाद मँगाओगे तो यही होगा।' मीता की बायीं तरफ़ रहने वाली पड़ोसन श्रीलेखा बोली।

'बिल्कुल ठीक कह रही हो, श्रीलेखा, हमारा दामाद भी दिल्ली का ही है। हमने उसे और उसके परिवार को दिल्ली-लन्दन-दिल्ली के हवाई टिकट देकर बुलवाया, शादी का सारा खर्चा भी हमने ही उठाया। वो तो अपने साथ एक सगाई की अँगूठी तक लेकर नहीं आये थे।' सलोनी ने दुख भरी आवाज़ में बताया।

'तुमने तो कमाल कर दिया, सलोनी, बेटी-दामाद को घर तक ख़रीद कर दे दिया, तुम्हारी नीरू में क्या कमी थी?' नैन्सी ने पूछा।

'कमी? वो तो अच्छा-ख़ासा कमा भी रही थी। नीरू के पापा को तो बस इंडिया का ही दामाद चाहिए था।'

'जो है सो है, सलोनी, दोनों साथ तो रै रहे हैं।' पुष्पा मौसी ने सान्त्वना दी।

'बड़े प्यारे बच्चे हैं नीरू के पर उसको इतनी जल्दबाजी नहीं मचानी चाहिए थी।'

'मैं तोसे कहूँ, बच्चा जित्ती जल्दी कल्लो उत्ता अच्छा, बड़ी उम्र में सरीर उतना लचीला थोड़े रै जाऐ है, घनी पिरौब्लम हो जावे हैं।'

'जिया, आप ठीक फ़रमा रही हैं। अपनी कौम को इंशा अल्लाह बढ़ाना बड़े सबाब का काम है।'

'क्यूँ नहीं, आपा, धड़ाधड़ बच्चे पैदा करो और छोड़ दो उन्हें सोशल-सिक्योरिटी के सहारे।' बुलबुल ठसक के आपा के सामने खड़ी हो गयी।

'लाहौलविलाकुव्वत, बुलबुल बी, ये हमने कब कहा?'

'कभी आप आलड-गेट या ग्रीन-स्ट्रीट जाकर देखें, हर तरफ़ आपको गिट्टे मियाँ, उनके हाथ पकड़े दो बच्चे, उनकी छटंकी-सी बीवी, जिसकी गोद में एक दूध-पीता बच्चा, उनका पल्लू पकड़े दूसरा बच्चा, दो या तीन बड़े बच्चे, जिनके हाथ थामे कुछ और बच्चे, एक क़तार में खड़े या चलते नज़र आयेंगे। इतनी एम्बैरेसमेंट होती है कि पूछो नहीं।'

'लोग होलसेल में बच्चे क्यों न पैदा करें? हर बच्चे के लिए सरकार चाइल्ड-बेनेफ़िट जो देती है।' श्रीलेखा बोली।

'बिना किसी काम-धन्धे के बच्चे पैदा करते चले जाना बड़ी ग़ैर-ज़िम्मेदाराना बात है।'

'सिर्फ़ सोशल-सिक्योरिटी के पैसों से तो खाने को भी पूरा नहीं पड़ता।'

'सरकार अगर चाइल्ड बेनेफ़िट बन्द कर दे तो इनकी अक्ल दो दिन में ठिकाने आ जाये।' बुलबुल ने कहा।

'इन गोरों को देखो, वे शादी और बच्चों के बारे में सोचते ही नहीं।'

'तभी तो गोरों की तादाद कम होती चली जा रही है और एशियंस चूहों जैसे

बढ़ रहे हैं।'

ब्रिटेन में मुस्लिम बच्चों की बढ़ती हुई आबादी पर बहस होने लगी तो आपा उठकर खाने की मेज़ पर दोबारा जा बैठीं। पहली प्लेट रखे हुए उन्हें पूरे बीस मिनट हो चुके थे।

'लाहौलविलाकुव्वत, ये चिकन कैसा चमचिचड़ा हो गया है?' तन्दूरी मुर्गे को आपा अपने दाँतों में दबाकर तोड़-मरोड़ रही थीं। प्लेट पर झुके होने की वजह से उनके लम्बे-लम्बे झुमके मुर्गे की टाँग के आस-पास लहरा रहे थे। जितना ज़ोर से वह उन्हें पीछे धकेलती, वे उतने ही वेग से वापस आकर उनके दाँतों में दबी टाँग को घेर लेते।

'लगता है कि मरे बचे-खुचे ठंडे चिकन टिक्कों को शोरबे में डालकर मीता ने मरी चिकन-करी बनवा ली है।' आपा को मुर्गे की टाँग से लड़ते-भिड़ते देख मोहिनी बोली।

'या खुदा। आपने बजा फरमाया, मोहिनी बीवी।' मुर्गे की टाँग को मुँह से निकालकर उसका मुआयना करते हुए आपा बोलीं।

'लोग अपने मैन्यू मेन्यू क्यों नहीं बदलते? वही चिकन-करी, इडली-साँभर, मटर-पनीर, आलू-बैंगन और जीरा-चावल।' मंजूषा आ पहुँची; बुराई सुनने के लिए उसके कान तरस गये थे।

जोशी सर एंड पार्टी के मुँह-हाथ धुलवाने के लिए मीता उन्हें ऊपर अपने शयन-कक्ष में बने बाथरूम में ले गयी थी; नीचे वाला बाथरूम तो सेकंड और थर्ड क्लास मेहमानों ने अब तक सड़ा दिया होगा। सीढ़ी से उतरते वक्त उसने मंजूषा, आपा, मोहिनी आदि को अपनी बुराई करते हुए सुना तो वह वहीं ठिठक गयी।

'हम तो अपनी मरी कार में तबला-बाजा, चिमटा-मँजीरे सब मरा ढोकर लाये थे के आज मेहमानों को मरे नये-नये भजन सुनाएँगे पर लोगों को गणेश-वन्दना सुनने का भी समय नहीं था।'

'इस पार्टी में यंगर जेनरेशन के लिए तो कुछ भी नहीं है। एक डीजे हायर किया होता तो थोड़ी-सी रौनक हो जाती।'

'वही तो, बिना नाच-गाने के भी कहीं पार्टी का रंग जमता है?' मंजूषा की टाँगें थिरकने को आतुर थीं।

'कंजूसी की भी कोई हद होती है।'

'अल्हमदुलिल्लाह, शादी की बीसवीं सालगिरह है, कुछ तो स्पेशल पकवाना चाहिए था। मीता बाजी हमसे कहती तो हम कोफ्ते बनवा लाते।' शमीम बोली।

'लाहौलविलाकुव्वत। हसन मियाँ से तो बिना गोश्त और मछली के खाना ही हज़्म नहीं होता। यह घास-फूस तो वो खाने से रहे। ख़ैर, हम तो उनके लिए प्रौन-बिरियानी बनाकर फ्रिज में रखकर आये हैं।'

'मैयू में फ़िश-टिक्का या फ़िश-करी ऐड कर दी जाती तो मैन्यू में चार चाँद लग जाते।' आयशा ने राय दी।

'आयशा, जानती हो आजकल फ़िश कितनी महँगी है?'

'शराब से ज़्यादा तो नहीं?' मंजूषा ने बात बढ़ाई, वह बार की ओर बड़ी हसरत से देख रही थी, जहाँ बहुत-से लोग बिना किसी परवाह के बस पिये चले जा रहे थे, उन्हें खाने में भी कोई दिलचस्पी नहीं थी। मंजूषा की हसरत थी कि कोई उसे भी बार-चेयर पर बैठाकर एक बिल्लौरी जाम थमा दे ताकि वह रंजीत की तरह 'पॉश' दिखायी दे अथवा बुलबुल की तरह बेपरवाह! दोपहर से अब तक राजीव ने उसे सिर्फ़ मैलिबू में अनन्नास का जूस पीने को दिया था, जो उसे ख़ास अच्छा नहीं लगा था। उसे तो व्हिस्की पीने की तमन्ना थी। कुछ तो होगा व्हिस्की में कि बड़े लोग बड़े ठाठ से वही पिये जा रहे थे।

राजीव इस वक्त आदर्श पति बना इला के साथ भोजन खाने में व्यस्त था और कुलभूषण अपनी प्लेट लगाकर मिश्रा जी के पास जा बैठा था। यही हाल रहा तो मिनिस्टर एंड पार्टी के चले जाने के बाद मंजूषा क्या करेगी? राजीव क्या उसे यहाँ बोर करने के लिए लाया था? जीवन केवल एक ही बार मिलता है और उसे भरपूर जीने के लिए उसने लन्दन-निवासी कुलभूषण से विवाह भी कर लिया था जबकि उन दोनों की आदतों में ज़मीन-आसमान का अन्तर था। टी.वी. कार्यक्रमों और फ़िल्मों में देखी हुई लन्दन की रंगीनियों के मुक़ाबले कुलभूषण के साथ उसकी गृहस्थी बिल्कुल नीरस थी।

रंजीत को डाइनिंग हॉल में घुसते देख वायु ने अपने पल्लू को कन्धे से सरका दिया। रंजीत की नज़र उसके लो-कट ब्लाउज़ पर पड़ी तो वह बीच रास्ते से ही लौट गया।

'वायु के बूब्स फाड़े गये दूध की पोटलियों जैसे लगते हैं; बेचारा रंजीत पलट के भाग लिया?' राजीव के कान में मंजूषा फुसफुसायी, जो रसोई की ओर जा रहा था।

'यू आर समथिंग।' राजीव उसकी संकोच-हीनता पर चौंक कर रह गया। तभी मीता वहाँ से गुज़री।

'मीता जी, अब हमें केक की तैयारी कर लेनी चाहिए।' असंयमी मंजूषा बात पलटने की ख़ातिर बोली थी किन्तु मीता को लगा कि जैसे उसका तात्पर्य पार्टी की कमान सँभाल लेने से था।

'राजीव नोज़ द शैड्यूल।' मीता ने मंजूषा को एक बार फिर फटकार दिया।

'गो टु हेल।' मन ही मन मंजूषा भुनभुनायी; एक ही मिनट में उसे दो झटके लग चुके थे।

'मरा अकेले जाना है सतनाम को मरा साउथॉल। इतना पिला दोगे तो वह मरी

ड्राइव कैसे करेगा?' कहकर मोहिनी ने मीता को और परेशान कर डाला।

'मोहिनी जी, इट्स नॉट मी।' राजीव कहना चाहता था कि सतनाम को वह नहीं, मकरंद पिला रहे थे पर वह चुपचाप वहाँ से खिसक लिया; कुछ कह देता तो बैठे-बैठाये बेचारे मकरंद की शामत आ जाती।

'राजीव ड्रॉप कर देंगे, सतनाम अपनी कार सुबह आकर ले जायेंगे।' मंजूषा ने फिर अपनी टाँग अड़ाई और फिर पछताई।

'मंजूषा, हैव यू आस्क्ड इला एंड राजीव? वे अपनी न्यू कार में सतनाम को पैर भी नहीं रखने देंगे, स्पेशली इन दिस कंडीशन, थिंक बिफ़ोर यू स्पीक।' मीता ने हालाँकि ठीक ही कहा था किन्तु जली-भुनी मंजूषा जाकर कुलभूषण के सिर पर खड़ी हो गयी।

'चलो, घर चलें।'

'राजीव और इला तो अभी बिजी लग रहे हैं।'

'टैक्सी मँगवा लो न, मेरा मन नहीं लग रहा अब यहाँ।' मंजूषा ने ज़िद की।

'क्या फ़ायदा? पचास-साठ पाउंड्स ठुक जाएँगे। केक तो कट जाने दो।' बिना कुछ और सुने कुलभूषण टीवी के सामने जा बैठा; वह जानता था कि मंजूषा कुछ देर तक ठुनठुनाएगी; फिर कहीं व्यस्त हो जायेगी। वही हुआ, रंजीत उधर आ निकला तो मंजूषा उसे देखकर तत्क्षण मुस्कुराने लगी। सायरा जा चुकी थी और मौक़ा अच्छा था।

'ओह़, मैं तो सोच रही थी कि आप लोग चले गये।'

'निकल ही रहे थे कि साले रिचर्ड ने जोशी को एक नया गेम सिखाने के लिए बैठा लिया, अब देखो साला कब उठते हैं।'

'ओह! इट्स सो बोरिंग हियर...।' मंजूषा जोड़ना चाहती थी 'आपके बगैर' पर झिझक गयी।

'साला दैट्स ट्रू। ग़म ग़लत करना हो तो चलो वोदका के साले एक-दो शॉट्स लें।' अन्धा क्या चाहे दो आँखें, दोनों बार स्टूल्स पर जा बैठे। मंजूषा तो यह भी नहीं जानती थी कि 'शॉट्स' क्या होते हैं पर अपनी बोरियत को दूर करने के लिए वह इस वक्त कुछ भी करने को तैयार थी। जहन्नुम में जायें, राजीव, कुलभूषण और मीता।

'लाहौलविलाकुव्वत, ये क्या शरीफ़ज़ादियों के लच्छन हैं?' आपा ने रंजीत और मंजूषा की बातें सुन ली थीं।

'सायरा की गैरहाज़री में रंजीत मियाँ मंजूषा से इश्क़ लड़ा रहे हैं।'

'मरा ये कुलभूषण भी अजीब है, मरा अपनी बीवी को नहीं, टीवी देख रहा है।'

'क्या ज़माना आ गया है? मोहिनी बीवी, ज़रा बुलबुल को तो देखो। माँ-बाप

के सामने मरी सिगरेट पे सिगरेट फूँक रही है।'

'हमें तो भई गोरियाँ भी अच्छी नहीं लगतीं मरी सिगरेट पीतीं।'

'अपनी सिलबिल्ली-सी लड़कियाँ अपनी छिपकली जैसी उँगलियों में सिगरेट दबाये सोचती हैं के बड़ी इस्मार्ट लग रही हैं।'

'सब कुछ शोभा मर्दों को ही देता है क्या, आपा? घड़ियाल का लड़कियाँ छेड़ना बजा है पर एक अधेड़ उम्र की औरत का इश्क़ गवारा नहीं; दमे से अधमरे जैन साहब चेन स्मोकर हैं पर बुलबुल स्मोक नहीं कर सकती, ये डबल स्टैण्डर्ड्स क्यों?' वायु ने मोहिनी और आपा दोनों को डपट दिया, बुलबुल की मौसी जो ठहरी।

'मरी सिगरेट तो शराब से भी बदतर है।'

'इससे तो बेहतर है के कोई आत्महत्या कर ले।' और एक बार फिर शोर मचने लगा।

'आत्महत्या कर ले तो ठीक है पर ये 'पैसिव स्मोकिंग' तो हत्या है हत्या; स्मोकर्स के आसपास बैठे लोगों के फेफड़ों में भी तो घुसता है धुआँ।'

'कोई मीता को जाके बताये के बार पर बैठे मेहमान सिगरेट पी रहे हैं।'

'बहनों और भाइयो, ओम शान्ति शान्ति, यदि आप सब शान्त हो जायें तो मीता जी एक घोषणा करना चाहती हैं।' कहते हुए मोहन ने मीता की ओर इशारा किया। मेहमानों को लगा कि मीता उन्हें सरप्राइज़ आइटम के विषय में बताने जा रही है।

'फ्रेंड्स, लूसी और प्रिया फ़िफ़्टीन मिनट्स में टेबल्स से फूड हटा लेंगी, हाफ़ पास्ट फ़ाइव हो चुके हैं, लेट अस फिनिश लंच क्विकली प्लीज़।' मीता ने मेहमानों को चेतावनी दी।

'दोस्तो, जैसा कि मीता जी ने आपसे निवेदन किया है; जिस किसी देवी अथवा सज्जन ने अभी तक भोजन नहीं किया है, वे कृपया फुर्ती से काम लें। देर काफ़ी हो चुकी है और अभी केक काटा जाना बाकी है।' मोहन ने हाथ जोड़ कर मीता की चेतावनी को ऊँची आवाज़ में ऐसे दोहराया कि जैसे मन्दिरों और गुरुद्वारों में घोषणाएँ की जाती हैं।

'आप दोनों के खाना खा लेने के बाद ही मैं केक काटने की तैयारी करूँगा।' राजीव ने मीता और मकरंद से कहा।

'राजीव, मेरे हिसाब से तो तुम अब केक की तैयारी करवा ही लो, तब तक मैं दूल्हा-दुल्हन के लिए भोजन गरम करवाता हूँ।' मीता शरमाई, मकरंद झेंपे और राजीव और मोहन दो दिशाओं में सरपट दौड़े।

'मैक डार्लिंग, लूसी के निकलने से पहले मैं सारी क्रॉकरी धुलवा लेना चाहती हूँ। यदि एक प्लेट भी टूट गयी तो हमारा रॉयल डौलटन का पूरा सेट बिगड़ जायेगा।'

'मीता डार्लिंग, यू ड...ड...डोंट वरी योर ल...ल...लिटिल हैड अ...अ...अबाउट दिस मैं ल...ल...लूसी को स...स...सुपरवाइज़ कर लूँगा।'

'ठीक है पर मैक डार्लिंग बार तो अब बन्द करवा ही दो प्लीज़, ब्लैक लेबल की एक पूरी बोतल तो अकेले रंजीत ने ही पी ली होगी।'

'मीता डार्लिंग, शुक्र है क...क...के हमें श...श...शराब ड...ड...डिप्लोमैटिक प... प...प्राइज़ पर मिल जाती है।'

'बट मैक डार्लिंग, फ़्री में तो नहीं मिलती न? यह पार्टी तो हमें बहुत महँगी पड़ी; कार्पेट धुलवाने में ही सौ-डेढ़ सौ पाउंड्स ठुक जायेंगे।' एकाएक मीता मुस्तैदी से उठ खड़ी हुई; मैक के बस का कुछ नहीं। बार बन्द करवाने को भेजा तो पीने बैठ जायेंगे और पिलाते रहेंगे किसी पिए हुए को शराब। तभी उसकी दृष्टि बुलबुल और रंजीत की ओर गयी जो मंजूषा को सिगरेट पीना सिखा रहे थे। आपा, मोहिनी और गिरगिट ताजा प्लेटें उठायें डाइनिंग रूम की ओर जाते देखा तो मीता की रही-सही भूख भी मर गयी; कितना खायेंगे ये लोग!

'मरा साँभर अच्छा बना है, आपने लिया?' आपा के पास बैठते हुए मोहिनी ने पूछा।

'लाहौलविलाकुव्वत, मोहिनी बीवी, अकेला साँभर क्या भाड़ झोंकेगा? नान खंखड़ हो गये हैं, खाएँ तो कैसे खाएँ? चावल तो हम सिर्फ़ दोपहर को ही खाते हैं, अब तो रात होने को आयी।' आपा एक नान को झिंझोड़ते हुए बोलीं।

'आपा, साँभर में नान को थोड़ी देर डुबाये रखिए, नरम हो जायेगा।' आग में घी डालती हुई मंजूषा आपा और मोहिनी के बीच से गुज़रती हुई रेस्टरूम की ओर चली गयी। तीन शॉट्स पीने के बाद उसका सिर घूम रहा था। इस समय उसे एक अच्छे दोस्त की ज़रूरत थी और रंजीत उसे छोड़कर जोशी सर के पास जा बैठा था और वह परेशान थी कि उसका रूप और यौवन भी रंजीत को क्यों न बाँध सका।

'मरी मेरी मानो तो आपा, न ही खाओ। घर जाके मरी तहरी खा लेना कम से कम आराम से सोओगी, नहीं तो मरा चिकन और सूखे नान पेट में रात भर मरे खड़खड़ करते रहेंगे।'

'खुदा न ख़ास्ता, अम्मी जान, खुदा उन्हें जन्नत बख्शे, अब्बा को कहीं ऐसा कुछ परोस देतीं तो वह रकाबी उठा के सहन में फेंक देते।' आपा के होठों के दोनों ओर लाल घी की लकीरें कुछ और ही इज़हार कर रही थीं।

'आप्पा जी, अस्सी रोट्टी सुट देइए ते साड्डी जनानी सानु बार सुट देवे।' सतनाम बोला।

'सतनाम, बीवियों को शुरू में ही क़ाबू कर लिया जाये तो ऐसी नौबत ही क्यों आये?' आपा फिर भी बाज़ नहीं आयीं।

'आपा, मैंने तो नैन्सी को पहले दिन ही बता दिया था कि कमाना मेरा काम है, बच्चे और घर सँभालना उसका, आज तक कोई प्राब्लम नहीं हुई।' शराब के असर में नरेश ने बड़े आत्मविश्वास के साथ कहा था।

'परसों रात आपके घर से कप-प्लेटें टूटने की आवाज़ें आ रही थीं, प्यार-मुहब्बत में क्या यही सब होता है?' करन ने पूछा। इसके पहले कि नरेश की कोई और पोल खुलती, वह चुपचाप उठकर नैन्सी के बग़लगीर हो गया ताकि लोग देख सकें कि पति-पत्नी के बीच कोई टकराव न था।

'लोग भी न ऐसी ऐसी डींगें मारते हैं कि...।'

'ये ठीक ही कह रहे हैं, हम ही नहीं, पूरा मोहल्ला निगम्स के रोज़-रोज़ के झगड़ों से परेशान है जो देर रात गये नरेश के पब से लौटने के बाद शुरू होते हैं।' चित्रा ने जोड़ा जो नीट व्हिस्की पी रही थी।

'शुश चित्रा। मिक ने खाना गरम करवा लिया है, चलो हम भी अब खा लेते हैं।' सुमित ने आकर करन को वहाँ से दूर ले जाने की कोशिश की। इनका झगड़ा हुआ तो उसकी मुश्किल हो जायेगी; उसकी रिश्तेदारी दोनों तरफ़ से थी।

'ऐद्दी वोटी नूँ वेखो, पल्ला ला के रंजीत दे पिच्छे पई सी।' नशे में सतनाम ने सुमित को ही लताड़ दिया।

'लाहौलविलाकुव्वत, किसी की बहू-बेटी के लिए आपको ऐसी नामाकूल बात नहीं कहनी चाहिए, सतनाम।'

'अपनी बीवी तो इससे सँबलती नईं दूसरों के फटे में हाथ डालता फिरता है।' कुलभूषण भी मुँहफट हो उठा। रंजीत की आज्ञानुसार, राजीव उसे और कुलदीप दोनों को ही कोक की बोतलों में व्हिस्की पिलाता रहा था।

राजीव झट इला के पास जा खड़ा हुआ जैसे वह जानता था कि अगली पोल मंजूषा की ही खुलेगी, ऐसी स्थिति में उसे भी चपेटा जायेगा।

'बूशन ओए, नच्च शुरू होन लैन दे, फेर देखियो आपणी जनानी नूँ, किस किस्नु जफ्फी पाके ओहो नचदी ऐ।' वही हुआ जिसका डर था। कुलभूषण ने उठ कर सतनाम का गला पकड़ लिया।

'देखिए रंग में भंग मत डालिए, कृपया शान्ति से भोजन खा लीजिए।' कुलभूषण और सतनाम के बीच दमकल विभाग आ खड़ा हुआ, यानी मोहन और गिरगिट। सतनाम को मोहन ने और कुलभूषण को गिरगिट ने खींचकर अलग किया।

'निपट क्यों नहीं लेने दिया दोनों को? आपका हर एक के बीच टाँग अड़ाना क्या ज़रूरी है?' करन ने मोहन से पूछा।

'लड़ाई कुलभूषण और सतनाम के बीच हो रही है, आप बीच में क्यों अपनी टाँग अड़ा रहे हैं, साहब?'

'उसकी दुकान से सामान खरीदते होंगे आप, आप दबिए उससे। हम तो पैसा

देकर सुपरस्टोर से सामान लाते हैं।' चित्रा ने करन के कन्धे पर हाथ रखकर उसे शान्त करना चाहा किन्तु वह चित्र से छिटककर थोड़ी दूर जा खड़ा हुआ।

'आप तो ऐसे कह रहे हैं कि जैसे कुलभूषण हमें मुफ्त में सामान दे देता हो।' मोहन अपने गुस्से पर क़ाबू पाते हुए बोले।

'तरफ़दारी तो आप कुछ ऐसे ही ले रहे थे...।' ऐसा लग रहा था कि जैसे एक-एक कौर हलक से नीचे उतारने के लिए करन को व्हिस्की के दो-दो घूँट पीने पड़ रहे हों।

'आप भी मरा किससे मुँह लग रहे हैं?' मोहिनी और मीता मोहन को धकेलते हुए रसोई में ले गयी।

'यू नो हाऊ ड्रंक एण्ड स्टूपिड करन इज़? वी शुडन्ट हैव इन्वाइटड हिम।' मोहन को शान्त करने के लिए मीता बोली।

'मीता जी, आज तक किसी की हिम्मत नहीं हुई कि मुझसे कोई ऐसी बदतमीज़ी से बात करे, आपकी ऐनिवर्सरी नहीं होती न तो मैं करन का भुरता बना के रख देता।' मोहन के भारी शरीर में ज्वार-भाटा आ रहा था।

'भाई साहब, करन वाज़ आफ़्टर मी के मैं उसे सुरभि से अकेले में मिलवा दूँ। आई डिडन्ट नो के वो चित्रा को भी यहाँ ले आयेगा।'

'मरा तुम्हें भी क्या पता था, मीता, के मरी एक ओर सुरभि और चित्रा में ठनी है तो मरी दूसरी ओर करन और सुरेन्द्र में।'

तमाशा देखने के लिए आपा भी रसोई में चली आयी थीं, उनके ठीक पीछे थीं मंजूषा और बुलबुल। मौजूदा हालात का जायज़ा लेने के लिए कई अन्य मेहमान भी रसोई के बाहर आ जमा हुए।

'थैंक यू मिक भैया, आपने करन की अक्ल ठिकाने लगा दी।' मंजूषा ने मोहन की तारीफ़ की तो वह गर्व से फूल उठे।

'इन आदम हौर हव्वा के क़िस्सों में, खुदा न ख़ास्ता, हमने तो बस सिर ही फूटते देखे हैं।' आपा बोलीं।

'आप सब की कहानियाँ सुनकर तो लगता है कि मैंने अच्छा ही किया जो शादी नहीं की।'

'कुछ नहीं रखा शादी में, बुलबुल।' भुक्त-भोगी चित्रा भी वहाँ आ पहुँची।

'ये वो लड्डू हैं, चित्रा जी, जो खाये वो पछताये, जो न खाये वो भी पछताये।' मंजूषा ने कहा।

'फ्रांसीसी मनोवैज्ञानिक माइकेल मौन्टेन का कहना है कि विवाह एक ऐसा पिंजरा है जिसमें खुले आसमान में उड़ते हुए परिन्दे अन्दर आकर कैद हो जाना चाहते हैं, और कैदी पक्षी बाहर निकलने के लिए बेताब रहते हैं।' मिश्रा जी बोले।

'मर्द एक बीवी की नहीं, प्रेयसी की कामना रखते हैं।' चित्रा बोली।

'शाम को हज़बैंड फूल और तोहफ़ा लेकर घर आये, जैसा वो अपनी माशूका के लिए करता है तो बीवी भी प्रेयसी बनने से इनकार नहीं करेगी।' मंजूषा बड़ी हसरत से बोली।

'मुसीबत तो यह है कि आदमी रात को बस एक आधे घंटे के लिए चाहता है कि उसकी बीवी प्रेयसी बन जाये।'

'आपने मेरा ई-मेल देखा, मीता आंटी, जो मैंने आपको कल फॉरवार्ड किया था?'

'इट वाज़ रियली फ़न्नी, बुलबुल, थैंक्स।'

'लाहौलविलाकुव्वत, भई हमें भी तो बताओ, खुदा न ख़ास्ता, उसमें ऐसा फ़न्नी क्या था?' आपा ने पूछा।

'उसमें लिखा था, आपा, के औरत के सिकुड़े हुए दिल में तो बस उसका पति रहता है किन्तु पति के दरिया-दिल में प्रेमिका, साली, भाई की साली, काम वाली, दोस्त की प्रेमिका, बीवी की सहेली, सामने वाली, बाज़ूवाली, ऊपर वाली, नीचे वाली, सब्ज़ी वाली, कपड़े वाली और थोड़ी-बहुत पत्नी के लिए भी जगह बची रहती है।' हर तरफ़ हँसी के फव्वारे छूटने लगे।

'विवाह कोई मज़ाक़ नहीं है। एक सफल विवाह के लिए ज़रूरी है कि पति-पत्नी हर काम एक-दूसरे की रज़ामंदी से करें।' मिश्रा साहब ने गम्भीरता से कहा।

'मिश्रा जी, ये पौराणिक बातें हैं। घर में शान्ति रखने का बस एक ही तरीक़ा है; अगर बीवी दिन को रात कहे तो जवाब में मियाँ कहे के बिल्कुल प्रिय, चाँद और तारे चमक रहे हैं।' नाटकीय अन्दाज़ में गिरगिट बोला।

'मीता और मैक की जोड़ी बिल्कुल ऐसी ही है, तभी तो इनके घर में कभी कलह नहीं होता।'

'इंशा अल्लाह, भई इनकी जोड़ी यूँ ही सलामत रहे।'

'आमीन।'

'भगवान करे कि आपकी शादी की सालगिरह साल में बारह बार आये ताकि हम छड़ों को महीने में कम से कम एक बार अच्छा खाना नसीब होता रहे।' घड़ियाल बोला।

'भाभी जी, आप नहीं जानतीं के आज कितने महीनों बाद मुझे और घनश्याम को घर का खाना नसीब हुआ है; तृप्ति हो गयी। आपके हाथों को तो हमें चूमना चाहिए।' गिरगिट और घड़ियाल दोनों घुटनों के बल बैठकर मीता के हाथ चूमने लगे। बुलबुल को फ़ोटो लेते देख मंजूषा भी अपने मोबाइल फ़ोन पर फ़ोटो लेने लगी।

'ऐ मैं तोसे कऊँ, राजेस, घनसाम, खाना तो रोजै बने है, टेबुल पर दो-एक जन और आ जाएँ तो कोए फरक नाय पड़ता, क्यों बेटा मकरंद?' जिया बोलीं।

'यू आर बोथ म...म...मोस्ट व...व...वेलकम।' मीता के घूर कर मना करने के बावजूद, मकरंद ने शर्मा-शर्मी में हामी भर दी।

'आपा, खाना तो मेरी वाइफ़ बनाती थी। लाख बुराइयाँ थीं उसमें पर खाना ऐसा लज़ीज़ पकाती थी कि पूछिए नहीं।' घड़ियाल रोने-रोने को हो उठा।

'घ...घ...क्या नाम है आपका? खैर, आप कब तक मातम मनाते रहेंगे? दूसरी शादी क्यों नहीं कर लेते?' आपा ने अपनी दो टूक राय दी।

'कैसे कर लूँ आपा, मैं तो रानी से अब भी प्यार करता हूँ। वह आज भी वापस आ जाये तो मैं उसे सिर आँखों पर बैठा लूँ। मेरी नज़र तो किसी की ओर उठती ही नहीं।' घड़ियाल मुँह में पनीर का एक बड़ा-सा टुकड़ा ठूँसते हुए बोला।

'हमारे पड़ोस में एक विधवा औरत रहती है, बड़ा अच्छा खाना बनाती है, कहो तो उससे पूछूँ, तुम्हारी ही जात की है।'

'जातपात में क्या रखा है, आपा। आप कह रही हैं तो मैं उनसे आपके घर ही मिलने आ जाऊँगा।' चंद एक पल के लिए आपा के झुमके स्थिर हो गये। लोगों को सदमा पहुँचाने वाली आपा इस समय खुद सकते में थीं। वह खाना बनाने वाली की बात कर रही थीं और घड़ियाल शायद कुछ और समझ बैठा था।

'आज के खाने में घी बहुत ज़्यादा है, मैंने मीता भाभी को राय भी दी थी कि दुर्गा केटरर्स से ही खाना बनवाएँ।' आपा को चुप देखकर घड़ियाल ने पैंतरा बदला।

'लाहौलविलाकुव्वत, हमने भी मीता को ख़ान-पकवान वालों का नाम बताया था; वे खाना बनाते तो मेहमान उँगलियाँ चाटते रह जाते।' आपा जल्दी ही सँभल गयी थीं।

'आपा, मरे ख़ान-पकवान वाले भी आपके हाथ के पुलाव का मुकाबला नहीं कर सकते। आपके जैसा पुलाव तो मरा मैंने कहीं और नहीं चखा। मरा आप कभी मुझे सिखाइएगा।' मोहिनी ने कहा।

'लाहौलविलाकुव्वत, मोहिनी बीबी, ये भी कोई कहने की बात है? आप जिस वक्त बुलाएँगी, इंशा अल्लाह, हम हाज़िर हो जायेंगे।' मोहिनी ने अपने ही पाँव पर कुल्हाड़ी मार ली थी।

'अब क्या बताएँ आपा, मरे गैरेज में हम शौवर-बाथरूम लगवा रहे हैं न, अभी तो घर में मरी ऐसी धूल-मिट्टी फैली है कि मरा उठना-बैठना मुहाल है।'

'इंशा अल्लाह, जिस दिन गुसलखाने का इनौग्रेशन करोगी न, उसी दिन आकर हम पुलाव बना देंगे।'

'जी आपा।' मोहिनी जल्दी से उठकर रसोई की तरफ़ बढ़ गयी; कहीं आपा उनके घर आने का दिन ही न तय करने लगें; आजकल लोग दूसरों के घर आने के लिए उधार खाये बैठे रहते हैं।

'लाहौलविलाकुव्वत, बातें बनाने से तो कोई पुलाव बनाना सीख नहीं जायेंगा।' आपा बड़बड़ायी।

'लगता है आप सब आज ब...ब...बातों से ही प...प...पेट भर लेंगे। स...स... साथ-साथ कुछ खाते प...प...पीते भी रहिए।' मीता ने एक आख़िरी बार मैक को शायद मेहमान-नवाज़ी के लिए भेजा था किन्तु वह उसके पीछे पीछे खुद भी चली आयी थी यह सोचकर कि मैक से तो कोई काम ढंग से होगा नहीं। वही हुआ जो उसने सोचा था। मैक मेहमानों से 'पीने' को भी पूछ रहे थे जबकि मीता ने उनसे सिर्फ़ 'खाने' की बात कही थी।

'पार्टी तो भई आपकी होती है। मैं तो यही सोचकर हैरान होता हूँ कि इतना समय मिल कैसे पाता है आप दोनों को?' मोहन ने कहा तो मीता फूल कर कुप्पा हो उठी।

'मिक भाई साहब, आप सब आ गये तो समझिए हमारी मेहनत सफल हो गयी।' मन ही मन शेराँ वाली माँ को धन्यवाद देते हुए मीता बोली। मकरंद ने झेंप कर उसकी बात का अनुमोदन किया।

'आप तो हमें यह बताइए, भाभी जी, कि खाना सचमुच बनाया किसने है?' सुमित ने मज़ाक़ में पूछा।

'व्हाट डू यू मीन, सुमित?' मीता अपनी आँखें नचाती हुई ठुनकी।

'आपको आम खाने से मतलब या पेड़ गिनने से?' भाभी के कन्धे पर हाथ रखते हुए वायु बोली।

'आम? वेयर आर मैन्गोज़?' आम के नाम पर रिचर्ड यह सोचकर उत्तेजित हो उठा कि मीठे में आम सर्व किए गये थे; जो उसे दिखायी नहीं दिये।

'मीता आन्टी, रिचर्ड को आम बहुत पसन्द हैं।' आयशा ने सफ़ाई देते हुए रिचर्ड के ऐन होंठों पर चुम्मा दिया तो आपा, मोहिनी और पुष्पा मौसी ने अपने चेहरे फेर लिए। जैसे ही उनकी मुंडियाँ वापस पलटीं, रिचर्ड ने आयशा को आलिंगन में लेकर बड़े अच्छे से चूमा।

'अरे आयशा, गिव वन मैंगो टु माई डार्लिंग रिचर्ड। लूसी से कहो कि फ्रिज से ज़रा एक आम निकालकर काट दे।' मीता ने मन ही मन खुश होते हुए कहा। एक ही तो गोरा बचा था ले-देकर उसकी पार्टी में, जूली को तो लोगों ने पहले ही खदेड़ दिया था।

'कम रिचर्ड, आई विल कट ए मैंगो फ़ॉर यू।' इसके पहले कि आयशा उठती, मीता रिचर्ड को घसीटती हुई स्वयं रसोई में घुस गयी। उसे फ़िक्र थी कि कहीं बाक़ी के मेहमान भी आमों की फ़रमायश न कर बैठें। रिचर्ड ने चलते-चलते आयशा को भी अपने साथ घसीट लिया।

'इन गोरों को तो मुफ़्त में कुछ भी मिल जाये, थैंक्यू-थैंक्यू करते हुए ये लोग

कितना खाना डकार जाते हैं।'

'लोग फिर भी इनके आगे दुम हिलाने से बाज़ नहीं आते।'

'हाथ कंगन को आरसी क्या? रिचर्ड को किचन में ले जाकर चुपचाप आम खिलाये जा रहे हैं।' नैन्सी ने नाक-भौं चढ़ाई।

'जबकि वह अदना-सा कांट्रेक्टर है, किसी बड़ी पोस्ट पे होता तो मीता भाभी उसकी आरती उतार रही होतीं।' वायु बोली।

'छोटा हो या बड़ा, बस गोरा होना चाहिए, मरे महँगे-महँगे उपहार दे-देकर और मरा खाना खिला-खिला कर हम ही इन्हें मरा बिगाड़ते हैं।'

'गोरों के घर जाओ तो दिखाने भर के लिए वे आपसे 'कप्पा टी? कप्पा टी?' पूछते रहेंगे पर मज्जाल है कि एक गिलास पानी भी पिला दें।'

'खाना-पीना तो कोई मरे इंडियंस से सीखे।'

'खाना-पीना भी और पैखाना भी।'

'आपा, छी छी, पार्टी में तो आपको पूपू की बात नहीं करनी चाहिए।'

'मैंने तो भई अपने पोता-पोती को 'प्लौप प्लौप' कहना सिखाया है, साउंड्स बैटर।'

'मैं तोसे कऊँ, गू तो गू ई रएगा, चाऐ जिस बी नाम से पुकारो।'

'जो है सो है, गू, टट्टी, पूपू, मल, पूप, प्लौप-प्लौप, पैखाना...'

'पुष्पा मौसी, कोई नाम छूट तो नहीं गया? मैं सब नोट कर रहा हूँ।'

'लाहौलविलाकुव्वत, आपने तो, पुष्पा मौसी, मुँह का ज़ायका ही ख़राब कर दिया।'

'जो है सो है, आपा, यह बात तो आपने ही शुरू की थी।'

'आप कुछ भी कहें, अंग्रेज़ों के रसोईघर और टॉयलेट दोनों ऐसे साफ़ होते हैं कि उनके फ़र्श में अपने चेहरा देख लो...'

'न कुछ पकायेंगे, न कुछ खायेंगे तो साफ़ ही रहेंगे।'

'भई अँगरेज़ का गुज़ारा तो शराब से चलता है, शराब पीकर न तो उसे ठंड लगती है और न ही भूख।'

'शराब के साथ ये लोग चना-चबैना भी तो नहीं लेते।'

'स्टार्टर्स तो इंडियन पार्टीज़ में देखिए, लोगों के पेट में मेन-कोर्स के लिए जगह ही नहीं बचती।'

'स्टार्टर्स तो, इंशा अल्लाह, आयशा की सगाई में क़ाबिले-तारीफ़ थे? माशा अल्लाह, भुने हुए बादाम और काजू से लेकर सीख-क़बाब, चिकन और फ़िश टिक्कों तक, माशा अल्लाह, क्या नहीं था वहाँ?' कितना चाहती थीं आपा कि आयशा का ब्याह हसन से हो जाता पर यह लल-मुँहा न जाने कहाँ से आ टपका।

'शमीम बड़ी लक्की है भई, उनका दामाद तो उन्हें भी चूमता-चाटता रहता है।'

'इंशा अल्लाह, देखें कब तक चलती है ये चूमा-चाटी। ऐसे शादी-ब्याह ज्यादा दिन नहीं टिकते। जिस दिन रिचर्ड को एक अच्छी गोरी मिल गयी न तो देख लेना, एक पल नहीं लगायेगा वह आयशा को छोड़ने में।'

'अल्लाह करे इनके बाल-बच्चे न हों, उन दो-रंगों की मिट्टी ही ख़राब होगी।'

'आपा, ऐसे बच्चे बड़े इंटेलीजेंट होते हैं।'

'वो तो है पर एक वीकेंड पर मदर के पास तो दूसरे वीकेंड पर फ़ादर के पास, ज़िन्दगी भर मम्मी-पापा के बीच बस वे दौड़ ही लगाते रहेंगे।'

शमीम अपनी प्लेट लगाकर आपा के पास आ बैठीं तब कहीं जाकर विषयान्तर हुआ। रसोई में आम खाता हुआ छोड़कर मीता जल्दी से वापस आ गयी कि कहीं कोई उसे ढूँढ़ता हुआ रसोई में न पहुँच जाये और आम की फरमाइश कर बैठे; कितने महँगे हैं आम आजकल लन्दन में!

'मीता जी, हमें तो आप अपनी नान-ब्रेड के इतना ताज़ा रहने का राज़ बताइए।' निगम साहब ने मीता की तारीफ़ की तो नैन्सी को सचमुच आग लग गयी।

'थैंक यू, जीजा जी, इट्स सो सिंपल। नान्स को पानी में वेट करने के बाद नॉन-स्टिक पैन पर थोड़ा-सा ऑयल स्प्रे करके मैं उन्हें तेज़ आँच पर सेंक लेती हूँ, नान्स सॉफ्ट और टेस्टी हो जाते हैं, यू नो।'

'तुमने सुना, नैन्सी, मीता जी क्या कह रही हैं? कुछ सीखो इनसे।'

'मीता से या मैक से?' नैन्सी ने चिढ़कर पूछा। मीता गुस्सा पी गयी और झेंपे हुए मकरंद रसोई की ओर बढ़ गये।

'एक ही बात है, नैन्सी।' नरेश खिसियाये।

'आपने मीता की रेसिपी तो समझ ली न, देखती हूँ कल से आपके नान कैसे मुलायम होते हैं।' नैन्सी के ताने पर इस बार नरेश की बारी थी तिर-किट-धिन करने की।

'भई वाह, क्या क़रारा जवाब दिया है आपने, नैन्सी दीदी।' गिरगिट और घड़ियाल तालियाँ पीटने लगे।

'भई, मज़ाक़ एक तरफ़, दुल्हन, आपके खाने का सचमुच कोई जवाब नहीं।' आपा भी गोली देने में किसी से भला पीछे क्यों रहतीं? मीता और उसके खाने का वह दोपहर भर तिया-पाँचा करती रही थीं; अब विदाई से पहले वह अपनी बिगड़ी सुधार लेना चाहती थीं।

'आपा, जैसे गाना, नाचना और पेंटिंग करना कलाएँ है, वैसे ही कुकिंग भी एक आर्ट है, जिसमें हमारी भाभी की कोई बराबरी नहीं कर सकता।' वायु ने कहा तो मीता ने चौंक कर उसके चेहरे का मुआयना किया कि कहीं वह उसका मज़ाक़ तो नहीं उड़ा रही थी क्योंकि ननद-भाभी की ज़िन्दगी में कभी नहीं पटी।

'आप तो फिर मास्टर-शैफ़ ज़रूर देखती होंगी, वो मेरा फेवरेट प्रोग्राम है। खाना

बनाना तो एक तरफ़, मैं तो उनके परोसने की कला की भी दीवानी हूँ, उनकी खाने से सजी हुई प्लेट को देखते ही मेरे मुँह में पानी भर आता है...' मंजूषा ने कहा।

'हम तो कहते हैं कि बातें बनाना सबसे बड़ी कला है, क्यों वायु?' नैन्सी ने कहा तो मंजूषा के तन-बदन में आग लग गयी। यह तंज उसी पर किया गया था। बहुत हो गया; अब वह इन सबकी अक्ल ठिकाने लगाकर ही दम लेगी।

'मेक-अप करना भी एक आर्ट है, जो सबके बस की बात नहीं...।' मंजूषा के कहते ही नैन्सी को एहसास हो गया कि उसे मंजूषा से पंगा नहीं लेना चाहिए था।

'ए मैं तोसे कऊँ, मंजूसा, मेक-अप के आरट में तो भई म्हारी नैना से कोई टक्कर नाय ले सके; कोई कै सकता है के वो परके बरस पचास की है गयी?' जिया ने, जो शौचालय के खाली होने के इन्तज़ार में वहाँ आ खड़ी हुई थीं, नहले पर दहला ठोक दिया था; नैन्सी को लगा कि धरती फट जाये और वह उसमें समा जाये।

मेहमान जिया की शक्ल देख रहे थे कि वह किस नैना की बात कर रही थीं? क्या वह सठिया तो नहीं गयी थीं?

'जिया मुझे हमेशा नैना कहकर बुलाती हैं।' इसके पहले कि उसकी कोई और पोल खुलती, नैन्सी खुद ही बोल उठी। वह तो सबसे यही कहती फिरती थी कि वह पैंतालीस की होने वाली थी। मंजूषा की प्रसन्नता का ठिकाना न था; रही सही कसर जिया ने पूरी कर दी थी।

'ऐ मैं तोसे कऊँ, हमें तो अपने इंडियन नाम ई सुहाते हैं, ये मिक, मैक, नैन्सी, फैंसी बी कोई नाम हुए?' नैन्सी के अलावा कई अन्य लोग भी जिया को गुस्से में घूरने लगे।

'लोगों को नाम बिगाड़ने में जाने क्या मज़ा आता है? हमारा पड़ोसी बलविंदर अपने को बिल कहने लगा है, पूछा तो बोला कि गोरों को उसका नाम लेने में मुश्किल होती थी।'

'ऐ मैं तोसे कऊँ, मोहन कित्ता सुन्दर नाम है, किसन भगवान की साकसात मूरत सामने आ जाये है। मिक, मैक, पैरी, हैरी अउर कमीला बी कोई नाम हुए? जिया निडर हो चली थीं; इसके बाद न जाने किसकी ऐसी की तैसी हो? नैन्सी की पीड़ा कुछ कम हुई क्योंकि जिया ने बेटा-बहू और मोहन को भी लपेट लिया था।

'हमारे भी एक जान-पहचान वाले हैं, जो अपने बेटों को ऑस्कर और टामी कहकर पुकारते हैं।'

'जो है सो है, ये तो मरे कुत्तों के नाम हैं।'

'ईस्ट इंडिया कम्पनी के राज के दौरान, गोरों की सुविधा के लिए लोगों ने अपने नाम तक बदल डाले थे, चट्टोपाध्याय चैटर्जी हो गये, बंद्योपाध्याय बैनर्जी हो

गये और गोरों ने हमारे शहरों के नाम जो बिगाड़े तो अलग...' मिश्रा जी का यह प्रिय विषय था, जिस पर वह घंटों व्याख्यान दे सकते थे।

'त्रिवेंद्रम का नाम बदलकर थिरुवनन्थापुरम कर दिया गया है।'

'वाट, से इट अगेन, राजेश?'

'थिरुवनन्थापुरम।'

'थीरू...थिरुवा...इम्पॉसिबल टू प्रोनाउन्स, 'मीता के साथ-साथ कई अन्य मेहमानों ने भी कोशिश की किन्तु उनका उच्चारण केवल एक मज़ाक़ बनकर रह गया।

'शेक्सपियर के मुताबिक़ नाम में क्या रखा है? जिसे हम गुलाब कहते हैं, उसे जिस किसी नाम से पुकारें, वह उतनी ही खुशबू देगा।' सुमित बोले।

'नाम का महत्त्व नहीं जानते हैं लोग...।' एक बार फिर मिश्रा जी ने प्रयत्न किया मेहमानों को विषय से जोड़ने का।

'लो, ये मरी बारिश फिर शुरू हो गयी।' मोहिनी ने जल्दी से विषय बदल दिया।

'भारत में हम बारिश को तरस-तरस जाते थे और यहाँ प्रार्थना करने पर भी बन्द नहीं होती।' निगम साहब बोले।

'ऐसी बारिश भारत में हो जाये तो कैसा सुकून मिले?' वायु ने कहा।

'और भारत की थोड़ी-सी धूप यहाँ चमकने लगे तो कैसा रहे?' नैन्सी बोली।

'पैंजी, आप ते फिलासाफिकल हो जान्दे ओ। ओए मैक यारा, थोड़ी हरी चटनी होर ला, वड्डी सोनी बनी है।' सतनाम के हाथ में झूमती हुई प्लेट को मकरंद ने झट से लपक लिया तो मीता डार्लिंग का दिल बाग़-बाग़ हो गया, उसका रौयल-डौल्टन का सेट और कारपेट ख़राब होने से बाल-बाल बच गये थे।

'म...म...मीता ड...ड...डार्लिंग, बड़ी प...प...पार्टी में क...क...कौन देखता है कि प...प...प्लेट कैसी है? तुम्हारा र...र...रौयल-डौल्टन का स...स...सेट कहीं ख़राब न हो जाये।' मैक ने समझाया भी था मीता को पर मिनिस्टर के रैंक के लोग और रंजीत जैसे करोड़पति आ रहे थे पार्टी में, कोई मज़ाक़ थोड़े ही था।

'मीता, प्रिया नहीं दिखाई दे रही, घर चली गयी क्या?' तभी इला ने आकर मीता से पूछा।

'प्रिया का बस चले न, इला, तो वह रसोई के एक कोने में दुबकी खड़ी रहे, एनीवे, वो नाइट में अकेले कैसे जा सकती है?'

'मैं ज़रा उससे मिलकर आती हूँ।' कहती हुई इला रसोई में आ पहुँची; चौकन्नी मीता भी उसके पीछे-पीछे चली आयी। उसने अभी तक प्रिया का वेतन तय नहीं किया था, इला शायद उसी के बारे में पूछने आयी होगी। मिनिमम वेजेस से मीता उसे एक पैसा ज़्यादा नहीं देने वाली। सुबह से प्रिया के बेटे की बेबी-सिटिंग भी तो कर रहे हैं हैरी और कैमिला; खाना-पीना, चाय नाश्ता, अलग।

'वेयर इज़ प्रिया, लूसी?' इला ने लूसी से पूछा।

'शी इज़ इन द स्टोर-रूम..., मैम।'

'वाट द हेल इज़ शी डुइंग इन द स्टोर-रूम?' मीता के मन में सौ बातें आयीं-गयीं। मीता दनदनाती हुई गैरेज से होती हुई स्टोर-रूम में पहुँच गयी। इला भी परेशान थी कि प्रिया को क्या ज़रूरत थी किसी के स्टोर-रूम में घुसने की।

मीता ने एक झटके से स्टोर-रूम का दरवाज़ा खोला। स्टोर में फेंके गये पुराने सामान के बीचोबीच एक टूटे-फूटे सिंगल बेड पर एक-दूसरे से जूझते हुए दो बदन एकाएक अलग हो गये।

भयभीत और अस्त-व्यस्त प्रिया आकर इला से चिपट गयी।

'इल्ला, आई वांट टु डाइ।' कहते-कहते प्रिया बेहोश होकर ज़मीन पर लुढ़क गयी। मीता और इला सकते की हालत में थीं।

'वाट डिड यू डू टू हर?' इला ने घनश्याम से गुस्से में पूछते हुए झुक कर प्रिया को हिलाया-डुलाया तो वह होश में आ गयी और दोनों हाथों से अपने चेहरे को छिपाये सुबक उठी।

'भाभी जी, बिलीव मी, इसने ही मुझे स्टोर में बुलाया था, आप लूसी से पूछ लीजिए।' पैंट की जिप चढ़ाते हुए घनश्याम खिसियाता हुआ उठ खड़ा हुआ।

'आई ऍम कालिंग द पुलिस।' गुस्से में इला ने अपना मोबाइल फ़ोन निकाल लिया, तब कहीं जाकर मीता को होश आया। उसने झपटकर इला का फ़ोन बन्द कर दिया।

'नॉट नाऊ, इला, प्लीज़। तुम प्रिया को मेरे बेडरूम में ले जाओ।' घनश्याम को नफ़रत से देखते हुए मीता बोली।

'मीता, हमारी ऐसी ही हरकतों से रेपिस्ट्स बच निकलते हैं। यह न जाने कितनी औरतों का रेप कर चुका होगा।'

'भाभी जी, आप तो मुझे अच्छी तरह जानती हैं।' मीता के पैर पकड़कर घड़ियाल अपनी आँखें मलता हुआ रोने का नाटक करने लगा। उसे देखकर मीता इतनी कुंठित हो उठी कि वह इला की बात मान लेने को झट तैयार हो गयी।

'यू आर राइट, इला। आर यू रेडी, प्रिया, टु रिपोर्ट?'

'नो मैम, जेल नई जाने का, मुरली का क्या होएंगा?' प्रिया हाथ जोड़कर बोली।

'थैंक यू, प्रिया, मैं तुम्हें कभी तंग नहीं करूँगा, आई एम रियली सॉरी।' घनश्याम की जान में जान आयी।

'आई प्रॉमिस यू, प्रिया, तुम रिपोर्ट नहीं करोगी तो यह कमीना तुम्हारी जैसी न जाने कितनी और औरतों को सतायेगा।' इला ने उसे ऊँची आवाज़ में समझाने की कोशिश की तो प्रिया और भी घबरा उठी।

'जी सोर नई मचाने का, मैम। ओम-आफिस का रिचर्ड इदर है, अमें इण्डिया बापिस बेज देगा जी।' कहकर प्रिया फिर रोने लगी। घनश्याम अपना सिर पकड़ कर बैठ गया। इला और मीता को विश्वास नहीं हो रहा था कि कोई इतना भी नीच हो सकता है।

'प्रिया, रिचर्ड होम-ऑफिस से नहीं आया है, शमीम आंटी हैं न, वो उन्हीं का सन-इन-लॉ है।'

'वाट? पण घनसाम बोला...' प्रिया जैसे आसमान से गिरी हो, उसने गुस्से और घृणा से घनश्याम को घूरते हुए इला से पूछा, 'अम क्या करने का, मैम?' एकाएक प्रिया ने तय कर लिया कि अब वह घड़ियाल को सबक सिखाकर ही रहेगी।

'प्रिया, यू आर वेरी ब्रेव।' कहते हुए इला ने 999 डायल किया और आपरेटर से बात करने लगी।

इसी बीच, गैरेज का शटर उठाकर घड़ियाल भागने की फ़िराक में था। मीता ने गुस्से में काँपते हुए कोने में पड़े एक डंडे से उसकी पिटाई शुरू कर दी। तभी राजीव और मंजूषा वहाँ आ पहुँचे।

'क्या हुआ, इला जी?' प्रिया को रोते हुए और घनश्याम को पिटते हुए देखकर मंजूषा ने पूछा तो राजीव ने उसे इशारे से चुप रहने का संकेत किया।

'राजीव, मैं तो रसोई में प्रिया से सिर्फ़ यह कहने आया था कि मैं उसे घर छोड़ दूँगा पर वो मुझे यहाँ ले आयी और...।' यह सोचकर कि पुरुष होने के नाते शायद राजीव उसकी मदद करेगा। घनश्याम का नाटक फिर शुरू हो गया।

मीता को लगा कि उसका दिलो-दिमाग़ स्टोर-रूम में फैले कचरे का ढेर था, जिसकी सफ़ाई वह घनश्याम को पीट-पीटकर कर सकती थी।

'ये कहानी अब तुम पुलिस को सुनाना, तुम्हारे ऐसे कई कारनामों से मैं वाकिफ हूँ, राजीव ने मीता के हाथ से डंडा अपने हाथ में लेते हुए कहा तो घनश्याम एक लाठी खाये कुत्ते की तरह दीवार से लगकर बैठ गया।

'राजीव, इसे गार्डन-वायर से बाँध दो।' इला को लग रहा था कि कहीं घनश्याम निकल न भागे।

'इला, तुम फ़िक्र न करो, मैं इसे कहीं नहीं जाने दूँगा।' उसी वक़्त उन्हें पुलिस का सायरन सुनाई दिया।

'राजीव, प्लीज़ हेल्प मी, प्लीज़, मैं कान पकड़ता हूँ; दोबारा ऐसा कभी नहीं होगा, मीता भाभी, अपने मेहमानों की तो सोचिए।' घनश्याम एक आख़िरी बार गिड़गिड़ाया।

'इला, जब तक हम पुलिस से निपटते हैं, तुम प्रिया को अन्दर ले जाकर इसका मुँह-हाथ धुलवा लाओ, मंजूषा तुम जाकर मेहमानों को सँभालो; उन्हें कुछ पता नहीं लगना चाहिए, अंडरस्टैंड?'

'और सुनो, मंजूषा, गैस्टो ने भी सायरन सुन लिया होगा, कोई पूछे तो कह देना कि गैरेज में बर्गलर्स घुसने की कोशिश कर ही रहे थे के नेबर्स ने पुलिस को वार्न कर दिया।' मीता ने आज पहली बार मंजूषा से ढंग से बात की थी।

राजीव ने जल्दी से गैरेज का शटर खोल दिया कि कहीं पुलिस वाले मुख्य द्वार पर लगी घंटी न बजा दें; दो पुलिस अधिकारी अन्दर आ गये।

इला ने प्रिया को रसोई में ले जाकर उसके मुँह पर ठंडे पानी के छींटे डाले तब कहीं जाकर प्रिया की हिचकियाँ रुकीं।

'सॉरी प्रिया, तुम्हें तो मैंने मीता के पास इसलिए भेजा था कि तुम पैसे कमाने के साथ-साथ कुछ अंग्रेज़ी भी सीख जाओगी। खैर, कान्तन से तलाक हो जायेगा तो कोर्ट तुम्हें कान्तन से बच्चे का खर्चा दिलवा देगा; तुम्हें फिर घरों में काम करने की ज़रूरत नहीं पड़ेगी।' इला ने सहानुभूतिपूर्वक कहा।

'अमको नईं माँगता कान्तं का पीसा, अमारी सैलेरी से चलता सब इला।'

'मुरली के साथ एक दड़बे में कब तक रहोगी? किसी ने शिकायत कर दी तो काउन्सिल उसे अपनी सिक्योरिटी में ले लेगी, फिर क्या करोगी?

'अम कुद बूका रैता पन उसको काना देता जी, सोशाल वाले मुरली को कैसे ले जाने को सकता जी?' आतंकित होकर प्रिया ने पूछा।

'अगर उनको लगा कि मुरली की ठीक से देख-रेख नहीं हो रही तो वे इसे अपने साथ ले जा सकते हैं।'

'पण कांतन कैता के ओम-आफिस वाले मुज्जे और मुरली को सीदा प्लेन में बिठा के इंडिया बेजने का जी।'

'वह तुम्हें खाली-पीली डरा रहा है।'

'इल्ला, कान्तन का आफिस में एक मेम है डैफनी, उसके सातईच गूमता ओ, मुरली के सामने इच किस करता ता दोनों। कान्तं हमें वापस इंडिया बेजना माँगता।' अपने में सिमटती हुई-सी प्रिया बोली।

'प्रिया, तुम्हें अपने राइट्स के लिए लड़ना होगा। इस कंट्री में तुम्हारे साथ नाइन्साफी नहीं हो सकती और मैं हूँ न तुम्हारी मदद के लिए।'

'तुम बौत अच्चा इल्ला, अम तुमारा...'

'मैं तुम्हारी मदद इसलिए कर रही हूँ ताकि मुरली को एक अच्छी जिन्दगी मिल सके, जो उसका जन्म-सिद्ध अधिकार है।'

'तुम टीक केता पन अम कू डर लगता, कान्तन किदर शिकायत कर दे ओम..।'

'प्रिया, तुम क्या सोचती हो कि इस चूहे की हिम्मत है होम-आफिस में पैर भी रखने की? वैसे भी, पासपोर्ट पर इनडेफिनिट स्टे की मुहर एक बार गलती से भी लग जाये तो कोई भी इसे नहीं मिटा सकता, यह होम-आफिस का एक रूल है।'

'कान्तन तो बोला...'

'गोली मारो कान्तन को, प्रिया, इस वीकैंड पर मुरली को लेकर मेरे घर आ जाना। मैं वकील को भी वहीं बुला लूँगी, ओ के?'

तभी राजीव ने आकर इला और प्रिया को गैरेज में बुलाया; पुलिस अधिकारी प्रिया का बयान लेने के लिए तैयार थे। प्रिया एक बार फिर घबरा गयी।

'डरने की कोई बात नहीं है, प्रिया, उनके लिए मीता और इला की गवाही ही काफ़ी होगी।' राजीव बोला तो इला का हाथ थामे प्रिया गैरेज में आ पहुँची।

'मीता जी, अब आप भी अन्दर जाकर मेहमानों को सँभालिए, यहाँ मैं और इला सब सँभाल लेंगे।' राजीव ने आभार से दबी जा रही मीता को जबरदस्ती बैठक में भेज दिया।

मीता ने मुस्कुराते हुए मेहमानों पर एक सरसरी नज़र डाली, शायद किसी को अन्दाज़ा नहीं था कि गैरेज में इस वक्त पुलिस प्रिया का बयान ले रही थी। मीता के दिमाग़ में बादल छँटने ही वाले थे कि ज़ोर-शोर से फ़ायर-अलार्म बजने लगा, मेहमानों में हबड़-दबड़ मच गयी। 'ओ शेराँ वाली माँ, अब क्या होना बाकी है? मुझसे क्या गलती हो गयी, माँ? हमारी रक्षा करो।'

'डोंट पैनिक, एवरीथिंग इज़ अंडर कंट्रोल।' राजेश रसोई की ओर दौड़ा तो मीता घबरा गयी कि उसकी नज़र कहीं पुलिस पर न पड़ जाये।

'डोंट वरी, राजेश, मैं अवन का टाइमर लगाना भूल गयी थी। तुम गेस्ट्स को काम-डाउन करो; मैं अलार्म ऑफ़ करके आती हूँ।' कहते हुए मीता ने रसोई के दरवाज़े बन्द कर लिए। अवन में से धुआँ निकल रहा था; अलार्म ऑफ़ करने के बाद मीता ने अवन के सारे स्विचेस ऑफ़ कर दिए और रसोई की खिड़कियाँ खोल दीं ताकि धुआँ बाहर निकल जाये।

फ़ायर-अलार्म सुनकर शायद पुलिस वालों ने ही फ़ायर-ब्रिगेड को सूचना दे दी थी। अभी वे घड़ियाल को पुलिस-कार में बैठा ही रहे थे कि दमकल विभाग आ पहुँचा। अपना-अपना सामान सँभालते हुए मेहमानों में हबड़-दबड़ मच गयी।

'ख़तरे की कोई बात नहीं है, आप लोग प्लीज़ घर के अन्दर ही रहें या पीछे गार्डन में चले जायें, फ़ायर-ब्रिगेड वालों को अपना काम करने दीजिए।' राजीव ने बैठक में आकर बात सँभाल ली।

मकरंद ने फ़ायर-ब्रिगेड वालों को सफ़ेद और लाल शराब पेश की किन्तु वे ड्यूटी पर थे, कैसे पीते? 'वेडिंग ऐनिवर्सरी' के नाम पर छह बोतलें लेकर वे खुशी-खुशी विदा हुए।

बदहवास मीता शेराँ वाली माँ को धन्यवाद देती हुई बैठक में पहुँची तो देखा कि जिया के दायें और बायें उसके राजदुलारे सिर झुकाये ऐसे खड़े थे कि जैसे उन्हें सज़ा मिली हो। वे शायद फ़ायर-अलार्म सुनकर नीचे चले आये थे। इसके पहले कि

वह अपने 'पुअर डार्लिंग्स' को जिया अथवा ज़ालिम मेहमानों से बचाती, जिया ने उन्हें साधिकार आज्ञा दी।

'हरी, कमला, मैमानों से जय राम जी की कहो।' हैरी और कैमिला ने प्रतिवाद में अपने सिर हिला दिये तो जिया ने आँखों ही आँखों में मकरंद को डपटा कि उसे अपने बच्चों पर इतना तो नियन्त्रण होना चाहिए कि वे दादी की आज्ञा का पालन करें। मकरंद के लिए एक तरफ़ कुआँ था तो दूसरी ओर खाई क्योंकि गुस्साई हुई मीता उसे और जिया को कच्चा चबा जाने वाली नज़र से देख रही थी।

'इंशा अल्लाह, बेटा, कौन-सी किलास में पढ़ रहे हो?' आपा ने हैरी से सवाल किया, जो एक बैग्गी जीन्ज़ और ढीला स्वेटर पहने था, जिसकी आस्तीनें खींचकर उसने अपनी मुट्ठियों में पकड़ रखी थीं; उसकी ठुड्डी भी स्वेटर में अध-धँसी सी थी।

'वाट?' आपा से आँखें चुराते हुए हैरी बोला, जिया ने शर्मिन्दगी से मुँह में अपना पल्लू ठूँस लिया; उनका पोता क्या इतना नालायक था? इतनी इंग्लिश तो उन्हें भी आती थी।

'हैरी बेटा, किस किलास में पढ़ते हो?' आपा उसे कहाँ छोड़ने वाली थीं। इस बार उन्होंने अपना सवाल कुछ धीरे-धीरे दोहराया।

'वा डा या मीन (व्हाट डू यू मीन)?' हैरी ने पूछा तो जिया और आपा दोनों हैरानी से मीता का मुँह ताक़ने लगीं।

'हैरी बेटा, आप कौन-सी क्लास में पढ़ते हो? आपा को बताओ, इन व्हाट क्लास आर यू स्टडीइंग?' हड़बड़ाई हुई मीता ने पहले हिन्दी और फिर अंग्रेज़ी में आपा का प्रश्न दोहराया और फिर मेहमानों की तरफ़ देखते हुए बोली, 'हैरी इज़ सो शाई, यू नो।'

'आइ एम सिटिंग फ़ार माइ ए लेवल्स दिस ईयर।' माँ को घूरते हुए हैरी ने जवाब दिया तो जिया ने प्यार से हैरी के बालों पर हाथ फेरना चाहा किन्तु उसने नाराजगी में अपने उलझे बाल कुछ और उलझा लिए। जिया ने आपा को सगर्व निहारा कि जैसे कह रही हों, 'देखा, मेरा पोता कैसी अच्छी इंग्लिश बोलता है? चली थीं उसका टेस्ट लेने।'

'सुभान अल्लाह, और हमारी बिटिया कमीला किस किलास में है?' कैमिला को ज़बरदस्ती अपनी ओर खींचकर उसका गाल चूमते हुए आपा बोलीं। कैमिला ने नाभि दर्शाता हुआ एक टॉप पहन रखा था और आपा के हिसाब से उसकी स्कर्ट भी काफ़ी ऊँची थी।

'सेम ऐज़ हिम।' कैमिला ने अपनी जान छुड़ाने के लिए कह दिया और छिटक कर मीता के पास जा खड़ी हुई। कैमिला 'ओ' लेवल कर रही थी न कि 'ए' लेवल्स। वह हैरी से पूरे दो साल छोटी थी हालाँकि उम्र में वह भाई से कहीं बड़ी दिखायी

दे रही थी। मीता, मकरंद और उनके रिश्तेदारों ने उसका झूठ चुपचाप बर्दाश्त कर लिया।

'माशा अल्लाह, भई आपकी कमीला तो ख़ूबसूरत होने के साथ-साथ ग़ज़ब की अक्लमंद भी है, चश्मे बद्दूर।' आपा ने अपने दोनों हाथ कानों पर लगा कर इस बार कैमिला की दूर से बलाएँ लीं।

बाक़ी के मेहमान भी कैमिला और हैरी को ऐसे घूर रहे थे जैसे वे चिड़ियाघर के जानवर हों। एक-दूसरे के पीछे छिपने की कोशिश में वे दोनों जल्दी से जल्दी वापस अपने कमरों में चला जाना चाहते थे।

'मीता, अगर बुरा न मानें तो एक बात कहूँ? आपको घर में बच्चों से हमेशा हिन्दुस्तानी में ही बात करना चाहिए।' मिश्रा जी ने अनपेक्षित सलाह दी।

'मिश्रा जी, समझते सब हैं पर जवाब इंग्लिश में ही देते हैं; जिया आल्वेज़ टाक्स टु दैम इन हिन्दी,' कुढ़ी हुई मीता ने सफ़ाई देने की कोशिश की। मकरंद की सलाह मान जाती तो आज वह स्विट्ज़रलैंड में होती; इस चिकचिक से बहुत दूर।

'अरे, अब इंडिया ही में कौन हिन्दी में बात करता है, जो यहाँ हम अपने बच्चों को जबरदस्ती हिन्दी सिखाएँ?' नैन्सी ने अपनी ऊबी और थकी हुई भाभी की तरफ़दारी की।

'इंडिया पाकिस्तान की बात और है, नैन्सी, यहाँ अगर बच्चों को इंशा अल्लाह अपनी ज़ुबान और तहज़ीब से नहीं जोड़ोगी तो खुदा न ख़ास्ता ये बच्चे फिरंगी हो जायेंगे।'

'ऐ मैं तोसे कऊँ, आपा, हम तो इनसे कै-कै के हार गये के बच्चन से हिन्दी में बात किया करो, पूछो इनसे? इदर आ कमला, इने बता के मैंने तुजसे कित्ती बेर कई है के मोसे हिन्दी में बात किया कर।' जिया को मन की भड़ास निकालकर कुछ चैन मिला।

'अब तो यहाँ हिन्दी सीखने की सब सुविधाएँ मौजूद हैं, फिर भी बच्चे उनका लाभ नहीं उठाते। जो बच्चे हिन्दी ज्ञान प्रतियोगिता में अच्छे नम्बर लाते हैं, उन्हें हर साल भारत-भ्रमण के लिए भेजा जाता है, जहाँ उन्हें राष्ट्रपति और प्रधान मन्त्री से लेकर शाहरुख़ ख़ान, प्रियंका चोपड़ा और अमिताभ बच्चन जैसे स्टार्स से मिलाया जाता है।' मिश्रा जी ने बताया।

'अरे वाह, मिश्रा जी, आपने तो बहुत अच्छी बात बताई, हमें भी उनके डिटेल्स दीजिएगा। हमारे पड़ोस में हाल में ही एक नयी इंडियन फैमिली आयी है, वे बड़े परेशान थे कि उनके बच्चे कहीं हिन्दी न भूल जायें।'

'एक ज़माना वो भी था के जब कोई बच्चा क्लास में हिन्दी का एक शब्द भी बोल देता था तो स्कूल से फट मेमो आ जाता था।'

'आजकल भी तो अंग्रेज़ हमारे हिन्दी बोलने पर आपत्ति करते हैं।'

'एक बार बुलबुल की टीचर ने मुझे एक नोट भेजा था कि घर में उसे पहाड़े सिखाकर मैं उसे कनफ़्यूज़ कर रही हूँ।'

'गोरे तो चाहते ही हैं के हमारा कलचर ही ख़त्म कर डालें।' सुमित बोले।

'जब हम ही अपनी भाषा और संस्कृति की कद्र नहीं करते तो दूसरों से क्या अपेक्षा की जा सकती है? इस देश में मुसलामानों को पाँच बार नमाज़ पढ़ने और स्कूल में उनकी बच्चियों को बुर्का पहनने की इजाज़त है। यदि चाहें तो हम भी अपनी माँगें मनवा सकते हैं किन्तु हम तो अपनी भाषा, वेशभूषा और रीति-रिवाज़ सब बदलने को तैयार हैं, तो इसमें किसी का क्या दोष?' मिश्रा जी बोले।

'ओके माइ डार्लिंग्स, क्विकली ईट समथिंग एंड रन अपस्टेअर्स।' इससे पहले कि मेहमान बच्चों से कोई अन्य प्रश्न कर पाते, मीता ने उन्हें झटपट छुटकारा दिलवा दिया।

'थैंक्स मम, बट वी आर नॉट हंगरी।' कहते हुए वे सिर पर पाँव रखकर सीढ़ियों की ओर भागे। मेहमानों की नज़रें उनके पीछे थीं।

'बुरा नहीं मानें तो भई एक बात कहें, कमीला आप दोनों की बेटी तो बिल्कुल नहीं लगती। आप दोनों साँवले और वह दूध-सी गोरी, मलाई-सी नाजुक और क़द तो देखो माशा अल्लाह कैसा खेंचा है?' आपा ने अपने कानों को छूते हुए कैमिला की एक बार फिर बलैयाँ लीं। कैमिला की तारीफ़ सुनकर जिया और मीता फूल कर कुप्पा हो गयीं।

'कहीं साले मिल्क-मैन्स डाटर तो नहीं?' रंजीत ने फुसफुसाकर गिरगिट से पूछा था किन्तु दुर्भाग्यवश उसका तंज़ मकरंद ने भी सुन लिया, जो उन्हीं के पास खड़ा हुआ था।

'ज़बान स...स...सँभाल कर ब...ब...बात कीजिए, म...म...मिस्टर रंजीत।' मीता के रोकने के बावजूद, गुस्से में मकरंद रंजीत की ओर लपका।

'वरी नॉट बड़े भाई, रंजीत साहब तो मज़ाक़ कर रहे थे।' मकरंद के कन्धे दबाते हुए गिरगिट ने उन्हें रोक लिया।

'मज़ाक़ की भी कोई हद होती है, राजेश।' मैक की पीठ सहलाते हुए मीता ने उसे शान्त करना चाहा।

'साले चिढ़े तुम ऐसे कि जैसे भैंचो तीर निशाने पर लगा हो।' रंजीत के यह कहते ही गिरगिट और मीता को धकेलते हुए मकरंद घूँसा ताने रंजीत की ओर बढ़ा। मोहन को बैठक में दंगे की ख़बर मिल हों चुकी थी। इसके पहले कि मकरंद और रंजीत आपस में भिड़ते, वह बीच में आ गया और मकरंद को रसोई की ओर धकेलने लगा। मीता भाग कर दरवाज़े के बीच जा खड़ी हुई।

'लेट अस मूव टु द बैक गार्डन।' कहते हुए मीता ने रसोई का दरवाज़ा बन्द कर दिया।

'बड़े भाई, शान्त हो जाइए।' गिरगिट वापस आकर रंजीत के कन्धे दबाने लगा।

'मैक भैया, टेक नो नोटिस, यहाँ तो लोग पार्टीस में इस तरह के जोक्स सुनाते ही रहते हैं।' चित्रा बोली।

'हूज़ साइड आर यू ऑन, चित्रा?' मीता को चित्रा पर बहुत गुस्सा आया।

'दीदी, मेरा वो मतलब नहीं था।' चित्रा घबराकर चुप हो गयी।

'तुम्हारी औलाद के लिए कोई ऐसा-वैसा कुछ कह देता न तो मैं तुमसे पूछती, चित्रा, कि यह मज़ाक़ तुम्हें कैसा लगा?' नैन्सी बोल उठी।

'हमें ताना मारने की कोई ज़रूरत नहीं है, नैन्सी। जब बच्चा चाहिए होगा, हम कर लेंगे या गोद ले लेंगे, तुमसे पूछने नहीं आयेंगे।' बेऔलाद चित्रा रुआँसी होकर वहाँ से उठकर करन के पास पहुँच गयी जो सुरभि से बातें कर रहा था।

'करन, चलो घर चलते हैं।'

'क्यों क्या हुआ?'

'पार्टी में बुलाकर हमारे बच्चा न होने पर ताने मारे जा रहे हैं।'

'चित्रा, तुम्हें ग़लतफ़हमी हो गयी होगी, ऐसा कोई क्यों कहेगा?'

'मेरा तो दिमाग़ ही ख़राब है कि मैं तुमसे शिकायत कर रही हूँ? एनीवे, मुझे चाबी दो, मैं कार में बैठकर इन्तज़ार कर लूँगी। तुम अपनी महबूबा के साथ एन्जॉय कर चुको तो आ जाना।' सुरभि को घूरते हुए चित्रा गुस्से में बोली।

'वाट आर यू टाकिंग अबाउट, चित्रा?...ठीक है चलो, बाय सुरभि, लेट अस टॉक सून।' झींकते हुए करन ने अपना ओवरकोट खूँटी से उतारकर हाथ में लिया। चित्रा अपना कोट पहन ही रही थी कि सुमित ने उसके हाथ से कोट छीनकर वापस टाँग दिया।

'सुनो तो चित्रा, करन, कम से कम केक तो खाकर जाओ।' सुमित ने कहा।

'इन्सल्ट की भी कोई हद होती है, भैया।' कहती हुई चित्रा बाहर कार में आकर बैठ गयी; चित्रा का कोट सँभाले सुमित भी उसके पीछे-पीछे बाहर आ गया और करन की कार का दरवाज़ा खोलकर उससे रुक जाने की बिनती करने लगा।

'मैक डार्लिंग, चित्रा-करन हमसे बाय करके भी नहीं गये।' मेहमानों की अशिष्टता पर मीता हैरान और परेशान थी।

'भैया, नैन्सी दीदी को तो पता है कि जीजी-जीजा जी के कोई औलाद नहीं है तो क्या ज़रूरत थी उन्हें इस सब्जेक्ट को टच भी करने की? हम पर निकालेंगे अब जीजा जी अपना गुस्सा।' मुँह फुलाये हुए वायु बोली।

'पर हमने तो उनकी इन्सल्ट नहीं की थी न, वायु।' मकरंद की जगह मीता ने कहा।

'मेज़बान के नाते आप उन्हें रोक तो सकती थीं।' कहती हुई वायु भी बाहर

निकल गयी।

मीता की पार्टी फ्लॉप हो चुकी थी। अभी केक तक नहीं कटा था और मेहमान जाने की तैयारी में थे। वह डीजे को हायर कर लेती तो सब नाच-कूद रहे होते, ऐसी बेइज़्ज़ती तो न होती। उसे लगा कि उसकी दुर्गति अब शेरां वाली माँ के भी नियंत्रण के बाहर थी।

'डोंट वरी मीता, साली स्पोर्ट्समैनशिप जैसी कोई चीज़ ही नहीं रह गयी है भैंचो हम लोगों में।' रंजीत ने कहा तो मीता एकाएक प्रसन्न हो उठी, आज वह पहली बार उससे ठीक से पेश आया था।

'मीता भाभी, कॉमेडियन्स तो यहाँ की महारानी और चार्ल्स तक को नहीं बख्शते। और तो और, जिन लोगों का वे मज़ाक़ उड़ा रहे होते हैं, वे खुद भी उनके साथ हँसते रहते हैं।'

'आपने वो प्ले देखा था, 'नो सेक्स, वी आर ब्रिटिश प्लीज़? क्या धमाकेदार कामेडी...' मंजूषा ने कहा, तभी राजीव ने आकर उसकी बाँह थाम ली।

'कम ऑन, मंजूषा, इट्स केक टाइम। चौप-चौप। तुम मैक और मीता को लेकर आओ, मैं मोमबत्तियाँ लगाता हूँ।' राजीव उसके कान में फुसफुसाया तो मंजूषा और मीता ने इशारे में पूछा कि क्या पुलिस और फ़ायर ब्रिगेड वाला मामला निपट चुका था; राजीव ने अपना अँगूठा हवा में उठाकर उन्हें सान्त्वना दी।

'बड़े भाई, घनश्याम भाई साहब कहीं दिखायी नहीं दे रहे, आपने उन्हें देखा है कहीं?' गिरगिट ने राजीव से पूछा।

'राजेश, उनका पेट कुछ अपसेट हो गया था। वह घर चले गये।'

'अरे, मुझे बताया तक नहीं...' गिरगिट के कान खड़े हो गये।

'आइए मैक भैया, मीता जी, केक इज़ रेडी।' मंजूषा एक मॉडल की तरह अपने दोनों हाथों से केक की ओर इशारा करते हुए मेज़बानों और मेहमानों को इकट्ठा करने में जुट गयी। राजीव गुलाबी और नीले रंग के रिबन्स से बँधी हुई चाँदी की एक छुरी लिए खड़ा था।

'बड़े भाई, भाभी जी, मेक ए विश।' गिरगिट चिल्लाया तो अन्य मेहमानों ने भी शोर मचाना शुरू कर दिया। सज़ा के रूप में मीता ने कैमरा गिरगिट को फिर थमा दिया। वह आतंकित था कि यदि फ़ोटोज़ ठीक नहीं आयीं तो मीता उसकी जान ले लेगी।

मोमबत्तियाँ बुझाते हुए मीता ने मन्नत माँगी कि जब वह आँखें खोले तो उसके साफ-सुथरे घर में कोई न हो। मोमबत्तियाँ बुझने का नाम ही नहीं ले रही थीं, रावण के सिरों की तरह वे बार-बार जल उठतीं। शोर अपनी चरम सीमा पर था। मकरंद बुरी तरह खाँसने लगे तो राजीव ने मैजिक-मोमबत्तियों को केक से निकालकर एक प्लेट में रख दिया और केक काटा गया। मीता और मकरंद ने एक-दूसरे को केक

कई-कई बार खिलाया, तब कहीं जाकर गिरगिट को सही पोज़ मिला।

केक खाते-खिलाते पचासों फ़ोटोज़ ली गयीं। जिया और उनकी सहेलियों के साथ फिर एक फ़ोटो सेशन हुआ, जो मीता की मर्ज़ी के ख़िलाफ़ था। मेहमानों के पाँव तले केक के टुकड़े महीन चूरा बनकर कार्पेट में समा रहे थे किन्तु मीता और मकरंद इस वक्त सारी चिन्ताओं के परे थे।

केक के अलावा मीठे में गाजर का हलवा, आइसक्रीम, कटे हुए फल और आपा की लायी हुई जलेबियाँ थीं, कुछ मेहमान एहतियात बरत रहे थे किन्तु कुछ थे कि एक बार फिर से खाने-खिलाने में जुट चुके थे; इसके बाद न जाने फिर कब एक अच्छी पार्टी में उन्हें निमंत्रित किया जाये।

'दुल्हन, लूसी से कहकर ज़रा जलेबियों को आधा मिनट माइक्रो में रखवा दीजिए तो करारी हो जायेंगी। जब हम लाये थे तो कैसी खस्ता थीं?' गाजर का हलवा खाते हुए आपा एक बार फिर सब को जता रही थीं कि जलेबियाँ उन्हीं के सौजन्य से आयी थीं।

'प्लीज़ हैव सम कॉफ़ी बिफ़ोर यू लीव।' मीता और मकरंद मेहमानों से आग्रह कर रहे थे; राजीव और मंजूषा बड़ी-बड़ी केतलियों में से डिस्पोज़ेबल कप्स में कॉफ़ी और चाय उँड़ेल कर मेज़ पर रख रहे थे। तभी मीता ने मोहिनी को पर्स उठाते देखा तो वह जल्दी से उसकी ओर लपकी।

'अरे मोहिनी, आरती और दीपक के लिए खाना लेकर जाना। किचेन में जाकर ज़रा हेल्प योरसेल्फ़ प्लीज़।'

मेहमानों के लिए खाना पैक करने के लिए दही, क्रीम और मार्जरिन के ख़ाली डिब्बों के साथ टैस्को और सेन्स्बरीज़ के प्लास्टिक के थैले लिए मीता जल्दी से लौटी।

'मरा रैने दो, मीता, अब तक तो वो खा चुके होंगे, मरी फ़िश एंड चिप्स खाने को कै रहे थे।'

'नो, नो, मोहिनी भाभी, किड्स के लिए मैं थोड़ा-सा पैक कर देती हूँ। दिस इज़ नॉट डन, एक तो उन्हें लायी नहीं, डोंट रन अवे, मैं अभी लायी।'

'लाल झंडी दिखा दी है, खिसकने को तैयार हो जाओ।' मोहन ने कहा।

'मीता को कम से कम मरे घर वालों से तो रुकने के लिए कहना चाहिए था। मरा बचा-खुचा खाना बाँध कर कौन ले जायेगा?'

'इसके पहले कि गिरगिट और आपा डब्बे भर लें...' मोहन ने मोहिनी को आगाह किया।

'मीता मरा इत्ता कै रइ है तो, मिक, ज़रा किचन में झाँक ही लो, पनीर बचा हो तो मरा थोड़ा-सा पैक कर लो, डिक्की में मरे टप्पावेयर के डिब्बे रखे हैं।' मोहिनी के सुझाव पर मोहन झट से रसोई में घुस गये।

'मोहिनी जी, आपने खाना पैक कर लिया क्या?' मंजूषा ने पूछा।

'मरा कौन खायेगा फ्रीज़र से निकला हुआ खाना? मरा न रख सकते हैं और न ही मरा फ्रीज़र कर सकते हैं। कल तक तो मरा यूँ ही बुस जायेगा।' मोहिनी बड़बड़ायी। तभी मोहन पनीर का एक बड़ा-सा डिब्बा उठाये बाहर आये।

'मैं अबी मंजूषा से मरा यही कै रई थी कि...' पल भर में ही पोल खुल जाने पर मोहिनी का मुँह उतर गया।

'मीता जी ने ज़बरदस्ती पकड़ा दिया।' मोहन ने बात सँभालने की एक असफल कोशिश की।

अपना-अपना सामान बटोरते हुए मेहमान अब चलने की तैयारी में भाग-दौड़ रहे थे, रास्ते के लिए बोतलों में पानी भरा जा रहा थी, ई-मेल आईडीज़ और फ़ोन नम्बर्स की अदला-बदली हो रही थी और जल्दी ही की क़समें खायी जा रही थीं।

'सतनाम अंकल, हमारे साथ चलना हो तो रेडी रहना, दस मिनट में निकलते हैं बस।' बुलबुल ने कहा।

'मैं आप्पे चला जावाँगा, बुलबुल। मैंनू ते कदी वी नईं चढ़ दी।' हिचकियाँ लेते हुए सतनाम ने जवाब दिया।

'भाई जान, कोई हसीना हमें छोड़ने को कहती तो हम अपनी मर्सेडीज़ छोड़कर इंशा अल्लाह उसके साथ हो लेते।' हसन ने मज़ाक़ में कहा। पानदान सँभाले आपा बदकिस्मत हसन के ठीक पीछे खड़ी थीं।

'लाहौलविलाकुव्वत, मियाँ, आप भी सवार हो जाइए इन परकटियों के कन्धों पर।' फिर घूमकर वह बुदबुदायी, 'कैसे राज़ी हैं बेलच्छिनियाँ, एक पराये मर्द को अपनी गाड़ी में बिठाने के लिए?' बुलबुल आपा की बात को नज़रअन्दाज़ करती हुई वापस घर के अन्दर चली गयी।

'चलिए हम भी पी लेते हैं थोड़ी-सी और देखते हैं के हमें कौन छोड़ने आता है।' कहते हुए इठलाती हुई मंजूषा ने रंजीत की तरफ़ निगाह घुमाई तो देखा सायरा उसके पास बैठी कॉफ़ी पी रही थी। यह यहाँ फिर आ टपकी!

'मंजूषा, अभी तो साले छै भी नहीं बजे, आओ यहाँ बैठो।' रंजीत ने सोफ़े को थपथपाते हुए कहा। घर पर काफ़ी देर इन्तज़ार करने के बाद सायरा रंजीत को लिवाने आ पहुँची थी।

'नो थैंक्स, हम लोग बस निकल ही रहे हैं, बाय मिस्टर रंजीत, बाय सायरा।' मुँह लटकाये मंजूषा ने कहा।

'खुदा हाफ़िज़, मंजूषा, मिलते हैं।' सायरा ने उठकर मंजूषा को गले लगाकर चूमा।

'चलो हसन, बहुत देर हो गयी, बिल्ली बेचारी भूखी बैठी होगी।' आपा बोलीं किन्तु हसन की निगाह सायरा पर टिकी थी ताकि जाने से पहले वह उससे गुड बाय

कह सके। गुस्से में आपा उसे बाहर की ओर खदेड़ने लगीं।

'ख़ुदा हाफ़िज़, जिया, आप भी कभी तशरीफ़ लाइएगा हमारे ग़रीबखाने पर।' हसन ने जिया के गाल चूमते हुए कहा।

'ऐ मैं तोसे का कऊँ, बेटा, इससे पैले कि हम इस दुनिया से चल बसें, तुम जल्दी से अपनी दुल्हन ले आओ।'

'लाहौलविलाकुव्वत, जिया, ख़ुदा आपको हज़ार बरस सलामत रखे।' जिया को गले से लगाते हुए आपा विदा ले ही रही थीं कि उनकी नज़र सतनाम पर पड़ी, जो कालीन पर पड़ा शायद सो गया था, 'लाहौलविलाकुव्वत, सतनाम तो लुढ़क गये।'

'इसे जल्दी से बाहर ले चलो, कहीं कालीन पर उल्टी ही न कर दे।'

'आई हेट पीपल हू वॉमिट।' घबराई हुई मीता ने, जो बचेखुचे भोजन से भरे हुए थैले मेहमानों को ज़बरदस्ती थमाने में लगी थी, बड़ी आशा से उन्हें बारी-बारी निहारा कि कोई तो उसे इस मुसीबत से उबारेगा।

'हम तो सतनाम को छोड़ आते पर अभी-अभी बच्चों का फ़ोन आया है कि वे पिकैडिली पर ठंड में खड़े हमारा इन्तज़ार कर रहे हैं।' वायु बोली।

'खुदा हाफ़िज़, भाई जान, भाभी जान, कभी तशरीफ़ लाइएगा न हमारी तरफ़।' हसन और आपा जल्दी से बाहर निकल गये कि कहीं सतनाम को उनकी मर्सेडीज़ में ही न बैठा दिया जाये।

किसी तरह रिचर्ड और मकरंद मिल कर सतनाम को बाहर वाले बगीचे में ले आये।

'लाहौलविलाकुव्वत, बेचारे को ठंड में बाहर निकाल खड़ा किया, अरे कोई उसे कोट तो पहना दो, नहीं तो उसे निमोनिया हो जायेगा।' आपा से कहे बिना नहीं रहा गया। मकरंद सतनाम का कोट ढूँढ़ने अन्दर चले गये। तभी लपकती हुई वायु अन्दर आयी।

'भाभी जी, सतनाम बाहर उल्टियाँ कर रहा है, सुबह आपके नेबर्स देखना कितना शोर मचाएँगे।' वायु अपना सामान समेटते हुए बोली।

'अरे कोई उसे बाथरूम में ले जाकर हाथ-मुँह धुलवा दो। राजेश, ज़रा मैक की मदद कर दीजिए प्लीज़।'

'आप मुझसे और कुछ भी करा लीजिए, मीता भाभी, पर ये मेरे बस की बात नहीं, मेरी तबीयत तो पहले ही ख़राब हो रही है।' गिरगिट ने हाथ खड़े कर दिये।

'आयशा तो सतनाम के पड़ोस में ही रहती है। उससे कहिए न, भाभी, लीजिए वो इधर ही आ रही है।' वायु बोली और अपना पर्स और कोट उठाकर ये जा और वो जा; जिया कलपती रह गयी कि वह अपनी माँ से मिलकर तो जाती।

'फूड वाज़ वन्डरफुल मीता आंटी, थैंक्यू वैरी मच, वी एन्ज्वायड इट वेरी मच।'

आयशा ने कहा तो रिचर्ड ने भी सिर हिलाकर अपनी स्वीकृति दी।

'यू आर मोस्ट वेलकम, आयशा। सतनाम इज़ नौट वेल, ही कांट ड्राइव...'

'आंटी, ही ओनली लिव्स नेक्स्ट डोर, वी विल ड्रॉप हिम।' आयशा के कहते ही कई मेहमानों ने चैन की साँस ली।

'आर यू श्योर?' मीता हैरान थी कि उसकी इतनी बड़ी मुसीबत ऐसी आसानी से टल गयी थी।

'औफ़ कोर्स ही इज़ ए डार्लिंग, डोंट वरी, मीता आंटी। रिचर्ड, हेल्प मी पुट सतनाम अंकल इन अवर कार।' रिचर्ड की सहायता से आयशा ने सतनाम को पीछे की सीट पर बैठा दिया।

'थैंक्यू आयशा सो वेरी मच।' मीता ने कहा।

'म...म...मच ओबलाइज्ड, अ...अ...आयशा।' झेंपते हुए मकरंद सचमुच आभार से दबे जा रहे थे।

'अंकल, डोंट बी एबसर्ड, इंशा अल्लाह हम आपके कुछ काम तो आये।'

'सतश्री अकाल प्राजी, मैं त्वानुँ दसया सी न, मैन्नू कद्दे वी नई चढ़दी।' खिड़की में से अपना सिर बाहर निकालकर सतनाम बोला।

'दुल्हन, बाग़ से थोड़ी मिट्टी लेकर सतनाम की क़ै पर डाल दीजिए, खुदा ना ख़ास्ता, बदबू सोख लेगी।' आपा बोलीं, जो अभी कुछ देर पहले जाने की जल्दबाज़ी मचा रही थीं। इस अरुचिकर घटनास्थल से काफ़ी सारे मेहमान बिना दुआ-सलाम के अपनी-अपनी कारों के नज़दीक जाकर खड़े हो गये थे कि जैसे वे अब बस चल ही देंगे।

'मीता बाजी, एक ख़ाली प्लास्टिक का थैला हो तो आयशा को दे दीजिए, रास्ते में कहीं सतनाम को फिर क़ै न हो जाये।' शमीम ने कहा तो मीता ने मकरंद को अन्दर दौड़ा दिया। आयशा सतनाम को कार में बैठाकर बेल्ट लगा रही थी कि रास्ते में वह कहीं गिर-गिरा न जाये।

'मैं बैल्ट आप्पे ला सकदा हाँ, बच्चिऐ।' बिना हाथ हिलाये सतनाम ने कहा।

'येस अंकल, वी नो।'

घर के बाहर घट रही इन सब घटनाओं से अनभिज्ञ, बार में बैठे गिरगिट, सायरा और रंजीत शाम भर की बातों का सम्पादन करते हुए बची-खुची शराब को ठिकाने लगा रहे थे। बाहर, मेज़बानों और मेहमानों की एक अच्छी-खासी भीड़ इकट्ठी हो गयी थी जो वहाँ विदा लेने देने के बहाने खड़े थे। बातें अब भी जारी थीं।

'घर में सबसे छोटी है बुलबुल पर उसकी कार तो देखो, कित्ती बड़ी है?'

'महँगी और पॉश।'

'कार हो तो मिस्टर रंजीत के जैसी; मर्सेडीज़ का लेटेस्ट मॉडल है, क्रीम कलर

के लैदर की बड़ी-बड़ी और गुदगुदी सीटें देखकर मन होता है कि उन पर लेटें और बस सो जायें।' मंजूषा बोली।

'रॉल्स-रॉयस का मुकाबला नहीं कर सकती मर्सेडीज़।' अपनी कार को गर्वपूर्वक निहारते हुए नरेश बोले।

'बस ब्रैंड की बात है, नरेश, पेट्रोल कितना खाती है रॉल्स-रॉयस? मर्सेडीज़ जैसी टिकाऊ कार दूसरी कोई हो ही नहीं सकती।' अपनी कार को थपथपाते हुए सुमित ने कहा।

'भैंचो, असली कार तो साली टोयोटा-यारिस है, रफ़ एंड टफ़, भैंचो ज़िन्दगी भर ख़राब नहीं होती।' हाथ में व्हिस्की का पैमाना थामें रंजीत लुढ़कता हुआ बाहर आया और राजीव की कार के पास आकर खड़ा हो गया, जिसकी पिछली सीट पर मंजूषा बैठी थी।

'बिल्कुल ठीक कह रहे हैं, रंजीत भाई, हमारी वाक्सवैगन पसाट के मुकाबले, यारिस के पेट्रोल का खर्चा आधे से भी कम है।' राजीव ने बताया, उस पॉश कॉलोनी में सबसे छोटी कार राजीव की ही थी; जिसमें बैठी मंजूषा शर्मिन्दा हो रही थी।

उसी वक्त हसन की कार से निकलते हुए धुएँ और कर्कश ध्वनि ने सबका ध्यान अपनी ओर आकर्षित कर लिया।

'लाहौलविलाकुव्वत, मियाँ, आप से हम कब से कह रहे हैं के इस खटारा को बेचकर एक नई कार ले लीजिए।' आपा ज़ोर से बोलीं ताकि सब सुन लें और फिर पहिये को लात मारती हुई बुड़बुड़ायीं, 'यहाँ से थोड़ी दूर जाकर खराब हो जाती तो तुझ नामुराद का क्या जाता?'

'हसन, मुझे न...न...नम्बर दीजिए, मैं र...र...रिकवरी के लिए फ...फ...फोन मिला दूँ।' मैक अपना मोबाइल निकालते हुए बोले।

'बड़े भाई, कितना अच्छा हुआ कि आप लोग अभी घर के बाहर ही हैं, कहीं सुनसान में ख़राब हो जाती तो बड़ी मुश्किल हो जाती।'

'साली टोयोटा-यारिस होती तो मजाल थी...' रंजीत फिर शुरू हो गया।

सारे मर्द हसन के इर्द-गिर्द आकर खड़े हो गये और बातों का रुख़ अब कारों की ओर था; जापानी, इटैलियन अथवा ब्रिटिश कारों की तुलना हो रही थी। महँगी-सस्ती, पेट्रोल-डीज़ल, इंश्योरेंस, एम. ओ. टी. पार्किंग डिस्क, रोड टैक्स, कार से सम्बन्धित शायद ही कोई ऐसा विषय हो, जिस पर वहाँ बहस न हो रही हो।

बाहर खड़ी हुई मीता कलप रही थी कि इतवार का दिन होने के कारण रिकवरी-वैन न जाने कितनी देर में पहुँचे। इस दौरान, आपा और हसन कहीं फिर घर के अन्दर आकर न पसर जायें। अभी वह शेराँ वाली माँ से गिले-शिकवे कर ही रही थी कि काफ़ी सारे मेहमान मीता और मकरंद के इर्द-गिर्द दो घेरे बनाकर खड़े हो गये।

'खुदा न ख़ास्ता, आप लोग अब निकल ही लीजिए, रिकवरी-वैन के जल्दी आने

का हमें बिल्कुल भरोसा नहीं है।' खिसयाई हुई आपा मेहमानों से कहती फिर रही थीं ताकि वे सब वहाँ से हट जायें।

'अरे आपा, आप भी कैसी बातें कर रही हैं? चले जाते तो और बात थी, आपको इस हालत में छोड़कर कोई कैसे जा सकता है?'

'हाँ हाँ, हम आपको सड़क पर कैसे छोड़ कर जा सकते हैं? आधा एक घंटा और सही।'

'एए के मुकाबले आर. ए. सी. रिकवरी वाले बड़े प्राम्प्ट हैं।'

'हमने तो इस बार लिवरपूल विक्टोरिया से ब्रेक-डाउन कवर लिया है, वाच-डॉग के हिसाब से आजकल वे दी बैस्ट हैं।'

ज़ोर-शोर से रिकवरी सर्विसेज़ पर बहस हो रही थी। मीता अपना धीरज खोने को ही थी कि एक सफ़ेद रंग की मैटाडोर उसके पास आकर रुकी, जिसमें से चार कसरती और कामाकर्षक युवक उतरे और उसके सम्मुख हाथ बाँधे खड़े हो गये। उन्होंने काले चमकते हुए सूट पहन रखे थे और गुलाबी रंग की बो-टाइज़ लगा रखी थीं।

'इज़ दिस मैक एंड मीताज़ रैज़ीडेंस?' उनमें से एक युवक ने आगे बढ़कर पूछा।

'यस, हू इज़ आस्किंग?' सीना ताने और कमर पर हाथ रखे मीता ने भीड़ के आगे आकर पूछा। युवकों को चेतावनी-सा देता हुआ औरतों का वो रेला, जो मीता के क़दम से क़दम मिलाकर आगे चला आया था, मीता के कुछ और करीब आ गया जैसे कह रहा हो, 'मीता से पंगा मत लेना वरना...'

'शैल वी गो इन?' नीली आँखों वाले युवक ने मीता के कान में फुसफुसाकर पूछा तो मीता हड़बड़ाकर दो क़दम पीछे हट गयी, यह कैसा मज़ाक़ था?

'लाहौलविलाकुव्वत, नामुराद की हिम्मत तो देखो, दुल्हन से सरे आम अन्दर चलने को कै रा है।'

'व...व...वाय ग...ग...गो इन? हू अ...अ...आर यू, एनीवे?' मकरंद ने मीता को अपने पीछे धकेलते हुए पूछा। मकरंद से सटे हुए पुरुषों के घेरे ने महिलाओं को पीछे धकेल दिया; उनकी औरतों की आबरू ख़तरे में थी।

हाँफते हुए मोहन अपनी कार में से निकलकर दौड़े चले आये। यह तो अच्छा हुआ कि वह अभी यहीं थे, छोटे भाई पर मुसीबत आ जाती तो वो बेचारा अकेला क्या कर लेता?

'कुछ हमें भी पता चले के मरा हुआ क्या? मिक भाई साहब, आप घबराइए नहीं, ये सब सँभाल लेंगे।' कहती हुई मोहिनी भीड़ को चीरती हुई सबसे आगे आ खड़ी हुई।

आयशा ने अपनी कार को अभी रिवर्स किया ही था कि देखा कि कुछ गड़बड़

है। उसने रिचर्ड को दौड़ाया कि देखकर बताये कि माजरा क्या था।

रिचर्ड उन युवकों को देखते ही समझ गया कि वे मेहमानों के मनोरंजन के लिए आये थे।

'मैक, दे आर दी सरप्राइज़ आइटम यू वर टॉकिंग अबाउट।' यह सुनकर मेहमानों की अदावत कुछ कम हुई। वे थोड़ा पीछे हटकर अब आपस में खुसपुस करने लगे।

'अरे, मैं तो हैंडसम बॉयज़ को देखते ही समझ गयी थी ये वर्षा जीजी का 'सरप्राइज़ आइटम' हैं पर भाभी ने मेरी एक नहीं सुनी।' वायु बोली।

'डू यू वांट अस टु परफ़ॉर्म आउटसाइड हियर?' हरी आँखों वाले युवक ने बड़ी अदा से अपना ओवरकोट उतारते हुए रिचर्ड से पूछा।

'प्लीज़ आस्क मीटा।' रिचर्ड ने कन्धे उचकाकर उन्हें मीता से बात करने का इशारा दिया।

मीता और मकरंद के बीच तोता-मैना जैसी खुसपुस शुरू हो गयी; उनके सामने एक बहुत बड़ा मुद्दा आ खड़ा हुआ था; जिसके लिए उन्होंने कोई तैयारी नहीं की थी।

'वी आर हियर ओनली फॉर वन आवर।' इस बार नीली आँखों वाले अधीर-से दिखने वाले युवक ने रिचर्ड को और रिचर्ड ने मीता को आगाह किया।

'मैक डार्लिंग, डोंट वेस्ट टाइम, इन्हें जल्दी से अन्दर ले चलो।' मीता ने कहा तो मेहमानों में सनसनी दौड़ गयी। जल्दी से जल्दी उन्होंने अपने पर्स, कोट, मफ़लर आदि कारों के अन्दर फेंके और अच्छी सी जगह हथियाने के चक्कर में वे शोर मचाते हुए घर के अन्दर जल्दी से पहुँच गये कि कहीं वे कुछ मिस न कर दें। ऐसी भगदड़ मची कि खिड़कियों से झाँक रहे अड़ोसी-पड़ोसी भी यह तमाशा देखने के लिए अपने घरों से बाहर निकल आये। ब्रिटिश पड़ोसियों के लिए यह एक अनपेक्षित और असाधारण घटना थी। जो मेहमान कारों की हेड-लाइट्स ऑन किये सड़क पर खड़े शोर मचा रहे थे, अन्दर की ओर दौड़ रहे थे।

जो मेहमान जा चुके थे, उन्हें मोबाइल फ़ोन पर सूचना दी जा रही थी कि वे कितने बड़े और मज़ेदार 'सरप्राइज़ आइटम' से महरूम होने जा रहे थे। उनकी कारों को मोटर-वे पर जोखिम भरे और आपत्तिजनक यू-टर्न्स लेने पड़े।

'मैं कह रई थी न कि थोड़ा वेट करो, अब वापिस जायेंगे तो बुरा नहीं लगेगा?'

'आपको तो हमेशा जल्दी पड़ी रहती है, पता नहीं वहाँ क्या हो रहा होगा।' मेहमान भागते दौड़ते हाँफते हुए वापिस पहुँचे।

'अरे, वो कौन सी मरी फ़िल्म थी जिसमें पाँच गोरे मरे कपड़े उतारते हुए नाचते हैं? मरा वई करेंगे ये लड़के भी?'

'द फुल मौंटी, इस फ़िल्म को बाफ्टा अवार्ड मिला था।' मोहन ने बताया।

'अब आयेगा मज़ा।' बेसब्री से मंजूषा कूदती हुई बैठक में चली आयी, उसके पीछे-पीछे कुलभूषण, इला, राजीव और रंजीत भी अन्दर आ गये। सायरा वहाँ पहले से ही बैठी रंजीत का इन्तज़ार कर रही थी।

'लाहौलविलाकुव्वत, हसन मियाँ, ज़रा रिकवरी-वैन को फ़ोन लगाइए, पूछिए कितनी दूर हैं? हमें नहीं देखना इनका नंगा नाच।' आपा ने खड़े-खड़े कहा; उनसे रुकने के लिए अब कौन इल्तजा करता? सबका ध्यान कहीं और था।

युवकों से कंज़रवेटरी में तैयारी करने के लिए कहकर, बीच वाली बैठक के दरवाज़े पर गिरगिट को तैनात करने के बाद, मीता ने एक आपत्कालीन बैठक बुलाई, जिसमें मेज़बानों के अलावा रंजीत और राजीव भी शामिल थे; मोहन स्वयं चले आये थे। भारी तर्क-वितर्क के पश्चात्, प्रदर्शन के लिए कंज़रवेटरी को चुना गया क्योंकि दोनों बैठकों और कंजरवेटरी के पीछे वाले उद्यान से युवकों के प्रदर्शन को अच्छे से देखा जा सकता था।

जिया, पुष्पा मौसी, आपा और अम्मा के लिए दीवार से सटाकर कुर्सियाँ रख दी गयीं ताकि भीड़-भड़क्के में वे कहीं गिर-गिरा न जायें।

'मैं तोसे कऊँ, पुस्पा, ये छोकरे का 'लैस बियन' हैं? बदन से चिपके हुए चमचमाते लिबास पहने युवकों को देखकर जिया ने ज़ोर से पूछा।

'श श श, जिया, जो है सो है, लैस बियन तो छोरियाँ हॉवे हैं, ये शायद 'गे' होंगे।' पुष्पा मौसी जिया को चुप कराती हुई बोलीं।

'ओह, तो ये गोरे छोरे हमें कोई जादू-सादू दिखाएँगे का, पुस्पा?'

'सौ टके की मरी एक बात, जिया, हमारे पल्ले मरा कछु नईं पड़ने वाला।'

'लाहौलविलाकुव्वत! अंग्रेज़ तमाशबीनों की क्या तुक थी? हमने एक उम्दा शामे-ग़ज़ल तजवीज़ की थी...' झक मार कर आपा को अन्दर आना पड़ा था।

'जो है सो है, म्हारी फैमिली में तो ऐसे मौकन पर साईं बाबा का बजन-कीरतन करवाते हैं।'

'मैं तोसे कऊँ, इंडिया में होते तो हम हिजड़े नचवाते, घने लक्की होवे हैं हिजड़े।'

उत्तेजना में मीता एकाएक दरियादिल हो उठी थी, उसने अड़ोसियों-पड़ोसियों को भी गैरेज के बगल वाली गली से पीछे के उद्यान में पहुँचकर प्रदर्शन देखने की छूट दे दी थी।

'मीता डार्लिंग, क...क...कार्पेट का तो स...स...सत्यानास हो ही चुका है और अब ग...ग...गार्डन का न जाने क्या ह...ह...हाल...' मकरंद ने पत्नी को आगाह किया; कार्यक्रम के बाद सारा दोष उन्हीं पर मढ़ा जायेगा।

'डोंट वरी, मैक डार्लिंग, ऐसे मौक़े क्या बार-बार आते हैं? लेट अस पार्टी, जम कर।' मैक हैरान था कि क्या यह सचमुच मीता ने ही कहा था?

अपने साथ लाये हुए संगीत और लेज़र प्रकाश के उपकरणों को फ़िट करने के पश्चात् वे चारों युवक अब प्रदर्शन के लिए तैयार थे।

'दिस इज़ एन एनिवर्सरी प्रेजेंट कर्टसी वर्षा एंड जुगल फ्रॉम लास-एन्जेलस।' कहते हुए कान-फोड़ संगीत के साथ युवक हौले-हौले अपनी कमर नचाने लगे।

कैमिला, हैरी, बुलबुल, माला, दिनेश, डेज़ी, आयशा, रिचर्ड और मंजूषा को थिरकते देख दिनेश-डेज़ी, रंजीत, गिरगिट, वायु-सुमित, नैन्सी-नरेश भी नाचने लगे। दो मिनट भी नहीं गुजरे होंगे कि एकाएक 'सेक्स-बॉम्ब' गीत की धुन पर नाचते हुए युवकों ने एक-एक करके अपने कपड़े उतारकर युवतियों पर फेंकने शुरू कर दिये। मेहमानों में एक अजब-सी उत्तेजना पैदा हो गयी थी। युवतियाँ 'मोर, मोर, मोर' चिल्ला रही थीं और नर्तक-युवक उन्हें आलिंगन में ले-लेकर चुम्बन दे रहे थे।

जल्दी ही युवक सिर्फ़ अपने जाँघियों बो-टाइज़ में नाचने लगे। वाद्य-संगीत अपनी चरम सीमा पर पहुँचा तो एकाएक युवकों ने अपने जाँघिये कुछ पल के लिए नीचे सरकाये और झट से फिर ऊपर चढ़ा लिए।

'ओ माई गॉड, वाट दि हैल वाज़ दैट?' कई आवाज़ें सुनाई दीं।

'लाहौलविलाकुव्वत, हमें तो लगता है, जिया, के यही क़यामत है।'

'आ शूँ जमानो आव्यो छे?'

'हय राम, मैं तोसे कऊँ, आपा, जई है कलजुग।' अचानक जिया को अपने पोते-पोती की फ़िक्र हुई, कैमिला और बुलबुल तो अपने आपे में ही नहीं थीं; कल्ला फाड़ कर वे ऐसे चीख-चिल्ला रही थीं कि जैसे उन पर भूत सवार हो।

'ऐ मैं तोसे कऊँ, पुस्पा, हरी को तो देख, बिल्कुल माई का लाल जै किसन की तरें नाच रा है।' जिया ने देखा कि उनका दब्बू-सा दिखने वाला पोता माइकेल जैक्सन की तरह थिरकते हुए जब-तब अपना लिंग दबोच लेता था।

'वन्स मोर, वन्स मोर।' चिल्लाती हुई बुलबुल, मंजूषा, डेज़ी, माला और आयशा युवकों को ललकारने लगीं कि वे अपना करतब एक बार फिर दोहराएँ। युवकों ने भी चंचल और शोख़ युवतियों का अनुग्रह खुशी-खुशी स्वीकार किया और इस बार बाकी की महिलाएँ भी 'ओए' 'ओए' कहते हुए शोर मचाने लगीं। राजीव, मंजूषा, रंजीत और गिरगिट ने सीटियाँ बजाकर युवकों और महिलाओं का मनोबल बढ़ाया।

तभी आपा और पुष्पा मौसी की नज़र एकाएक कैमिला पर पड़ी जो एक गोरे लड़के के सीने से चिपकी और उसकी आँखों में कहीं गहरे झाँकते हुए नाच रही थी।

'लाहौलविलाकुव्वत, जिया, ये कमीला किस लौंडे के गले में हाथ डाले नाच रई है?' आपा ने पूछा तो जिया का दिल बैठ गया।

'ऐ मैं तोसे कऊँ, आपा, आजकल की छोरियों को तो बिल्कुलै सरम-लिहाज नईं रा।'

'जो है सो है, जिया, नेक अपने बेटा-बऊ को तो खबर कर दो, हमें तो ये छोरा

किसी करम का नईं लग रा।' घबराई हुई पुष्पा मौसी ने भी अपनी सहेली को नेक सलाह दी पर जिया जानती थीं कि कैमिला उनकी तो क्या, अपने माँ-बाप की भी नहीं सुनने वाली। अपनी बेचारगी ज़ाहिर करते हुए जिया ने इशारे से उन दोनों को चुप रहने का संकेत दिया तो आपा मुँह बिचकाकर वहाँ से उठ खड़ी हुईं।

मीता और मकरंद को अपना ही होश नहीं था; वे एक-दूसरे के सीने से चिपके हुए 'लेडी इन रेड' की धुन पर हिलने-डुलने का प्रयत्न कर रहे थे, जिसकी फ़रमाइश मीता ने नीली आँखों वाले युवक से ख़ास तौर पर की थी।

युवक-युवतियाँ तो एक तरफ़, मोहिनी-मिक, वायु-सुमित, नैन्सी-नरेश, सुरभि-सुरेन्द्र, करन-चित्रा, माला-दिनेश, सभी जोड़े नृत्य के नाम पर बस हिल-डुल रहे थे। इला और कुलभूषण को भी घसीट लाया था राजीव। कुछ देर अपने हाथ बदन से चिपकाये और भीड़ की धक्का-मुक्की सहने के बाद, वे दोनों धीरे-धीरे ताल में बहने लगे थे। मंजूषा को अपनी ओर आते देख इला ने राजीव को अपने आगोश में ले लिया और अपना सिर उसके कन्धे पर टिका कर नाचने लगी। मंजूषा को मजबूरन कुलभूषण का साथ देना पड़ा। कुछ देर के अटपटेपन के बाद, दोनों जोड़ों का तारतम्य स्थापित होने में अधिक देर नहीं लगी।

पीछे के बाग़ में अड़ोसी-पड़ोसी और उनके बच्चे मोबाइल फ़ोन्स की रोशनी में नाच रहे थे। मीता की इजाज़त लिए बिना, बाग़ की मेज़ों पर मकरंद ने बीयर की बोतलें खोल कर रख दी थीं; बच्चों के लिए कोक और केक भी सजा दिये थे; उसकी दरियादिली की पड़ोसी तारीफ़ करते नहीं अघा रहे थे।

इसी बीच, हैरी ने अपनी डांसिंग-लाइट्स और साउंड-उपकरण बीच वाली बैठक में फिट कर लिए; कुलदीप और सतनाम की कारों से भाँगड़ा नृत्य के सीडीज़ लेकर वह बिल्कुल तैयार था कि कब उन युवक-नर्तकों का एक घंटे का कार्यक्रम समाप्त हो और कब वह अपनी करामात दिखाये।

छत पर लगायी गयी हैरी की लेज़र-गेंद दीवारों और ज़मीन पर रंग-बिरंगे सितारे फेंकने लगी जो टप्पा खाकर नाचते हुए वापस गेंद में जज़्ब हो जाते थे। भाँगड़ा संगीत अपने पूरे ज़ोर-शोर के साथ शुरू हो गया तो वे लोग, जो अंग्रेज़ी धुनों पर हिलते-डुलते बोर हो चुके थे, एक नये उत्साह के साथ नाचने लगे।

'जो है सो है, उठो अम्मा, आज तो तुम बौत बैठ लीं।' कहते हुए पुष्पा मौसी ने अम्मा को ज़बरदस्ती उठाकर खड़ा कर दिया और उनके दोनों हाथ थामे वह कूदने-फाँदने लगीं।

'ऐ मैं तोसे कऊँ, पुसपा, बूढ़ी घोड़ी लाल लगाम...' मुँह में पल्लू ठूँसे जिया उन दोनों पर हँसने लगीं।

'जो है सो है, जिया, मन-मन भावे, मूड़ हिलावे वाली बात तो इब हमसे करो मति, अरे अब नईं नाचोगी तो फेर कब नाचोगी? इहाँ तुमें कोई नईं देख रा, चलो उठो।'

तभी, अमिताभ बच्चन की तरह मन्द गति से नाचते हुए राघव बेनावरी जिया के सम्मुख आ खड़े हुए और उनसे इशारे में खड़ा होकर नाचने का अनुरोध करने लगे।

'ए मैं तोसे कऊँ, रग्गू, बिलायत आये के कईं तुमारा दिमाग तो नाय फिर गवा?' अपना पल्लू मुँह में दबाये वह हिचकियाँ लेते हुए हँसने लगीं।

एकाएक राघव बेनावरी ने जिया के दोनों हाथ पकड़कर उन्हें खड़ा कर दिया। बाहर वाली बैठक में केवल बड़े-बूढ़े और पड़ोसी ही थे, इसलिए जिया की भी थोड़ी-सी हिम्मत बँधी, हालाँकि वह शर्म से चूर चूर थीं।

'ऐ मैं तोसे कऊँ, रग्गू।' दोहराते हुए जिया अपने को हिलाने-डुलाने का प्रयत्न करने लगीं किन्तु उनकी टाँगों ने हिलने से साफ़ इनकार कर दिया। उन्हें सहारा देने के लिए राघव ने अपने एक हाथ से जिया का कन्धा थामा तो दूसरे से उनकी कमर, जिया का शरीर मानो झनझना उठा।

'लाहौविलाकुव्वत, जब पकी उम्र वाले ही शर्मो-हया को ताक पर रख दें तो बहू-बेटियों को हम क्या इलज़ाम दें?' आपा ने असन्तुष्टि और अस्वीकृति में अपना सिर हिलाते हुए सोमा की माँ की तरफ़ देखा, जो कुर्सी पर बैठी नाच का आनन्द ले रही थी; वह क्या कहतीं? कहतीं भी तो आपा की समझ में क्या आता? आपा के झुमकों ने एक ज़ोर का ठुमका लगाकर सोमा की माँ को उनकी बुज़दिली के लिए धिक्कारा।

जिया के आनन्द का पारावार न था किन्तु जहाँ तक नृत्य का सम्बन्ध था, शर्माती, सकुचाती और हिचकियाँ ले लेकर हँसती हुई जिया, अपने हाथ हवा में ऐसे फेंक रही थीं जैसे कबूतर उड़ा रही हों।

'मैक, हौसला रख, भैया, बड़ी किस्मत वाली थीं हमारी जिया, कैसे हँसती, नाचती, गाती गयीं, हैं न?' अपनी नाक और आँखों को टिशु से पोंछती हुई नैन्सी सुबकते हुए मकरंद को ढाढस बँधा रही थी। बौखलाई हुई मीता के दोनों हाथ थामे वायु भी सिसक रही थी।

'तुम्हारी ग्रैंडमाँ तुम दोनों को बहुत प्यार करती थीं, यू मस्ट बी सो प्राउड ऑफ़ हर!' कहते हुए सुमित और नरेश कैमिला और हैरी को चुप कराने का प्रयत्न कर रहे थे, जो अपने पिता से चिपके हुए रो रहे थे।

'मैक-मीता, आप दोनों और आपके बच्चे सचमुच बड़े भाग्यशाली हैं कि जिया जैसी पवित्र आत्मा की छत्रछाया सदा आप पर रही। भाई मैक ने उन्हें अपने सिर आँखों पर रखा तो मीता जी ने उन्हें अपनी सगी माँ से भी ज़्यादा प्यार और इज़्ज़त दी। जिया ने तो मुझे कभी यह महसूस नहीं होने दिया कि मेरी अपनी माँ नहीं हैं। मोहिनी तो जब तक दिन में दो या तीन बार जिया से फ़ोन पर बात नहीं कर लेती थी, उसे चैन नहीं आता था।' मोहन का भाषण शुरू हो गया और अपना

सिर ज़ोर-ज़ोर से हिलाते हुए मोहिनी उनका समर्थन कर रही थी; वे दोनों जिया के पार्थिव शरीर के दायें और बायें हाथ जोड़े बैठे थे।

'मीता, जिया के मरे सिरहाने जोत जला दो। उनकी आत्मा तेरह दिनों तक इसी स्थान पर निवास करेगी।' अपने जुड़े हुए हाथ माथे पर रख मोहिनी ने मीता को निर्देश दिया।

'जिया, आप तो मुझे अनाथ कर गयीं।' मकरंद जिया का सिर अपनी गोदी में लिए फूट-फूट कर रोने लगा।

'मकरंद, धीरज रखो। इस पृथ्वी पर जो भी जन्म लेता है, उसकी मृत्यु अवश्यंभावी है पर उसका पुनर्जन्म भी उतना ही निश्चित है जैसे कि फूल खिलते हैं, मुरझा जाते हैं और फिर खिलते हैं।' मिश्रा जी ने मकरंद का हाथ अपने हाथ में लेकर कहा तो उसे कुछ राहत महसूस हुई।

मीता को लगा कि कहीं वह दुःस्वप्न तो नहीं देख रही थी; पुलिस, फ्रायर-ब्रिगेड, एम्बुलेंस और अब जिया की मृत्यु—सब के सब एक ही दिन में? उसके मलाल का ठिकाना न था। मकरंद का कहा मान लेती तो वे इस वक़्त स्विट्ज़रलैंड में बैठे मज़े कर रहे होते।

'हमउ इकल्ले छोड़ के तुम कइसे ऑफ़ हय गयीं, जिया? एक तुमी तो थीं, जो है सो है, जिनसे हम अपनी भासा में गप्प मार के नेक जी बहला लेते थे। चलती बेर हमसे बाय तक नाय की, जिया। अरे हमें बी अपने संग ले चलतीं...।' अपना माथा ठोकते हुए पुष्पा मौसी भी बुड़बुड़ा रही थीं।

'खुदा न ख़ास्ता, खुद पर काबू रखिए, पुष्पा मौसी, और इंशा अल्लाह जिया के लिए दुआ माँगिए कि अल्लाह ताला उन्हें जन्नत बख़्शे, उनकी रूह को सुकून से नवाज़े।' आपा ने पुष्पा मौसी को गले लगाकर उन्हें हौसला देते हुए कहा।

चाँदी की थाली में गुलाब के फूलों के बीच जलती हुई जोत और धूपबत्तियाँ लिए मीता बैठक में पहुँची ही थी कि एम्बुलेंस का सायरन सुनाई दिया। मीता के हाथ से थाली लेकर इला ने जोत को लाश के पीछे रखी मेज़ पर रख दिया और धूपबत्तियाँ कंजर्वेटरी में रख आयी; कुछ मेहमानों को धुएँ से एलर्जी हो सकती थी।

पैरामैडिक्स ने मेहमानों से बैठक के बाहर जाने का अनुरोध किया। इला ने, जिसने जिया को आर्टिफिशियल रेस्पीरेशन देकर जिलाने की कोशिश भी की थी, पैरामैडिक्स को सूचित किया कि जिया को प्राण त्यागे लगभग दस-बारह मिनट हो चुके थे। आवश्यक औपचारिकताएँ पूरी करने के बाद उन्होंने जिया की लाश को एक प्लास्टिक के बैग में सील कर स्ट्रेचर पर रख दिया।

'जिया, र...र...रुको जिया, र...र...रुको, म...म...मैं आ र...र...रहा हूँ।' मकरंद एम्बुलेंस के पीछे भागे। मीता ने हैरी और कैमिला से अपने पिता को लिवा लाने के लिए भेजा। वह जानती थी कि इस समय वह और किसी की नहीं सुनेगा।

सड़क के बीचोबीच, पड़ोसियों और मेहमानों से घिरे खड़े, मकरंद और बच्चे रोते हुए एक-दूसरे को दिलासा देने का प्रयत्न कर रहे थे।

गैरेज के बाहर खड़ा गिरगिट मोबाइल पर किसी से बातें कर रहा था।

'बड़े भाई, आप कहाँ ग़ायब हो गये? मैं आपको ढूँढता फिर रहा था...फोन तो उठाते... वर्षा ने तो भई कमाल ही कर दिया, क्या फड़कता हुआ आइटम भेजा के...और सुनो, जिया...'

'तू अपनी ही गाता रहेगा, छछुंदर की औलाद, या फिर कुछ मेरी भी सुनेगा?' घनश्याम गुर्राया।

'हाँ हाँ बोलो न, तुम हो कहाँ, यहाँ क्या-क्या न हुआ और अभी-अभी जिया...'

'तुझे तो यह भी नहीं मालूम कि मैं जेल में हूँ...'

'वाट?'

'इला और राजीव के बहकावे में आकर प्रिया ने मुझ पर रेप का झूठमूठ इलज़ाम लगाया है।' घनश्याम ने बताया।

'वाट?' गिरगिट को विश्वास नहीं हो रहा था कि उसके घर में रहते हुए इतना बड़ा कांड हो गया और उसे कुछ पता तक नहीं चला।

'वाट वाट क्या लगा रखी है? मैं ज़्यादा देर बात नहीं कर सकता, तू वाटफर्ड पुलिस स्टेशन में आकर जल्दी से मेरी बेल भर दे, प्लीज़, मैं बाहर आते ही तेरे पैसे लौटा दूँगा।' घनश्याम गिड़गिड़ाया।

राजेश ऐसा भी बेवकूफ़ नहीं था कि उसकी बातों में आ जाता। इला और राजीव से वह ऐसी आशा नहीं कर सकता कि वे घनश्याम को बेकार में फँसाएँगे। ख़ैर, उसके दिमाग़ के घोड़े तेज़ी से दौड़ने लगे; साँप भी मर जाये और लाठी भी न टूटे।

'बड़े भाई, तुम्हारे लिए गुड न्यूज़ यह है कि जिया स्वर्ग सिधार गयी।'

'क्या बकवास कर रहा है, राजेश? मैं यहाँ जेल में सड़ रहा हूँ और तुझे मज़ाक़ सूझ रहा है...'

'मज़ाक़ नहीं कर रहा हूँ, बड़े भाई, बस अभी पन्द्रह मिनट पहले, जिया नाचते-गाते स्वर्ग सिधार चुकी हैं और फ़ैमिली में किसी की डेथ हो जाने पर परोल मिल जाती है, तुम्हें बस थोड़ी-सी एक्टिंग करनी होगी।'

राजीव और मीता को अपनी ओर आते देख गिरगिट ने बिना घनश्याम का जवाब सुने फ़ोन बन्द कर दिया।

'यह क्या हो गया, भाभी जी? जिया को भी आपकी वेडिंग एनिवर्सरी के दिन ही गुज़रना था। ख़ैर, ख़ुदा को जो मंज़ूर।' अपने हाथ ऊपर उठाये और आसमान की ओर देखते हुए राजेश बोला, 'ख़ैर, कुछ काम हो तो मुझे बताइए।'

'राजेश, भाभी जी और मैक भाई साहब अभी इस हालत में नहीं हैं कि फ्यूनरल

के बारे में सोच भी सकें, हमें ही...' राजीव ने बड़ी संजीदगी से कहा।

'मैक भाई और जिया बहुत क्लोज़ थे, जिया की डेथ से वह न जाने कैसे डील कर पायेंगे? भाभी जी, उन्हें तो बस आप ही सँभाल सकती हैं।' अपने हाथ मलते हुए गिरगिट ने मीता से कहा।

'राजीव, आप प्लीज़... फ्रेंड्स...रिलेटिव्स...' मीता के दिमाग़ में जैसे रूई भरी हो; जिसमें शब्द उलझकर अन्धे हो गये थे।

'डोंट वरी, मीता जी, आप अपने फ्रेंड्स और फ़ैमिली के कॉन्टैक्ट्स बस इला को दे दीजिए, वह सबको फ़ोन पर इन्फॉर्म कर देगी।' राजीव बोला।

'इंडिया में रिश्तेदारों को मैं इन्फॉर्म कर देता हूँ, मेरे पास सब के नम्बर हैं।' गिरगिट बोला, तभी उसका मोबाइल बजने लगा, वह जानता था कि कौन होगा, 'मैं अभी शुरू हो जाता हूँ।' कहते हुए वह जल्दी से अन्दर वाली बैठक में जा बैठा, जहाँ लैंडलाइन का फ़ोन लगा था; वह अपने मोबाइल का खर्च बचाना चाहता था।

'मीता जी, बस एक बात आपसे पूछनी थी; फ्यूनरल का अरेंजमेंट सैमेटरी में ही करना है न?'

'...और कहाँ?' मीता ने पूछा।

'ठीक, सभी हिन्दूज़ ऐसा ही करते हैं, जिया...बॉडी को मॉर्चरी से घर लाकर यहीं से प्रोसेशन सैमेटरी के लिए रवाना...'

'किड्स अभी छोटे हैं, बॉडी को घर लाना ठीक नहीं होगा...।' मीता कुछ और भी कहना चाहती थी पर चुप हो गयी।

'मीता जी ठीक कह रही हैं, मोर्नर्स को सीधे सैमेटरी में ही बुला लेंगे; दो-एक हफ़्तों बाद आप घर में हवन-ववन करवा लीजिएगा।' इला बोली।

'...तो मैं सैमेटरी, पंडित जी, कार्स और फ्लोरल ट्रिब्यूट्स आदि की बुकिंग कर दूँ? हफ्ते-दस दिन का नोटिस तो हमें उन्हें देना ही पड़ेगा।' मीता को ख़ामोश देख कर राजीव ने बात आगे बढ़ाई।

'...जो तुम ठीक समझो, राजीव।' मीता का दिमाग़ न जाने कहाँ था पर इन्तज़ाम के लिए राजीव को तफ़सील तो चाहिए ही थी।

'मेरे हिसाब से, मैक भाई साहब, नैंसी दीदी और वायु जी बॉडी के साथ एस्टेट कार में बैठकर जा सकते हैं। मैं दो लिमोसींस ऑर्डर कर देता हूँ, एक में बच्चों के साथ आप और दूसरी में घर के बाक़ी लोग...।' लिमोसींस के नाम से ही मीता के कान खड़े हो गये।

'एक लिमोसीन एनफ़ है, राजीव, बाक़ी सबके पास अपनी कारें हैं, थैंक यू, राजीव, सो मच, सचमुच...।'

'ओ के, मीता जी, मैं सब अरेंज कर लूँगा, आप तो बस मैक भाई साहब और बच्चों को सँभालिए।'

मीता सोच रही थी कि मैक को ढाढस बँधाने के बहाने नैंसी और वायु ऊपर जिया के कमरे में उनकी वसीयत ढूँढ़ रही होंगी या मैक के कान भर रही होंगी। अंत्येष्टि के इन्तज़ाम की किसी को फ़िक्र नहीं। सब के सब ऊपर जा बैठे हैं, कोई तो नीचे भी होना चाहिए मेहमानों के साथ। एक मन हुआ कि ऊपर जाकर उन सबकी खबर ले किन्तु वह वापस बैठक में मेहमानों के बीच आ बैठी।

'न कोई कम्प्लेंट, न कोई तकलीफ़; ऐसे अचानक...'

'बचने की कोई गुंजाइश ही नहीं थी, मैस्सिव हार्ट अटैक था।'

'यूके के लोगों की औसत उम्र अस्सी साल है, जिया तो अभी बहत्तर के आ. सपास की ही थीं, कुछ जल्दी नहीं चली गयीं?' सुमित ने पूछा।

'अपनी जिया तो भई टिपिकल इंडियन थीं, इंडिया में लोगों की औसत उम्र यहाँ के मुकाबले बहुत कम है।' नरेश बोले।

'अब्राहिम लिंकन ने एक बार कहा था कि यह महत्त्वपूर्ण नहीं कि आप कितने साल जिए, महत्त्वपूर्ण यह है कि आप कैसे जिए।'

'खुदा न ख़ास्ता, क्या ज़रूरत थी जिया को नाचने-कूदने की?' शमीम ने पूछा, जो जिया की मौत की ख़बर सुनकर आधे रास्ते से ही लौट आयी थी।

'इंशा अल्लाह, वो तो बेचारी इनकार कर रही थीं पर राघव साहब नहीं माने। खुदा न ख़ास्ता ज़बरदस्ती उठाकर उन्हें खड़ा कर दिया।'

'तो अच्छा ही किया न, आपा, ऐसी हैप्पी एंडिंग किसको नसीब होती है?' मैंनू ने कह तो दिया किन्तु गुस्सा तो उसे अपने ससुर पर ही आ रहा था; क्या ज़रूरत थी तमाशा खड़ा करने की? इस बात को अब सदियों तक बार-बार दोहराया जायेगा।

'मैंनू मरा ठीक ही कै रई है, आपा, लोग तो पैर रगड़-रगड़ के मरते हैं, लेटे-लेटे बदन में मरे कीड़े पड़ जाते हैं...।'

'आप दुरुस्त फ़रमा रही हैं, मोहिनी बीवी, पर उनके ठुल्ला क्लब का अब क्या हश्र होगा? यह उनकी आख़िरी ख़्वाहिश थी।' शमीम बोली।

'इंशा अल्लाह, जिया की खिराजे-अक़ीदत की ख़ातिर यह काम पुष्पा मौसी को ही सँभालना होगा।' मुँह में पान ठूँसती हुई जिया बोलीं। तभी मकरंद भी विलापियों के बीच आ बैठे।

'मैक डार्लिंग, आई हैव मेड अप माई माइंड, इस क्लब का नाम हम 'जानकी क्लब' रखेंगे। एकाएक मीता ने शोक-विह्वल पति का हाथ सहलाते हुए घोषणा की। परिणामस्वरूप, मकरंद में प्राणों का संचार हुआ, उनके चेहरे पर रौनक लौटने लगी।

'साला हियर, हियर, जिया के लिए यह हम सबकी भैंचो सच्ची श्रद्धांजलि होगी।' मीता के प्रस्ताव पर रंजीत की मोहर लगते ही गिरगिट, मोहिनी और मोहन ने भी फ़टाफ़ट अपनी सम्मति प्रकट की।

'पापा कैन आल्सो हेल्प, हैं न पापा?' डूबते हुए जहाज़ को बचाने के लिए मैंनू

ने ससुर का कन्धा हिलाते हुए पूछा। उन्हें तो जैसे कुछ सूझ ही नहीं रहा था।

'जो है सो है, बिन जिया के म्हारी लाइफ़ में तो अबउ कछु नाय बचो है, क्या कैते हो, रग्गू जी? अप्पन यई करें?' पुष्पा मौसी ने बड़ी आस से राघव को देखते हुए पूछा जैसे उनके जीवन का दारोमदार राघव के जवाब पर टिका हो।

'आप ठीक कह रही हैं, पुष्पा जी, जब तक है दम, अब यही सही।' तन और मन से टूटे हुए नीमसंजीदा राघव जी धीरे से बोले।

'रग्गू जी, अबै तुम ये सोच-सोच के हैरान नाय होओ के तुम जिया से नाचने को नाय कैते तो वो जिन्दा होतीं...'

'इंशा अल्लाह, आप बिल्कुल ठीक फ़रमा रही हैं, पुष्पा मौसी, हमारी एक-एक साँस का हिसाब अल्ला ताला के ख़ाते में दर्ज है, इंशा अल्लाह।' शमीम ने कहा।

'लेट अस लीव नाउ, मेज़बानों को हमें साला अकेला छोड़ देना चाहिए, दे नीड टु डील भैन्चो विद ए डिसास्टर।' कहते हुए रंजीत उठ खड़ा हुआ।

'जो है सो है, बऊ, तेरवीं तक यह जोत नाय बुझने पाए और सुनो, आज सब इसी जग्गे सोना, इकट्ठे होकर।' पुष्पा मौसी ने उठते हुए सलाह दी तो एकाएक मीता घबरा उठी।

'पुष्पा मौसी, इतनी रात को आप कहाँ अकेले जायेंगी, यहीं सो जाइए।' मीता ने पुष्पा मौसी की मनुहार की। वह बहुत अकेली हो उठी थी; ससुराल वालों से उसे कोई आशा नहीं थी मकरंद और बच्चे यूँ ही बेज़ार थे।

'जो है सो है, म्हारा बी जी नाय है जाने का। हमउ पूरी रात यईं बइठ के गीता का पाठ करेंगे।' कहते हुए पुष्पा मौसी अम्मा के साथ सोफे की टेक लगाकर कारपेट पर बैठ गयीं।

'फ्यूनरल के अरेंजमेंट्स के बारे में हम आप सबको टेक्स्ट से सूचना दे देंगे।' राजीव विदा लेते हुए मेहमानों से कह रहा था।

'मीता, तुम्हीं को सँभालना है सब, मे गॉड गिव यू स्ट्रेन्थ।'

'कुछ काम हो तो बताना, मीता, डोंट यू हैज़िटेट।'

'मीता, हम जिया के लिए प्रे करेंगे।'

'मुझे तो लगता है के जिया जहाँ भी हैं, खुश हैं।' मैंनू ने कहा।

'मैंने सुना है के रोने-पीटने से आत्मा को बहुत कष्ट पहुँचता है।' सोमा अभिशंसा के साथ बोली।

'हाँ, यह लेटेस्ट थ्योरी है। हमें वही करना चाहिए जो जिया को पसन्द था, जिन बातों से उन्हें खुशी मिलती थी।' मंजूषा बोली।

'तुम मरा ठीक कह रही हो, मंजूषा, उन्हें सत्संग कीर्तन मरा इतना पसन्द था के हमसे वो हमेशा भजन गाने की मरी फ़रमाइश किया करती थीं।' मोहिनी के इस प्रस्ताव पर मेहमानों के कान खड़े हो गये।

'जो है सो है, मोइनी, हम सब बजन गावेंगे तो जिया की आत्मा को जरूरइ शान्ति मिलेगी...।'

पुष्पा मौसी ने अभी अपनी बात भी पूरी नहीं की थी कि मोहिनी ने भजन गाना शुरू कर दिया कि मीता उसे कहीं फिर न टोक दे।

'प्रेम मुदित मन से कहो राम, राम, राम, श्री राम, राम, राम।' हाथ जोड़े मोहन भी वहाँ आ बैठे और ज़ोर-ज़ोर से 'श्री राम, राम, राम' दोहराने लगे। बिना हारमोनियम के सहारे, उनकी आवाज़ जल्दी ही लड़खड़ाने लगी।

बीच से उठकर जाना बुरा लगता, इसलिए बाक़ी के मेहमान भजन शुरू होते ही उठ खड़े हुए, जो मोहिनी और मोहन को नागवार गुज़रा पर भजन के बीच किसी को टोकना कठिन था।

'मैक, मीता, अपना और बच्चों का ध्यान रखना, वी विल बी इन टच।' एक बार फिर से विदा लेते हुए लोग धीरे-धीरे बाहर सड़क पर आ इकट्ठे हुए; कुछ मेहमान एक-दूसरे की कारों में बैठकर बातें करने लगे क्योंकि अँधेरा होते ही ठंडक बढ़ गयी थी।

पड़ोसी श्रीनिवासन ने मेहमानों के लिए अपने दरवाज़े खोल दिये थे, उनकी पत्नी भारत गयी हुई थीं सो मंजूषा, सायरा और इला ने उनकी रसोई सँभाल ली। अलमारियाँ खोल कर खाने-पीने का सामान ढूँढ़ लिया गया, मसाला लगे काजू, चिप्स और रोस्टेड मूँगफलियाँ प्लेटों में घुमाई जा रही थीं। इलायची वाली गरमा-गरम चाय, कॉफ़ी और नमकीन के साथ बातें रोचक हो उठीं। दरियादिली दिखाते हुए रंजीत अपनी कार में से व्हिस्की, जिन और वोडका की बोतलें निकाल लाया था। यह शुभ समाचार सुनकर बहुत से अन्य मेहमान भी वहाँ आ पसरे।

'रात को मैं लोगों को डिस्टर्ब नहीं करना चाहता, अब मैं सुबह फ़ोन करूँगा।' कहते हुए राजेश उर्फ़ गिरगिट भी वहाँ आ पहुँचा; सुमित और नरेश उसके पीछे ही थे क्योंकि नैन्सी और वायु आज भाई-भाभी के यहाँ ही रुकने वाली थीं।

'मुझे नहीं लगता के जिया ने कोई विल-शिल छोड़ी है, उनके पास देने को बचा ही क्या था?' नरेश बोले।

'क्यों, कानपुर वाली कोठी का क्या हुआ?' सुमित ने पूछा।

'बड़े भाई, जिया को अपने साथ रखने की एवज में मैक और मीता ने जिया से कोठी के दो-तिहाई हिस्से पर अपना नाम लिखवा लिया था।' राजेश ने बताया।

'तो क्या मैक के भाई-भाभी राज़ी हो गये?' नरेश ने पूछा।

'बड़े भाई, दोनों भाइयों के बीच गहरी दरार पड़ गयी है और इसी बात को लेकर जिया बहुत परेशान थीं, पर मीता भाभी के आगे उनकी एक नहीं चली।'

'मैक के बड़े भाई तो बेचारे बरसों से बीमार हैं, उन्हीं को दे देते तो इनका क्या जाता? इनके यहाँ किस बात की कमी है?'

'ख़ैर, हमें क्या? जैसा वो चाहें, हमें तो बता दें कि फ्यूनरल कहाँ हो रहा है...'

'जिया चाहती थीं कि उनका फ्यूनरल इंडिया में हो।'

'बॉडी को इंडिया ले जाना आसान है क्या?'

'मैक और मीता की तो इंडिया हाउस में बहुत जान-पहचान है, उनका तो यहीं बैठे-बैठे सब इन्तज़ाम हो जायेगा।'

'अब तो ब्रिटिश सरकार ने हिन्दुओं को यहाँ अपने मुर्दे खुली चिता पर जलाने की भी इजाज़त दे दी है।'

'अच्छा ही है, इतना ख़र्चा करने का फ़ायदा भी क्या? सोने-चाँदी के कुंडे लगे महँगे लकड़ी के ताबूत को भी तो भाड़ में ही झोंकना है।'

'इस मामले में इंडिया बहुत एनवायरनमेंट-फ्रेंडली है, एक चादर में लपेटकर डेड बॉडी को चिता पर रख देते हैं।'

'बहुत-से अमेरिकनों ने तो सुना है के अपनी डैड बौडीज़ को सुरक्षित रखने का प्रबन्ध करवा लिया है ताकि टेक्नोलॉजी के डेवेलप होने पर उन्हें जिला लिया जाये।' सुमित ने बताया।

'ऐसा क्या है मानव शरीर में कि उसे हमेशा जीवित रखा जाये? गाँधी, मदर टेरेसा या मार्टिन लूथर किंग जैसे लोगों को सुरक्षित रख पाते तो और बात थी।' मिश्रा जी ने अपनी राय दी।

'आई होप के जिया ने कम से कम अपनी आइज़ डोनेट कर रखी हों।'

'मुझे तो इसकी बिल्कुल आशा नहीं है। जिया को पक्का विश्वास था कि उन्हें जलाने से पहले यदि उनकी आँखें निकाल ली गयीं तो अगले जन्म में वह अन्धी पैदा होंगी।' इला ने बताया।

'वाट ऐ ब्लडी वेस्ट!'

'मैंने तो साली अपनी पूरी बॉडी ही डोनेट कर दी है, भैंचो मरने के बाद वो इसका चाहें तो साला पिक्कल बना लें।'

नौ बजने को थे, पर हर तरफ़ उजाला था। बातों का सिलसिला टूट-टूट के जुड़ रहा था। रात को पीछे धकेलती हुई, बातों भरी शाम एक वृहत् गुब्बारे की तरह फैलती चली जा रही थी; जिसके फूटने के कोई आसार नज़र नहीं आ रहे थे।

❑❑